徳 間 文 庫

米露開戦 上

トム・クランシー
マーク・グリーニー
田 村 源 二 訳

徳 間 書 店

米露開戦　上

主要登場人物

ジェリー・ヘンドリー……………〈ザ・キャンパス〉の長
ギャヴィン・バイアリー…………　〃　　ＩＴ部長
ジョン・クラーク………………　〃　　元工作員
サム・ドリスコル………………　〃　　工作員
ドミンゴ・“ディング”・シャベス…　〃　　工作員
ドミニク・カルーソー…………　〃　　工作員
ヒュー・キャスター……………英国リサーチ会社の共同所有者
コリン・ボイル…………………　〃　　共同所有者
ジャック・ライアン・ジュニア……　〃　　分析員
サンディ・ラモント……………ジャックの上司
マルコム・ガルブレイス………英国リサーチ会社のクライアント
ジョン・パトリック・ライアン……アメリカ合衆国大統領
キャシー…………………………ジョン・パトリックの妻。眼科外科医
アーニー・ヴァン・ダム………大統領首席補佐官
スコット・アドラー……………国務長官
ダン・マリー……………………司法長官
ロバート・バージェス…………国防長官
マーク・ジョーゲンセン………統合参謀本部議長。提督
メアリ・パット・フォーリ………国家情報長官
エド………………………………メアリの夫。元ＣＩＡ長官
ジェイ・キャンフィールド………ＣＩＡ長官
キース・ビクスビー……………　〃　キエフ支局長
サー・バジル・チャールストン……元英国ＳＩＳ長官
ヴァレリ・ヴォローディン………ロシア大統領
セルゲイ・ゴロフコ……………元ＫＧＢ将校にして元ＳＶＲ長官
ロマン・タラノフ………………ＦＳＢ長官
タチアナ・モルチャノヴァ………ニュースキャスター
〈傷跡のグレーブ〉……………ロシア組織犯罪界の大物

30年前
ジェームズ・グリーア…………ＣＩＡ情報部長
ジョン・パトリック・ライアン……　〃　分析官
サイモン・ハーディング………英国ＳＩＳソ連作業班長
デイヴィッド・ペンライト………英国の工作員

プロローグ

　クレムリン宮殿の高い屋根に掲げられたソヴィエト社会主義共和国連邦の国旗が、俄(にわか)雨(あめ)を浴びて翩翻(へんぽん)とひるがえっている。灰色の空を背景にしてはためくその赤地に金のソ連国旗を、若き大尉(たいい)は赤の広場を通り抜けはじめたタクシーのバックシートからじっと見つめていた。

　世界最大国の権力中枢(ちゅうすう)が鎮座する宮殿の上にひるがえる国旗を目にして、誇りがふつふつと沸き立ち、大尉は熱い感動で打ち震えた。ただ、このモスクワが居心地のよい〝わが家〟のように感じられることは、彼にとっては今後も決してないにちがいない。大尉はロシア人だったが、ここ数年はアフガニスタンで戦いつづけていて、そこで見るソ連国旗といったら、ともに戦う兵士たちの軍服に縫いつけられているものだけだった。

　赤の広場から二ブロックしか離れていないところでタクシーはとまり、運転手がここだと告げた。巨大なグム百貨店の北側だった。彼は真ん前のこれといって特徴のない地味なオフィスビルの壁にあった所番地を念入りにチェックしてから、料金を払い、車から降りて午後の雨のなかに出た。

ビルのロビーは小さく簡素だった。じっと観察するひとりきりの警備官の視線を浴びながら、大尉は帽子を腋（わき）の下に挟みこみ、狭い階段をのぼった。それは一階にある何の表示もないドアへといたる短い階段だった。

ドアの前に達して足をとめると、大尉は手をブラシのように動かして軍服の皺（しわ）を伸ばし、胸にも素早く手をやって、そこにならぶ勲章が寸分の乱れもなく真っすぐになっていることを確認した。

そうやってしっかり準備ができたところでようやくドアをノックした。

「入りたまえ（フハヂーチェ）！」

若き大尉は小さなオフィスのなかに入り、ドアを閉めた。帽子を手に持ち、ひとつしかない机へ歩み寄り、ピシッと気を付けの姿勢をとった。

「ロマン・ロマノヴィッチ・タラノフ大尉、参上いたしました」

机の向こう側に座っている男はまだ二〇代のようだった。タラノフ大尉は少なからず驚いた。ＫＧＢ（国家保安委員会）の上級将校と会うということだったので、自分と同じ年格好の者と対面することになるなんて夢想もしていなかったのだ。男はスーツにネクタイという姿で、小柄で瘦（や）せており、それほど健康そうにも見えなかった。こいつは軍に一日だっていたことがないのではないか、とソ連の兵士は思った。

もちろん、そんなことはおくびにも出さなかったが、タラノフはがっかりした。彼もまた、軍人の例に洩(も)れず、ＫＧＢ将校を〈革長靴(サパギー)〉と〈背広(ピジャーク)〉の二つに分けていた。この目の前にいる男は若くても高位のＫＧＢ将校なのかもしれないが、〈背広〉すなわち文民にすぎない、と軍人は思った。

男は立ち上がると、ぐるりとまわって机の前に出てきて、そのへりに尻(しり)をのせた。すぐ前に直立不動で立つ大尉とは好対照に、男はすこし前かがみのだらけた姿勢をとった。

ＫＧＢマンは名乗りもせずに言った。「きみはアフガニスタンから戻ってきたばかりだ」

「はい、同志」

「向こうのようすなど訊(き)きはしない。説明されてもわたしには理解できないからね。それに向こうのことを話すなんてうんざりだろう」

大尉は石像のように突っ立ったまま身動きひとつしない。

〈背広〉は言葉を継いだ。「きみはＧＲＵのスペツナズ——特殊任務部隊——隊員だ」ＧＲＵは軍参謀本部情報総局。「アフガニスタンの前線の向こう側で、いや、パキスタン領内でも、特殊な活動を展開してきた」

問いではなかったので、大尉は黙って聞いていた。

机のはしに座って前かがみの姿勢をとる男は、にやりと笑った。「軍諜報(ちょうほう)機関の精鋭中の精鋭の特殊任務部隊のなかでも、きみは群を抜いて優秀だ。知力、再起力、率先力ともに抜群」男は大尉にウインクして見せた。「忠誠心もね」

タラノフ大尉は青い目を机の背後の壁の一点に釘づけにしていたので、男のウインクには気づかなかった。彼は数えきれないほど口にしてきた言葉を返した、力強い声で。「われ、ソヴィエト連邦に奉仕する」

〈背広〉は〝おやおや〟と言わんばかりに目を軽く上に向けたが、タラノフはそれにも気づかなかった。「そう固くならずに、大尉。さあ、壁ではなく、わたしを見て。わたしはきみの指揮官ではないんだ。わたしはひとりの同志にすぎない。ロボットなんかではない仲間の同志と話し合いたがっている同志でしかない」

それでもタラノフは相変わらず体を硬直させたままだったが、視線だけはKGBマンのほうへと移動させた。

「きみはウクライナで生まれた。ヘルソンで。両親はロシア人」

「はい、同志」

「わたしのほうはレニングラードで生まれたが、夏はきみが生まれ育ったところからそれほど遠くないオデッサの祖母の家で過ごした」サンクトペテルブルクは一九二四年から九一年までレニングラードと呼ばれていた。

「はい、同志」

〈背広〉は堅苦しい態度を崩さないスペッツナズ隊員にいらだち、溜息（ためいき）をついた。そして訊いた。「きみは胸の勲章が誇らしいかね？」

　タラノフの顔がはじめて感情らしきものをほのかに表出した。それは戸惑い、ためらいの表情だった。「自分は……勲章は……自分は奉仕して……」

「きみはソヴィエト連邦に奉仕している。ダー、大尉、それは間違いない。しかしだね、もしもわたしが、勲章をすべてはずし二度とつけないでほしいと言ったら、きみはどうする？」

「おっしゃる意味がわかりません、同志」

「われわれはきみの仕事ぶりを精査した。とりわけ前線の向こう側での特殊作戦活動をね。きみのごくわずかな私生活も隅々まで徹底的に調べた。そして、きみの情熱の中心は共産党の利益を追求することよりも職務遂行そのもののほうにある、という結論に達した。きみはだね、親愛なる大尉、なんとしても抜きん出たいというやみくもな欲望に衝（つ）き動かされている。だが、集団農場で働く歓（よろこ）びへの熱い賞賛も、計画経済へのずば抜けた驚嘆も、きみのなかにはまったく見出（みいだ）すことができない」

　タラノフは黙っていた。これは党への忠誠心のテストなのか？

〈背広〉はつづけた。「チェルネンコ書記長は数カ月、いや、たぶん数週間のうちに死ぬ」

　タラノフ大尉は目を瞬（しばたた）かせた。《なんという危険な会話だ！》アフガニスタンの基地でこんなことをKGBマンの前で言うやつがいたら、確実に排除され、二度と戻ってこられなくなるはずだ。

〈背広〉は言葉を継いだ。「ほんとうさ。ここのところ衆目に姿をさらさないのは車椅子生活だからだ。ほとんどの時間をクンツェヴォにあるクレムリン病院で過ごしている。心臓も肺も肝臓も悪い。あの爺さんの臓器でまともに機能しているものはもはやひとつもない。死ねば、ゴルバチョフが後を継いで書記長になる——彼が次期最高指導者になることはきみも耳にしているはずだ。いまではアフガニスタンの洞窟のなかでも周知の事実になっているにちがいない」

若き将校は何も言わなかったし、何の仕種もしなかった。

「きみは思っている——なぜわたしがそんなことまで知っているのか、と」

ゆっくりとタラノフは応えた。「ダー、同志。自分はそう思っています」

「心配している人々に教えてもらったのだよ——未来のことを心配している人々にね。彼らは不安でしかたないんだ。ゴルバチョフはソヴィエト連邦をどうするのか？　レーガンは西側諸国をどこへ導くのか？　すべてが崩壊してわれわれの上に落ちてくるのではないか？　とね」

部屋は完全な沈黙に包まれた。数秒後、ＫＧＢの〈背広〉がふたたび口をひらいた。

「ありえないとしか思えないのは、わたしにもわかっている。しかし、不安を抱かざるをえない理由もたしかにあるんだ、間違いなくね」

　さすがのタラノフも、もう耐えられなかった。どういうことなのかはっきりさせずにはいられなかった。「自分は、ゾロトフ将軍に本日ここに赴くように命じられました。ＫＧＢの特別計画の要員への採用が検討されているとのことでした」

「ミーシャ・ゾロトフは、万事心得ていて、わたしに会うように命じたのだ」

「あなたはＫＧＢに所属しておられるんですよね？」

「そう、そのとおり。だが、もっと正確に言うと、わたしはサバイバルをめざすあるグループのために働いている。それはＫＧＢまたはＧＲＵに所属する男たち――われらが組織を存続させないかぎりこの国は生き残れず、国民は生き延びられない、ということを知っている者たちだ。この国を動かしているのはクレムリンではない。ジェルジンスキー広場に立つある建物がこの国を動かしているのだ」

「ＫＧＢ本部？」

「ダー。そしてわたしは、共産党ではなく、その建物を護(まも)るという任務を受け持たされてきた」

「ゾロトフ将軍も？」

〈背広〉はにやっと笑った。「そう、この〝クラブ〟の一員だ。すでに言ったとおり、ＧＲＵからも何人か参加している」

スーツ姿の男は軍人のすぐそばに身を寄せると、鑿で彫ったようなロマン・タラノフの頬骨に息がかかるほど自分の顔を近づけた。そして囁くような小声で言った。「わたしがきみなら、いまごろ内心こう自問しているね——『くそっ、いったいぜんたい、どういうことなんだ？　ＫＧＢにリクルートされるのだとばかり思っていたのに、来てみたら、頭のいかれた野郎がいて、書記長がすぐに死に、ソヴィエト連邦は崩壊する可能性がある、などと吐かしおる』」

タラノフは首をまわして男の顔をまっすぐ見つめ、肩を怒らせた。「今日ここであなたが口にしたことはすべて、反逆罪に値します、同志」

「たしかにそのとおりだが、この部屋には録音装置などまったくないから、わたしを反逆罪で告発するには、きみがみずから立ち上がって証言するしか手がない。そんなことは賢い者のすることではないぞ、タラノフ大尉。いま話した〝サバイバルをめざす者たち〟は、最高位にある人々で、わたしをしっかり護ってくれるからね。きみはもう、そりゃむごい仕打ちを受けることになるんじゃないかな」

タラノフは顔を前にもどし、ふたたび壁を見つめはじめた。「では、つまり……ＫＧＢに入ってもらうが、ＫＧＢの仕事をするのではなく、その幹部グループのために働いてほしい、ということですね」

「そういうこと、まさしくね、ロマン・ロマノヴィッチ」

「具体的にわたしに何をしろと？」

「きみがカブール、ペシャワール、カンダハール、イスラマバードでやってきたようなこと」

「濡れごと（モークリエ・デラ）？」〝濡れごと〟は暗殺を意味するKGB用語だ。

「そう。きみにはこの作戦計画のセキュリティを手伝ってもらう。これからの数年間にソヴィエト連邦にどのような変化が起きようとも、きみはこの計画の安全確保のために活動するのだ。その代わり、ソヴィエト連邦がこの先どうなろうとも、きみはしっかりと護られる」

「自分は……その……あなたが将来起こると考えておられることがどういうことなのか、まだよくわかりません」

「だから言ったでしょう。それはわたしが考えていることではない。このわたしにそんなことまでわかるはずがないじゃないか。わかりやすく説明しよう、タラノフ。つまりね、ソヴィエト社会主義共和国連邦は巨大な船で、きみとわたしはその乗客、と考えるとわかりやすい。わたしたちは、すべてが順調で問題などまったくないと思っていて、デッキの椅子にゆったりと座っている。ところが――」KGBマンはまるで演技中の俳優でもあるかのように大げさに部屋のなかを歩きまわりはじめた。「――おやっ……これはどういうことだ？　最も優秀な幹部船員の一部が船から離れる準備をしているぞ！」

男はタラノフの真ん前に戻ってきた。「自分には行く手に氷山など見えないとしても、船を操る者たちが、なんとまあ、救命ボートに乗り移ろうとしているとわかったら、それを無視するほどわたしは愚かではない。そして、さらにいま、わたしは……その救命ボートをいつでも使えるようにしておいてくれないかと幹部船員たちに頼まれてしまった。どえらい仕事を任されたものだ。まさに責任重大だよ」〈背広〉はにやりと笑みを洩らした。「要するに、その救命ボートを護る仕事をきみにも手伝ってもらいたい、ということさ」

タラノフ大尉は単刀直入な男だった。だから男の譬え話にうんざりしはじめていた。

「救命ボート？　それはずばり何なんですか？」

〈背広〉は幅の狭い貧弱な肩をすくめた。「カネさ。単なるくそいまいましい金だ。秘密資金が世界中さまざまなところにプールされ、保管されることになっている。その段取りをつけるのはわたしで、きみにはその資金を国内外の脅威から護る手伝いをしてもらう。単純な任務だよ。期間も数年といったところだと思う。だが、われわれは二人とも、全力を投入して取り組まなければならない」

スーツ姿の男は書棚のあいだの壁際に置かれている小型冷蔵庫まで歩くと、なかからウォツカの瓶をとりだし、棚に載っていた脚付きのショットグラスを二つ摑みとった。そして机まで戻り、両方のグラスにウォツカを注いだ。

そのあいだ、ロマン・タラノフ大尉はじっと壁の一点を見つめたままだった。

「お祝いに一杯やろう」

タラノフは首をかしげた。「お祝い？　わたしは同意などまったくしていませんよ、同志」

「たしかに。きみはしていない――」スーツ姿の男はにやにや笑い、戸惑いを隠せない軍人にグラスのひとつを手わたした。「――まだね。だが、きみはすぐに同調する。だって、きみはわたしと同種の人間なんだから」

「同種の人間？」

〈背広〉はタラノフにグラスを上げて見せ、乾杯の仕種をした。「そう。この計画を思いついた最高位の男たちと同様、きみもわたしも〝サバイバルする者〟なのだ」

1

現在

嵐(あらし)の中、黒のフォード・ブロンコが猛然と砂利道を突っ走っていく。タイヤが泥と水と砂利を撥(は)ね上げる。フロントガラスを激しくたたく雨はワイパーでは拭(ぬぐ)いきれない。

時速六〇マイル（約九六キロ）で疾走する黒のＳＵＶの後部ドアが両側ともひらき、そこから左右にひとりずつ武装した男が豪雨のなかへと身を乗り出した。二人とも、踏み板（ランニングボード）の上に立ち、手袋をはめた手でドア・フレームにしがみついている。目は大きなゴーグルでおおわれ、飛んでくる泥や小石や水から護（まも）られていたが、全身を包みこむ黒いノーメックス（耐熱難燃性メタ系アラミド繊維）スーツと、首に下げたサブマシンガンはずぶ濡（ぬ）れで、ときどき泥の飛沫（ひまつ）を浴びていた。むろん、他の装着品――ヘッドセット内蔵ヘルメット、胸と背中を護るバリスティック・プロテクション（防弾衣）、膝当て（ニーパッド）および肘当て（エルボーパッド）、弾倉（マガジン）ポーチ――も同じ状態だった。フォード・ブロンコが雨の降りしきる牧草地の真ん中に立つ小屋に迫ったときには、すべてがびしょ濡れになり泥だらけになっていた。

ＳＵＶは急ブレーキをかけて横滑りし、玄関ドアまであとわずか二〇フィート（約六メートル）というところでとまった。ランニングボードに立っていた二人の男が跳び降り、まわりをかこむ木立のあちこちに銃口を向けてターゲットを探しつつ小屋へ突進した。ブロンコのハンドルをにぎっていた男も二人のあとにつづいた。彼もまた、銃口に太い減音器（サプレッサー）がついたＨ＆Ｋ（ヘッケラー コッホ）のサブマシンガンを手にしていた。

三人の戦闘員はドア近くで一塊（ひとかたまり）になり、先頭の男が手を前に伸ばして錠がかかっているかどうか確認した。

かかっている。

しんがりの男——運転手——がひとことも発せずに前に歩み出た。そして握っていたサブマシンガンをはなして胸もとにぶら下げ、うしろに手をやってバックパックから拳銃型握り（ピストル・グリップ）のショットガンを引っぱり出した。そこには、近くにいる人の命を奪わない細工がほどこされたディスインテグレイター・ドア破砕弾（ブリーチング・ラウンド）——プラスチック容器に詰められた五〇グラムの綱粉を発射する三インチ・マグナム弾——が装塡（そうてん）されていた。

戦闘員はショットガンの銃口をドアの上の蝶番（ちょうつがい）に向け、六インチ（約一五センチ）まで近づけると、そのままドア破砕弾をまっすぐ発射した。腹にこたえる凄（すさ）まじい発砲音とともに炎が噴出して大きく広がり、鋼鉄の粉が木部へたたきこまれ、蝶番がドア・フレームから吹き飛ばされた。

もう一発、下の蝶番にも破砕弾を撃ちこんでから、男は靴底でドアを蹴（け）った。ドアが枠から完全にはずれて部屋のなかへ倒れこんだ。

ショットガンをぶっぱなした男が脇（わき）にのくと、サブマシンガンを抱えた後ろの二人が真っ暗な部屋のなかに突入した。掲げた銃が装着するタクティカル・ライトとも呼ばれる銃器用（ウェポン）ライトが、暗闇（くらやみ）のなかに燃えるような強烈な光の弧を描いた。脇にのいた運転手は、ショットガンをもとどおりバックパックに収めると、自分もH&Kをつかみ、部屋に突入した者たちのあとにつづいた。

それぞれに安全確保(クリア)する方向があり、三人ともその作業を素早く効率よくすませた。三秒後には全員が小屋の裏へと通じる廊下へ向かって移動しはじめた。

眼前に開いたままのドアが二つあった。廊下の左右にひとつずつ。そして突き当たりに閉じたドアがひとつある。先頭の男が左へ体をまわして列から離れ、ドア口を抜けて部屋のなかに入り、二番目の男が同様の動きをして右側の部屋のなかに入った。そして二人ともターゲットを発見し、発砲した。発砲音はサプレッサーで低減されていたが、小屋の狭い密閉空間のなかでは派手に響いた。

前の男たちが左右の部屋で銃撃を開始しても、もうひとりの男は廊下に残ったまま前方のドアに銃口を向けつづけていた。むろん、それでは、外から敵が入ってきた場合、背後が無防備になるとわかっている。

左右の部屋に入った男たちが急いで廊下にもどり、銃口を前方のドアに向けると、しんがりの男はクルッと体を回転させて後方をチェックした。一秒後、三人はその姿勢のまま閉じたドアに向かって前進した。そして、ふたたび一塊になり、先頭の男がドアに錠がかかっていないかどうかそっと確認した。

無施錠(せじょう)。男は瞬間的に体を数インチ下げ、二人の仲間も同じ動作をし、間髪を容(い)れず三人はひとつになって部屋のなかに突入した。三挺(ちょう)のサブマシンガンの下部に取り付けられたライトの光線が、それぞれの受け持ちの空間をスッと移動した。

彼らは暗い部屋の中央に自分たちの〝大事な荷物〟を見つけた。それは、椅子に座り、両手を膝におき、目を細めてまぶしい光をまっすぐ見つめる。ジョン・クラーク。ジョンの左右数インチのところに、ひとりずつ立っている男たちも、タクティカル・ライトで照らし出され、さらにもうひとり、三人目の男の顔の一部がクラークの頭の背後にチラッと見えた。

ドア口の三人の戦闘員——ドミンゴ・〝ディング〟・シャベス、サム・ドリスコル、ドミニク・カルーソー——は、いっせいに発砲した。サブマシンガンが発する低減された短連射音が部屋に満ち、銃口から炎が噴き出し、硝煙の臭いが湿っぽい小屋の黴臭さにおおいかぶさった。

発射された銃弾はまわりの三つの人形にもぐりこんだが、ジョン・クラークは微動だにせず、瞬きひとつしなかった。

額に穴をあけられても、撃たれた者たちは倒れもしなかった。彼らは写真のようにリアルな武装した男の画像が貼られている木のスタンドにすぎなかったのだ。

三つのタクティカル・ライトの光が、それぞれ勝手に素早く動いて部屋のほかの部分を調べまわり、ひとつの光線が四つ目と五つ目の人形を捉えた。その二つは奥の角に隣り合って立っていて、左側の木製のターゲットには、手に起爆装置を持つ男の画像が貼られていた。

〝ディング〟・シャベスが二連射(ダブルタップ)でこのターゲットの額に弾丸を撃ちこんだ。

もうひとつの光線がその角にスッと移動して、若くて美しい女を照らし出した。右腕で乳児を抱きかかえているが、下に垂らして脚のうしろに隠すようにしている左手には、長い包丁がにぎられている。

一瞬のためらいもなく、ドミニク・カルーソーはその女性ターゲットの額を撃ち抜いた。数秒後、部屋の端から声があがった。「よし(クリア)」脅威をすべて排除して安全を確保できたことを知らせるドリスコルの声だった。

「よし(クリア)」ドミニクが繰り返した。

「安全確保(ウィー・アー・クリア)」シャベスが確認した。

部屋の中央の椅子に座っていたジョン・クラークが立ち上がり、目をこすった。タクティカル・ライトが発する二〇〇ルーメンという強烈な光線を三本も浴びれば目もくらむ。

「安全装置(セイフティー)をかけろ」

三人の戦闘員はみな、H&K・MP5のセレクターを親指で押しやってセイフティーの位置にしてから、手をはなしてサブマシンガンを胸の前にぶらさげた。

そして四人でいっしょに、六つのターゲットにあいた穴を検分し、次いで廊下に出て、左右の部屋にも入ってターゲットをチェックした。それから暗い小屋の外に出て、雨に濡れないように四人でポーチに立った。

「どう思う、ディング?」クラークが訊いた。

シャベスは答えた。「まああだったと思います。三人がドア口で一塊になれるように、車を運転していたわたしがほかの二人に追いつかねばならなかったので、そこのところでスピードがすこし落ちました。しかし、この作戦では、どうやるにせよ、少なくとも三人の戦闘員で表のドアを突破しなければならず、運転してきた者が追いつくのを待たざるをえません」

クラークは認めた。「そうだな。ほかには?」

ドミニクが言った。「ディングとサムが廊下の左右の部屋に入って銃撃を開始したとき、わたしはひとり廊下に残り、まだ安全を確認していない空間――廊下の突き当たりのドア口――に目を光らせていましたが、真後ろを見張る者がもうひとりいたらよかったと思わずにはいられませんでした。外から入ってくる敵がいれば、簡単に後頭部を撃たれていたはずです。首を左右に振りつづけはしましたが、もうひとりの戦闘員が背後を護るのとは大ちがいです」

クラークはうなずいた。「おれたちは小部隊だからな」

「ジャック・ジュニアが抜けたんで、いっそう小さくなりました」ドミニク・カルーソーが言い添えた。

ドリスコルが言った。「新人をひとり入れることを考えたほうがいいんじゃないかな」

「そのうちジャックがもどる」シャベスが応じた。「おれたちが活動再開ということになれば即、もどってくる。もどらずにいられるわけがない。それはおれ同様きみにもよくわかっているはずだ」

「といってもねえ」ドミニクが言った。「それがいつになることやら」

クラークがたしなめた。「辛抱するんだ、キッド」

だがクラーク自身が、こんな時間つぶしではなく、もっと手ごたえのあることをしたくてうずうずしていることは、ポーチに立つほかの者たちにもよくわかっていた。ジョン・クラークは戦士なのだ。ジョンは、アメリカがこの四〇年以上ものあいだに巻きこまれた、ほぼすべての紛争のまっただなかで戦ってきた男なのであり、いまはもう〈ザ・キャンパス〉の現場仕事から引退した身だとはいえ、訓練だけではあきたらず、いつでも現場に出てやるという気になっていることは明らかだった。

クラークはポーチの外に目をやり、フォード・ブロンコを見つめた。三つのドアが大きくひらいたままになっている。それなのに嵐の雨の勢いはいや増すばかりで、いまはもう車内の床に一インチほどの深さの水がたまっているにちがいなく、破れたシートの生地もびしょ濡れになっているはずだった。「農作業用のSUVを使うようにと言っておいてよかったよ」

シャベスが返した。「ちょうど車内掃除を徹底的にやる必要があったんだ」

いっせいに笑い声があがった。

「ようし。訓練にもどる」クラークは言った。「きみたちは道を引き返し、二〇分待ってから、もういちどトライしろ。おれはそのあいだに、表のドアを付けなおし、ターゲット等の配置を変える。ドム、寝室内のターゲット2（ツー）へのきみの集弾（グルーピング）はもうすこし狭められたはずだ」

「了解です（ラジャー・ザット）」ドミニク・カルーソーは応（こた）えた。彼はターゲット2にはMP5で弾丸を三発発射し、その三発とも頭部に命中させ、すべての着弾点を二・五インチの範囲内に収めることができたが、クラークの指導に逆らう気など毛頭なかった。ドリスコルとシャベスのターゲットへのグルーピングはすべて二インチ以下なのだからなおさらだ。

「それから、サム」クラークはつづけた。「ドアからの突入時にもうすこし頭を下げるように。あともう三インチ頭を低くして突入すれば、額に弾丸を受けるところを散髪されるだけですむ、ということもありうるぞ」

「わかりました、ミスターC」サム・ドリスコルは敬意をこめてクラークのニックネームを使った。

ドミニクがポーチから出ようと体の向きを変えたが、歩きだす前に沛然（はいぜん）たる豪雨を見やった。「お次のトライは雨がやむのを待ってから、なんてことはありえない？」

〝ディング〟・シャベスがずんずん歩いて泥濘（ぬかるみ）に入り、土砂降りの雨のなかに立った。「フオート・オードで鍛えてくれたＤＩ――訓練教官（ドリル・インストラクター）――を思い出すなあ。アラバマの貧困層出身の偏屈な白人だったけど、そりゃ素晴らしいＤＩでね、『雨降り（レイニング）じゃなければ訓練（トレイニング）じゃねえ』というのが口癖だった」

クラークとドミニクが笑い声をあげ、工作員仲間ではいちばん寡黙（かもく）なサム・ドリスコルさえ笑みを浮かべた。

2

ロシア連邦軍は春いちばんの闇夜（やみよ）に、れっきとした主権国家である隣国に侵攻した。夜が明けたときにはもうロシア軍の戦車が、石臼（いしうす）を激しく回すような轟音（ごうおん）を響かせながら幹線道路や田舎道を西へ向かって走行しはじめていた。まるでその国の田園地方が自国の領土であるかのように。まるで冷戦終結後のこの四半世紀が夢でしかなかったかのように。

起こるはずのないことがいまそこで起こっていた。なにしろそこはエストニア共和国なのだ。エストニアはＮＡＴＯ（北大西洋条約機構）の加盟国なのである。ＮＡＴＯに加盟した以上ロシアに侵略されることはもう絶対にないと、首都タリンの政治家たちは国民に断言していた。

だが、いまのところ、この戦争にＮＡＴＯ部隊の姿はまったくない。

　ロシア軍の地上侵攻の先頭を走っていたのはＴ－90主力戦車だった。Ｔ－90はロシアが開発した最新鋭の第三世代戦車で、重量は約五〇トン、１２５ミリ滑腔砲を主砲とし、副武装として重機関銃および機関銃をもち、被弾の衝撃を装甲内部の逆向きの爆発で弱めるという爆発反応装甲を多用している。さらに、接近する対戦車ミサイルやロケット弾を探知すると、防御弾を発射して飛来する敵弾を空中で破壊するという最先端の自動防護システムも搭載している。そして今回の侵攻では、Ｔ－90のうしろに、腹に兵士をたっぷり呑みこんでいるＢＴＲ－80装甲兵員輸送車がつづいた。その役目は、戦車を掩護する必要が生じたときに兵士を吐き出し、脅威をすべて取り除いたら戦闘員をふたたび取り込む、というものだった。

　これまでのところ、地上戦はロシア連邦に有利に進行しているという情報しかなかった。だが、空の状況はまったくちがっていた。

　エストニアには優れたミサイル防衛システムがあり、同国の早期警戒システムとＳＡＭ（地対空ミサイル）サイトへのロシアの攻撃はほんのわずかしか成功しなかった。だから多くのＳＡＭ発射装置が破壊をまぬがれ、いまなお使える状態にあり、そのミサイルに撃ち堕とされたロシア軍機は十数機にもなり、さらに数十機がエストニア上空での任務遂行をさまたげられた。

　したがってロシアはなお制空権を確保できていなかったが、それでも地上部隊の前進が減速することはなかった。

この戦争の最初の四時間に、村が次々に撃ち壊され、町も瓦礫と化していったが、主砲を撃っていない戦車がまだたくさんあった。エストニアは大敗を喫しようとしていた。軍事のことをすこしでも知っている者はみな、そうなる気配を察知していた。エストニアはちっぽけな国のうえ、外交を重視し、物理的防衛をおろそかにしてきたからである。

エドガー・ノルヴァックもいつかそうなるのではないかと恐れていた。ただ、そういう恐れを抱いていたのは、軍人や政治家だったからではなく——彼は高校教師だった——テレビを見ていたからである。そしていまノルヴァックは、溝のなかに血まみれで横たわり、寒いうえに泥水に濡れ、恐怖でがたがた身をふるわせている。耳も、砲弾が炸裂する轟音にやられて、もうほとんど使いものにならない。休閑地の向こう端にある森から顔を出したロシアの戦車がいつまでも砲弾を撃ちつづけているのだ。ああっ、畜生め、祖国の指導者たちがブリュッセルでの外交なんぞに時間を浪費せずに、この大事なおれの町をロシア野郎から護る堅固な防塁をせっせと構築してくれていたら、こんなことにはならなかったんだ、とノルヴァックはいまなお思いつづけていた。

ロシアの侵略がはじまるという噂は何週間も前からあった。そして数日前、国境地帯のロシア側で爆弾事件が発生し、民間人一八人が犠牲になった。ロシアはテレビを通じてエストニアの内務省警備部の仕業だと非難した。それはロシアの狡猾な国営メディアが展開した、ふざけたとんでもない主張だった。テレビが捏造された証拠を明かし、次いでロシアの大統領が「国民を護るためにエストニアへの防衛作戦を実施するしかない」と宣した。

エドガー・ノルヴァックはロシアとの国境から西へ四〇キロのところにあるポルヴァに住んでいた。そして、若いころは、つまり一九七〇年代、八〇年代には、いつかロシアの戦車があの同じ森から姿をあらわして自分の家を砲撃するのではないかと恐れながら暮らしていた。しかし、この二三年間は、その恐怖に苛まれることはほとんどなくなっていたのだ。

ところがいまこうして、戦車がここまでやって来て、町の同胞がたくさん殺されてしまった。ロシア軍にとって、この町はさらに西へと向かう単なる通過点で、とどまるのはごく短時間であろうが、そのあいだに自分も殺されてしまうにちがいない、とノルヴァックは思わずにはいられなかった。

東へ十数キロのところにあるヴォウクラという村に住む友だちから電話がかかってきたのは二時間前のことだった。その友人は森に身をひそめて、エドガー・ノルヴァックに電話し、ショックでのっぺりしてしまった声で、ロシアの戦車が砲弾を数発ぶっぱなしただけで村を通過していった、と告げたのだ。そのように戦車がただ通り過ぎていったのは、ヴォウクラが少数の農家とガソリンスタンド一軒しかない村だったからである。だが実は、戦車と兵士を詰めこんだ装甲兵員輸送車が去ったわずか数分後に、非正規兵部隊がピックアップ・トラックに分乗してやって来たのだ。そしていま、そいつらが手際よく村の家々を残らず焼き払い、略奪に精を出している。そう友人は電話でノルヴァックに状況を説明した。

そのときにはすでに、ノルヴァックも行動をともにしていた他の者たちも、家族を遠くへ逃がし、勇敢なのか、はたまた愚かなのか、小銃を手にして溝のなかに入り、装甲車両が通過して非正規兵があらわれるのを待っていた。戦車の前進を阻むなんてことは土台無理な話だが、ロシアの民兵が町を焼き払うのを黙って見ているわけにはいかないのだ。

だが、この計画も、六両の戦車が幹線道路上を走行する主力部隊から離れて森に哨戒線を張り、砲弾をポルヴァの町に撃ちこみはじめるや、たちまち吹き飛んでしまった。

ノルヴァックの子供時代の悪夢が現実のものとなったのだ。

彼と仲間の男たちが死ぬまで戦うと誓ったのは、装甲車両が何もせずに通過すると推断したからである。ところが戦車がやって来たのである。これでは戦いにもならない。ただ殺戮されるだけだ。

戦車の砲撃がはじまるとすぐ、高校教師は負傷した。楯になるところなどない広々とした場所を移動中にやられたのだ。砲弾が高校の駐車場に着弾したときのことだった。爆発したステーションワゴンから飛び散った砲弾の破片に、両脚とも抉られてしまった。そしていま、溝の泥のなかに小銃を下にして横たわり、人生が終わるのを待っている。

エドガー・ノルヴァックは軍事方面に明るい男ではなかったが、ロシア軍は現在の進撃ペースをたもてば午後の中ごろには、この町の北に位置するエストニア第二の都市タルトゥに達するにちがいない、と確信していた。

またしても紙を引き裂くような音があたりに満ちた。この一時間ほど聞きつづけている音。砲弾が飛んでくる音だとわかっていた。ノルヴァックはふたたび顔を冷たい泥のなかに押しつけた。

ドカーン！

砲弾は背後の高校の体育館を直撃した。アルミと軽量コンクリートブロックの壁が吹き飛んだあと、煙がうねり昇り、バスケットボール・コートの床張り材が裂片となってノルヴァックの上に降ってきた。

彼は顔を上げると、もういちど溝のへりの向こうに目をやった。戦車の位置は東へわずか一〇〇〇メートル。

「くそっ、NATO軍はいったいどこにいるんだ？」

ノルヴァックがいる溝から一〇〇〇メートル離れたところで、戦車――嵐0‐1――の開いたハッチに立っていたアルカディー・ラプラノフ大尉が叫んだ。「くそっ、支援の航空機はいったいどこにいるんだ？」

それは答えを必要としない修辞疑問文だったので、大尉の指揮下にある他の五両の車長は、その問いを聞きはしたが答えはしなかった。そして、車両内の他の二人――操縦手と砲手――は黙って命令が下るのを待っていた。空からの脅威があらわれたら呼び寄せられる攻撃ヘリコプターが待機していることは彼らも知っていたが、いまのところ視認できたエストニア軍機は一機もなく、ロシアの空中警戒管制機のレーダーも付近を飛行する航空機の機影をひとつも捉えていなかった。

空に敵機は一機もいない。

今日は素晴らしい一日になる。まさに戦車兵の夢。

一〇〇〇メートル前方の体育館を包みこんでいた粉塵と煙がだいぶ収まって、ラプラノフ大尉はそのうしろにあるものを見ることができるようになった。彼はマイクを通して命じた。「前ターゲットの先の建物にさらに撃ちこめ。榴弾を。適切な航空支援を得られない以上、あの交差点の右側に何があるのか確認してからでないと、この道を前進することはできない」

「はい！」ラプラノフの砲手が下から叫び返した。

砲手がひとつのボタンを押すと、自動装填用コンピューターが弾薬倉から榴弾を選択し、メカニカル・アームが動いてそれを主砲の薬室に装填した。砲手は映像表示装置で問題の建物を捉えてから、照準パネル上のゴムパッドに額を押しつけ、ターゲットに照準線を合わせた。そしてコントロールパネル上の発射ボタンを押した。と、車体がガクッと激しく揺れ、１２５ミリ滑腔砲から砲弾が飛び出し、青空の下を飛翔(ひしょう)して、すぐ前の休閑地を飛び越し、ターゲットの建物にまっすぐ突っ込んでいった。

「命中」砲手は言った。

彼らは午前中ずっと、このような攻撃をつづけてきた。大きなターゲットは１２５ミリ滑腔砲で砲撃し、小さなターゲットは同軸機銃で掃射しながら、これまでに四つの村を通り抜けた。

ラプラノフはもっと抵抗があると考えていたのだが、いまではヴァレリ・ヴォローディン大統領の言ったことが正しかったのではないかと思いはじめていた。ロシアの大統領ヴォローディンは国民に、ＮＡＴＯにはエストニアのために戦う気などないと言ったのだ。

ラプラノフのヘッドセットから声が飛び出した。指揮下の戦車からの報告だった。

「嵐(ブーリャ)０(ヌーリ)ー４(チトゥィリエ)より嵐(ブーリャ)０(ヌーリ)ー１(アヂン)へ」

「何だ、０(ヌーリ)ー４(チトゥィリエ)？」

「大尉、前ターゲットのすぐ前の溝のなかに動きがあります。距離、一〇〇〇。複数の歩兵が見えます」

ラプラノフは双眼鏡を溝に向け、ゆっくりと横に移動させた。

《いた、あそこだ》頭部がいくつか泥のなかから起き上がり、すぐまた泥のなかへと消えた。「見えた。小火器で充分だ。125ミリを使うのはもったいない。もっと近づいてから同軸機銃で片づける」

「了解」

またしても一斉砲撃がおこなわれ、交差点の向こうの低い丘の上に立つ複数の建物に砲弾が撃ちこまれた。ラプラノフは双眼鏡で町のようすを調べた。しんと静まりかえり、動くものも一切ない。いまのところ抵抗は皆無といってよい。

「砲撃をつづけろ」大尉は命じると、膝（ひざ）を折って車長席のほうへ上体を下げ、手を伸ばしてタバコとライターをとった。「この町を地図から消し去れ」

数秒後、またヘッドセットから呼び出す声が聞こえた。「嵐（ブーリャヌーリ）0ー2（ドヴァー）より嵐（ブーリャヌーリ）0ー1（アヂン）へ」

「何だ？」ラプラノフはタバコに火をつけた。

「病院の南に動きがあります。ええと……わたしは車両だと思います」

ラプラノフはライターをポケットに落としこみ、ふたたび双眼鏡を目にあてて調べはじめた。問題の地点を見つけるのにちょっとかかった。病院は高校の数キロ先の小さな丘の上にある。大尉はその南側へと双眼鏡を向けていった。そしてやっと、道路上の影になったところを動いているものを捉えた。

最初、ジープだろうと思った。いや、ＳＵＶかもしれない。

別のT-90戦車から報告が入った。「嵐(ブーリャヌーリ)0-3(トリー)より嵐(ブーリャヌーリ)0-1(アヂン)へ。ヘリコプターだと思います」

「ニェート」ラプラノフは否定したものの、目を凝らしてもっとよく見ようとした。問題の車両らしきものは黒っぽく、交差点でとまったようだったが、すぐにスーッと横へ移動しはじめ、駐車場に入った。

「おおっ、くそっ！」ラプラノフは思わず声をあげた。「ヘリかもしれん。砲手、カトリーヌで確認してくれ」カトリーヌはフランスの企業が開発した長距離射撃統制赤外線映像装置で、各戦車に搭載されているその装置を使えば、砲手はスクリーン上で遠くのターゲットをしっかり見ることができる。ラプラノフもその気なら車長用のカトリーヌ・スクリーンを見ることができたが、そうするには砲塔の内部へもぐりこんで席に着かなければならない。いまは双眼鏡で捉えた正体不明のものに目が釘(くぎ)づけになっていて、砲塔内へ移動する余裕もなかった。

砲手が嵐(ブーリャ)0-1のインターコムで言った。「軽ヘリコプターです。回転翼(シングル・ローター)一つ。機体マークまでは判別できません――トラックのうしろの暗がりにいるんです。くそっ、えらく低い。着陸脚(スキッド)の位置は地上わずか一メートルくらいにちがいありません」

「兵装は？」ラプラノフは訊(き)き、自分もよく見ようと目を細めて双眼鏡のなかの映像を見つめた。

「ええと……待ってください。左右パイロンにそれぞれ機関銃。ミサイルはなし」砲手はククッと笑いを洩らした。「こいつはのこのこ出てきて〝コルク鉄砲〟でおれたちと戦おうってんですかね？」

ラプラノフ大尉は通信回線を伝わってきた別車両の車長の笑い声を聞いた。

だが大尉は笑わなかった。タバコの煙を思い切り吸いこみ、フーッと吐き出した。「ターゲットに指定しろ」

「了解。ターゲットに指定します」

「ターゲットまでの距離は？」

「四二五〇メートル」

「くそっ」ラプラノフは悪態をついた。

戦車およびヘリ等の低空・低速航空機に使用する９Ｍ１１９レフレークス・ミサイルの有効射程は四〇〇〇メートルなのである。問題の小型ヘリは射程をほんのすこし超えたところでホヴァリングしているのだ。

「おれを支援する航空機はどこにいるんだ？　あのくそ野郎をレーダーで捉えられたはずだ」

「いえ、あのヘリの機影は捉えられません。あいつは建物のあいだを移動しているんです。それに、地上すれすれ、あまりにも低空すぎます。そうやってレーダーに捉まらないように丘を越え、町を抜けてきたにちがいありません。何をやっているのかは知りませんが、あのヘリのパイロットは優秀です」

「うーん、気に入らん野郎だ。ぶっ殺してやる。航空支援を要請しろ。やつの位置座標を知らせるんだ」

「ダー、大尉」

「嵐(ブーリャ)全車両に告ぐ、榴弾を装塡し、砲撃を再開しろ」

「ダー！」

数秒以内に戦車六両すべての125ミリ主砲が火を噴き、ポルヴァの中心部に立つ建物に砲弾を撃ちこんだ。この一斉砲撃だけで、四人が死亡し、一九人が負傷した。

3

エドガー・ノルヴァックは頭上の空気を切り裂く砲弾の飛翔(ひしょう)音を聞いた。首をうしろへまわして肩越しに後方へ目をやったとき、ちょうど砲弾が町役場とバス停に命中して爆発するのが見えた。煙が四散すると、丘の斜面のすこし高いところにある道にそって車両のようなものが動いているのに気づいた。最初、黒か緑のSUVだと思った。駐車場に入ってとまったようにも見えた。病院の大きな建物のそばの薄暗がりに入っているので、よく見えない。だが、ついにノルヴァックはそれが何であるかわかった。

黒いヘリコプター。着陸脚が地上わずか一、二メートルのところに浮かんでいる。すぐそばの泥のなかに横たわっていた男がノルヴァックの腕をつかんだ。そしてヘリコプターを指さし、ヒステリックに叫んだ。「うしろにもやつらがいる！　西からも攻撃してくる！」

ノルヴァックは確信できずにヘリを凝視した。とにかく言った。「あれはロシア軍じゃない。報道機関のヘリだと思う」

「ビデオカメラで撮っているというのか？　おれたちが死ぬのをながめているだけだというのか？」

エドガー・ノルヴァックは顔を前にもどして戦車のほうへ向けた。と、そのとき、砲弾がもう一発着弾し、彼が横たわる溝からわずか六〇メートルのところで爆発した。噴き上がった泥が、雨のようにノルヴァックと仲間たちの上に降った。「こんなところにぐずぐずしていたら、あいつらも死んじまうぞ」

アルカディー・ラプラノフ大尉はタバコを喫っていた。ちょうど煙を深々と吸いこんだとき、またしても受信があり、部下の声が聞こえた。「嵐0-4より嵐0-1へ」

「何だ、4？」

「もういちどカトリーヌでヘリをよく見たのですが……主回転翼（メイン・ローター）の上にポッドのようなものがあるようなんです」

「何だと？」

「ポッドです、大尉」

　この報告を受けてラプラノフは、体を下げて車長席につき、自分用のカトリーヌ長距離射撃統制赤外線映像装置のモニターを見つめた。双眼鏡でながめるよりもずっとよく見える。なるほど。小型ヘリのメイン・ローター・マストのてっぺんに球形の装置がひとつ付いている。

「何だ、こりゃ——」

　タバコがぽろりと口から落ちた。

《おおっ、くそっ》

　ラプラノフはNATO軍のあらゆる部隊が実戦配備する全航空機のシルエットを詳しく調べ、頭にたたきこんできた。彼は自分を納得させようとするかのようにそっと言った。

「あれは……あれはOH－58だ」

　嵐（ブーリャ）0－1の操縦手がインターコムで応（こた）えた。「ちがいますよ、大尉。エストニア軍には——」

「くそアメリカ野郎どもだ！」ラプラノフはマイクに叫び、体を勢いよく突き上げて手を伸ばし、車長用砲塔ハッチを閉めようと狂乱のていでハンドルをつかんだ。

アメリカ陸軍・第一〇一空挺（くうてい）師団・第一七騎兵連隊・第二大隊・B（ブラヴォー）中隊に所属するエリック・コンウェイ陸軍准尉（じゅんい）（CW2）は、視線を下げて多機能ディスプレイに目をやり、二マイル以上離れた木立のなかにいるロシア軍戦車の赤外線画像を見つめた。そしてまた頭上の回転翼羽根（ローター・ブレード）に視線をもどした。OH－58Dカイオワ・ウォリア観測ヘリコプターの四本のメイン・ローター・ブレードの先端は、通りの両側の建物の壁すれすれに回転していて、危険このうえない。だから操縦桿（サイクリック）をピタッと静止させつづけていないと、そのブレードの先端がどちらかの建物にぶつかり、ヘリはスピンして墜落し、コンウェイは下手な操縦のせいで自分と副操縦士を昇天させてしまうことになる。そうなったらロシアの戦車に危険な勝負をさせることさえできない。

機体のブレがまったくないことに満足するとコンウェイは、大きく息を吐いて気持ちを落ち着かせてからインターコムを通して相棒に言った。「おい、準備はいいか？」

副操縦士のアンドレ・ペイジCW2は冷静な声で返した。「いいとも。最高度の準備態勢」

コンウェイはうなずいた。「ターゲットにレーザー照射」

「了解（ラジャー）。照射完了」

素早くコンウェイはマイクのボタンを押し、連携射撃用回線に接続して連絡した。「ブルー・マックス6（シックス）－6（シックス）、こちらブラック・ウルフ2（ツー）－6（シックス）。ターゲットにレーザーを照射した」

そのOH－58Dカイオワ・ウォリア観測ヘリからたっぷり四マイルは離れている、比較的安全な樹木におおわれた丘の背後に、二機のAH－64Dアパッチ・ロングボウ攻撃ヘリコプターが巨体を隠し、身を伏せるように超低空ホヴァリングしていた。そこはアールナという村のすぐ北にある牧草地だった。編隊長のブルー・マックス6－6が観測ヘリから連絡を受けるのと同時に、彼の前方下の席におさまる副操縦士兼射撃手は多機能ディスプレイ上にレーザー・スポット追跡表示が浮かび上がるのを見た。それはレーザー・ビームが数マイル離れた最初のターゲットを捉（とら）えて自動追尾しはじめたことを伝えていた。

「了解（ラジャー）、ブラック・ウルフ2（ツー）－6（シックス）。レーザー、良好。ヘルファイアを遠隔発射する。待機（スタンバイ）せよ」ヘルファイアはおもに戦車に対して使用されるレーザー誘導空対地ミサイル。

ポルヴァの町中（まちなか）でホヴァリングしていたカイオワ・ウォリア観測ヘリは、重武装していなかった。だが、それで問題なかった。その小型ヘリに期待される力は、搭載する兵装の威力ではなく、後方にいる大型のアパッチ攻撃ヘリのためにターゲットを捉えて追尾・誘導する能力なのだ。それはＶＣＡＳ――超近接航空支援（ベリー・クロース・エア・サポート）――能力であり、今回もコンウェイ陸軍准尉と副操縦士は、アパッチのために索敵・観測できる位置につくのに、まずは町中を超低空飛行して敵のレーダーをかいくぐる必要があり、そうするだけでも、持てる技量をめいっぱい、文字どおり極限まで発揮しなければならなかった。

「了解（ラジャー）、ブルー・マックス６（シックス）－６（シックス）。攻撃を急ぐ必要あり。こちらの位置はすでに知られた」

ラプラノフ指揮下の戦車隊の現在位置は森と休閑地の境で、その隊列の北端の戦車の車長がマイクに叫んだ。「嵐（ブーリャ）　０（ヌーリ）－１（アヂン）、こちら嵐（ブーリャ）　０（ヌーリ）－６（シェースチ）。レーザー照射警報！」

「くそっ！」ラプラノフが思わず洩（も）らした声をヘッドセットのマイクがひろった。あの遠くにいる小型ヘリは自らはミサイルを搭載していないとしても、どこかにいる見えない航空機のためにターゲット指示をしているにちがいない。

「アリーナ・システム・オン！」ラプラノフは命じた。

Ｔ－90主力戦車が搭載するアリーナ・アクティヴ防護システムは、ドップラー・レーダーを使って飛来する弾頭を検知し、攻撃してくる飛翔体が射程内に入るや、防御弾を発射する。そしてその防御弾が、ミサイル等の飛翔体に二メートル以内にまで近づいたところで爆発し、脅威となった弾頭を破壊することになっている。

ラプラノフはふたたび口をひらいた。「あのヘリはアパッチか戦闘機のために偵察・観測しているんだ。おれを支援する航空機はどこだ？」

嵐(ブーリャ)０－５の車長が答えた。「一〇分後に到着します」

ラプラノフは拳(こぶし)で車長用制御卓(コンソール)の壁をたたいた。「全車両、レフレークスを装填(そうてん)しろ」

９Ｍ１１９レフレークス誘導ミサイルは主砲から発射され、砲口から飛び出すと安定板を広げ、ターゲットに向かって突進していく。ミサイル装填を命じられた六人の砲手は、すでに主砲の薬室(チェンバー)に装填されていた榴弾(りゅうだん)を取り除いてから、ふたたび自動装填装置を作動させてレフレークスを込めなおさなければならず、その作業に三〇秒以上かかるはずだった。

嵐(ブーリャ)０－２が言った。「ターゲットは有効射程外です、大尉」

ラプラノフは怒鳴り返した。「言われたとおりするんだ、馬鹿者(ばかもの)め！」

丘にへばりつく、あのちっぽけなカイオワ・ウォリアにミサイルを六発とも撃ちこまなければならない。それでなんとかアメリカの観測ヘリにレーザー目標照射を中断させ、嵐(ブーリャ)戦車隊を安全な森のなかへと後退させる時間を稼がないと！　思惑どおりに運ぶようラプラノフは心の底から祈った。

そこから真西へ四マイル離れたアールナ村のすぐ北でホヴァリングしていた二機のＡＨ

－64Ｄアパッチ・ロングボウ攻撃ヘリコプターは、対戦車を主目的とするＡＧＭ－１１４ヘルファイア空対地ミサイルをそれぞれ八発ずつ搭載していた。編隊長の命令で、二人の射撃手がミサイルを発射した。ヘルファイアが青空の下をすっ飛び、東方の見えないターゲットに向かって突進しはじめたとき、アパッチの編隊長がポルヴァの町中にとどまる観測ヘリに無線で伝えた。

「ブラック・ウルフ２(ツー)－６(シックス)へ連絡。複数のヘルファイアを発射。ターゲットＡ(アルファ)」

嵐(ブーリャ)０－１の車両内で、アルカディー・ラプラノフ大尉はカトリーヌ・スクリーン上に猛スピードで移動する輝点(ブリップ)を見た。０－６へ向かうミサイルだとわかっていた。レーザー照射警報が鳴ったのはその戦車だったからだ。

丘の上に、きらめく小さな閃光(せんこう)が浮かんだ。それが最初のヘルファイア・ミサイルだった。それは青空を背景にして、数秒間近づく気配をまったく見せなかったが、不意に降下して、森と休閑地の境へと向かいだした。

嵐(ブーリャ)０－６のアリーナ自動防護システムが飛来するヘルファイア・ミサイルを察知し、防御弾を発射した。これが所期の役目を果たし、ヘルファイアは戦車に着弾する五〇メートル手前で爆発し、金属の破片を森中にばらまいた。

だがアリーナ・システムがうまく働いたのは一度だけだった。突っ込んでくる二発目のヘルファイアは一発目のすぐうしろにつづいていたため、アリーナにはリセットして新ターゲットを捉える余裕がなかった。システムが新たな防御弾を発射する前に、ミサイルが嵐（ブーリャ）0-6の砲塔に激突した。

ラプラノフは自分の戦車の車長席にハッチを閉めて座っていた。0-6は北へ一二〇メートルも離れていたが、それでもミサイル命中爆発の金属片が大尉の戦車の外殻にあたって跳ね返る音が聞こえた。

何秒かして今度は、次のターゲットにされた嵐（ブーリャ）0-2がアリーナ・システムの防御弾を二発発射し、突入してきた二発のヘルファイア・ミサイルからどうにか身を護（まも）ることに成功した。二発目のヘルファイアが0-2の真ん前で破壊されたとき、嵐（ブーリャ）0-5がレーザー・ビームを照射されて次のターゲットとなった。

0-5は数秒のうちに被弾し、ばらばらになって吹き飛んだ。

ラプラノフはレフレークス・ミサイル攻撃を断念した。生き延びた四両の戦車の自動装塡装置はまだ、弾薬倉から正しい発射体を選択している最中だった。

ラプラノフは嵐（ブーリャ）戦車隊全車両に向けて叫んだ。「発煙弾発射！　撤退！」そしてインターコムに切り換えて命じた。「操縦手、撤退しろ！　下がれ！　後退！　下がるんだ！」

「ダー、大尉！」

ポルヴァの駐車場の四フィート上に浮かんでいたOH－58Dカイオワ・ウォリアのなかでは、アメリカ陸軍准尉のエリック・コンウェイとアンドレ・ペイジが、生き残った戦車の動きを見まもっていた。四両とも後退し、安全な森のなかに逃れようと町から遠ざかっていく。白い煙を大量に噴出しているところがまわり一帯に一〇以上もあり、そのもくもくと膨れ上がった雲のような煙にロシアの戦車は包みこまれてしまった。

副操縦士兼射撃手のペイジが言った。「煙を吐いてとんずらか」

パイロットのコンウェイは落ち着いた声でマイクに言った。「赤外線モードを換えろ」

「了解《ラジャー》」ペイジは応え、赤外線映像システムのスイッチを操作し、白表示《ホワイト・ホット》モード（温度の高いものを白く表示）から黒表示《ブラック・ホット》モード（温度の高いものを黒く表示）に切り換えた。

二人の目の前のディスプレイ上に突然、大量の煙のなかに隠れていた四両の戦車がくっきり浮かび上がった。

コンウェイはヘッドセットから飛び出した声を聞いた。「ブラック・ウルフ2《ツー》－6《シックス》へ連絡。ミサイル、さらに二発発射」

「撃ちつづけてくれ」コンウェイは返した。

ペイジが右端の戦車にレーザー・ビームを照射したとき、コンウェイは自機の回転翼羽根《ローター・ブレード》に注意をもどした。すこし左に寄ってしまっていた。ブレードの先端があとわずか六フィートで病院の二階に当たってしまう。コンウェイは素早く右側をチェックした。

すこしだが左側よりは余裕がある。そこで操縦桿（サイクリック）を滑らかにほんのすこしだけ右へ動かし、ヘリの機体を駐車場の中央にもどした。

　森に入ったばかりのT－90の一両のアリーナ・アクティヴ防護システムが防御弾を何発か発射し、その小さな爆発の閃光がカイオワ・ウォリアのTIS（赤外線映像システム）ディスプレイ上でも見ることができた。だが、それらは、一秒後にヘルファイアがレーザーに誘導されて上から砲塔に突っ込み、五〇トンの戦車を粉々にしたときに起こった大爆発にくらべたら無に等しかった。

「お見事、ブルー・マックス。ターゲット、全壊。新ターゲットにレーザー照射」

「了解（ラジャー）、ブラック・ウルフ2（ツー）－6（シックス）。発射する……ミサイル、飛翔、ターゲットへ」

　ラプラノフ大尉の嵐（ブーリャ）0－1が森のなかへ二五メートル入りこんだとき、そのレーザー照射警報が鳴り響いた。大尉は金切り声をあげ、もっと深く森へ入りこめと操縦手に命じた。T－90は松の枝や幹をずたずたに引き裂きながら強引に後退しようとした。

　いくらもたたないうちに、今度は0－1の自動防護システムが防御弾を発射した。大尉は頭上の手すりにつかまって目を閉じることしかできなかった。

　それは凄（すさ）まじい恐怖の瞬間で、アルカディー・ラプラノフはパニックにおちいったが、大尉が午前中ずっと砲弾で吹き飛ばしてきた家のなかにいた男や女には、そんなことはなんら同情に値しない〝自業自得（じごうじとく）〟でしかないにちがいなかった。彼は指揮用の機器にかこまれた車長席のなかで身を縮め、アリーナ・アクティヴ防護システムが自分の命を救ってくれるようにと必死で祈った。

　アリーナは二度、彼の命を救った。が、三発目のミサイルが防護の壁を打ち破り、Ｔ－90のコンタークト5爆発反応装甲に激突した。被弾の衝撃を弱めようと金属板のあいだの爆薬が炸裂（さくれつ）したが、ヘルファイア・ミサイルは肉を貫通する銃弾さながらに五〇トンの戦車の装甲を引き裂いて中へもぐりこんでいった。ヘルファイアの弾頭が爆発し、その一〇〇万分の数秒後には乗員三名の命も砕け散った。Ｔ－90の砲塔が真上に一五〇フィートも吹っ飛び、車両のほうは凄まじい勢いでうしろへ押しやられ、コンクリートの庭内路（ドライヴウェー）に叩（たた）きつけられたプラスチックの玩具（おもちゃ）のようになった。そして大爆発。装甲板の破片が一瞬のうちに四散し、森の樹木を切り裂き、さらに二次爆発がいくつも起こって、炎と黒煙が寒々とした空へと噴き上がり、うねった。

　一分後、エリック・コンウェイ陸軍准尉（ＣＷ2）は連携射撃用回線を通して戦闘成果評価を伝えた。「ブルー・マックス6（シックス）－6（シックス）、こちらブラック・ウルフ2（ツー）－6（シックス）。命中、全壊。新たなターゲット、捉えられない」

　後方に位置するＡＨ－64Ｄアパッチ・ロングボウ攻撃ヘリの編隊長が応えた。「了解（ラジャー）、

ＲＴＢする」ＲＴＢはリターン・トゥ・ベース、帰投のこと。

コンウェイが手袋をはめた手を拳にして高く掲げると、ペイジも拳をつくってそれにぶつけた。ブラック・ウルフ２－６は北へバンクし、旋回と同時に高度を上げはじめた。さらに水平速度をも上げ、四階建ての病院を一気に飛び越え、基地へと戻っていった。

そこから東へ一キロほど離れた溝のなかで、エドガー・ノルヴァックは上体を起こして泥の上に座るポジションをとった。それで森と休閑地の境近くにいる六両の戦車がよく見えるようになった。六両とも煙を上げている。

泥につかった者たちは祝う気にもなれず、歓声も上げなかった。そこにいた男たちは、いま目の前で起こったばかりのことをよく理解できずにいた。ロシアの戦車という戦闘マシンの第二波がこうしているいまも森を抜けてやって来ようとしているのではないか、という恐れさえ抱いていた。そうであるかないかなど知りようがない。それでも彼らはこの攻撃の中断を利用した。ある者たちは自分の車を近くまで持ってこようと走っていったし、ほかの者たちは負傷者を溝から引っぱり出し、高校の駐車場のほうへ連れていった。そこまで運べば、民間車両で病院へ搬送できる。

エドガー・ノルヴァックはだれのものかわからない手に荒っぽくつかまれ、引っぱられた。そのまま泥のなかを引きずられ、やっと感じられるようになった脚の痛みで顔をしかめた。心のなかで、この町のために、この国のために、世界のために、祈った。自分は何かとても悪いことの始まりを今日ここで目撃してしまったのだ、という思いに捕われていたからだ。

　このポルヴァの戦いは、NATO軍とロシア軍の最初の交戦として記録されることになったが、その日の夕方までに、同様の戦闘が一〇以上もエストニアの東部各地で繰り広げられた。

　ロシアの戦争計画は「NATOは加盟国のエストニアへの支援をためらうか、できない」という前提の上に組み立てられていた。だからロシアは賭(か)けに負け、翌日にはエストニアから軍を引いた。作戦は完全な成功裏に終わったと主張して。国境沿いのいくつかの村や町にひそむテロリストどもを一掃するというのが、ロシアの今回の作戦の唯一(ゆいいつ)の目的であり、それは達成された、というわけである。

　だが、欧米の人々はみな知っていた。ロシアは首都タリンまで侵攻したかったのであり、そうできなかったのはヴァレリ・ヴォローディン大統領の完敗にほかならないということを。ロシアの大統領がNATO全体、とくにアメリカの決意を見くびったことは、だれの目にも明らかであり、おそらくヴォローディン自身もそれを思い知ったにちがいない。

　しかし、ロシア軍の撤退を祝う歓声が欧米で沸き起こっている最中(さなか)にも、ロシア政府(クレムリン)の高官たちはすでに、この敗北を乗り越えて先に進もうとしており、戦力を西へと移動させようという新たな計画を練っていた。

そしてその新計画は当然、今回アメリカによってもたらされた危険をしっかり考慮するものになる。

4

魅力的な二〇代の女性が二人、パブの中央のテーブル席に座っていた。エミリーとヤルダにとって、今夜もいつもの水曜日の夜とさして変わりなかった。二人はエールを飲み、イングランド銀行での仕事の愚痴をこぼし合っていた。すでに午後一一時近く、仕事帰りの人々の大半はもうだいぶ前に姿を消している。二人は水曜日の夜はいつも残業で、夜遅くまで仕事をする必要があった。報告書をまとめなければならないのだが、それがまた退屈でストレスのたまる仕事なのだ。それをこなした自分たちへのご褒美(ほうび)として、水曜の夜は地下鉄(チューブ)に乗ってイースト・エンドのフラットに帰る前に、ここ『カウンティング・ハウス』という名のパブに立ち寄り、ディナーをとり、お酒を飲み、あれこれおしゃべりして過ごすようになっていた。

二人はこの〝儀式〟をすでに一年ほどつづけており、いまでは『カウンティング・ハウス』の常連をみな知るほどになっていた。むろん、全員の名前を知っているわけではなく、顔を見れば馴染みかどうかわかるということ。

この界隈はシティ・オブ・ロンドンと呼ばれるロンドンの金融センターで、『カウンティング・ハウス』の常連客の男や女はほぼ全員が、その地区に密集する証券会社、銀行、投資信託会社、証券取引所などで働く者たちだ。もちろん水曜日にも見覚えのない初回の客の出入りはあるが、二人の興味をそそるような者が訪れることはめったにない。

だが今夜は、大勢の客のなかに新顔がひとり混じり、彼がパブのドアを抜けて入ってくるやいなや、たちまちエミリーとヤルダの仕事話は勢いを失い、尻すぼまりになった。

その新顔は二〇代後半か三〇代前半の長身の男で、洗練されたグレーのスーツを見ただけでも金と気品があることがわかったし、地味なコンサーヴァティヴ・スタイルの上着で身を包んでいても上半身の逞しさを隠せていなかった。

若い男は独りで、バー・エリアの隅のボックス席を見つけると、テーブル上のティーライト用の小さな電球をひねって光を消し、薄暗くなった席に腰を下ろした。ややあってウエイトレスがやってきて注文をとり、すぐにパイント・グラスに入ったラガーが運ばれてきた。彼はビールをじっと見つめながら喉に流しこんだ。二度ほどスマートフォンに目をやったが、ほかにすることもなく、何やら考えこんでいるようだった。

その周囲に無関心で思い悩んでいるような様子がまた、エミリーとヤルダにとっては魅力的で、二人は遠く離れたテーブル席から彼を観察せずにはいられなかった。

　若い男が二杯目のビールを飲みはじめたときにはもう、イングランド銀行で働く二人の女性は三杯目の半ばにさしかかっていた。二人とも引っこみ思案ではなく、ふつうは同伴者もおらず結婚指輪もはめていないステキな男がパブで飲んでいるのを見つけると、すぐに椅子から立ち上がって近づいていくのだが、今夜にかぎって、フラム出身の赤毛のエミリーも、イプスウィッチで生まれ育ったパキスタン系のブルネットのヤルダも、隅のボックス席に座る長身の男のほうへ歩いていこうとしなかった。その男は怒っているようにも異常者のようにも見えなかったが、素振りに近寄りやすい気配がまったく見られなかったからである。

　夜も更けるにつれて、その若い男は二人の挑戦の対象のようなものになっていった。エミリーとヤルダはくすくす笑いながら、互いに相手を言いくるめて行動を起こさせようとした。そしてついにエミリーが度胸づけにイエーガーマイスターを注文し、ショット・グラスに入ったその強い酒を一気に飲み干すと、酔いがまわるのをゆっくり待ちもせず、わずか数秒のうちに立ち上がり、店の隅に向かって歩きはじめた。

　ジャック・ライアン・ジュニアは一五メートルほど離れたところから近づいてくる赤毛の女に気づいた。《くそっ》ジャックは心のなかで呟いた。《いまはそんな気分じゃない》

彼は目の前の金色のラガーをじっと覗きこみ、念力で女をボックス席に着く前に怖けさせようとした。

「今晩は」

念力が通じず、ジャックは大いに落胆した。

女は言った。「わたしね、ちょっと確かめにきたの。もう一杯お代わりしたい？　それとも新しい電球が欲しい？」

ジャックは顔を上げ、目をあまり合わせないようにして女を見やった。そして、礼儀正しくはあるけれども、あまり友好的には見えないようにしようと懸命に努力しながら、ちょっと微笑んだ。「どうも、今晩は」

エミリーの目が大きく広がった。「アメリカ人なの？　あなたのことは前に見たことなかったものだから、友だちとどんな人なのかしらって話していたの」

ジャックはビールに視線をもどした。ここは喜ぶ場面なのだとわかっていたが、ちっとも嬉しくなかった。「べつに大した男ではないですよ、ほんとうに。二週間前からシティで働いているだけで」

彼女は手を差し出した。「わたし、エミリー。よろしく」

ジャックは素早く目を動かして彼女の目をチラッと見やった。そして、泥酔とまではいかないが、かなり酔ってはいる、と判断した。

彼はエミリーの手をにぎった。「ジョンです」

エミリーは顔の前にたれていた髪を肩のほうへ払った。「アメリカ、大好き。去年も行ったわ、別れた人といっしょにね。別れたと言っても前夫じゃないわよ。そんなんじゃまるでなくて、しばらくデートしていただけの男。いけ好かないナルシスト野郎だってわかって別れちゃった。ほんとうに嫌なやつ。でも、まあ、休暇を楽しませてはもらったわね。だからすこしは役に立ったわけ」

「そりゃよかった」

「故郷は何州？」

「メリーランド」ジャックは答えた。

エミリーは彼の目をじっと覗きこみながら話していた。ジャックはすぐに気づいた――あれっ、この人はどこかで見たことがあるような気がする、という表情が彼女の目に浮かんでいるのを。だがエミリーははっきり思い出せず、戸惑っている。その戸惑いをなんとか振り払って彼女は言った。「その州って、東海岸よね？　ワシントンＤＣの近く。東海岸は行ったことないわ。元彼といっしょに行ったのは西海岸。サンフランシスコはめちゃくちゃ好きだけど、ＬＡ（ロサンジェルス）の交通事情は最悪。右側通行というのにもとうとう慣れることができなくて――」

突然、エミリーは目を大きく剝（む）き広げ、話すのをやめた。

《くそっ》ジャックは内心くさった。《またか、まいったな》

「ああっ……どう……しましょう！」

「やめて、お願いですから」ジャックは穏やかな口調でそっと制した。

「あなたはジュニア・ジャック・ライアン」

ジャック・ライアン・ジュニアとは呼ばれるが、逆さまにこう呼ばれたことなんて、彼は生まれてこのかたまだ一度もなかった。この女性はすこし呂律がまわらなくなっているのかも、とジャックは思った。「そう。ジュニア・ジャックです」

「嘘っ、信じられない！」エミリーの声が大きくなった。叫び声ほどではないが、それに近い。彼女はすこし離れたテーブルに座ったままの友だちのところへ戻ろうとしはじめた。ジャックはあわてて手を伸ばし、彼女の腕をやさしくつかんだ。

「エミリー、お願いです、やめて。大騒ぎしないでくれたら感謝します」

赤毛の女は素早く店内を見まわし、それから自分たちのほうを見ている友だちのヤルダに目をやった。それからエミリーはジャックのほうに向きなおり、いわくありげにうなずいた。「いいわよ。わかったわ。大丈夫。あなたの秘密は洩らさないわ」

「ありがとう」《堪忍してくれ、いまはそんな気分じゃない》とジャックは心のなかでもういちど呟いたが、顔には笑みを浮かべていた。

エミリーはするりとボックス席に身を滑りこませ、彼と向かい合った。

《畜生、まいった》

二人は数分間、言葉をかわした。エミリーが早口で矢継ぎ早に質問を一〇ほどもした。ジャックの生活に関することや、ここシティで何をしているのか、どうして独りで警護の者もいないのか、といった質問。ジャックは短く簡潔に答えた。ふたたび無礼と思われないように注意し、礼儀正しく振る舞いながらも、関心がないんだという感じを全身から発散させようと努力した。

エミリーはわざと友だちを無視して呼び寄せずにいたが、その独りで座っているオリーヴ色の肌の美人のところには先ほど男の二人組がぶらぶら近づいていき、いまは彼女も男たちとお喋り(しゃべ)りの真っ最中であることにジャックは気づいていた。

ジャックがエミリーに注意を戻したちょうどそのとき、彼女が言った。「ジャック……もっとゆっくり話せる別の場所へ行きたくはないか、と訊(き)いたら、不躾(ぶしつけ)かしら？」

ジャックはまたしても洩れ出ようとした溜息(ためいき)を抑えこんだ。「正直な答えを聞きたい？」

「そりゃ……もちろん」

「では言うけど……うん、それはかなり不躾な問いになるだろうね」

若い女はアメリカ人の答えに面食らった。どう判断してよいかわからなかったからだ。

彼女が言葉を返せないでいるうちにジャックがつづけた。「ごめん。明日は早朝からやることがあって」

それなら仕方ないわね、とエミリーは返してから、ちょっと待ってて、ここから動かないでよ、とジャックに言い、大急ぎで自分のテーブルまで戻っていった。そしてハンドバッグをひっつかみ、帰ってくると、名刺とペンをとりだし、番号を書きはじめた。

ジャック・ジュニアはラガーをひとくち飲み、彼女をながめていた。

「忙しくないときに電話くれない？　街を案内したいの。わたしはここで生まれ育ったから、ツアー・ガイドに案内してもらうよりいいわよ」

「でしょうね」

エミリーはこれ見よがしに名刺をジャックに手わたした。友だちに見せつけているのだ、と彼は思った。友だちのほうはまた独りになってテーブル席に座ったまま。ジャックはエミリーを満足させようと調子を合わせ、作り笑いをして名刺を受け取った。彼女はともかく、こちらの言うとおりにしてくれ、ここにアメリカ合衆国大統領の息子がいると店内の人々に大声で告げはしなかったのだ。

「会えて嬉しかったわ、ジャック」

「こちらもね」

エミリーはしぶしぶ自分のテーブルに戻っていき、ジャックはビールを飲み終えようとグラスを口に運んだ。彼はエミリーの名刺を上着のポケットに滑りこませた。家に帰ったら、ジャックはその名刺を棚の上にぽんと置くことになる。実はそのそばには、一〇以上の名刺やナプキンや封筒の千切り片があって、そのすべてに、イギリスに来て二週間しかたたないうちに同様な状況で出遭った女性の電話番号が書いてあるのだ。

ジャックはエミリーのテーブルを見ないようにしてビールを飲んだが、数秒後、赤毛の女の友だちのブルネットが、店内にいる全員が聞き取れるような大声をあげた。「嘘っ、ありえない！」

ジャックは札入れ（ウォレット）をとりだそうと上着の内ポケットに手を入れた。

5

二分後、ジャック・ジュニアは外の歩道（サイドウォーク）にいた。イギリスでは通りの歩行者用の部分をサイドウォークではなくペイヴメントと呼ぶ。これはイギリス英語とアメリカ英語のちがいのなかでは論理的に納得できるほうだとジャックは思っている。なぜなら、ペイヴという言葉は「石などを敷きつめる」という意味であり、イギリスにはそのようにつくられた歩道が多いのだから。

彼はひとり夜のなかを歩いて地下鉄のバンク駅へ向かった。だれかに見張られているような感じがして不快だった。実際に尾（つ）けられていると疑う理由など何もなく、単に神経が過敏になっているだけの話なのだが、見知らぬ人に大統領の息子だと気づかれるたびに、すべて善かれと思ってやっていることなのに、自分は大切に思う人々を相変わらず危険にさらしつづけているのではないかという不安が膨れ上がる。

ここイギリスのロンドンにやって来たのも、複雑に入り組むこの街のなかに紛れこめば誰にも気づかれずに過ごせるのではないかと思ったからなのだが、暮らしはじめてまだ二週間しかたっていないのに、パブや地下鉄の駅で、はたまたフィッシュ・アンド・チップスを買おうと行列しているときに、少なくとも五、六人の人に「あなたが誰だか知っている」とはっきり表明されてしまったのだ。

ジャック・ライアン・ジュニアは、背丈も世界的に有名な父親とほぼ同じだったし、頑丈な顎(あご)と鋭い碧眼(へきがん)も父そのままだった。もっと若いころはテレビに映ることもあったが、ここ数年はできるだけ公衆の目にさらされないように努力してきた。それでも、父を若くしたような風貌(ふうぼう)はどうすることもできず、どこへ行ってもいまだに不安を覚えざるをえない。

数カ月前、まだ〈ザ・キャンパス〉で働いていたとき、ジャックは中国の情報機関に自分の身元とほんとうの仕事をあるていど知られてしまった。敵にそこまで知られて、なおも〈ザ・キャンパス〉で活動しつづけると、自分はもちろん、友や同僚までをも危険にさらすことになるし、父親の政権にも危害がおよびかねなかった。

いまのところ中国は厄介な問題になっていない。父が実行した中国への空爆で、自分が諜報活動に携わっていたことを知りうる者たちが全員、吹き飛ばされてしまっていてくれたら、とジャックは思わずにはいられなかった。いや、ほんとうのところは、そういうことではなくて、中国政府の新指導者たちがアメリカに機嫌を直してもらおうと懸命になっているということなのではないか、そのほうが可能性としては大きいのでは、とジャックは考えていた。動機はおもに経済的なもので、中共が突然、他国の利益を優先するようになってしまったということではないが、中国がいま——たとえいまだけでも——行儀よくしているというのは事実であり、どのような理由からであろうと、それはそれで価値あることだった。

さらに、一年付き合ったガールフレンドのメラニー・クラフトと別れてしまったということも、いま自分を苦しめる人間不信と不安感の原因になっていると、ジャックにはわかっていた。イギリスに来てからすでに数人の女性に出遭い（この国の独身女性はアメリカの女性によく見られる内気の遺伝子をあまり持っていないようだった）、デートも何度かしたが、まだメラニーのことを完全には忘れることができないでいて、本気で付き合おうという気がまったく起きなかった。

恋愛感情抜きの一晩だけのセックスを何度か楽しめば、こんな不安、解消してしまうのではないかと思うときもあるのだが、いざそういうときになると、自分はそういうタイプの男ではないと思い知らされる。やはり両親にもっとましな人間に育てられたのだろう、と思わざるをえない。どこかのろくでなしに姉妹のひとりが使い捨ての消耗品のように扱われることを考えただけで、怒りが込み上げてきて手がつい拳（こぶし）になってしまう。

というわけでジャック・ジュニアは、女性を引き寄せるのに苦労したことなど一度もなく、むしろ向こうのほうから寄ってくるのに、明らかに稀代（きたい）の色事師カサノヴァのようにはつくられていない、という事実に直面することになった。

そもそもジャックがここイギリスにやって来たのは、〈ザ・キャンパス〉とすこし距離をおくためだった。中国の情報機関に秘密をあるていど握られてしまったので、しばらくよそでおとなしくしている必要があったのだ。数カ月、外に出て、情報分析の技量を磨いてきたい、とジャックは〈ザ・キャンパス〉の長であるジェリー・ヘンドリーに申し出た。ただ、正式な秘密情報取扱資格（セキュリティ・クリアランス）がないのでは、ＣＩＡ（中央情報局）やＮＳＡ（国家安全保障局）のドアを上手にたたくこともできなかった。ジャック・ライアン・ジュニアは、この数年間、秘密情報地下活動とも言うべき仕事に携わってきたのだから、この先も永遠にセキュリティ・クリアランスなど得られるはずもなかった。しかし、ヘンドリーには既存の枠組みにとらわれない思考をする能力があった。彼はすぐさま、国際ビジネス分析法を徹底的に研究してみてはどうかとジャックにアドヴァイスし、「適切なビジネス分析会社に入れば、各国政府高官の汚職、組織犯罪、麻薬カルテル、国際テロの世界に首までどっぷりつかることができる」と若きライアンに請け合った。

これはジャックにも理想的な話のように思えた。
紹介ならいくらかできるとヘンドリーに言われたが、ジャックは独力で自分の好きなようにやりたかった。ビジネス分析をやっている会社を調べてみると、キャスター・アンド・ボイル・リスク分析社（C&B）というのが、イギリスのその種の会社では最大にして最高のもののひとつだということがわかった。資料をいろいろ読んでみて、どうやらC&Bは国際金融界の隅から隅まで、ほぼどんな物陰や隙間（すきま）にも探りを入れられる技を有しているようだということもわかった。

一週間もしないうちにジャックはキャスター・アンド・ボイル社に接触し、ロンドンで面接を受け、ビジネス分析をとりあえず六カ月担当させてもらう契約社員になろうとした。

ジャックは同社の共同所有者であるコリン・ボイルとのこの最初の話し合いで、ライアン家の一員ということによる特別待遇など望んでいないことをはっきりさせた。それどころか、雇われたら、できるかぎり身元を目立たせないようにするとさえ言い、会社にもプライヴァシーを尊重して自分の血筋を軽視するよう求めた。

ここシティ・オブ・ロンドンでは、エリート校の学閥（オールド・ボーイズ・ネットワーク）や大学同窓会生びいきが法定通貨ほども物を言うので、アメリカ合衆国大統領の息子が狭い仕切り小部屋（キュービクル）でコンピューター一台を相手に長時間働きづめになる、ふつうの若い分析員になることしか望んでいないことを知って、コリン・ボイルはびっくり仰天すると同時に興味をそそられもした。

ボイルは立派な倫理観だと感心し、すぐその場でこの若者を雇いたくなったが、ライアン家の若き御曹司の望みを受け入れて、試験をしっかり受けさせることにし、一日かけていくつものテストを試みた。まず会計や調査方法に関する知識を判定し、次いで質問表による人格調査をおこない、さらに政治、時事問題、地理にどれだけ明るいか徹底的に調べた。ジャック・ライアン・ジュニアはそれらのテストすべてに合格し、契約社員として雇われることになった。彼はいったんボルティモアに帰ったが、それはもっぱらアパートメントの長期留守用の戸締まりとロンドンに住むための荷物づくりのためだった。

一〇日後、ジャック・ジュニアはキャスター・アンド・ボイル・リスク分析社に初出勤した。

そして同社で働きはじめて今日でもう二週間になる。仕事は面白くてしかたないと認めざるをえない。むろん、やっているのは金融・ビジネス分析であり諜報分析ではないが、ジャックにはその二つは別々のものではなくコインの表裏のように密接にからみ合っているものと思えた。

この業界は驚くほど非情で動きが速い。キャスター・アンド・ボイル・リスク分析社の顔としてよく知られているのは、社業のことでメディアに露出するコリン・ボイルのほうだが、同社の真の実働部隊を指揮しているのはヒュー・キャスターである。キャスター自身は冷戦時代にイギリスの防諜・保安機関ＭＩ５のスパイマスターを務め、その機関を去ると、企業セキュリティとビジネス・インテリジェンスの世界に身を転じて成功をおさめた。

キャスター・アンド・ボイル社の社員はみな、訴訟等の紛争に係わってくる企業不正全般の調査をおこなうフォレンジック会計（訴訟会計）や、元帳等を対象とする企業会計監査といった専門分野に分かれて仕事をしていたが、ジャック・ジュニアはまだ入りたてで、いまのところ〝何でも屋〟と言ってよい存在だった。

そして同社での仕事は、〈ザ・キャンパス〉でやってきた情報分析と同じというわけではなかった。〈ザ・キャンパス〉では、〈区画化〉（組織の部門を区切って互いにやっていることをわからなくすること）という機密情報漏洩（ろうえい）防止措置をほどこされた極秘課報情報ファイルのなかを探って、テロリストの動きのパターンを見つけるという作業をしていたが、ここキャスター・アンド・ボイル社では、正体がはっきりしないダミー会社の複雑なビジネス関係を丹念に調べ、国際ビジネスの詐欺（さぎ）行為を発見し、それに打ち勝つ方法を考え出そうとした。もちろん、その目的は、同社の顧客が〝充分な情報を得たうえでの決断〟を市場で下せるようにするためだ。

だから、いまはイスタンブールでスパイを暗殺するわけでも、パキスタンでアメリカの敵に銃口を向けるわけでもない。それでも、この仕事は重要だとジャックには思えた。まあ、会社の顧客の損益に係わるという意味で重要なだけなのだが。

ともかく、このロンドンの会社で懸命に働いて、金融犯罪と不正ビジネス分析法に関して学べることをすべて学び、同時にこれ以上〈ザ・キャンパス〉を危険にさらさないようにヘンドリー・アソシエイツ社から遠ざかっている、というのがジャック・ジュニアの短期目標だった。

ただ、それはあくまでも短期のこと。では長期プランは？　かなり先のこととなると、自分がどこへ行き、何をしているのか、ジャック自身にもよくわからなかった。〈ザ・キャンパス〉がふたたび活発な活動を再開したら、そこへ戻りたいとは思うが、果たしてそうなるのかどうかは定かではない。

自分の歳には父はもう、海兵隊員として国に尽くし、結婚して、博士号も取得、おまけに投資で莫大な金を稼ぎ、本を一冊書き、子供もひとりつくっていた。

ジャック・ジュニアは〈ザ・キャンパス〉で自分がやってきたことを誇りに思ってはいた。だが、ジャック・ライアン大統領の息子であるということは、これからもつねに相当大きな期待に応えていかなければならないということである。

ジャック・ライアン・ジュニアは午後一一時五〇分にアールズ・コート駅で地下鉄から降りた。そして今夜は数人の旅行者とともに地上にでた。雨がしとしと降りはじめていた。今宵もまたジャックは傘をオフィスに置いてきてしまった。彼は駅の出入り口にあったラックから無料の新聞を一部つかみとると、それを頭の上にかざして通りをわたり、住宅地に入った。

そしてそのまま雨降りの通りをひとり歩きはじめた。ホガース通り(ロード)で歩速をゆるめ、首をまわして肩越しに後方を見やった。それは〈ザ・キャンパス〉の仕事で海外に出かけたときに身についてしまった習慣だった。SDR（サーヴェイランス・ディテクション・ラン＝尾行や監視の発見・回避のための遠回り）まではする気になれなかった。SDRをきちんとやるとなると、来た道を突然引き返したり、ルートを変えたり、何種類かの交通機関を利用したりと、それだけで一時間以上が必要になる。ただ、そこまでやる気はないにしても、尾行者がいないかどうか、あたりに目を配ることくらいはしておきたかった。

可能なときは日課を変えるくらいの冷静さはジャックにもあった。仕事を終えたあとの一杯は毎晩ちがうパブで飲むことにしていた。仕事場があるシティにも、住居があるここケンジントンにも、パブならそれこそ腐るほどあって、新しい場所を探すのに苦労するようになるには少なくとも数カ月はこの街で働き、暮らさなければならない、とジャックにはわかっていた。

パブを変えるだけでなく、歩く道もできるだけ毎晩変えるようにしていた。ケンジントンの通りは迷路のように入り組んでいて、住んでいるフラットと地下鉄の駅とのあいだを行き来するルートはいくつもあり、いつもかならず同じ方向から帰宅しなければならないということはない。

だが、こうした対策を講じていたにもかかわらずジャックは、見張られているという感覚を振り払うことができなかった。監視者の姿をはっきり見たわけではないし、疑念を裏付ける証拠などひとつもなかったが、夜明け前のジョギング中、ケンジントンからシティへの通勤途上、昼過ぎに同僚とランチに出た折などにときどき、また、夜にひとりで家に帰るときはほぼいつも、だれかに見られているような妙な感覚をおぼえ、自分に向けられている視線の圧力をほとんど感じとることができた。

中国だろうか、とジャックは思った。やつらがロンドンまで追ってきた？　イギリスの情報機関の可能性もあるのでは？　非公式に見守っているだけとか？　もしかして、おれがやってきたことのかすかな痕跡のようなものをどこかで拾った？

アメリカのシークレット・サーヴィスがそうやってジャックの身辺警護をし、安全を確保している、という可能性だって捨てきれない。なにしろジャックは、現職の大統領の長男であるのに、シークレット・サーヴィスの警護班に護られることを拒否しているのだ。これには頭を抱えている者がたくさんいる。むりやり警護するという権限は彼らにはないだろう。それでもジャックはその可能性をてんから完全否定することはできない。

ともかく、尾けられているような感覚をおぼえる理由を考えれば考えるほど、これはパラノイアで病的に疑り深くなっているだけだ、と自分に言い聞かせることがそれだけ多くなっていった。

　ジャックはクロムウェル通りでふたたび首をまわして肩越しにうしろを見やった。いつもの〝後方チェック〟とまったく同じで、怪しいものは何も見えない。
　二、三分後、ジャックはレクサム・ガーデンズ通りに入り、腕時計に目をやった。午前零時を過ぎていた。家に帰ったらすぐ眠らないと。でないと、早朝のジョギングまでに五時間の睡眠もとれない。
　フラットの建物のドア口でもういちど足をとめ、尾行者がいないか後方に目をやった。またしても人影なし。

　やはりただの気のせいなのだ。

《いやあ、素晴らしいじゃないか、ジャック。親父さんは、おまえの歳にはもう、イギリスの皇太子一家をＩＲＡの武装テロリストたちから救ったり、旧ソ連の潜水艦を奪い取ったりしていたんだぞ。それなのに、おまえときたら、ビールを飲みにパブへ行くだけでもビクビクしている。

　くそっ、おい、しっかりしろよ》

〈ザ・キャンパス〉入りして以来、ジャック・ジュニアは目立たないようにする方策をいちおう講じてはきた。しかし、階段をのぼって自分のフラットに向かう途中、自分はいま完璧な匿名性を獲得しないといけないのだと悟った。なにしろ祖国から遠く離れ、ひとりで暮らしているのである。風貌をつくりなおすのは可能だし必要でもある。

だから、その場ですぐに決心した——よし、顎鬚と口髭をたくわえ、髪を短くし、服装も変えよう。そうだ、ジム通いを再開し、筋肉もすこし増やすとしよう。

一夜にして変身はできない。それはわかっている。だが、変身しないといけない。でないと、心から安心して暮らしていけない。

6

二カ月後

ディノ・カディッチはラーダのセダンの運転席に座って、公園の広場の向かい側に駐車している高級スポーツ用多目的車（ＳＵＶ）の列に視線をそそぎ、しっかり観察した。ＢＭＷ、トヨタ、ランドクルーザー、メルセデス・ベンツのＳＵＶがぜんぶで六台、エンジンをアイドリングさせたまま車体を寄せ合うように縦一列に駐車しており、その向こうには、この都市でも最も洒落た最高級レストランのひとつがネオンを輝かせている。

ステキなＳＵＶ、そしてステキなレストラン。だが、カディッチはそんなものを凄いとは思わない。

それどころか、いまからそこを粉々に吹き飛ばすつもりなのだ。

これがどこかよその場所なら、これだけの車が並んでとまっていれば、そうとう偉いVIPがあのレストランで遅い夕食をとっているのではないかと思わないといけないところだが、ここはモスクワなのである。この街では、自尊心の強いマフィアや、すこし有力なコネがあるビジネスマンなら、高価な車を何台もつらねて移動し、警護班に身を護らせるくらいのことはする。だから、外に高級外車が六台とまり、それらを護るおっかない目をした男たちがいるというだけでは、ディノ・カディッチにとっては、かなりの重要人物がレストランのなかで食事をしているという証拠にはならなかった。たぶん、地元のギャングか腐敗した税務署員ていどの者ではないか、と彼は思った。

カディッチの今夜のターゲットは徒歩でやってきた。ただの外国人ビジネスマン。きっとよその場所では重要人物なのだろうが、ここではそうではない。暗黒街の者でも政治家でもない。イギリス人、ここのところ伸してきたアントニー・ホールデンという名の野心的なファンドマネージャー。ホールデンは午後七時ちょっと過ぎにひとりで『ヴァニリ』という高級レストランに入り、そのときにカディッチは近くから目視してターゲット本人に間違いないことを確認し、それから通りの向かい側に移動して、そこの並木の下に陣取った。そしていま、ゴゴレフスキー大通りの駐車メーターのそばにとめたラーダの運転席に座り、携帯電話を膝(ひざ)におき、目をレストランの表のドアに釘(くぎ)づけにして、待っている。
膝の上に鎮座する携帯は、靴の箱サイズの手製爆弾の起爆装置に信号を送るようセットされていて、その爆弾はレストランの表のドアの外におかれたプランターのひとつの生い茂る葉の下に隠されていた。

カディッチは一二〇メートル離れた位置からレストランのドアに目をやりつづけている。警護の男たちと運転手たちは、問題のプランターのまわりに立っているが、爆発物には気づかず、危険を察知していない。

爆弾が爆発したら、あいつらはひとりも助からないのではないか、とカディッチは思った。だが、そんなことは本当にどうでもよかった。

ディノ・カディッチは指でハンドルを小刻みにたたいた——それは神経が過敏になっているせいで、退屈しているからではない。刻一刻と時間が経過していくにつれ心拍が速まっていくのが自分でもわかる。こんなことはもうずいぶん長いことやっているのに、いまだに毎回、初めてであるかのようにアドレナリンがどっと溢(あふ)れでる。そもそも暗殺計画を立案し、練り上げ、段取りをつけ、遂行するのにつきものの、〝知恵くらべ〟に神経を遣うし、これから爆発を起こさせるのだと思うだけでもストレスになる。爆弾を爆発させたら、燃焼促進剤やプラスチックが燃えて放出する悪臭、いや、人肉が焼ける臭(にお)いさえ嗅(か)がなければならない。

　カディッチが初めて人殺しという快楽を味わったのは二〇年前、バルカン半島での紛争の折り、クロアチアの民兵組織の若き兵士として戦っていたときだ。その後クロアチアとセルビアが休戦協定を結んでも、すでに戦争の楽しみを存分に味わっていたカディッチは、戦闘をやめる気になれず、傭兵(ようへい)による空挺(くうてい)部隊を組織し、ボスニア・ヘルツェゴビナへの奇襲を繰り返して、同国政府のために哨戒(しょうかい)活動をするセルビア陸軍兵士をターゲットにした。そしてＣＩＡがこの傭兵部隊に興味を示し、カディッチとその部下たちに訓練と装備を提供した。

　だが、ＣＩＡ(エージェンシー)がとてつもないミスを犯したことに気づくのにそう長くはかからなかった。カディッチ率いるクロアチア人の民兵部隊が、ボスニア・ヘルツェゴビナに住むセルビア人一般市民への残虐(ざんぎゃく)行為に関与したことが明らかになったのだ。ＣＩＡはディノ・カディッチ率いる傭兵部隊と手を切った。

　そして、戦争が完全に終わると、カディッチは殺人を請け負うプロの殺し屋をはじめた。まずはバルカン半島と中東で仕事をし、次いで世紀の変わり目にロシアへ移り、金さえもらえればどんな犯罪組織のための殺しも引き受けた。

　彼は殺し屋として成功し、数年のあいだ文字どおり商売繁盛(はんじょう)という状態になり、そのあと祖国クロアチアに家を買って、半引退生活をはじめた。つまり、一〇年以上にもわたってロシアで稼いだ金をおもに使って暮らすようになったのだが、ときどき拒否できない仕事の依頼が舞い込んでくる。

　そう、このホールデン暗殺のような仕事だ。雇い主はロシア・マフィアのひとりで、低リスクとカディッチが判断したこの仕事に気前のいい巨額な報酬を約束した。そしてそのロシア人は、暗殺実行の時間と場所を具体的に詳しく伝え、強烈なメッセージとなるように派手かつ大胆にやってほしいとカディッチに言った。

「わけない（ニエート・プラブリエーム）」とディノ・カディッチはそのとき依頼主に応（こた）えた。派手かつ大胆に、という望みなら叶（かな）えられる。

　ゆっくり呼吸して気持ちを落ち着かせ、肩の力を抜けと自分に言い聞かせた。

　その昔アメリカ人たちに教えてもらった英語の言い回しがあり、彼はそれを声に出して言った。

「ステイ・フロスティ」〝冷静さをたもて〟という意味だが、直訳すると〝凍るくらい冷たいままでいろ〟だ。

　このフレーズを口ずさむのが、任務遂行にともなう爆音や喧騒（けんそう）の前の静かなひとときの〝儀式〟になっていて、今回もまた効果があり、カディッチは気分がよくなった。ただ、いまはアメリカ人どもを憎んでいる。あるとき突然、敵意を持たれ、信頼できないやつだと切り捨てられてしまったからだ。だが、やつらも、ほどこした訓練までは取り戻せない。

　そしていまカディッチは、これからまさにその訓練で身につけた技を利用しようとしている。

ディノ・カディッチは腕時計をチラッと見やってから、目を細めて暗い広場の向こうのターゲット・エリアを注視した。双眼鏡は使わない。停めた車のわきを歩いて通り過ぎる者もいるかもしれないし、近くのアパートや商店の窓からこちらを見る者だっているかもしれないのだ。そうした者たちが、双眼鏡で何かをじっと見ている車中の男に気づく可能性は大いにある。そして、双眼鏡が向けられていたまさにその場所で、すぐに爆発が起こるのだ。事件を担当する捜査官たちが目撃者から話を聞き、この車の特徴を少しでも知ることになれば、内務省が付近の防犯カメラの何時間分もの録画映像を仔細に調べ、自分の身元はすぐに割れてしまう。

それはまずい。ディノ・カディッチは今回の仕事では自分にたどり着くものをいっさい残さないようにしたかった。だから、遠くから肉眼で目視しなければならない。派手な爆発で怒りのメッセージを送れるようにしてくれと依頼主に言われていたので、爆弾は過度の殺傷力を持つようにつくられた。そのためカディッチは、ターゲットから少しばかり遠すぎる場所に位置せざるをえなくなってしまった。

現在の位置からだと、ターゲット本人であるか否かは、レストランから出てきたさいのキャメルのコートの色で判断しなければならないが、ディノ・カディッチはそれで問題ないと決断した。

またしても腕時計に目をやる。

「ステイ・フロスティ」もういちど英語で言ってから、母国語のクロアチア語に切り換えた。「ポジュリティ・プロクレトニーチェ！」早く出てこい、くそ野郎！

『ヴァニリ』の店内では、ブラック・スーツ姿のボディーガード四人が、ダイニングルームとプライヴェート・エリアを仕切る赤いカーテンの前に立ち、その準個室スペースにだれも入れまいと目を光らせていた。今宵この高級レストランで食事を楽しむモスクワ市民たちは、自分たちが住む世界一危険な街のいたるところにいる私服のボディーガードには慣れっこになっていたが、今夜のこの警護班はひと目で、ほんとうによく見かけるチンケな〝雇われ用心棒〟などではなく、めったに見られないトップクラスの護衛であることがわかった。

その武装ボディーガードと赤いカーテンの背後には、中年の男が二人いて、広い空間の中央にぽつんと置かれたテーブルについてブランデーを味わっていた。

ひとりはバーバリーのグレーのフランネル・スーツに身を包んでいる。ブルーのネクタイは、朝の八時と変わらず、きつくきちんと結ばれていた。その男が英語で言った。ただ、ロシア訛りがきつい。「モスクワは昔からずっと危険なところです。残念ながら、この数カ月のあいだに、また急激に危険の度を高めましたしね」

テーブルの向かいの席に座っているのが、ディノ・カディッチの暗殺ターゲットであるイギリス人のアントニー・ホールデンで、彼も相手のロシア人同様、高級な服に身を包んでいた。ブルーの細い縦縞（ピンストライプ）のスーツは、ロンドンの高級ショッピング街のボンド・ストリートで新調したもので、まだ新しく、パリッとしているし、近くのコート掛けには彼のキャメルのコートが掛かっている。ホールデンはロシア人の言葉に驚き、にやりとした。

「この国の保安機関の長のお言葉にしては穏やかでない」

スタニスラフ・ビリュコフはすぐには言葉を返さず、チャチャをひとくち嘗（な）めるようにして飲んだ。チャチャはワインを製造したあとのブドウの搾（しぼ）りかすからつくるグルジア産ブランデーだ。ナプキンのすみで口を拭（ぬぐ）ってから彼は言った。「ＳＶＲ——ロシア対外情報庁——は外国を担当する情報機関ですよ。現時点では、対外環境は比較的良好です。ロシア国内および隣国内の現在の破滅的状況をなんとかしなければならないのは対内保安を担当するＦＳＢ——ロシア連邦保安庁——のほうです」

ホールデンは言った。「申し訳ないけど、そうすぐにはＦＳＢとＳＶＲを分けて考えることはできません。わたしのような古株には、ロシアの情報機関はいまだに、すべてＫＧＢ——国家保安委員会——ですから」それに最近、ＦＳＢとＳＶＲの長官がよく代わる。ビリュコフはもともとＳＶＲ畑の人間だったが、なぜかＦＳＢ長官を短期間やらされたあと突然ＳＶＲへ戻され、ＦＳＢ長官には新たな人物が起用された。

ビリュコフは笑みを浮かべた。「そして、古株には、われわれはみな恐怖の秘密警察官（チェキスト）ということですかな」

ホールデンは笑いを洩（も）らした。「そのとおり。でもチェキストというのは、わたしが現役だったころよりもさらに前のことでしょう」

ビリュコフは手にしていたグラスをかざし、蠟燭（ろうそく）の火のほうへ向けた。そうやって琥珀（こはく）色（いろ）の液体をじっと見つめ、次に口にする言葉を慎重に選んだ。「あなたは外国のかたなので、ご存じないかもしれませんが、ＦＳＢにはロシアだけではなく独立国家共同体の国々をも管轄（かんかつ）する権限があるのです――それらの近隣諸国が主権国家であってもね。われわれはロシアと国境を接する諸国――旧ソ連邦構成共和国――を〝近い外国（ニア・アブロード）〟と呼んでいます」

ホールデンは首をかしげ、知らないふりをし、ビリュコフはその嘘（うそ）を信じたふりをした。ロシア人は言い添えた。「で、少しばかり困惑するようなことにもなりうると言わざるをえません」

ホールデンは返した。「ロシアの対内保安機関の旧ソ連邦構成共和国内での活動には、いささか異常なところがありますな。ソヴィエト連邦はもう存在しないということを、だれかさんがスパイたちに言い忘れてしまったのではないか、とさえ思いたくなる」

ビリュコフは応えずに黙っていた。

ＳＶＲ長官が今夜飲みに誘ってくれたのにはそれなりの目的があるはずで、それはホールデンにもしっかりわかっていたが、いまのところロシア人はまだ手の内を見せようとしない。慎重に計算して、さしさわりのないことしか言わないのだ。イギリス人は誘い水を向けてみた。「どうも彼らはあなたの縄張りで活動しているようじゃないですか?」

ビリュコフは笑い声をあげた。「ＦＳＢは歓迎されているんです、それらの国々に。彼らがグロズヌイ、アルマトイ、ミンスクでやらねばならないことに比べたら、パリや東京やトロントでわたしがやっている仕事なんて、楽しいお遊びです。ここのところ、わが姉妹機関にとってそれは醜悪な日々なのです」

「あなたが今夜わたしに話したかったのは、もしかしてそのことですかな?」

ビリュコフはこの問いにまともに答えず、反対に問いかけた。「われわれは知り合ってどのくらいになります、トニー?」

「知り合ったのは八〇年代の後半でしたな。あなたはロンドンのソ連大使館の館員、文化担当官で、わたしはイギリス外務省の職員でした」

ビリュコフは双方の所属先を訂正した。「わたしはＫＧＢ将校で、あなたはイギリス情報機関員でした」

ホールデンは抗議するような素振りを見せたが、それは一瞬でしかなかった。「まあ、否定してもしようがないということですな」

ロシア人は言った。「当時われわれはまだ〝子供〟でしたね」

「ええ、まさにね」

ビリュコフは少しだけ身を乗り出して顔を寄せるようにした。「びっくりさせるつもりも心配させるつもりもないのですが、わたしはあなたがいまだにイギリス政府との関係を保持していることを知っています」

「たしかにわたしは〝女王陛下の忠臣〟のひとり、つまりイギリス国民です。それがあなたの言いたいことなら、そのとおり」

「ニェート。わたしが言っているのはそういうことではない」

ホールデンの両眉が上がった。「わたしはロシア対外情報庁長官に責められているということですかな、ロシアの首都でスパイ活動をしていると？」

スタニスラフ・ビリュコフはテーブルの上に乗り出していた身を引いた。「まあ、そう大げさに考えないで。あなたがいまなおイギリスの秘密情報局――ＭＩ６――の旧友との交友関係を保っているのはごく自然なことです。あなたのような有力なコネをもつビジネスマンと、祖国のスパイ機関が、多少の情報をやりとりするのは、双方にとってまさに賢いビジネス行為でしかありません」

《すると、これは諜報ゲームなのだな》とホールデンは思い、ちょっと安堵した。スタンはわたしという古い友人を中間連絡員として利用してイギリスの情報機関に接触したいのだ。

《なるほど、それなら納得がいく》とホールデンは思いながら、グラスに残っていたブランデーを飲み干した。ＳＶＲ長官がのこのこイギリス大使館に話しにでかけるなんてことはできまい。

アントニー・ホールデンは言った。「ええ、ＭＩ６には高位の友人がいまも何人かいます。でもね、あまり期待しないでください。わたしはもう引退して久しいのですから。伝えてほしいメッセージがあるなら、どんなものでも伝達はできますが、あなたが事の次第を明瞭（めいりょう）にしてくれればくれるほど、わたしがあなたの意図を台無しにする可能性はそれだけ少なくなります」

ビリュコフは二人のブランデーグラスにチャチャのお代わりを注いだ。「よろしい。どういうことなのかしっかりと説明しましょう。今夜わたしがあなたに――イギリスに――伝えたい情報は、わが国の大統領が強引に、二つの情報機関の再統合――対外諜報と対内保安を統轄する包括的情報組織の復活――を実現しようとしている、というものです」一拍おいて言い添えた。「それは非常に悪いアイディアだと、わたしは思います」

イギリス人は口に含んだブランデーを噴き出しそうになった。「大統領はＫＧＢを再起動（リブート）させたい？」

「ロシア政府（クレムリン）は、たとえヴァレリ・ヴォローディン大統領のクレムリンであっても、新たな情報組織をKGB（カーゲーヴェー）――カミチェート・ガスダールストヴィンノイ・ビザパースナスチ――と呼ぶほど鉄面皮ではないと、わたしも思いますが、その新組織は実質的に旧組織の役割を果たすことになります。ひとつの組織があらゆる情報活動を統轄することになるのです、対外諜報活動も対内保安活動もね」

ホールデンは独り言（ご）つかのように呟（つぶや）いた。「なんてことだ」

ビリュコフは陰鬱（いんうつ）にうなずいた。「有益なことなんて何もない」

ホールデンにはロシア人の言葉は甚だしく控え目な表現だと思えた。

「しかし、なぜそんなことを？」

「ロシア国内でも旧ソ連邦構成共和国内でもさまざまなことが次々に起こっているのです。二カ月前にエストニアへの侵攻が失敗に終わって以来、ヴォローディン大統領とその取り巻きはあらゆる隣接地域へのロシアの影響力を増大させています。大統領は旧ソ連衛星国内での支配力をも強めたいと思っています。戦車で支配できないのなら、スパイでやろう、というわけです」

それくらいのことはホールデンも知っていた。どんな報道機関でも流しているニュースだったからだ。この一年のあいだに、ベラルーシ、カザフスタン、モルドヴァといった国々はみな、選挙で断固として親露・反欧米の政府を選んだ。そして、それらのどの選挙でも、ロシアが干渉したと非難されていた。ロシアは、政治的圧力をかけて、あるいは情報機関や犯罪組織を利用して、選挙に干渉し、政府(モスクワ)を利する結果を引っぱり出したのだという。

他の隣接する数カ国でもいまや、おもにモスクワに煽(あお)られて国内勢力の対立が激化してしまっている。ロシアのエストニア侵攻は不成功に終わったが、ウクライナへの侵攻の脅威がなお存在する。加えて、グルジアでの内戦に近い争乱、ラトヴィアとリトアニアでの紛糾甚だしい大統領選挙戦があり、さらに他の近隣諸国でも暴動や抗議行動が起こっている。

ビリュコフはつづけた。「この近隣諸国への支配力拡大の指揮をとっているのは、現在もう一方の情報機関FSBでわたしと同等の地位にあるロマン・タラノフ長官です。ロシアの対外諜報活動をも完全にコントロールできるようになったらタラノフは、影響力を増大させ、〝近い外国(ニア・アブロード)〟の向こうにある国々まで不安定化させはじめるでしょう。ロシアはウクライナに侵攻します、たぶん数週間以内に。まずはクリミア半島の併合。次いで、欧米による抵抗がなければ、そこからさらにウクライナの領土を獲(と)りにいきます、はるかドニエプル川までね。そしてそれが達成されたあかつきには、ヴォローディンは力に物を言わせて、国境を接する隣国だけでなく旧ワルシャワ条約機構国とも有利な同盟関係を結びにかかると、わたしは思っています。彼は旧ソ連圏・旧東欧圏全体をクレムリンの支配下にもどせると信じているのです。ポーランド、チェコ、ハンガリー、ブルガリア、ルーマニア。こうした国々が次に倒されるドミノ牌（パイ）になります」

ビリュコフは相変わらずブランデーをちびちびやっていたが、ホールデンは飲むどころではなくなっていた。これは良くても「新たな冷戦（コールド・ウォー）がはじまる」という話なのだ。新たな熱戦（ホット・ウォー）――武力による本物の戦争――が起こりかねない状況になるということだ。もう長い付き合いだったので、イギリス人はロシア人に誇張癖がないことを知っていた。

ホールデンは訊（き）いた。「もしタラノフがＳＶＲの支配権までにぎったら、きみはどうなるんだね、スタン？」

「わたしはわが国の脆弱（ぜいじゃく）な民主主義を心配しているんです。ロシア国民の自由が心配なんです。欧米との大戦争を起こしかねない危険な拡大主義が心配でたまらないのです」ビリュコフは笑みを浮かべながら肩をすくめた。「わたし個人の雇用の見通しなど、どうでもいいんですよ」

ロシア人はすぐにまた口をひらき、付け加えた。「遠からずまた、さらなる情報を提供します。情報源取り込みの経験はわたしにもあなたにもあります。あるていど時間がかかるんです。おわかりでしょう」

ホールデンは驚いて笑い声をあげた。「あなたはわたしのスパイになりたいと？」

ＳＶＲ長官はぐっとテーブル上に身を乗り出し、顔をイギリス人に近づけた。「わたしは安いですよ、ほとんどの情報提供者よりもね。見返りにわたしが望むのは、お金ではありません。わが国の対外諜報活動への支配力を強めようとするFSBの野望を阻止するために、欧米ができるだけのことをして――むろん政治的にですが――わたしを安心させてくれさえすればいいのです。わたしが望むのはそれだけ。あなたがたがこのことを全世界に知れわたるようにしてくれたら、タラノフとヴォローディンの計画に水を差すことができるのではないでしょうか」

このニュースはヨーロッパでの自分の投資にどのような影響をおよぼすのだろうか、とホールデンは知らぬまに考えていた。いまの彼はやはり、何よりもまずビジネスマンなのだ。だが、ホールデンはビジネスマンとしての思考を振り払い、諜報活動にあたっていた過去の日々を思い出そうと懸命になった。

そして、これは難しい仕事だと思った。自分はＭＩ６を辞めてもう二〇年近くにもなる。ホールデンは両手を上げて〝降参〟の仕種をして見せた。「わたしは……もう……この種のゲームから完全に離れてしまっていますからねえ。もちろん、真っすぐロンドンへもどり、旧友たちに話すことはできます。そうすれば彼らは、この先あなたの情報を伝えるパイプ役としてわたしよりもふさわしい者を見つけてくれるでしょう」

「あなたじゃないと駄目なんです、トニー。わたしはあなたにしか話しません」

アントニー・ホールデンはゆっくりとうなずいた。「わかりました」しばし考えてから言葉を継いだ。「来週、ここで片づけなければならないビジネスがあります。また会えますか？」

「ええ。でも、そのあとは、情報の伝達を自動化する必要がありますか？」

「そりゃ、もちろん。たびたび夜のデートを重ねるなんて、どちらにとってもよろしくない」

スタニスラフ・ビリュコフはにやっと笑った。「いちおう注意しておきますけどね、わが妻はロマン・タラノフFSB長官とまさに同じくらい危険なんです」

「さて、それはどうかなあ」

7

アメリカ合衆国大統領ジャック・ライアンはホワイトハウスのサウス・ポーティコウ（南ポーチ）の外に立っていた。そばには妻のキャシーがいて、二人の両脇をシークレット・サーヴィスの警護班が固めている。ワシントンDCは爽やかな春の午後で、空は抜けるような青、気温は低く、華氏四〇度台前半（摂氏四・五度から七度のあいだ）。庭内路を走ってくる黒塗りのフォード・エクスペディションを見まもりながらライアンは、この素晴らしい天気ならサウス・ローンでさぞかし客とのステキな記念写真が撮れるだろうに、と思わずにはいられなかった。

だが、今日は写真はなしだ。ある人物による今日の訪問そのものが、いつもはきちんとつけられるホワイトハウス訪問者記録にも載らない。世界中のだれもが知ることができるようにインターネット上で公表される――そうされる理由がジャックにはまったくわからない――大統領の公式スケジュールも、今日はライアンに関する部分が曖昧にされている。「プライヴェート・ランチ――レジデンス。午後一時から二時三〇分まで」としか書かれていないのだ。

それに、国務長官のスコット・アドラーが大反対していて、もし彼が我を押し通していれば、この会食そのものが実現しなかった。

しかしライアンはＰＯＴＵＳ（プレジデント・オブ・ジ・ユナイティッド・ステイツ＝アメリカ合衆国大統領）なのであり、この件については自分の思いどおりにした。なにしろ今日の訪問者は友だちであり、その友だちがこの街に滞在しているのだ。ランチに招いてはいけない理由などライアンには何ら見出せなかった。

エクスペディションが自分たちの前にとまるのを待つあいだに、キャシー・ライアンが夫のほうに身を寄せて言った。「この人にいちど銃を突きつけられたことがあるんでしょう？」

そういうこともあったなとライアンは心のなかで認めた。悪戯っぽくにやっと笑って答えた。「ごめん、ハニー。それは機密事項でね。とにかく、きみだってセルゲイを知っているじゃないか。いまは友だちだよ」

キャシーはたわむれに夫の腕をつねった。そしてさらにふざけて冗談を言った。「シークレット・サーヴィスはボディーチェックをちゃんとしたんでしょうね？」

「キャシー」ライアンはわざと怒った声を出してみせたが、すぐに冗談に切り換えた。「うーん……そうしておいてもらわないとね」

ライアンの警護班長であるアンドリア・プライス＝オデイ警護官はこのやりとりを聞き取れるほど近くに立っていた。「その件につきましては、大統領閣下、もしものときはご自分で彼をやっつけられるのではと、わたしは思います」

エクスペディションが彼らの真ん前にとまり、シークレット・サーヴィス警護官のひとりが後部ドアをあけた。

数秒後、元KGB将校にして元SVR（ロシア対外情報庁）長官のセルゲイ・ゴロフコがゆっくりと車から降りてきた。

「セルゲイ！」ライアンは優しい笑顔を満面に浮かべて手を差し出した。

「大統領閣下」ゴロフコもにっこり笑って応えた。

キャシーが前に進み出て、キスを受けた。彼女もセルゲイ・ゴロフコには会ったことがあり、そのときは優しい穏やかな人物という印象をもった。ただ、具体的にどういうことだったのかは知らないが、その昔、ゴロフコと夫のジャックとのあいだにずいぶんと乱暴なことが起こったということだけは知っていた。

体をまわしてホワイトハウスのなかに戻ろうとしたときライアンは、前回会ったときよりもゴロフコはずいぶん老けこんでしまったようだな、と思わずにはいられなかった。顔に笑みを浮かべているものの、動きが緩慢で元気がなく、ブルーのスーツに包まれた両肩も力なく下がって前かがみになっている。

たいして驚くべきことではない、とライアンは自分に言い聞かせた。ロシアの男性の平均寿命は六〇歳ほどにすぎず、セルゲイは七〇過ぎなのだ。それにゴロフコは、この二週間、アメリカ中をまわって、へとへとになる講演ツアーをしてきたのである。少しくらいくたびれて見えるのはあたりまえじゃないか。

《現実を直視するんだ、ジャック》ライアンは心のなかで自分を諭した。《だれだって年をとるんだ》

取り巻きとともに、上の階にのぼる階段へ向かってディプロマティック・レセプション・ルーム（外交官応接室）を通り抜けようとしていたとき、ジャックは自分よりは小柄なロシア人の背中に手をおいた。「調子はどうです、マイ・フレンド？」

「いいですよ」セルゲイ・ゴロフコは歩きながら答えた。が、すぐに肩をすくめて言い添えた。「今朝は起きたら気分が少々すぐれませんでね。昨夜、カンザス州ローレンスでバーベキュー・ブリスケットとかいうものを食べまして、どうやらロシア製のわたしの鉄の胃袋もそれへの準備ができていなかったようです」

ライアンは笑いを洩らし、片腕をまわして旧友の体を抱くようにした。「それは気の毒に。ここのスタッフには優秀な内科医もいます。お望みなら、昼食の前に彼女を呼んで、診てもらうこともできますよ」

ゴロフコは礼儀正しく首を振った。「ニェート。大丈夫です。ありがとう、イワン・エメトヴィッチ」気づいてハッとし、言いなおした。「失礼、大統領閣下」

「イワン・エメトヴィッチでいいんですよ、セルゲイ・ニコラーエヴィッチ。父称を使ってもらえるのは嬉しいし、ありがたい」ジャック・ライアンことジョン・パトリック・ライアンのいまは亡き父親の名前はエメット。イワンはもちろんジョンに対応するロシア名だ。


アントニー・ホールデンとスタニスラフ・ビリュコフはレストラン『ヴァニリ』の玄関の間でしゃべりながらコートに腕を通しはじめた。二人が店から出る準備をしているあいだに、SVR長官の警護班長が無線で外の通りにいる警護官たちに連絡し、ビリュコフのランドローヴァーを玄関前につけるよう命じた。

ホールデンとビリュコフは握手した。

「では、また来週、アントニー・アルトゥロヴィッチ」

「さようなら（ダー・スヴィダーニィヤ）、スタン」

アントニー・ホールデンはビリュコフの警護官のひとりといっしょにドアを抜けて外に出た。ボディーガードのひとりが警護対象の長官よりも先に出ていったのは、通りをあらかじめチェックするためだ。ビリュコフ自身はほかの三人の警護官にかこまれてドアの内側に立ったまま、〝問題なし、安全〟という合図を待っていた。

ホールデンがSUVの列のうしろの縁石まで歩いてタクシーを呼びとめようとしたとき、ビリュコフが外に出るようにうながされた。ロシア人がドアをあけて外に出ると、イギリス人は二五フィート（約七・六メートル）前方にいた。『ヴァニリ』のドアのすぐ外の両側に置かれた二つのプランターのあいだをビリュコフが通り抜けようとした瞬間、あたり一帯が閃光（せんこう）に包まれた。

一〇〇万分の数秒後に雷鳴のような爆発音がして、爆風で近くにあったすべてのものが振動した。

警護官たちの体がずたずたに引き裂かれて吹き飛び、通りに散らばった。装甲板で補強されたレンジローヴァーがマッチ箱の車のようにガタガタ揺れたり転がったりした。凄（すさ）まじい勢いで飛び散った金属片が窓ガラスを粉々に打ち砕き、一〇〇メートル離れたところにいた通行人をも負傷させた。数十台の車の盗難防止用アラームがけたたましい警報音を一斉にあげ、いちばん大きな苦痛のうめき声やショックの悲鳴をもほとんど掻（か）き消してしまった。

公園の広場の向かい側にとまっていたラーダのなかで、運転席のディノ・カディッチがもとどおり上半身を起こし、背筋を伸ばして座る姿勢にもどった。彼はそれまで、床にひざまずくようにして屈みこんでいたのである。そうやって、真っすぐ飛んでくる爆弾の金属片にやられないように身を護りつつ、携帯電話のキーを押したのだ。彼が乗っているセダンは銀行の建物の角を楯にできるような位置にあったが、念のため上体をしっかり下げたまま爆弾を爆発させたのである。

地上に降りそそぐ爆発の破片の雨がまだすっかり収まらぬうちに、カディッチはラーダを始動させ、まばらな夜の車の流れのなかに入った。そしてそのまま、破壊し尽くされた爆発現場をいちども振り返ることなく、落ち着いて車をゆっくりと走らせた。ただ、現場から去るさいに、ほんの少しだけ窓を下げ、いちど深く息を吸いこみ、すでにあたりに漂いはじめていた煙の臭いをかいだ。

ジャック・ライアン大統領とファーストレディーのキャシー・ライアンは、ホワイトハウスの二階にあるレジデンス（居住区）の家族用ダイニングルームのテーブルについて客といっしょに昼食をとっていた。隣の部屋はウエスト・シッティング・ホール（西の居間）で、その向こうにマスター・ベッドルーム（主寝室）がある。今日の昼食には、国家情報長官のメアリ・パット・フォーリと、彼女の夫で元ＣＩＡ長官のエド・フォーリも呼ばれていた。

　ロシアの情報機関の元長官をアメリカの大統領がホワイトハウスのプライヴェートなダイニングルームでの昼食に招くということ自体、今日のこの昼食会のことを知った少数の人々にとっていささか非現実的なことのように思えたし、彼らはいやおうなく冷戦時代を思い出すことになった。だが、時代は変わったのだ、さまざまな点で。

　セルゲイ・ゴロフコはもはやロシアの情報機関の一員ではない――いや、実は、いまやその反対勢力の一員と言ってもよい。いまのゴロフコは一般の民間人で、現在クレムリンに居座る権力者たちにとって心配の種になりつつあった。だから国務省はライアン大統領に警告したのである――ゴロフコがホワイトハウスの昼食に招かれたと知ったら、ロシア政府は挑発行為と見なすだろう、と。ジャックはこの注意にしぶしぶしたがった。ただし、半分だけ。彼は昼食会を非公式の私的なものとし、外部にその情報が洩れないようにせよと命じたのだ。

　セルゲイ・ゴロフコは三年前に情報機関の仕事から引退し、そのほぼ直後にロシアで大きなニュース種になった。情報機関の長官にまで昇りつめた者は政界かビジネス界に入るのがふつうなのに、彼がそうしなかったからである。いや、それどころかゴロフコは、わずかな年金だけで暮らしはじめ、〈シロヴィキ〉を非難する発言さえ開始したのだ。〈シロヴィキ〉というのは「情報・治安機関か国防機関の出身で、いまは高位にある有力な政治指導者たち」を意味するロシア語である。クレムリンは現在、元スパイと元軍人で満杯といった状態で、彼らは権力を獲得し保持するために固く結束し、協力し合っており、治安機関出身者はかつて対内保安を確保するうえで学んだ技を、いまや国民の私生活の隅々までコントロールするのに利用している。

新たにクレムリンの頂点に立った男、六〇歳になるヴァレリ・ヴォローディン大統領その人も、長年ＦＳＢ（ロシア連邦保安庁）で働き、若いころはＫＧＢ将校だったという経歴の持ち主であり、いわゆる〈シロヴィキ〉の一員だった。現在、行政府および立法府で働く者の大部分が、対内保安か対外諜報（ちょうほう）を担当する機関、すなわちＦＳＢかＳＶＲ、またはＧＲＵ（ロシア軍参謀本部情報総局）の出身者になっている。

もちろん、ゴロフコがヴォローディン政権の政策と行動への不満を公言しはじめても、ヴォローディン大統領がその元ＳＶＲ長官の批判――とりわけ新政権による民主主義的制度を後退させる措置への非難――を快く受け入れるなどということはなかった。だから、断固たる〈シロヴィキ〉批判を展開していたゴロフコは、自分の身に危険が及ぶようになるのは時間の問題だと覚悟した。まだＳＶＲに残っていたゴロフコの旧友たちは、ロシアを離れて祖国を振り返らないようにするのが一番よいと、元長官に注意をうながした。沈鬱（ちんうつ）な思いで元ＳＶＲ長官は祖国を離れてイギリスに亡命し、ロンドンに移り住んだ。

そして、この一年、そこでかなり倹しい生活を送ったが、ヴォローディンとその閣僚たちを批判することはやめなかった。彼はいまや講演旅行で世界中をまわり、毎週のようにどこかしらの国のテレビに姿をあらわし、インタヴューを受けたり円卓討論会に出席したりしている。

ライアンはテーブルの真向かいに座っているゴロフコを見やり、こんなに病弱そうに見える者がどうやって自分のものと変わらないほどきついスケジュールをこなしているのだろう、と思わずにはいられなかった。

ゴロフコは友の顔に浮かんだ表情を読みとり、ライアンに微笑んだ。「イワン・エメトヴィッチ、お子さんたちはお元気ですかな？」

「ええ、みな元気にしています。次女のケイティと末っ子のカイルはここワシントンＤＣの学校に通っています。長女のサリーはジョンズ・ホプキンズ大学病院で研修医をしていますが、もうすぐ研修期間を終えます」

「一家にドクターが三人ですか。素晴らしい、すごいですね」ゴロフコはライアン夫婦に乾杯する仕種をしてからワイングラスをかたむけた。

ジャックは笑いを洩らした。「たしかにドクターは三人いますが、医者は二人だけです。わたしは歴史の博士で、子供がたくさんいる家庭にとっては、自分の専門は医学ほどには役立たないと、しっかり思い知らされてきました」

「で、ジュニアはここのところ何を？」セルゲイ・ゴロフコは訊いた。

「実は、ジャック・ジュニアはいま、あなたの住まいがある都市にいるのです。二カ月前にロンドンに引っ越したばかりです」

「ほう、そうですか」ゴロフコは軽い驚きをあらわにした。「向こうで何をしているんです？」

「民間の会社でビジネス分析をしています。毎日、企業買収や国際金融取引を分析・評価しています」

「あっ、ではシティで働いているのですね？」

「そうです。でも住んでいるのはアールズ・コート」

ゴロフコはにやりと笑った。「彼は父親の頭脳を受け継いでいます。諜報員になるべきでしたな」

大統領は心の動揺を外に出さないように注意しながらサラダをひとくち食べた。

キャシー・ライアンが言葉を割りこませた。「スパイは家族にひとりで充分。そう思いませんか？」

ゴロフコは水のグラスを掲げてキャシーに乾杯する仕種をして見せた。「ええ、もちろん、そう思います。なかなか難しい職業ですからね。家族にとっても。わたしにもよくわかります、ヤング・ジャックが安全な職業に就いてくれているんで、あなたもほんとうに安心ですよね」

キャシーはアイスティーをひとくち飲んだ。「ええ、それはもう」

妻は自分よりもずっとポーカー・フェイスがうまい、とジャックは思った。

ゴロフコが言葉を継いだ。「彼に会いたいですね。わたしが住んでいるのはノッティング・ヒルで、アールズ・コートはそう遠くはない。そのうち夜にでもヤング・イワン・イワノヴィッチに時間を見つけてもらい、ディナーをともにできたらと思います」

「息子も喜んでお誘いに乗ると思いますね」ライアンは応えた。

「でも、心配ご無用。古い〝戦争話〟をたっぷり聞かせるつもりはありませんから」

「まあ、聞かされても、息子は信じないでしょうけど」

突然、部屋に笑いが満ちた。同席していたエド・フォーリとメアリ・パットも、二人のあいだに起こったことをすべて知っていた。キャシーだけが、この高齢のロシア人がかつて夫にとって脅威であったことをなかなか想像できずにいる。

会話がエドとメアリ・パットのことに移り、八〇年代に二人がＣＩＡ要員としてモスクワで過ごしたときのことが話題になった。二人はロシアという国、その国民、慣習が大好きで、そうしたことについて話した。

ライアンは料理を食べながらも、真向かいに座るゴロフコを観察しつづけた。きっとロシアの旧友はアイスティーなど飲まずにウォッカばかり飲んでいるのではないか、とライアンは思った。いつもボルシチを食べていてポーク・テンダーロインなんて食べないのではないか？　フォークで料理を刺したりつついたりしてはいるが、どうもひとくちも食べていないようだ。

キャシーが講演ツアーのことを尋ねると、セルゲイ・ゴロフコはそれでかなり元気になったように見えた。彼はこの二週間にアメリカ各地のほぼ一ダースもの都市をまわった。人を見る目は確かなので、どんな人物についても気の利いたことを言えたし、おもに大学で、自分がヴァレリ・ヴォローディン政権の腐敗と見なしていることについて語った。彼はそのメッセージをいっそう強力に発信するために自宅で本を執筆中でもあった。

その件についてエド・フォーリが言った。「セルゲイ、ヴァレリ・ヴォローディン大統領の一期目がはじまって一年になります。つい昨日もヴォローディンは、ロシア全国の八三の連邦構成主体の長を任命する権限をみずからに与える新しい法令に署名しました。わたしのような古株には、どうも現在、民主主義の後退が勢いを増しているように思えます」

ゴロフコは応えた。「ヴォローディンの視点から見ると、そうするのが当然なのです」

「どういうことです？」

「地方選挙が今年中にあります。可能性としては低いといっても、各地域の人々が中央政府に忠実ではない者を選んでしまう恐れはたえずあります。モスクワからすべてを支配するというのがヴォローディンの最終目的です。八三の連邦構成主体の長に配下の者たちを据えられれば、その目的の実現がたやすくなります」

今度はメアリ・パットが尋ねた。「ヴォローディンの一期目の終わりには、ロシアの民主主義はどうなっていると思いますか？」

ゴロフコは氷の入った水をたっぷり飲んでから言った。「ヴォローディン大統領は『ロシアにはロシアにふさわしい特別な民主主義がある』と言って、みずからの〝鉄拳支配〟を釈明しています。ヴォローディンはメディアの大部分をコントロールし、連邦構成主体の長を自分に都合のよいように選び、ビジネスの決定を下すさいにクレムリンの利益を念頭においていないと思われるビジネスマンを投獄しています。彼の釈明はそうしたことを正当化しようとする言い逃れにすぎません」ゴロフコはさも不快そうに首をゆっくりと振った。ロシア人の薄い白髪の下の頭皮が汗でてかりだしていることにライアンは気づいた。ゴロフコはつづけた。「特別な民主主義——ロシアの特別な民主主義なるものは、よその国々では別の言葉で呼ばれているものです。すなわち独裁」

テーブルをかこむだれもがうなずいて同意した。

「ロシアでいま起こっていることは統治というものではありません。犯罪です。ヴォローディンとその取り巻きは、半国営の天然ガス会社ガスプロムと国営石油会社ロスネフチの株式を何十億ドル分も保有し、さらに銀行、運送会社、製材会社を少数者で所有して、それらの完全支配をもおこなっています。彼らは国家の富と天然資源を略奪しているのです、それもクレムリンの権力を利用して。あと三年間、ヴォローディンとその〈シロヴィキ〉どもが権力の座にとどまったら、わずかに残っているロシアの民主主義も完全に消えてなくなると、わたしは心配しております。これは誇張でも何でもありません。ロシアのいまの中央権力は、下り坂を転げ落ちながら雪を集めて膨れ上がっていく雪玉です。どんどん大きくなり、スピードもぐんぐん速くなっていきます。あと二、三年でだれも止められなくなるでしょう」

「国民はなぜ我慢しているんですか?」キャシーが訊いた。

「ロシアにおける社会契約はとてもシンプルなものです。国民は安全と繁栄が得られれば、喜んで自由をあきらめ、政府の腐敗には目をつむります。ただ、これは安全と繁栄が得られているあいだだけで、現在そのどちらも衰えはじめています。

わたしも一九九〇年代初頭のロシアのハイパーインフレを身をもって体験しました。一〇〇ルーブル持って食料品を買いに出かけるのがふつうだった年金生活者が、突如、同量の食品を買うのに一六〇万ルーブルも必要になったことを知ったのです。要するに、餓死するしかないね、と客に告げるのが店主のおもな仕事になったわけです。

そういう日々が去ってほんとうに良かったと、ロシア国民は思っているのです。ヴォローディンは独裁者ですが、国民の大半は彼を保護者と見なしています。とはいえ、ロシアではいま、経済と人口構造が変わりつつあり、それもヴォローディンにとって不利な方向に変わりつつあります。スラヴ人の出生率は、ロシアのみならず、どの国でも、この二〇年近く、心配すべきレベルにまで落ちています。このまま〝鉄拳支配〟がさらに厳しいものになっていき、資源がロシアから持ち出され、国が行き詰まるようなことになれば、ヴォローディンのやりかたがもたらす苦難に気づきはじめる国民がどんどん増えていくでしょう」

セルゲイ・ゴロフコは咳こんだ。が、すぐに咳はおさまり、彼はナプキンで口をぬぐってから言葉を継いだ。「いまのロシアでは、現在の社会契約が履行されなくなったら、新たな契約が結ばれる、ということにはなりません。ただ単に、ヴォローディンがより多くの自由を剝奪するようになるだけです」

ジャック・ライアンが言った。「ベンジャミン・フランクリンがこう言っています。『少しばかりの一時的安全を得るために、なくてはならない大事な自由を放棄する者は、自由も安全も得るに値せず、その双方とも得られない』」

セルゲイ・ゴロフコはその引用句についてしばし考えた。「その人がそれをモスクワで言ったら、レフォルトヴォ刑務所に放りこまれ、ＦＳＢの尋問を受けることになるでしょう」

ジャックは笑みを浮かべた。セルゲイはベンジャミン・フランクリンのことを知らないのだろうか？　それとも忘れてしまっただけなのか？　ライアンは言った。「フランクリンがそう言ったのは、二五〇年前、わが連邦共和国がまだ独立前の試練を乗り越えようとしていたときのことです」

　メアリ・パットが言った。「ヴォローディンについてわたしが心配しているのは、国内のことだけではありません。旧ソ連邦構成共和国内で最近起こっていることには、〝クレムリンの指紋〟がべたべたついていますね」

「ロマン・タラノフの情報機関とヴァレリ・ヴォローディンの力ずくの戦術によって、従属国家からなる広大な地域が創（つく）られてしまったのです」

　ライアンが口を挟んだ。「独立国家共同体加盟国はもはやそれほど独立した状態にないということだね」

　この指摘にゴロフコはしきりにうなずき、ふたたびゴクゴクと水を飲んだ。そして、もういちどナプキンを使ったが、今度は口をぬぐうのではなく、額の汗を軽くたたくようにしてふいた。

「そのとおり。ロシアが選挙に干渉し、政治指導者や有力者を買収したり脅したりし、敵対グループをひそかに弱体化させているのです。

　ベラルーシ、グルジア、モルドヴァ……そうした国々は事実上ロシアの衛星国にもどってしまいました。ウズベキスタンとタジキスタンは旧ソ連・ロシアの支配圏からいちども出たことがありません。他の国々はロシアとの関係をどうするか決めかね、ためらっています。ロシアの隣国がロシア政府(モスクワ)の意向に逆らうとどうなるかは、エストニアで起こったことを見ればわかります。あなたがいなければ、イワン・エメトヴィッチ、エストニアはロシアの属国になっていたはずです。リトアニアとラトヴィアも同じようにロシアの手のなかに落ちていたでしょうね」

ライアンは礼儀正しく訂正した。「ロシアの侵攻を阻止したのはわたしではありませんよ、セルゲイ。ＮＡＴＯです」

ゴロフコは首を振った。「あなたが主導したのです。ヨーロッパ諸国は戦いたくなかった。あなたが彼らを説得したのです」

これはホワイトハウスでは話したくない話題だった。ライアンはかすかにうなずいただけで、何も言わずにアイスティーを口に運んだ。

メアリ・パットが訊いた。「ウクライナ国内の対立についてはどう思いますか？」

「ウクライナは特殊なケースです。国の大きさも関係しています。なにしろグルジアの一〇倍もあり、ウクライナではなくロシアの家系に属する――つまりロシア人である――国民が膨大な数にのぼります。ウクライナはスラヴ国家でもあります。欧米の多くの人々が失念していることですが、ウクライナ、ベラルーシ、ロシアといったスラヴ国家は、同じ歴史的遺産を共有しています。ヴォローディンは明らかに歴史的理由を口実にしてその三国を合体させたいと考えているのです。むろん、旧ソ連邦構成共和国である他の二国を支配して欧米に対する緩衝地帯としたいのです」

エド・フォーリが口をひらいた。「ウクライナがNATO加盟を検討しはじめたとき、もちろんロシアは不満を表明しましたが、そのときはまだそのていどであり、ほんとうにウクライナを脅しにかかったのは、去年ヴォローディンが権力の座についてからです」

セルゲイ・ゴロフコはまた咳こみはじめた。咳がおさまると、その発作を笑って片づけようとした。「失礼。ヴァレリ・ヴォローディンのことが話題になると、つい興奮してしまいまして」

同席していたほとんどの者が慇懃に調子を合わせて笑いを洩らした。だが、ドクター・キャシー・ライアンは笑わなかった。彼女はゴロフコの青ざめた顔色と発汗の増加にしばらく前から気づいていた。「セルゲイ、ここのスタッフに内科医がひとりいます。よかったら、食事のあとモーラに来てもらい、診てもらえますよ、念のため」キャシーは患者の両親に話しかけるときと同じ丁寧だが確信に満ちたプロの口調で診察を勧めた。彼女は、どこかが悪いとの自信があり、それをしっかり相手にわからせたかったが、強要はしなかった。

「お勧め、ほんとうにありがとうございます。キャシー。でも、わたしは今夜発ってイギリスへ戻りますので、明朝もまだ胃の痛みがつづくようでしたら、ロンドンのかかりつけの医者に診てもらいます」ゴロフコは弱々しく微笑んだ。間違いなく不快感に苦しめられている。「明日の朝には気分がずっと良くなっているはずです」

キャシーは深追いしないことにし、それ以上何も言わなかったが、顔には不満の表情を浮かべていた。ジャックはその表情に気づき、この話はこれで終わりはしないとわかった。

《かわいそうなセルゲイ》とライアンは思った。

だがゴロフコは、自分の健康よりも、いま話し合っていることのほうが心配だった。

「そうなんです、エドワード。ロシアは恐れているのです。ウクライナが欧米のほうに向きなおってロシアの勢力圏から出てしまうことを。ナショナリストたちがウクライナの支配権をにぎったのを知って、ヴォローディンは逆上しました。彼はウクライナがＮＡＴＯに加盟することを恐れているのです。そうなったら、欧米は同国を護るために戦わざるをえなくなりますからね」

ゴロフコはいったん口を休めてから付け加えた。「ヴォローディンはウクライナ南部のクリミア半島に目をつけています。ウクライナがＮＡＴＯに加盟してしまったら、クリミア占領が難しくなることくらい、彼も承知しています。ですから当然、早いところ侵攻しなければならないと思っているはずです」

ライアンが言った。「たしかに現在、ウクライナとＮＡＴＯとのあいだには何の条約もありません。いまヴォローディンがクリミア侵攻を開始したら、ヨーロッパが参戦する可能性は皆無と言ってよいでしょう」

　ゴロフコは片手を中空に振り上げて何かを払うような仕種をして見せた。「ヨーロッパは石油と天然ガスを欲しがり、ロシアがそれらを供給しているのです。ヨーロッパ諸国は長いあいだモスクワに媚びへつらってきました」

「公平を期するために言えば」ライアンは言葉を返した。「ヨーロッパ諸国は石油と天然ガスを必要としているのです。好ましいこととは言えませんがね、ロシアを喜ばせておくことが彼らの利益になります」

「それはわかりますが、ロシアが東欧および中欧の国々に傀儡政権を次々に誕生させてヨーロッパ諸国にどんどん近づいていくにつれ、NATO加盟国はその問題で動くのがそれだけ難しくなっていきます。まだ動く力が多少とも残っているうちに、モスクワに対する影響力を行使すべきです」

　その点に関してはライアンもセルゲイ・ゴロフコの意見に賛成だった。しかし、この問題はここ何年かのあいだに大きくなりつづけていて、昼食をとりながら解決できるようなものではないこともライアンにはわかっていた。

　デザートのソルベの盛り合わせを食べたあと、メアリ・パットとエド・フォーリが暇を告げた。セルゲイ・ゴロフコはデザートには手をつけなかった。ライアンとキャシーはロシア人を廊下の先にあるイエロー・オーヴァル・ルームへ誘った。その卵形の部屋はキャシーが私的な接待に使うのを好むフォーマルな応接間だった。

途中、ゴロフコはトイレを使わせてほしいと言い、ジャックが居間のそばのトイレへ案内した。ジャックが廊下にもどるや、キャシーが近づいてきた。

彼女は小声でそっと言った。「病気よ、彼は」

「うん、体に合わないものを食べたと言っていたね」

キャシーは顔をしかめた。「その程度のこととは思えないわ。もっと深刻。どうやるかはあなたに任せるけど、なんとか彼を説得して、モーラに診てもらうようにしてもらいたいの、空港に行く前にね」

「しかし、どうやればいいのか、わたしには――」

「あなたなら上手に説得できます、間違いなく。わたし、ほんとうに心配なの、ジャック。あの人、重病だと思う」

「どこが悪いというのかね？」ジャックはぎょっとし、たじろいだ。

「それはわからないけど、しっかり調べてもらう必要があることは確か。明日じゃなく今日中にね」

「よし、説得してみる。でも、不撓不屈の男だからね。いままでずっとそうだった」

「不撓不屈はいいけど、愚かになってはだめ。自分は利口な男だということを彼に思い出させてちょうだい」

ライアンは妻にしぶしぶ従うことにし、うなずいた。彼はアメリカ合衆国大統領だったが、妻には従順な夫でもあり、何よりもまず、午後の残りをセルゲイのことでキャシーに長々と文句を言われて過ごしたいとは思わなかった。

8

ディノ・カディッチは爆発の三〇分後には借りた部屋にもどり、冷蔵庫からビールを一本とりだし、テレビをつけた。荷物をまとめる仕事が残っていたが、ヤルピーヴァの黒ビールを一本飲むくらいの時間はあるはずだと思った。ともかく朝一番に列車でモスクリを離れなければならない。それはわかっている。だが、数分くらいぐずぐずし、自分の作戦を報道するニュースを見たりして、すこし楽しんでも問題なかろう。

長く待つ必要はなかった。ビールを二、三口飲んだところで、早くもテレビ画面に最初の映像があらわれた。砕け散ったガラス。レストランの正面で燃え上がる炎。カメラは左へパンし、吹き飛ばされて通りに散らばる数台のSUVをなめた。その向こうにドームを冠(かむ)る救世主ハリストトス大聖堂が見える。そこの窓ガラスが緊急車両の回転灯の光を反射していた。

と身をあずけた。

カディッチは自分が創りだした混沌の美しさにうっとりし、ソファーの背もたれにぐっ

いままさに爆発現場にいる魅力的な女性リポーターは、まわりに存在する殺戮の跡に強烈なショックを受け、完全に動揺しているようだった。マイクを口もとにかかげ、言葉を見つけようと必死になっている。

爆弾事件について知りえたわずかなことを伝えようとするリポーターを見て、カディッチはにやりと笑った。彼女は破壊し尽くされた現場を詳しく伝えようとするのだが、やたらに言葉に詰まり、ぴったりこない貧弱な形容詞しか口にできない。

だが、一分もすると、彼女は片手を上げて耳にあて、突然しゃべるのをやめた。イヤホンから飛び出したプロデューサーの声を聞いているのだ。

すぐに彼女の目が大きく広がった。

「それ、確認とれたんですか？　いまここで言っていいんですか？」リポーターはイヤホンを通して返ってくる答えを待った。

何なんだ、どうしたんだ、とディノ・カディッチは思った。

素早くうなずき、リポーターは言った。「いま入りました情報によりますと、対外情報庁長官のスタニスラフ・アルカディエヴィッチ・ビリュコフ氏が、問題のレストランから出ようとしたときにちょうど爆発が起こり、負傷したとのことです。現在の容態は不明で

す」

カディッチはビールの瓶をゆっくりと下げ、テレビ画面を凝視した。裏を読もうとする性癖がとぼしい素直な男なら、レストラン『ヴァニリ』爆弾事件の最初の現場リポーターがいま口にしたことは何かの間違いだと思ったことだろう。この女、いいかげんな情報を流しやがった、と思いこんだはずだ。こういう事件の発生直後に現場に到着したばかりのリポーターが、不確かな情報を伝えてしまうというのは、稀なことではなく、むしろ普通のことなのである。

しかし、何十年にもわたって情報機関やマフィア組織と仕事をしてきたディノ・カディッチは、裏を読まずにはいられない、ひねくれた男になってしまっていた。だから、爆発時にビリュコフがレストラン正面の歩道にいたというニュースを耳にしたとき、即座に正しい情報だと判断し、それは偶然でも何でもないと悟った。

おれはハメられたのだ、とカディッチは思った。ホールデンの暗殺を依頼してきた者は、爆弾を爆発させる時間と場所を指定し、爆薬をいつもより多く使って爆発の影響がおよぶ半径を広げるように要求した。依頼者が何者であろうと、そいつは真のターゲットであるSVR（ロシア対外情報庁）長官を殺すために、おれを操って暗殺作戦を調整したのだ。

「ウ・ピチュク・マテリヌ！」思わず口をついて出たのは〝オー・ファック〟に近いクロアチア語だったが、正確にはそれよりもずっと汚い言葉だった。

ディノ・カディッチにわかったことがほかにもあった。それは、こんなふうに自分をハメた連中は、ためらうことなく口封じのためにだれかを送りこんでくるということだ。おれひとりに罪を着せて、ほかのだれもいっしょに破滅させないようにするためだ。

借りたアパートの小さなソファーに座ったまま、カディッチは確信した。

問題は、やつらがおれの命を奪いに来るかどうかではない。やつらがいつ来るかだ。

そしてカディッチは最悪の場合を考える疑り深い男になっていたので、自分にわずかな時間しか与えなかった。六〇秒で荷物をまとめ、一二〇秒後には下におりて車に乗っていること。

「ステイ・フロスティ」カディッチはアメリカ人から教えてもらった〝冷静さをたもて〟という意味の英語を口にすると、ビール瓶をテレビに投げつけ、跳ねるように立ち上がった。そして、残していってはまずい大事な所有物をかき集め、キャスター付きのダッフルバッグに投げこみはじめた。

暗緑色のジル－130トラック・バス二台が、グルジンスキー・ヴァル通りに建つアパートの建物の玄関に横づけになるのと同時に、双方のバックドアがひらいた。第六〇四〝赤旗勲章受章〟特殊任務センター部隊員二四名が歩道に跳び降りるのに、ほんの数秒しかかからなかった。彼らはロシア内務省に所属する特殊部隊の隊員たちで、国内治安部隊のなかでも最高度に訓練された超エリート集団だった。黒の防弾チョッキ、黒のノーメックス（耐熱難燃性メタ系アラミド繊維）目出し帽、色の入ったアクリルガラスのヴァイザーという出で立ちで、グルジンスキー・ヴァル通りの歩道をたまたま歩いていた者たちには、まるで未来のロボット戦士のように見えた。

　八人の隊員が一階にとどまり、各八人の二チームがそれぞれ別の階段をのぼって四階へ向かった。彼らは一塊になり、ＡＫ－74自動小銃の床尾を肩にあて、銃口をすぐ前の者から少しだけそらせ、階段をのぼっていった。

　四階で階段から出て廊下に入った。廊下に面するドアがいくつかひらいたが、顔をのぞかせたアパート住民たちは、自動小銃を持って目出し帽とヴァイザーで顔をおおう男たちを見ることになり、あわててドアを閉めた。これから起こることなどいっさい知りたくないと、テレビの音量を上げた者もいた。

　通称〝赤旗部隊〟の二チームは４０９号室の前で合流した。隊長が前に出ていき、ドアを破る役目の隊員のすぐうしろについた。

「よし、行くぞ」カディッチは声に出して言った。ソファーから跳ねるように立ち上がってからきっかり六〇秒後のことだった。ダッフルバッグのジッパーを閉めた。ベッド上のバッグを持ち上げようと手を伸ばした。

　と、そのとき、背後の玄関ドアが勢いよくひらいたかと思うと、蝶番からはずれて部屋のなかに吹き飛ばされてきた。カディッチはその方向へ体をクルッと回転させた。が、次の瞬間、両手を上げ、ダッフルバッグを落とした。投降を試みる以外の選択肢はなかった。だが、これから何が起こるのか、ほぼ即座に理解した。

結局、ディノ・カディッチはあくまでも裏を読もうとする、ひねくれ者だった。密告されたのだ。そうでなければ、こういうやつらがこんなに早くここに来られるはずがない。間違いない、絶対に。

ハメられたのだ。

カディッチは声をかすれさせてロシア語でひとこと言った。

「パジャールイスタ!」頼む!

〝赤旗部隊〟の隊長は動きをとめた。が、ほんの一瞬だった。彼は発砲した。他の隊員たちも隊長にならった。いくつもの小銃が火を噴いた。クロアチアの暗殺者は、次々に弾丸を受けて胸を蜂の巣状にされ、うしろへ弾かれ、痙攣した。

そしてそのまま両腕を広げてベッドに仰向けに倒れた。

隊長は部下たちにターゲットの所有物をくまなく調べるように命じ、自分は死人のボディーチェックを開始した。拳銃が一挺、見つかった——それはダッフルバッグのなかに詰めこまれていた。拳銃を見つけた隊員は、手袋をはめた手で銃身をつかみ、握りのほうから隊長にわたした。隊長は拳銃を死んだクロアチア人の手のなかに滑りこませた。そして、男の血だらけの指で拳銃をしっかり包みこんでから、それが床に落ちるにまかせた。

一分後、隊長は言った。「よし、完了だ」肩のマイクを片手でつかんで側面の送信ボタンを押した。「任務完了、問題なし。容疑者ひとり射殺」

隊長はそうする命令を受けていた。高位にあるだれかさんがこの男の死を望んだのだ。それを迅速かつ正当にきちんと実行できる小部隊にやらせる段取りをつけるのは簡単なことだった。

第六〇四〝赤旗勲章受章〟特殊任務センター部隊は、クレムリンにやれと言われたことをやった。

9

ジャック・ライアン、妻のキャシー、そしてセルゲイ・ゴロフコは、イエロー・オーヴァル・ルームに入った。コーヒーの用意ができていたが、ゴロフコはこれにも手をつけなかった。そこでジャックとキャシーもコーヒーを完全に無視し、ひとくちも飲まなかった。

ゴロフコが言った。「食事中、話に熱中してしまい、申し訳ありませんでした」

「いいえ、いいんです、まったく問題ありません」ジャックは返した。

「わたしはだいぶ前に妻を亡くしまして、以来、仕事とわが祖国の歴史的位置のことばかり考えるようになり、ほかのことに頭がまわらなくなりました。ヴァレリ・ヴォローディン支配下のロシアは、恐ろしいところへ向かって後退しつつあるのに、若い世代にはそれを恐れる賢明さがありません。わたしにとって、これ以上に怖いものはないのです。祖国の過去の暗部のことなら、わたしはよく知っています。その知識を利用して、暗黒時代を繰り返させないようにするのが、自分の役目だとわたしは思っているのです」

セルゲイ・ゴロフコはさらにもうすこしアメリカ講演旅行について話したが、なぜか集中力が散漫になっているようで、話がうまくまとまらなくなっていた。額の汗も昼食時よりも増え、発汗量は増すばかりであった。

キャシーの懇願するような表情を見て、ジャック・ライアンは言った。「セルゲイ、ひとつ個人的な願いを聞いてもらえませんか？」

「いいですとも、イワン・エメトヴィッチ」

「内科医に診てもらってくれませんか、ほんとうに念のため」

「お気遣い、ありがとう。でも、必要ありません」

「わたしの立場になって考えてみてください、セルゲイ。元ＳＶＲ長官がここアメリカにやって来て、バーベキュー・ブリスケットを食べて病気になった、なんてことになったら、世界のメディアから何て言われるやら？」

まわりに立っているシークレット・サーヴィスの警護官たちがそっと笑いを洩（も）らした。

だが、セルゲイ・ゴロフコは弱々しい笑みを浮かべただけだ。ジャックはそれに気づき、友のセルゲイはさも楽しそうに大きな声をあげて笑う質（たち）なのに、と思わずにはいられなかった。ジョークを聞いてもセルゲイがそうできなかったことで、ライアンの不安はいっそう膨れ上がった。これはもう、大統領付きの内科医のモーラがほんとうに必要で、絶対に彼女に診てもらわないといけない。

だが、ライアンがさらに強い説得を試みようとしたとき、大統領首席補佐官のアーニー・ヴァン・ダムが廊下に面するドアから上半身だけ部屋のなかに差し入れるようにして顔を見せた。ライアンはヴァン・ダムの顔を見て、びっくりした。首席補佐官が日中に執務室のあるウエスト・ウイング（西棟）を離れてレジデンス（居住区）にやって来ることはめったにないのだ。何かが起こったにちがいない。そんなときでも礼儀を省くことはできない。ライアンはほんのすこしだけ時間を割いてゴロフコをヴァン・ダムに紹介しなければならなかった。ロシア人は大統領首席補佐官と握手し、ふたたびキャシーの真向かいの椅子（いす）に腰を下ろした。

「大統領、お耳に入れたいことが。すぐ終わります」

「オーケー。すまない、セルゲイ、ちょっと失礼するよ。すぐ戻ります。まだ解放しませんからね」

ゴロフコは無言で笑みを返し、うなずいた。

ライアンはヴァン・ダムのあとについてセンター・ホールと呼ばれる中央の廊下に出て、さらに歩き、ウエスト・シッティング・ホール（西の居間）に入った。そこにライアンを待っていた者がいた。メアリ・パット・フォーリ国家情報長官だった。何が起こったにせよ、メアリ・パットはその知らせをたったいま聞いたばかりにちがいない。なぜなら、一〇分前にはいっしょに昼食をとっていて、そのときには緊急事態の情報など摑んでいないように見えた。

「どうしたのかね？」

メアリ・パットが報告した。「ロシアです。三〇分前、スタニスラフ・ビリュコフSVR長官が爆弾で殺害されました。場所はモスクワ中心部、クレムリンから一マイルも離れていないところです」

ライアンは口を真一文字に結んだ。「ああ、なんてこった」

「ええ、われわれは彼のことを気に入っていました。たしかに彼はロシアのスパイでしたが、その仕事をするときでも、こちらが望みうるかぎり公正かつ一徹でした」

ライアンもビリュコフには同じような思いを抱いていた。直接会ったことはなかったが、友人のジョン・クラークがモスクワで残忍な拷問を受けていたさい、その救出にビリュコフが尽力してくれたことは、ライアンも知っていた。それは一年以上も前のことで、さらにそのあともビリュコフは、クラークを秘密裏に中国入りさせてくれ、〈ザ・キャンパス〉

をひそかに支援してくれた。だから、ロシアの情報機関の長のなかから聖人に値する人物を選べ、ということになったら、それはもうスタニスラフ・ビリュコフに決まっている、とライアン大統領は思っていた。彼は尋ねた。「それが暗殺ではなく無差別テロである可能性は少しでもあるのかね？」

メアリ・パットは答えた。「その可能性はゼロだとわたしは思います。ただ、場所がモスクワですからね。去年、ヴォローディンが権力の座についてから、そう、五つか六つは爆弾テロがありました。現場となったレストランは支配層（クリトゥルニイ）に人気があります——ですから、ロシアの上流の客がターゲットにされた可能性はなきにしもあらずです。SVR長官が店内にいたからというわけではとくになくて」

「でも？」ライアンは突っ込んだ。彼はメアリ・パット・フォーリとの仕事が長く、声の調子から彼女の考えをあるていど読み取ることができるようになっていた。

「でも……ご存じのように、他の爆弾事件のいくつかはFSBが実行した〈偽旗作戦（にせはた）〉——偽装テロ——との噂（うわさ）があります。ビリュコフは、ロマン・タラノフFSB長官のようなクレムリン・インサイダー——ヴォローディンの取り巻き——ではありません。それどころか、ビリュコフとタラノフは激しく張り合うライバルと見なされています。いや——」メアリ・パットは訂正した。「そう見なされていました」

ライアンは小首をかしげた。「FSB長官がだれかにSVR長官を殺させた、と言いたいのかね？」

「いえ、そうではありません、大統領。ただ、頭に浮かんだことをそのまま口にし、声に出して考えているだけです。いま大統領がおっしゃった線は、あまりにも刺激的で、とてもありうるとは思えませんが、ヴァレリ・ヴォローディン政権が誕生して以来ロシアで起こっていることはすべて、控えめに言ってもドラマチックです」

ライアンはしばし考えこんだ。「よし、わかった。では、一時間後に執務室（オーヴァル・オフィス）で話し合おう。国家安全保障問題担当者を全員集めてくれ。それまでにもっと情報を集めるように」

メアリ・パットは言った。「ゴロフコ、おしかったですね。上手に振る舞い、大統領に媚（こ）びへつらっていれば、これで仕事にありつけたかもしれませんのにね。SVRの長官職が空席になったのですから」

これはブラック・ユーモアだったが、ライアンは笑わなかった。「セルゲイは、たとえ頭に銃口をつきつけられても、ヴァレリ・ヴォローディンのために働くなんてことはしない」

ライアンはイエロー・オーヴァル・ルームへ戻っていった。ふつうなら、ロシアの情報機関の長が暗殺された可能性があるというような重大事が起こった場合、今日のような私的な親睦会は早めに切り上げて、その大事件への対処法を検討するのだが、せっかくいまゴロフコがそばにいるのだから、彼の見解も聞いておきたかった。

だが、卵形の部屋に入るや、騒動になっていることがわかった。壁際に立っていたシークレット・サーヴィス警護官が、あわててシッティング・エリアのほうへ突進するのが見えたからだ。床に倒れている旧友に気づいたのはそのあとだった。セルゲイ・ゴロフコはいままで座っていた椅子のすぐ横の床に仰向けに横たわっていた。キャシーがそばにいて、彼の手を両手で包みこんでいる。

セルゲイの顔は苦痛でゆがんでいた。

キャシーが顔を上げてジャックを見た。「モーラを呼んで。救急車をサウス・ポーティコウに。ＧＷＵへ運ぶように救急隊員に言って！」ＧＷＵはジョージ・ワシントン大学病院。

ライアンは勢いよく体を回転させて、ふたたびドアから出ていった。警護官はすでに無線で連絡していた。ファーストレディーの命令はシークレット・サーヴィスが実行しているにちがいなかった。それでもジャックは妻の指示にしたがった。

セルゲイ・ゴロフコは救急車の後部に乗せられ、ホワイトハウスの東の出入り口から運び出された。ジャックとキャシーはドア口の内側に立って見送った。

救急車は、ホワイトハウス詰めの記者たちの興味を引かないように、コネチカット通り（アヴェニュー）に入るまでサイレンを鳴らさなかった。

キャシーは病院までゴロフコに付き添っていきたかったが、ジョージ・ワシントン大学病院に着いたら確実に大統領夫人だと気づかれてしまい、そうなったらもう、数分のうちにホワイトハウスの記者会見室は、大声を出して情報を求める記者たちで一杯になってしまう。彼らは自分たちが見逃してしまったことに関する情報をやかましく要求するにちがいない。ともかく、ホワイトハウス付きの内科医が救急車に同乗して病院へ向かったことも、彼女が一流の医師であることも、キャシーにはわかっていた。

ライアン大統領はしばらくして妻と別れ、ウエスト・ウイング（西棟）へ向かった。倒れたゴロフコを目の当（ま）たりにしたショックをなんとか心から追い払い、すぐにはじまる国家安全保障問題の会合に気持ちを集中させようとした。オーヴァル・オフィス（大統領執務室）に着くとすぐに、メアリ・パット国家情報長官とジェイ・キャンフィールドＣＩＡ長官が話したいことがあって控えの間で待っていると、秘書官に告げられた。ジャックは視線を下ろして腕時計に目をやった。会合の開始時間までまだ三〇分ほどある。

「入れてくれ」ライアンはインターコムで指示すると、執務机のふちに座った。

メアリ・パットとキャンフィールドが慌（あわ）ただしく入ってきた。メアリ・パットは少しも時間を無駄にしなかった。「大統領……ひとつ問題が発生しました」

ジャックは机に座るのをやめて立った。「まあ、問題はいろいろ出てくるんじゃないかね。それで?」

「警察がある男を追い詰めてモスクワのアパートで射殺した、とロシアのテレビが伝えています。その男が例のレストランを爆破した犯人だそうです。ディノ・カディッチという名のクロアチア国籍の男」

「なぜそれが問題なのかね?」

メアリ・パットはジェイ・キャンフィールドのほうを見た。キャンフィールドCIA長官はうなずき、視線を上げて大統領を見つめた。「カディッチ……は……われわれが知っている男なのです」

「どういう意味かね?」

「CIA(エージェンシー)の〝資産(アセット)〟だったことがあるのです」

ライアンはがっくりと肩を落とした。そしてふたたび机のふちに座った。「CIAだった?」

「ええ、代理活動だけですが。九〇年代にバルカン半島で活動していました。短期間CIAが給与を払っていた傭兵(ようへい)部隊を率いていたのです。われわれはその部隊に訓練もいくらか施しました。しかし、その武装グループが……ごろつき集団になったので、われわれはカディッチと手を切ったのです。どういうことかおわかりですね?」

「戦争犯罪か?」

「はい、最悪の」

「なんてこった。その男がＣＩＡから金をもらっていたことをロシアは知っているのか？」

メアリ・パットが声をあげた。「カディッチはＣＩＡとのかつての関係を誇張して暗黒街で名を売り、殺し屋として成功しました。まるでＣＩＡ本部(ラングレー)七階の最高幹部用の角部屋が自分のオフィスだった時代もあったかのように聞こえる話を、彼は耳をかたむける者たちにかならず語って聞かせてきました。ですから間違いなく、ロシアはカディッチとＣＩＡ(エージェンシー)との関係を知っています」

「まいったな」ジャックは思わず声を洩らした。「ヴォローディンはロシアのメディアを思いどおりに動かせる。どの朝刊紙も『ＣＩＡの殺し屋がロシア対外情報庁長官を暗殺』という記事をトップにもってくるだろう」

キャンフィールドが言った。「さすが、わかっておられる。もちろん、われわれは否定します。それで効果があるかどうかはわかりませんが」

メアリ・パットが話題を変えた。「ゴロフコのこと、聞きました。大丈夫なんですか？」

ジャックは肩をすくめた。「まったくわからない。食中毒ではないかと思うんだが、わたしはドクターといっても医者ではなく歴史学の博士のほうだからね。ともかく、急いでＧＷＵに運んだ。意識はあったが、かなり弱っていて、見当識を失っていたよ」

「では、彼にビリュコフのことを伝えることはできなかった？」

「うん」ジャックはしばし考えこんだ。「ゴロフコは病院に運びこまれたのだから、彼がホワイトハウスにいたことはそのうち世間の知るところとなる。それがもたらす波紋に備える必要もあるな。むろん、ビリュコフ殺しが引き起こす騒動への準備もしないといけない」

メアリ・パットが二つの件を考え合わせて低く口笛を吹いた。「ジャック・ライアンはロシア対外情報庁長官を暗殺し、同じ日に最強のクレムリン批判者のひとりと会っていた」

キャンフィールドが言い添えた。「で、その批判者は昼食に食べたものを吐いてしまった」

「うーん、これはデフコン2（ツー）かな、最低でも」ジャックはぼそぼそ言った。デフコンとは防衛準備態勢（ディフェンス・レディネス・コンディション）の略で、アメリカ軍の戦争準備態勢を五段階に分けて規定したもの。ごく簡単に言うと、1（ワン）が最高レベルの総力戦態勢、5（ファイヴ）が最低レベルの平時態勢であり、2（ツー）は〝最高〟に次ぐ準戦時態勢。

ちょうどそのとき、スコット・アドラー国務長官がオーヴァル・オフィスのなかに入ってきた。

「スコット」ジャックは言った。「駐米ロシア大使を呼ばないといけない。わたしが直接、ビリュコフへの哀悼の意を表する必要がある」

アドラーは驚きのあまりライアンの顔をじっと見つめた。「それはちょっとやり過ぎではないかと思います」

「きみがまだ知らないことがいくつかあってね。胃薬を取り出しておいたほうがいいぞ、明日のロシアの新聞にどんな記事がでかでかと載るかジェイから聞いているあいだに」

アドラーはゆっくりとソファーに腰を下ろした。「そりゃ素晴らしい」

10

長身の人影がひとつ、なにやら決然とした風情でロンドンの夜のなかを歩き、ケンジントンのいくつもの通りを静かに移動していく。服装は、黒のフード付きスエットシャツに黒の綿のズボン。だから街灯のあいだの暗闇に入ると完全に見えなくなってしまう。そして、街灯の光の下に出て、ふたたび見えるようになっても、顎鬚と口髭のせいで人相は相変わらずはっきりしない。

おまけに顔を下に向けて歩き、片方の肩にかけたバックパックが力強い足取りで左右に揺れる。彼は真剣に取り組んでいたが、地下鉄の駅から家に向かう帰宅途中の二人の中年婦人は、彼が何に真剣に取り組んでいるのかなど知る由もない。二人の婦人は前方から近づいてくる男を見て、車も通らなくなった夜の通りをわたり、安全な向かい側に避難した。

ジャック・ライアン・ジュニアは通りをわたる二人の女性を見まもった。二人が自分を避けたのは確実だった。彼は笑いをかすかに洩らした。無辜の人々を怖がらせることに歓びをおぼえるような人間ではなかったが、自分の大変身ぶりがそれで証明されたのであり、彼はある種の満足感を味わった。

ジャック・ジュニアの変身ぶりは劇的だった。いまや顎鬚と口髭をたっぷりたくわえ、髪をかつてないほど短く刈っている。

キャスター・アンド・ボイル・リスク分析社で仕事をするときは、ピカデリーのすぐそばのジェルマイン通りの店で買った見事な仕立てのスーツを着るのだが、仕事場から離れるとジーンズにスエットシャツまたはトレーニングウェアという格好になる。

数年間つづけてきた格闘技の修練はロンドンでは中断せざるをえず、いまは毎日、ふつうは今夜のように夜遅く、アールズ・コート通りにあるスポーツクラブに通って、ガタイをすこしでも大きくしようとウエイト・リフティングに励んでいる。そして、重いウエイトによるトレーニングと高蛋白食をすでに八週間つづけて、ほぼ一〇ポンドも体重を増やした。増えた筋肉の大部分は、胸、背中、肩、腕につき、それによって立ち居振る舞いも以前とはちがうものになった。歩幅がすこし長くなり、歩くさいの両足のあいだの横幅もちょっと広がった。そのように歩きかたが変わったおかげで、監視されにくくなったという利点もある。ジャック自身、監視テクニックをよく知っていたので、そのくらいのことはわかった。

実際、ここのところ、優に一カ月を超える期間、見知らぬ人にアメリカの大統領の息子だと見破られることはなく、いまやジャック・ジュニアは、祖国の友人たちの大半も街でそばを通り過ぎても自分だとまったく気づかないにちがいない、と思うほどになった。過酷なトレーニング・スケジュールや新たに生やした〝顔面ヘア〟をネタにしたジョークを仕事場の同僚たちに飛ばされても、ジャックは匿名性を確保できるという感覚を得られることが嬉しかった。

むろんジャック・ライアン・ジュニアは、トレーニングという〝課外活動〟のみに励んでいたわけではなく、肝心の仕事にも週に五〇時間以上を割いていた。彼が担当させられていたのはマルコム・ガルブレイスという名のクライアントの件だった。ガルブレイスは石油・天然ガス産業で巨万の富を築いたスコットランド人で、全世界に散らばる数社を所有し、そのなかにはシベリア東部で天然ガスの探査・開発にあたっている規模のかなり大きい企業も含まれていた。彼と他の民間の投資家たちが何十億ドルもの資金を投入してガルブレイス・ロシア・エネルギー社をゼロから創りあげ、一〇年という年月をかけてシベリアという厳しい環境で天然ガスの探査・開発・採掘をつづけ、ついにいまようやく利益をあげはじめたところだった。

ところが、収益をあげはじめて一年もしないうちに、何の警告も受けずに突然、ガルブレイス・ロシア・エネルギー社は脱税の容疑でウラジオストクの法廷に引きずり出されてしまう。そして、ガルブレイスがこの降ってわいたトラブルを解決しようとロシア行きの飛行機に乗りこむよりも早く、「ロシア連邦税務庁が当該会社の全資産を処分して同社の負債を整理すること」という命令が下されてしまった。驚愕すべき手際のよさで、同社の所有財産と資本設備のすべてが嘘みたいな低価格でただちに売却されることになり、マルコム・ガルブレイスと他の外国の投資家たちが所有する株式の時価総額は文字どおりゼロになった。

そして、ガルブレイス・ロシア・エネルギー社の資産を最終的に受け取ったのは、ロシア最大の企業、半国営の天然ガス会社ガスプロムだった。結局ガスプロムは実価の一〇%以下の金しか支払わなかった。さらに、言うまでもないことだが、この投機的な事業を利益のあがるものにするのに必要だった一〇年にわたる探査・開発に一ルーブルも費やさなかった。

ガスプロムはその天然ガス探査・開発会社の社名から〝ガルブレイス〟だけはずし、ロシア・エネルギー社として数日のうちに事業を再開した。

これはどう見ても窃盗だった。外国の民間投資家たちが数十億ドルを投入して利益があがるまでにした会社を、ロシアという国家の諸機関が恥ずかしげもなく共謀して国有化してしまったのだ。

そこでマルコム・ガルブレイスは、この汚泥のような闇のなかで進められた不当な取引を探ってほしいと、キャスター・アンド・ボイル・リスク分析社に依頼したのである。犯罪行為の証拠を見つけられれば、莫大な損失のいくらかは裁判で取り戻せるのではないかと、期待したからだ。むろん、ロシアの裁判所に訴えるのではない。ロシアでの訴訟が無益であることは、この件の当事者全員が知っていた。だが、ガスプロムが全部または一部を所有する会社は世界中に存在する。だから、キャスター・アンド・ボイル社がそうした世界に散らばるガスプロムの資産と失われた数十億ドルとの関連をなんとか証明できれば、第三国の法廷で争って、そうした資産をマルコム・ガルブレイスが勝ち取ることも可能になる。

ジャック・ジュニアはこの複雑だが魅惑的な案件の中心となる担当者だった。もちろん、もっと平凡な合併、買収、市場調査といった、綿密なビジネス情報収集分析が必要になる他の仕事もこなしていた。

ジャック・ライアン・ジュニアはレクサム・ガーデンズ通りのフラットに帰り着き、トレーニングウェアをぬいだ。そのままシャワーを浴びようとバスルームに入ろうとしたとき、電話が鳴った。

「はい？」

「ジャック、やあ。ぐっすり眠っていたんじゃないか、起こしてしまったかな、すまん」

サンディ・ラモントの声だとすぐにわかった。ラモントはキャスター・アンド・ボイル・リスク分析社の上司だ。ジャックは返した。「何かあったんですか?」

「じゃあニュースを見ていないんだな?」

「えっ、ニュース?」

「いやはや、なんとも恐ろしいニュースだよ。アントニー・ホールデンが今夜殺されたんだ」

ジャックがホールデンについて知っていることは、有名なファンドマネージャーで、彼がオフィスを構えるビルはキャスター・アンド・ボイル社とは二、三ブロックしか離れていない、ということくらいだった。会ったことは一度もない。

「なんてこった。殺されたって、どんなふうにです?」

「テロとか、そういうふうなものだったらしい。モスクワのあるレストランが爆破されたんだ。ロシア対外情報庁長官がそこにいた。その長官も死んだよ。トニーは運悪く、暗殺リストに載っていただれかさんと同じ場所で食事をしていたらしい。かわいそうに」

そう言われた瞬間、ジャックはラモントがなぜ電話してきたのかわかった。シティ・オブ・ロンドンで最も成功した国際ファンドマネージャーのひとりが死んだ——それもロシアで——というニュースは、この業界に極めて大きな影響をおよぼしうるからである。だが、そのときジャックの心はシティから離れて、祖国のワシントンDCに戻ってしまっていた。彼は〈ザ・キャンパス〉に思いを馳せ、ロシアの二大情報機関の一方の長が暗殺されて分析員たちのOPTEMPO——作戦テンポ——が速まり、彼らは慌ただしい作業を強いられているのではないか、と思った。もしかしたら、現場の仕事を受け持つ工作部のOPTEMPOも速まっているかもしれない。

《やめろ。余計なことを考えるんじゃない……。〈ザ・キャンパス〉はいま完全な作戦休止状態にあるはずじゃないか》

「ひどいですね」ジャックは応えた。

「ホールデンにとってはね」サンディ・ラモントはいちおう同意した。「だが、われわれにとってはそれほどひどいことではない。彼の顧客リストに目を通し、うちの客になりそうな人を捜すと、案外いるんだよ。うまく舵取りしていたホールデンがいなくなって不安になる投資家がたくさんいる。そうした連中は彼のファンドから金を引き上げ、資金の運用を新たに任せられる場所を探しはじめる。となると、入念な調査をしてくれ、たんまり儲けさせてくれそうなところを見つける手助けをしてくれるキャスター・アンド・ボイル社のような会社が必要になるということだ」

「ワオ、サンディ」ジャックは言った。「世知辛いですね」

「そりゃ世知辛いよ。金がからんでいるからね。現実は厳しいのさ」

「なるほど、了解」ジャックは返した。「でも、いまは忙しいんです。明日も、モスクワ、キプロス、リヒテンシュタイン、グランドケイマンの調査員たちと一日中、電話会議をしなければなりません」

ラモントの呼吸音しか聞こえなくなった。しばらくしてようやく彼は言った。「きみって、闘犬（ピットブル）になっていないか？」

「そうなろうとしています」

「いいかい、ジャック、ガルブレイスの件はとりわけキツイぞ。ロシア連邦税務庁の高官が関与している可能性がどんどん強まっているからな。わたしの経験からすると、そうしたタイプの案件が、うちのクライアントが満足するような形で解決することは絶対にない」

ジャックは訊（き）いた。「わざわざやることはない、と言いたいんですか？」

「いや、ちがう。そういうんじゃない。必死になって頑張ることはない、と言いたいだけだ。きみは五カ国で調査員を雇い、社の法律部、会計部、翻訳部からかなりの支援を引っぱり出している」

「ガルブレイスは大金持ちなんです」ジャックは反論した。「われわれが経費を払うわけではないでしょう」

「そりゃそうだが、ひとつの案件に嵌（はま）りこんで身動きできないというのでは駄目だ。つねに新しいケース、新しい好機をつかまないといけない。大金が転がっているのはそこなんだからね」

「何が言いたいんです、サンディ？」

「ただ注意をうながしたいだけだ。わたしも昔は若く、熱かったよ。ロシアで企まれるすべての陰謀に光をあてて、あそこのシステムをしっかり直し、すこしでも社会を良くしたかった。だが、ロシアのシステムは粉々に壊れてしまっていて、修復不能なのさ。あの忌まいましいクレムリンには勝つなんて所詮できやしない。いまみたいな仕事量だと、すぐに燃え尽きてしまうぞ。どうにもならんとわかったとき、凄まじい挫折感に襲われ、どーんと落ち込むことになる」サンディ・ラモントはしばし口を休めた。適切な言葉を懸命にさがしているようにジャックには思えた。「そのターゲットひとつを撃つのに持てる火薬をすべて使うな、ということ。そいつは成功の見込みのない仕事だ。闘犬の戦闘殺害本能——負けん気——があるというのなら、その熱いやる気の一部でも新しい客を獲得することに差し向けてくれ。金があるのはそこなんだからな」

ジャック・ジュニアはサンディ・ラモントが好きだった。ラモントは頭がよく、ユーモアもある。いっしょに仕事をしはじめて、まだ二、三カ月にしかならないが、この四〇歳になるイギリス人は何かと面倒を見てくれ、まるで弟のように接してくれる。

ジャックがいまいるのは〝殺すか殺されるか〟の非情な業界なのだ。もちろん文字どおりの意味ではなく、比喩的な意味でだが。ともかく、高級な服に身をつつむシティの男女は、いつも血眼になって儲けられる機会を追い求め、獲得したものをなんとしても護ろうとする。

この数年のあいだに巻きこまれた文字どおり〝生きるか死ぬか〟の戦いのことを考えると、シティ・オブ・ロンドンで働く者たちが一ドル、一ポンド、一円、一ルーブルでも多く稼げるかどうかに興奮や怒りをおぼえたりするのは、どこか変で、理解しがたいと、ジャックは思わずにはいられなかった。

仲間のもとに戻りたくてしかたなかった。いまも、みんなと一緒にビール片手にクラークの農場のポーチに座り、今夜モスクワで起こったことを詳しく知るにはどうしたらいいかと、意見を出し合いたいところだ。この数年間に身にしみこんだ仲間意識は、まるで生まれたときからあったかのような、ほとんど当たり前のものになっていた。だから、こうして仲間から遠く離れてロンドンで独り暮らしをしていると、祖国アメリカにいる〈ザ・キャンパス〉の者たちはいま何をしているのだろうかと、ついつい思ってしまう。

今宵ジャックは、ここロンドンで、途轍もない孤独感を噛みしめていた。これほど自分を取るに足らぬ小さな存在と感じたこともない。会社の同僚と電話で話している最中だというのに独りぼっちだった。

《愚痴を言うな、ジャック。おまえはこの仕事をするという契約書にサインしたんだ。それにこの仕事ならとてもうまくやれるじゃないか》

「おい、聞いてるか？」

「はい、サンディ。聞いています。明日は朝一でそちらをやります。ホールデンの顧客への売りこみ方法をいっしょに考えましょう」

「よし、その言葉を待っていたんだ。戦闘殺害本能(キラー・インスティンクト)――負けん気――だよ。じゃあな」

ジャックはバスルームに入ってシャワーのところまで移動した。《戦闘殺害本能(キラー・インスティンクト)。知っているんですか、ねえ、サンディ、本物のそれを？》

11

ホワイトハウスは「人民の家」とも呼ばれてきたようだが、この一〇年に限って言えば、その家のなかでいちばん長く暮らしたのはライアン家の人々ということになる。

ジャック・ライアン大統領の最終任期である二期目も二年目に入ってもうだいぶたつが、彼はいまだにこの家に馴染(なじ)めないでいた。ライアンのほんとうの家――私邸――はメリーランド州にあった。ホワイトハウスはあくまでも一時的な住居なのだ。彼はそこでこなすアメリカ合衆国大統領としての仕事の多くを楽しんでいるとは認めざるをえないものの、きっぱり引退してチェサピーク湾をのぞむ地に建てた家にもどり、残りの人生を過ごすことも楽しみにしていた。

ライアンはオーヴァル・オフィス（大統領執務室）で夜遅くまで働いたあと、ゆるやかな足取りでレジデンス（居住区）に入っていった。ベッドに入るまであと一時間ほどあった。ジャックは妻のキャシーとともに自分のプライヴェートな書斎に入ると、いっしょにジョージ・ワシントン大学病院に電話し、セルゲイ・ゴロフコの容態をチェックした。新しいことは何もわからなかった。検査が次々におこなわれていて、相変わらずゴロフコは衰弱した状態にあり、血圧は低く、胃腸と内分泌に関する不快感を訴えつづけているという。現在、ＩＣＵ（集中治療室）に移され、診断が試みられているが、本人はかなりの不快感に苦しめられているものの、意識はあり、気もしっかりしている。

ジャックとキャシーは全力を尽くす担当医師たちに感謝の言葉を述べた。電話を切るとジャックは、ここはひとつ気分を明るくする必要があるなと思い、子供たちを寝かしつけるキャシーの夜回りに自分も参加することにした。

ホワイトハウスでも、子供の就寝時はアメリカの子持ち家庭の大半のそれとたいして変わらない。どの家庭でも同じように、子供たちに歯磨きさせて寝かしつけるという〝夜の試練〟は、比較的スムーズに運ぶときもあればそうでないときもある。

二人はまず、おやすみを言いにカイル・ダニエルの部屋に立ち寄った。カイルの部屋はウエスト・ベッドルーム（西寝室）で、いろいろな点で典型的なアメリカの男の子の寝室と言えた。鉄道模型の線路でいっぱいの玩具箱、アクション・フィギュア、パズル、ボードゲームがあり、ＮＡＳＡのロゴマークがついたベッドカバーとカーテンは星の海が広がる真っ暗な空で、そこに惑星や人工衛星や宇宙飛行士が散らばっている。

驚くほど大きい部屋ではないが、八歳の男の子の部屋にしては広く、風格もある。そこはジョン・Ｆ・ケネディ・ジュニアが幼児のときに使っていた寝室でもあり、ロナルド・レーガンは屋内体操場として利用していた。

カイルの部屋はきちんと片付いているとは言えない。それはおもにキャシーとジャックが、後片付けは自分ですること、と子供たちに教えているからだ。お付きの人がそばにいて、言えば何でもやってくれる、なんていう状況は一生涯つづくわけではないのだから、他人（ひと）に頼ることに慣れすぎてしまうとあとで大いに困るということを、ジャックはことあるごとに子供たちに気づかせていた。

だがカイルには、レゴ、模型の列車、マッチボックス・ミニカーといった小さな角張ったものを玩具箱からとりだして床一面に散らばせておきたくなる遺伝的傾向があるようだった。

責任感を育てるために日々の片付けはできるだけ子供たちにさせるようにと、ライアン夫妻はきつくレジデンスのスタッフに指示していたが、ジャックがカイルの部屋の前を通り過ぎようとしたさい、シークレット・サーヴィスの警護官のひとりが散らばった玩具を拾い上げて棚や玩具箱にもどすのを目撃するということが一再ならずあった。そのたびに大統領は上半身をかたむけてドア口から顔を出し、指示にしたがわない女性の警護官をにらみつけるのだが、警護官のほうもそのたびに、おずおずと言い訳をした。そしてその言い訳はふつう、「これは任務遂行上必要な片付けなのです——部屋を素早く突っ切ってカイルのところへ行かねばならない事態が発生した場合、八インチのレゴの消防自動車が途中に転がっていたのでは、任務遂行能力がいささか削がれることになりますから」というものだった。

ジャックはいつも片眉を上げ、口の端をちょっとゆがめてにやっと笑い、首を振ってから去っていくことになる。

カイルを寝かしつけると、ジャックとキャシーは廊下を歩いてケイティの部屋をのぞきにいった。ケイティの部屋はイースト・ベッドルーム（東寝室）で、そこはかつてナンシー・レーガンの書斎、キャロライン・ケネディの寝室だったし、トリシア・ニクソン、スーザン・フォード、エイミー・カーターといった〝ファーストキッズ〟の寝室になったこともある。カイルの部屋よりはずっと片付いているが、それはおもにカイルが八歳であるのに対して彼女が一〇歳であるということによる。いちばん奥の壁際に大きくて精巧な子供の家——なんとホワイトハウスのレプリカ——が立っていて、そばに薄紫色の天蓋付きベッドがあり、その二つが部屋の最も重要な要素になっている。そしてテーブル上には、弾（はじ）けるような笑顔のケイティとにっこり微笑（ほほえ）むマーセラ・ヒルトンがいっしょに写っている写真が載っている。ヒルトンはテロリストたちに誘拐されそうになったケイティの命を救おうとして殉職したシークレット・サーヴィス警護官だ。ケイティ自身は彼女のことをもう覚えていないが、親であるジャックもキャシーもマーセラ・ヒルトンの写真をホワイトハウスのレジデンスに飾ることによって彼女を追悼し、偉業を称（たた）えたいと考えたのだ。そして二人はさらに、未来の大統領とファーストレディーにもシークレット・サーヴィスの仕事の重要性についてしっかり考えてほしいと願った。

子供たちを寝かしつけると、ジャックとキャシーは自分たちの寝室にもどった。そして二人ともベッドのなかに入り、それぞれ読み物を選んで手にとった。キャシーが手にしたのは眼科学の専門誌『アメリカン・ジャーナル・オブ・オフサルモロジー』の今月号で、ジャックは一九三〇年のロンドン海軍軍縮会議に関する新刊本をひらいた。

二人は黙って読書し、三〇分ほどすると、スタンドの明かりを消し、おやすみなさいのキスをした。

ジャックは寝室のドアがひらく音で目を覚ました。二人が眠りに落ちてまだ数分しかたっていなかった。

ジャックは素早く上体を起こした。アメリカ合衆国大統領はこのように深夜に起こされることがよくある。ジャックもいまではそれにすっかり慣れてしまっていて、もはやドアがひらく音やそばに立つ男の気配で熟睡から引きずり出されても驚きはしない。通常は、夜勤の士官のあとについてウエスト・シッティング・ホール（西の居間）に入って話すのを好む。キャシーの眠りをさまたげたくないからだ。だが、ジャックが床に足をおろし、眼鏡に手を伸ばしたとき、寝室の天井の明かりがともった。

　こんなことはいままで一度もなかった。

　ジャックはびっくりし、反射的に警戒した。眼鏡をかけると、足早にベッドに近づいてくるシークレット・サーヴィスのジョー・オハーン警護官が見えた。

「何だ？　どうした？」ジャックは訊（き）いた。声にも少なからぬ不安があらわになった。

「申し訳ありません、大統領、ひとつ問題が起こりまして。ご家族ともども西棟（ウエスト・ウイング）に移っていただきます」

「ウエスト・ウイングだって？」どういうことなのかさっぱりわからなかったが、ジャックは危険についてそれ以上オハーンに尋ねもせず、すでに立ち上がって動きはじめていた。彼はシークレット・サーヴィスの仕事ぶりには多大な敬意を抱いていて、危機にあって大統領がなにかとつっかかる〝好戦的な間抜け〟になるのが警護官たちにはいちばん困るという事実を知っていたのである。

　だが、あとひとつだけ訊いた。「子供たちは？」

「すでに確保いたしました」オハーンは大統領を安心させた。

ジャックは部屋着(ローブ)をつかみ、キャシーのほうに目をやると、妻も床に立ってローブを着はじめていた。キャシーはまだ眠気のとれない脳にかかる蜘蛛(くも)の巣を取り払っている最中だったが、オハーン警護官、夫とともに急いでドアから出た。

子供たちはそれぞれの警護班長たちとすでに廊下にいた。ライアン家の人々とそれぞれを護(まも)る四人の警護官は、急いで、だが充分に落ち着いて、階段を下りはじめた。

オハーンがヘッドセットに言った。「〝剣士(ソードマン)〟〝外科医(サージャン)〟〝妖精(スプライト)〟〝砂箱(サンドボックス)〟とともに下へ向かっている。ETA、三分後」ETAはエスティメイティッド・タイム・オブ・アライヴァル――到着予定時刻。

〝剣士(ソードマン)〟はシークレット・サーヴィスが用いるライアンのコードネームで、キャシーの暗号名は実にわかりやすく〝外科医(サージャン)〟。ケイティとカイルはそれぞれ〝砂箱(サンドボックス)〟〝妖精(スプライト)〟と呼ばれる。

一分後、ライアン家の四人はいったん外に出され、ウエスト・コロネード（西柱廊）を進みはじめた。両親といっしょに歩く子供たちは眠たげだったが、一分もしないうちにケイティが事実上の尋問を開始して、これはいったいどういうことなのかと根掘り葉掘り訊きはじめるにちがいないと、ライアンは覚悟していた。ケイティに厳しい質問を浴びせられる前に、いくらかでも答えられるようになっておきたいものだと、ジャックは思わずにはいられなかった。

いまやシークレット・サーヴィス警護官は六人に増え、密集隊形をとってライアンたちのまわりを固めていた。ライアンは引き抜かれた銃を一挺も見ていなかった。叫ぶ者も、あたふたと仲間を急がせる者も、ひとりもいない。だが、この警護グループ全体がある明確な目的のもとに行動しているのは確かだった。つまり、レジデンスにある種の脅威が存在していて、その脅威が及ばぬところへ大統領とその家族を連れていかなければならない、というような動きかたをしている。

ジョー・オハーンはイヤホン型のヘッドセットを通してだれかと話しながら、全員を素早く手際よく移動させつづけている。彼はライアンに言った。「しばらくのあいだ大統領執務室にいてもらいます」

ジャックは歩きながらオハーンを見つめた。「わからないなあ、ジョー。いったいどんな脅威なんだね？　ホワイトハウスの寝室は危険で、二五ヤードしか離れていないウエスト・ウイングなら大丈夫？」

「それが、わたしにもわからないのです、サー。わたしは大統領およびそのご家族をレジデンスから連れ出すようにと命じられただけなのです」

「サリーとジュニアはどうなんだね？」ライアンはどんな脅威なのかもわからぬまま、至極当然ながら、成人して離れて暮らす二人の子供たちも同様の危険にさらされているのだろうかと心配した。

オハーンは知らないようだった。いま大統領が得ようとした情報もはっきり知らずに任務を実行しているにちがいなかった。実際、オハーンはどういうことなのかさっぱりわからなかった。ただ、命じられたとおり、警護対象をレジデンスから移動させているだけだった。

オーヴァル・オフィスに入るや、ジャック・ライアンはまっすぐ執務机まで歩き、受話器をつかみとった。アーニー・ヴァン・ダム首席補佐官を呼び出そうとダイヤルしはじめたとき、その当人がドアを抜けて執務室のなかに入ってきた。アーニーは夜中も働いていたのだろう、とジャックは思った。ネクタイを取り去っていて、袖をまくり上げている。

ヴァン・ダムは手振りでジャックとオハーンに子供たちをおいてついてくるようにうながし、廊下にもどろうとした。そしてファーストレディーにも声をかけた。「キャシー、あなたも来ませんか?」

これにはジャックもキャシーも驚いた。だがキャシーはカイルとケイティにシークレット・サーヴィスの人たちと待っているようにと言い聞かせ、三人の大人だけが執務室から出ていった。

「何なんだね、これは?」ジャックは訊いた。

アーニー・ヴァン・ダムは答えた。「ついさっき、ここホワイトハウスのシークレット・サーヴィス支部にGWU――ジョージ・ワシントン大学病院――から電話が入りましてね。セルゲイ・ゴロフコの検査結果が返ってきて、放射線に被曝していることが判明したというのです」

「放射線被曝？」

「そうです。危険なレベルの放射線によってホワイトハウスが深刻な汚染を受けたということはまずないとGWUは考えていますが、念のため、あなたとご家族を避難させてほしいということだったのです」

ジャックは青ざめた。「なんてことだ！　キャシー、きみは彼を両腕で抱いたよな」

ドクター・キャシー・ライアンは、ゴロフコの被曝を聞いて動揺したようだったが、奇妙にも自分のことを心配している様子はなかった。手をスッと振って夫の心配を振り払った。「それくらいのことでどうにかなるものではないわ。検査は受けなければならないでしょうけど、わたしは大丈夫」

「どうしてそう確信できるんだね？」

「だって、全身被曝というようなことではないんですもの。今日の午後の様子を見ればわかるわ。これで合点がいく。何か悪いものを食べた感じでも、X線を浴びすぎた感じでもなかった。彼が呈していたのは、放射性同位体を大量に経口摂取したときの典型的な症状。毒を盛られたということね」

キャシーはヴァン・ダムのほうを向いた。「ポロニウムかしら？」

「さあて……わたしには見当もつきません。病院がなお検査を進めています」

キャシーは自信ありげだった。「きっと彼の体内からポロニウムが検出されるわ」彼女はジャックに視線を移した。「気の毒だけど、ジャック、あれくらい具合が悪くなってしまったということは、命に係わるわ。解毒剤(げどくざい)はないの」

ライアンはオハーン警護官のほうを向いた。「レジデンスから全員を出すように。料理人、給仕、警備官、清掃員、ひとりも残さないように」

ジョー・オハーンは応(こた)えた。「はい、ただいま実行中です、サー」

今度はキャシーが言った。「ホワイトハウス・レジデンスの清掃・汚染除去をする人たちには、少なくともレベルC化学防護服(ハズマット・スーツ)をつけさせるようにしないと」レベルCはハズマット・スーツのなかでは比較的簡易なものだ。「万一のことを考えて、いちおうそれくらいの予防措置は講じたほうがいいわ。きっと高レベルの放射性同位体が見つかるわね。セルゲイが使ったナイフやフォーク、それに水やワインのグラスも、汚染除去する必要があるのではないかしら。でも、その程度のこと」キャシーはしばし考えた。「トイレも汚染除去しないといけないかもしれない」

ジャックはまだ状況をしっかり把握できていなかったが、これの政治的影響を考えることも自分の務めではあった。ジャックはヴァン・ダム首席補佐官に言った。「レジデンスでやるべきことは担当の者たちに任せよう。だが、これで行政の仕事に支障が出るということはないはずだ。ここでは通常どおり仕事を進める、ということでいいね？」

「ジャック」アーニー・ヴァン・ダムは答えた。「これの真相を知る必要があります。もしかしたらターゲットはセルゲイ・ゴロフコではなかったかもしれません。彼は単なる〝武器〟にすぎなかったという線もなきにしもあらず」

「どういう意味かね？」

「あなたとご家族を暗殺する――つまり、アメリカ政府の頭をとる――試みだった可能性もないわけではない、ということです」

キャシーが言葉を挟んだ。「わたしはそうは思わないわ、アーニー」そう言ってからオハーン警護官のほうを向いた。「念のためジャックにも検査を受けてもらう必要はあるわね。でも、ポロニウムを入手でき、セルゲイに毒を盛ることができた人物は、だれであろうと、下調べをしっかりしていたはず。セルゲイがジャックと接触することを期待するという方法は、あまりにも偶然に頼りすぎで、脅威にはなりえないわ」

キャシーはさらに言い添えた。「ジャックがターゲットだったという話は、わたしにはとても信じられません」

ライアン大統領はこの件に関しては妻の判断を信じた。だから、自分は大局を考えた。

「これを秘密にしておくのは、どう見てもむりだ。わたしが検査を受けに病院に行かなければならないというのだから、なおさらね。できるだけ余計な批判にさらされないようにしないといけない」

ヴァン・ダムは言った。「ロシアの話題の反体制活動家が、毒を盛られ――それもその暗殺作戦はアメリカ国内で実行され――ホワイトハウスまで放射能に汚染されたのですからな。これはやはり世間体が悪いですよね、ジャック」

「わかっている、いちいち言うな」ライアンは溜息（ためいき）をついた。そしてきつい言葉を返したことを詫（わ）びた。「すまない、アーニー。ともかく、やるべきことをやってくれ。だが、この件については正直に対処することにする。その方法しかない」

ジャックはキャシーといっしょにオーヴァル・オフィスにもどると、子供たちと数分過ごして、万事オーケーであることをわからせようとした。キャシーは子供たちにこう説明した。お客さんがひとり病気になってね、その人がいたところをきれいにしなければならなくなったのだけれど、心配することはもう何もないの。

末っ子のカイルは、執務室のソファーで寝てもよいと父に言われるや、この母の説明を信じた。お姉さんのケイティのほうは、二歳年上で知恵もかなりついてきていたので、簡単には信じずに両眉を上げたが、キャシーがもうすこし率直な説明をして、なんとか説得することに成功した。

数分後にはキャシーはオーヴァル・オフィスの執務机について、ジョージ・ワシントン大学病院の担当医たちを電話で呼び出し、ヴァン・ダムには伝えられなかったゴロフコの容態についての細かな情報まで得ようとした。ヴァン・ダムは超一流の首席補佐官ではあるのだろうが、明らかに医師ではないので、ロシア人の容態を細かなところまで理解することはできない。次いでキャシーは、核医学・放射線障害の専門家であるジョンズ・ホプキンズ大学病院の同僚たちを起こし、秘密にすることを誓わせてから、今回の件についての意見を求めた。

ライアンはそちらの方面は妻に任せておいた。今回の危機の初っ端から専門的知識をもつ者がすぐそばにいてくれたというのは、やはり幸運だったと、思わずにはいられなかった。おかげで、こちらはやるべきことに集中できる。ライアンはヴァン・ダムのオフィスまで行って、二人で政治的影響に的をしぼって検討した。この件がつくりだす政治状況は放射性物質とまったく変わらないくらい危険だ、とライアンは思った。二人は国家安全保障問題担当者たちに電話を入れ、できるだけ早くホワイトハウス入りするように指示した。今夜はすでにウエスト・ウイングはほとんど〝閉店〟状態になっていたが、真夜中の会合に先立ってキャビネット・ルーム（閣議室）にコーヒーを運んでくるよう注文することはできた。

ジャックが明るいとは言えない柔らかな照明のキャビネット・ルームに入ると、いくらもたたないうちにキャシーもやって来た。二人は長い大テーブルについて座った。ジャックは訊いた。「GWUは何て言っていた？」ジョージ・ワシントン大学病院からの新しい情報を知りたかった。

　キャシーは答えた。「彼の容態ははかばかしくないわ、ジャック。ポロニウム210を大量に摂取した疑いがあるの」

「なぜすぐにわからなかったんだろう？」

「彼が運びこまれたときには病院はその検査をしなかったのよ。放射線被曝なんて、めったにあることではないわ。だから、通常の薬物中毒スクリーニング検査には放射線被曝検査は含まれていないの」

「彼の被曝はどの程度のものなんだね？」

　キャシーは溜息をついた。医者という職業には〝悪いニュース〟を伝えなければならないというしんどい部分もあって、彼女もまた、そうした経験がたくさんあった。少しばかり糖衣にくるんで表現を和らげる必要が生じるときもある。だが今回の相手はジャックだ。夫ができるかぎり単純明快な生の事実を欲していることはわかっていた。キャシーは言った。「こういう説明の仕方がいいかしら。死後、遺体を火葬にして遺灰を密封しないと、彼の骨は一〇年以上ものあいだ放射線を放出しつづける」

「なんてことだ」

「ポロニウム210の毒性・致死力は、質量による比較で、青酸カリなどのシアン化物の二五万倍も強いの。塩一粒ほどの分量を経口摂取させただけで、大人の男性ひとりを楽に殺せるわ」

「ホワイトハウスには放射線検出器があったと思うが」

「ポロニウム210が放出するのはアルファ粒子で、それは放射線検出器では捉えにくいの。だから、ポロニウム210は他国にこっそり持ちこむのも簡単なのよ」

「まいったな」ジャックはぼそっと洩らした。「でも、きみは大丈夫なんだね?」

「ええ。すべては被曝線量次第で、わたしは問題になるほどの線量を浴びていないわ。あなたも握手しているわけだから、セルゲイに触れている。だから、わたしたちは検査を受けなければならないけれど、ポロニウム210を経口摂取していないのだから大丈夫よ」

「きみはどうしてそう確信が持てるのかな?」

キャシーは肩をすくめた。「わたしの職場では毎日、放射線を利用して仕事をしている人たちがいるの。放射能は怖いものだと知るべきだけど、それを利用して生きることも学ばないと」

「セルゲイはほんとうに死んでしまうのかい?」

キャシーは険しい顔をしてうなずいた。「わたしは正確な摂取量を知らないけど、それが致死量であることは確かで、あとはその分量によってどれくらい長く苦しむことになるのかということが決まるだけ。セルゲイのことを思うと、だれであろうとその暗殺者が、たっぷり毒を盛っていることを、わたしとしては願っているわ。わたしが見たところでは、あと二日くらいしかもたないと思う。ほんとうにお気の毒だし、残念でしかたない。彼はあなたの友だちだったんですものね」

「うん。古い付き合いだった」

12

国家安全保障問題担当者たちは午前一時にはウエスト・ウイング（西棟）のキャビネット・ルーム（閣議室）に集合した。そこにはメアリ・パット・フォーリ国家情報長官もいたし、ＮＳＡ（国家安全保障局）、ＣＩＡ、国土安全保障省の長官たちも、さらには国務長官、国防長官も、統合参謀本部議長もいた。ダン・マリー司法長官はオーヴァル・オフィス（大統領執務室）のすぐ外に立ち、部下の上級職員と直接または電話で話し合っていた。会合がまさにはじまろうとしたとき、マリーはようやくキャビネット・ルームのなかに入り、他の者たちに合流した。

ジェイ・キャンフィールドＣＩＡ長官が最初に発言して議題を明確にした。「みなさん、まず最初に率直に申し上げておきたいことがあります。今回のことはロシア政府（クレムリン）の仕業ではないのではないかと、ほんの一秒のあいだでも疑う者がいまこの部屋のなかにいるとしたら、その人は救いがたいほど甘い考えの持ち主であると言わざるをえません。問題の物質はきわめて希少なものであるということを理解する必要があります。毎年、全世界でつくられる総量は一〇〇グラムほどにしかならないのです。生産は厳しい規制を受け、保管も厳重な管理下に置かれております。たとえば、わが国の場合も、自国のポロニウムがどこにあるのか完全にわかっております」

ジャック・ライアン大統領は言った。「クレムリンによる暗殺未遂という点をわたしに納得させようとする必要はない」

「大統領、心中お察しいたします。彼がご友人であったことはわたしも知っております。しかし今回のことは暗殺未遂ではありません。暗殺です。セルゲイ・ゴロフコはまだ死亡しておりませんが、死ぬのは時間の問題です」

ジャックは厳めしい顔をしてうなずいた。

ライアンの左隣に座っていたメアリ・パット・フォーリ国家情報長官が口をひらいた。「ゴロフコはヴァレリ・ヴォローディンにとって悩みの種だったのです。もちろんヴォローディンがゴロフコを殺した。問題は、われわれがそれを証明できるか、ということ」

マリー司法長官が言った。「検査・分析がもっと必要になりますが、その物質の化学的特性を調べれば、それをそもそも造りだした特定の原子炉まで追跡していくことは可能です。いまの段階ではまだ乱暴な憶測ということになりますが、わたしとしてはその原子炉はロシアのどこかにあるものだと思います」

スコット・アドラー国務長官が疑問を口にした。「そんなに簡単に追跡できるのなら、なぜもっと別な方法で殺さなかったのだろう？」

メアリ・パット・フォーリがあとを承けた。「ロンドンで殺さなかったのも、それと同じ理由からね。そう、だからこれはエストニア侵攻阻止のお返し、とわたしは見ている。彼らはアメリカの大統領の友人を殺し、同時にその罪をわれわれに着せるつもりなのよ」

アドラーはその分析を信じることができなかった。「しかし、われわれはロシアの仕業だということを証明できるのでしょう？」

ライアンがふたたび会話に参加した。「証明するといっても、だれにするんだね？　科学者の委員会にかね？　ロシアの一般国民、いや、欧米諸国の一般市民だって、クレムリンの仕業であることを証明できるというわれわれの主張を信じはしないだろうし、その主張を裏付ける第三者による科学的調査報告書など読みもしないだろう」

メアリ・パットは言った。「ロシアは自分たちをハメるためのアメリカのでっち上げだと言うでしょうね」

アドラーは首を振った。「馬鹿ばかしい」

ライアンは疲れた目をこすった。「ロシア国民の七〇％、いや、七五％はヴォローディンの言うことを信じるにちがいない。この一年でも、そういうことが何度もあったじゃないか――ヴォローディンはどう演じても拍手喝采してくれる客の前で演じる俳優のようなものだ。ロシアおよびその近隣諸国はすべて、ロシアの情報支配の影響下にある。ロシアのテレビ局はみな、旧ソ連時代のように多かれ少なかれ国家統制下にあり、いまでも旧ソ連圏全域で視聴できる。その地域では、国の見解を一般市民に信じてもらうということでは、どんな問題に関するものであろうと、ロシアのほうがわれわれよりも圧倒的に有利になる。旧ソ連内に住む人々の大半にとって、いや、クレムリンの大ファンではない人々にとっても、外の世界はいまだに敵であるのだ」

ライアンはさらにつづけた。「SVR――ロシア対外情報庁――の現長官と元長官が同じ日に暗殺のターゲットにされたのだ。これはもう何か大きなことが起こりつつあるということだ。いまここにいる者たち全員で、それが何であるかを見つけてほしい」

会合は数分後に散会となったが、ダン・マリー司法長官、アーニー・ヴァン・ダム首席補佐官、メアリ・パット・フォーリ国家情報長官の三人があとに残った。ライアンは言った。「ダン、きみが調査を開始しているあいだに、わたしはセルゲイに直接会って話を聞こうと思う」

マリーは応えた。「わたしもすでにセルゲイ・ゴロフコから供述を得ることを検討しました。でも、いまは話を聞けない状態なのです。現在、ICU――集中治療室――で治療を受けています。たとえ目を覚まさせることができても、薬漬けの状態でして、相手を見つめるくらいのことしかできません」

それでもジャックは思いとどまらなかった。「セルゲイの脳をコミュニケートできるほどはっきりさせないといけない。それがアメリカの国家安全保障にとってきわめて重要なことなんだ。担当医師たちに言って、彼を話し合える状態にさせてくれ。苦痛を与えることになるから、できればわたしだってそんなことはしたくない。だが、絶対にセルゲイはわかってくれる。彼は危機における情報の重要さを知っている。双方の祖国が危険にさらされているんだ」

アーニー・ヴァン・ダムが提案した。「それでは、ジャック、ウエスト・ウイングとICUの彼の部屋をCCTVで結ぶというのはどうでしょう？　直接会っては被曝するおそれが――」CCTVは有線テレビ。

「いや、病院に行く。セルゲイは友だちなんだ。直接会って話したい。あとで体を汚染洗浄しないといけなくても、ゴム製の防護服を着る必要があっても、やはり彼には直接対面して話を聞いてあげなければならない。わたしが医師たちに命じて彼を目覚めさせ、鎮痛剤の投与を一時やめてもらうのだから、なおさらだ」

マリー司法長官が言った。「どうしてもそうしたいということでしたら、FBIの捜査官もひとり同席させて、事情聴取させたいと思います。今回の暗殺作戦が、いつ、どのように実行されたのか、ゴロフコが知っているのかどうか、それでわかるでしょう」

「よし、いいだろう」ジャックは言った。「だが、わたしが話すのが先だ。こちらの話が終わったら、捜査官たちに入ってもらう。暗殺犯はもちろん捕まえなければならない。だが、それよりもさらに重要なのは、さまざまな方面に広く波及する悪影響への対処だ。わたしとしては、捜査官たちの聴取でセルゲイが疲れ切る前に、話す機会を得たい」

ジャックはコーヒーをひとくち飲んだ。「ゴロフコ毒殺の犯人を見つけたら、ヴォローディンまでたどっていけ、彼をやりこめることができる、と思いたいところだが、欧米には厄介な人々――社会からはみ出しているような人々――がいて、そうした者たちがひねくれた見方をし、こちらの言うことを信じない。だが、そんなことをいま考えても仕方ない」

アメリカの法と秩序を受け持つダン・マリー司法長官が言った。「ええ、重要なのは暗殺者を捕まえることです。いちばん優秀な者たちを投入します。いつ、どこで、どのように実行されたのか、かならず見つけ出します。なぜ実行されたのかという部分を見つけるのは、CIAや国務省の仕事になると思います」

ライアンはコーヒーカップをおき、暗殺者逮捕の見込みについて考えた。「今回の暗殺を実行した者はだれであろうと、とっくにアメリカから出国しているはずだ。結局は、犯人たちをやりこめるのにCIAや国務省の力が必要になるかもしれない。捜査状況をこまめに彼らに知らせるように」

マリーはうなずいた。「はい、わかりました」そして首を振った。「こんなことになるなんて、信じられませんよね。いったいぜんたいロシアに何が起こったというのでしょう？　これほど険悪な関係になったのは冷戦以来のことです。わずか数年前、わたしはロシアへおもむき、向こうの内務省と仲良く協力し合ったものなのですが」

ライアンは言った。「わたしもロシアをＮＡＴＯに加盟させるのに一役買い、中国と戦争になった彼らを支援した。ＮＡＴＯ加盟は短命に終わったけれどもね。まあ、時代が変わったということだ」

メアリ・パットが口を挟んだ。「指導者が変わったのです。それが時代を変えた」

「ようし、みんな、最新情報の報告を密にしてくれ」ジャックはアーニー・ヴァン・ダムのほうに目をやった。

首席補佐官は大統領に言葉を発する間も与えずに言った。「わかっております。今日集まった者たちがあなたを必要とした場合は、すぐに直接話せるようにしてくれ、ということですな」

「そのとおり」

13

ウクライナの首都キエフに新しく建てられたアメリカ大使館は、A・I・シコルスキー通りにあり、そのあたりは都市（まち）の西部のなかでも緑が多い。CIAキエフ支局は、その塀にかこまれた広大な敷地の奥深くにあり、大使館本館三階の六室からなるオフィス空間を占めていた。昼間は、少数の幹部工作担当官（ケース・オフィサー）、管理スタッフ、秘書たちが仕切り小部屋（キュービクル）やオフィスのなかで仕事をするが、夕方になって日が落ちると、そのオフィス空間は静かになることが多い。ところが、平日の夜はほぼ例外なく、午後九時になると、小さいが設備が充分にととのった休憩室の明かりがともり、ほとんどが白人の中年男という一団が戸棚からバーボンやスコッチの瓶をとりだし、部屋の大きな丸テーブルのひとつをかこむ。

CIAキエフ支局長は、四八歳になるニュージャージー出身のキース・ビクスビーという名の男だった。彼はこの大使館でかなりの数のケース・オフィサーを指揮しており、その部下たちの一人ひとりが、ウクライナの政府、軍隊、企業のなかにいる複数のスパイを運営し、さらにはキエフに駐在する他国の外交官たちにも接触していた。

キエフ支局は長いあいだCIA本部（ラングレー）に軽んじられてきたが、それは、最も優秀な人材は大半の資金とともにイスラム過激派テロとの戦いに投入されてきた、という単純な理由による。つまり、ウクライナなどの旧ソ連邦構成共和国は〝過去の危険地域〟に格下げされていたのである。

だが、これが――イラクおよびアフガニスタンでの戦争の終結と、アメリカの中東重視度の低下によって――ゆっくりと変わりはじめ、次いで――ヴァレリ・ヴォローディンがモスクワで権力の座につき、帝国主義的野心をあらわにしたことで――急速に変わりだした。というわけで、いくつかある旧ソ連邦構成共和国がラングレーの関心をより多く引きつけるようになったというわけである。そして、その新たに強まった関心の重要性が最も高くなった場所は、ほかならぬここキエフだった。

ＣＩＡはふたたびウクライナに多くの資金と要員を投入しはじめた。だが、それでもそこは、キース・ビクスビーとそのチームにとって骨の折れるきつい任地のままだった。ウクライナという国は、ナショナリズムの強いやや親欧米の西部と、断固たる親ロシアの東部に二分されているのだ。しかも、ロシア自体がウクライナの内政に露骨に干渉し、何かあったら同国に対してためらうことなく軍事力を行使するという、とてもリアルな脅威が、まるで暗雲のように垂れこめているのを、だれもが感じとっていた。

キース・ビクスビーが若きケース・オフィサーとして最初に送られた任地はモスクワだったが、その後ＣＩＡが対イスラム過激派テロへと焦点をしぼっていったので、彼はまるまる一〇年をサウジアラビアで過ごさざるをえなくなり、慣れ親しんだものとはまったくちがう環境、文化の下にある情勢をあわてて学ばなければならなかった。そして、その地での任期が終わったのがわずか九カ月前で、新たに与えられたポストがキエフ支局長だったというわけである。

キエフは、ビクスビーに言わせれば、アメリカの対ロシア活動の中心地（グラウンド・ゼロ）だった。たしかにモスクワ支局長というポストのほうが位は上だろうが、モスクワではCIA支局長の動きはかなり抑制、縮小されることになる。むろん、ここキエフにだってFSB（ロシア連邦保安庁）要員がいることはビクスビーも知っている。彼らは間違いなくアメリカ大使館員を可能なかぎり監視している。だが、ビクスビーとその部下のケース・オフィサーたちは、ロシア国内で活動するよりもずっと街中を動きまわることができるし、国の有力者たちに接触するのもずっとたやすい。それゆえ、キエフはCIA支局長として働くにはモスクワよりも好ましいし重要でもある場所、とキース・ビクスビーは思っていた。

ビクスビーは身を粉にしてこの難しい仕事に取り組んでいた。北方のエストニアで軍事衝突が起きてからは、五時間も眠れない夜がつづいている。だが、激務をこなす自分への褒美（ほうび）として、毎晩スタッフの一部を集め、テキサス・ホールデム・ポーカーをやり、ジャックダニエルやカティサークを飲む。

そりゃあビクスビーだって、できれば街のパブに入りびたり、キエフのナイトライフを楽しみたい。だが、夜のポーカーは部下のケース・オフィサーたちとのお遊びであり、それがまた、日々おこなわれるもうひとつの仕事上の情報交換の機会となる。もちろん、そんなことは街の店のなかでやるわけにはいかない。だから、日中はオフィスに設けられた消毒剤の臭(にお)いのする退屈な部屋でしかない休憩室が、夜ごとのイヴェントの開催場所となる。

　ビクスビーが抱える最も優秀なケース・オフィサーの何人かは女性で、これは彼にとって驚きでも何でもない。なぜなら、CIA界(サークル)では、CIA(エージェンシー)がこれまでに雇った現場のケース・オフィサーのなかで最も優秀だったのはおそらくメアリ・パット・フォーリであろう、ということになっているからだ。しかし、ビクスビーが抱える女性のケース・オフィサーはみな、家庭を持っていて、家族との生活を維持しつつCIAの難しい仕事をさばくのはなかなかきつい。毎晩ボスとポーカーをするために職場へ戻るという雑用が加わらなくても、女性にとってはこの仕事と家庭との両立はやはり大変なのだ。

　ビクスビーと五、六人の部下たちがテーブルについて一時間以上が経過したとき、キエフ支局でいちばん若いケース・オフィサーであるベン・ハーマンがフォルダーを手にして休憩室に入ってきた。

　テーブルでポーカーをやっている男たちのひとりが、カードから目を上げて言った。

「ベン、もしもおまえさんが手にしているそのフォルダーが仕事なら、とっとと消え失(う)せろ。だが、そこにおまえさんがこれから負ける現金が詰まっているというのなら、ここに座れ。次から札を配ってやる」

テーブルに笑いがはじけた。ジャックダニエルを二、三杯ひっかけたあとだから、なおさら可笑しかった。だが、ビクスビー支局長は手を振って部下の冗談を振り払うような仕種をした。「わたしに見せたいものがあるのかね?」

ベン・ハーマンは椅子を引き寄せた。「重大事というわけではないのですが、もしかしたら参考になることを教えていただけるんじゃないかと思いまして」若者はフォルダーをひらき、八×一〇インチのモノクロ写真数枚を引っぱり出した。ビクスビーはそれらを手にとり、テーブルに散らばるポーカー・チップやカードの上に広げた。

「どこから入手した?」

「ウクライナ陸軍に所属するある男からです。その男はSBUのある男から手に入れました」SBU(ウクライナ保安庁)はウクライナの国家保安機関で、現在は連邦法執行機関としての役割も果たし、アメリカのFBIに似た組織になっている。「SBUの汚職・組織犯罪対策総局が撮った写真です」

その数枚の写真は六人の男からなる同じグループを撮ったものだった。写真に捉えられた男たちはみな、コートに身を包んで、あるレストランの前に立ち、タバコを喫いながら話している。容貌から見るかぎり間違いなくスラヴ系で、五人は二〇代後半から三〇代半ばの年格好、残るひとりはずっと年嵩で、五〇代後半といったところか。

ビクスビーは軽く口笛を吹いた。「このアホ野郎たちの面構え(つらがまえ)を見ろ。ＯＣか？」ＯＣは組織犯罪(オーガナイズド・クライム)の頭字語だ。

ベン・ハーマンはテーブル上の菓子袋に手を伸ばし、プレッツェルをひとつかみした。

「はい、ＳＢＵもそう考えています。このグループは〈シャリの放浪者〉のならず者たちと会っているところを撮られたのです。〈シャリの放浪者〉はここキエフで活動しているチェチェン・マフィア系の組織です」

キース・ビクスビーはハーマンをじろっとにらんだ。「坊や(キッド)、わたしは今朝ここにやって来たわけではない」

「あっ……失礼しました、ボス。わたしは戦車やヘリコプターを数えるのが仕事でして。ＯＣは受け持ちではないんです。〈シャリの放浪者〉なんて、今日初めて聞きました。キエフを走りまわっているマフィア野郎にはたいして詳しくないんです」ハーマンは海兵隊で九年過ごした経験があり、ウクライナ軍をおもに担当していた。

「まあ、いい」ビクスビーは写真を念入りに見つめだした。「なぜＳＢＵはこんな写真をウクライナ陸軍にわたしたんだろう？」

「ＳＢＵはチェチェン・マフィアを監視していたんです。そうしたら、こいつらが現れた。で、尾(つ)けていくと、こいつらは宿泊先のフェアモント・グランド・ホテルに帰っていった。最上階全体を一カ月間、予約し借り切っていることもわかりました。こいつら、ＯＣであることは確実ですが、地元のやつらではないんです。そして、ＳＢＵの組織犯罪担当のひとりが現役兵士か元兵士のように見えると思い、写真を陸軍に送り、顔から身元確認ができないかと問い合わせた。陸軍はできなかった。そこで、ウクライナ陸軍のわたしの協力者（コンタクト）がこちらに連絡してきたのです」

ビクスビーはまだ写真を吟味している最中だった。「若い五人のほうはそう見える、確実だな。年嵩の野郎はそれほどでもない」

ベン・ハーマンは言い添えた。「たしかに兵士のように見えますよね？」

ビクスビーはテーブルをかこむ男たちに写真をまわした。最初のうちは、だれも見覚えのある顔を見つけられなかった。だが、最後に写真をわたされたオスタイマーという名のベテランのケース・オフィサーが、軽く口笛を吹いた。

「こりゃ驚いた」オスタイマーは言った。

「何かわかったのか？」ビクスビーは訊（き）いた。

「この年嵩の野郎。こいつの名前というか、名前みたいなものを知っています」

「どういうことだ？」

「ロシア人、だと思う。こいつは〈傷跡〉と呼ばれている野郎です」

「ステキな名前だ」

「二年前、サンクトペテルブルクにいたとき、こいつがレーダー上にひょっこり現れたのです。地元の警察がこいつに関するBOLOを出しましてね、そこに写真とニックネームがあった」BOLOとは他機関向け指名手配のこと。「旧ソ連圏のOC捜査官の力不足ということなのかもしれないが、ともかく、そいつ、それまでは非常にうまいこと立ちまわり、レーダーに引っかからないようにしてきたのです。だれもやつの本名を知りません。そのときの指名手配書にあった〈傷跡〉率いるギャング団の容疑は、銀行強盗、装甲現金輸送車襲撃、地元の官僚やビジネスマンをターゲットにした暗殺請負です」

ビクスビーが冗談を口にした。「係わりになりたくないなあ。傷跡がどこにあるのかも知りたくない」

テーブルをかこむ男たち全員が笑い声をあげた。

ベン・ハーマンがあとを承けた。「それを見つけるのは、やっぱり、いちばん下っ端のわたしの仕事ということになるんですかね」ぶつぶつ不満げにつづけた。「そんなことのために、わたしは国際関係学の修士号を取得したんじゃないんですけどね」

ビクスビーが言った。「冗談はさておき、この〈傷跡〉とかいう野郎が若い連中を指揮しているのは間違いない。ほら、そこの写真を見てみろ。兵士風の若い者たちが、やつを通すためにドアをあけたまま押さえている。ライターでタバコに火をつけてやっている者もいる」

「若い連中はやつの警護チームの可能性がありますね」だれかが考えを披露した。

「いや、わたしには警護班のように見えないな。コートのファスナーを上まで閉じているということは、警護目的では拳銃を携行していないということだ。それに、警戒して通りに目を光らせていない。だから、ちがう。こいつらは前線での激戦をこなす戦闘力抜群の兵隊だ。元特殊任務部隊隊員チームといった感じに見える」

「で、ロシアの犯罪組織のボスがそいつらを指揮しているというのですか?」ハーマンは驚きをあらわにした。

「妙ではあるな」ビクスビーは認めた。

オスタイマーも首をかしげた。「もっと奇妙なのは、こいつらがチェチェンのギャングどもと会っていたという点ですよ。元スペツナズ風の男たちがチェチェンのマフィアと仲良くするというのはやはりおかしい。キエフのOCは守りが実に強固なのです。この都市では、どこかのならず者が他人の縄張りを荒らそうとすれば、かならず街中でドンパチがはじまります。いったいどうやってロシア野郎が、まるで自分の領地であるかのように、この街にやすやすと入りこめたのか、そこのところがよくわからない。ふつうなら殺されてドニエプル川に放りこまれている」

ハーマンが言った。「本部に電信文を送り、〈傷跡〉について何かわかっていることはないか問い合わせてみます」

オスタイマーは首を振った。「サンクトペテルブルクにいたとき、すでに問い合わせた。

そのときのやつのファイルはえらく薄く、ほとんど何もわからなかった。いまはもう少しわかっていることがあるかもしれないが、どうかな、期待はできない」

ビクスビーは写真をベン・ハーマンに返した。「われわれはいま、ほかにやることがたくさんあって手一杯の状態だ。わたしとしては、この件にだれかが煩(わずら)わされ、本来の仕事がおろそかになるのは困る。明日わたしがいくつか電話し、ラングレーの年のいったロシア担当者の何人かに連絡し、〈傷跡〉というニックネームに思い当たるふしがないか訊いてみる。こいつくらいの年の男は、九〇年代の大混乱期(ワイルド・ウェスト・デイズ)には三〇代前半だったはずだ。もしこいつが、当時モスクワで何らかの活動をしていて、弾丸(たま)が飛びかう〝射的場〟を生き延びた野郎だとしたら、だれかがやつのことを覚えているはずだ」

キース・ビクスビーはグラスに残っていたウイスキーを飲み干し、次のゲームのカードを配った。せっせとゲームをして、早いところ残りの五〇ドルをすってしまいたかった。そうすれば家に帰って眠れる。彼は早朝から活動するのが好きなのだ。

ウクライナでの諜報(ちょうほう)活動を統轄(とうかつ)するCIAキエフ支局長というのは、なかなかどうして、困難だがやりがいのある魅力的なポストなのである。

14

ジャック・ライアン・ジュニアの月曜の朝は、八時一五分にはじまった。その時刻に、まだ目をぼんやりとさせたままキャスター・アンド・ボイル・リスク分析社の自分のオフィスに到着すると、ジャケットとバッグをどさっと降ろし、まずは同じ階にある小さなカフェテリアへ向かった。そしてエッグ・サンドイッチとコーヒー――紅茶ではない――を注文し、その朝食を自分の机に持ち帰った。

バターで焼かれた卵はディナー用大皿(プレート)ほどの大きさで、パンからはみ出して垂れ、そこから黄身がぽたぽた落ちるから、手がすっかり汚れてしまう。それにコーヒーはインスタントで、舗装用タールのような味がする。それでもジャックは卵を食べ、コーヒーを飲んだ。今日は蛋白質(たんぱくしつ)もカフェインも必要になるとわかっていたからだ。

ジャック・ジュニアは週末のほぼすべての時間を費やして、クライアント所有の会社だったガルブレイス・ロシア・エネルギー社が競売対象となった複雑な入札と、その後のガスプロム(ロシアの半国営天然ガス会社)への同社資産売却を調査した。だからほとんど寝ていない。そしていままた、くたくたなのに仕事をしなければならない。

キャスター・アンド・ボイル社で働きはじめてもう二カ月半になるが、その間ジャックは、膨大な量の企業文書と、いくつものファイリング・キャビネットにぎっしり詰まった会計台帳や取締役会議の筆記録を丹念に調べてきた。これはいかにも無味乾燥のつまらない作業のように思えるが、ジャックは文字どおり複雑に入り組んだ興味深いプロセスを見つけつつあった。彼がやっていた仕事の対象は、合法的ビジネスというよりも犯罪の要素が濃いと思える活動だったのである。

　そして、今回のガルブレイス・ロシア・エネルギー社騒動の調査でジャックが見つけた無視できないことのひとつは「その犯罪の大半の受益者はロシア政府を動かしている男女と思われる」というものだった。

　ある会社の全事業が犯罪的手段で乗っ取られるということはロシアではよくある現象で、それはロシア語でレーイダルストヴァ（襲撃）と呼ばれている。これは欧米の人々が思い描くような乗っ取り――敵対的買収――とはちがう。レーイダルストヴァでは、脅迫、詐欺(さぎ)、暴力による脅し、文書改竄(かいざん)といった手法がすべて使われるうえに、買収された判事が犯罪者たちに有利な判決を下すという馬鹿(ばか)ばかしい訴訟も利用される。警察官や官僚も賄賂(わいろ)を受け取って犯罪者たちを助け、強奪されたヴェンチャー企業の一部が報酬に用いられることもよくある。

　ロシア政府の公式の統計でも、この種の乗っ取り屋にうまく買収されてしまう会社は年間四〇〇社にものぼる。そして、これがロシアという国家にとって何を意味するのかをジャック・ライアン・ジュニアは知っている。これによって外国の投資家が怯え、ロシアへの投資が控えられるようになるのだ。そしてそれがロシア経済をさまざまな形で害することになり、その損害の規模を測るのも難しい。

キャスター・アンド・ボイル社のクライアントであるスコットランドの億万長者マルコム・ガルブレイスも、そうした途方もなく複雑な組織的策謀の犠牲になり、自身の持株会社所有の企業のなかでもロシアで最大のもののひとつを、まるで引ったくられるように強奪されてしまった。そしていまジャックは、ガルブレイスの利益を守るために働いている者たち――旧共産圏に本拠をおく法律事務所、調査員、その他の関連業者――がクレムリンの魔手にかかりつつあるのを発見していた。

たとえば、この週末にもジャックは悪いニュースを二つ耳にしたばかりだった。ガルブレイスが直接雇った弁護士がサンクトペテルブルクで逮捕され、ガルブレイスがモスクワに所有するパイプライン・メンテナンス会社のひとつの役員が数人の暴漢に袋叩きにされた、というのだ。しかも、暴行された役員が捜査当局に語ったところによると、暴漢たちは「ガルブレイス・ロシア・エネルギー社に関する調査をやめろ」というメッセージをスコットランドの億万長者に伝えるために自分たちは送りこまれたのだと、臆面もなく言ってのけたという。

これら二つの悪いニュースに気勢を削がれた者がかなりいたかもしれないが、ジャックの場合は逆にさらにやる気が出ただけだった。彼はなんとか頑張りつづけ、ガルブレイスの会社が強奪された過程の解明に取り組み、ガスプロムがスコットランド人所有の天然ガス探査・開発会社を買収した方法をつきとめた。それは、どこからともなく出現して同社の競売の入札に参加した、いくつもの外国の小規模会社から少しずつ買い取る、という手法だった。

その全過程を解明するのに、ジャックは自分にも利用できる〝武器〟をいくつか使った。そして、なかでもいちばんよく使ったのが、ロシアの非政府系通信社インテルファクスが運営する企業調査データベースＳＰＡＲＫ（СПАРК）だった。そこにはロシアで事業を展開する全企業に関する価値ある情報のほぼすべてが蓄積されている。

ジャックはロシア語を話せなかった。キャスター・アンド・ボイル社には翻訳者がいて助けてくれるので問題はなかったが、ジャックはキリル文字を独学し、一日で覚えてしまい、いまではＳＰＡＲＫと呼ばれるデータベース上のどんな言葉でも素早く自信をもって発音することができるようになっていた。そしてすでに三〇〇語近いロシア語の単語を覚えてしまった。ビジネス、税、金融、会社組織、事業形態に関するものばかりだった。だから、トイレの場所を尋ねることも、「きみ、きれいな目をしているね」とロシア娘に言うこともできないが、ロシア国営の製材会社と取引しているクルスクの新興企業の所在地および敷地面積がわかるＳＰＡＲＫ上の紹介文を読むことはできる。

ジャックがよく利用するもうひとつのツールは、ＩＢＭ－ｉ２アナリスツ・ノートブックだ。これはデータ分析のための環境（ハードウェアやソフトウェアの組み合わせ）で、あらゆる種類のデータ・セットを放りこめ、それらを短時間でまとめてグラフやチャートなどにしてビジュアル化でき、それを操作することによって、パターンやトレンドを追跡できるほか、ターゲットにしたネットワーク中の人物のつながりをも捉（とら）えることができ、調査の対象がどのような状況下のどのようなものであろうと、時間軸の変化をしっかり考慮した動態的解釈が可能になる。

いまではパターン分析というやつが情報収集分析（インテリジェンス）の要（かなめ）になってしまった。〈ザ・キャンパス〉でもジャックはその分析方法を用いて大きな成果をあげた。だが、キャスター・アンド・ボイル社で働きはじめるや即座に、ビジネス・インテリジェンスでも同様の手法を用いる必要があることがわかった。要するに、うまくまとめられた良質なデータこそが、どの分野の分析員にとっても最も重要な必需品なのである。

今朝は、まず一時間ほどかけてＳＰＡＲＫの情報にしっかり目を通し、重要と思った点を、自分のコンピューター内のデータベースだけでなく、週末の長時間労働中になぐり書きした事務用箋（リーガルパッド）二冊分のメモにも、夢中になって書き加えた。一息入れようと、ジャックはコンピューターのディスプレイから目をそらし、冷めきったコーヒーの残りかすを飲みこんだ。

と、そのとき、サンディ・ラモントが体をかたむけてオフィスのドア口から顔をのぞかせた。金髪の大男はたったいま仕事場に着いたようで、今日最初の紅茶が入ったカップを手に持っていた。「おはよう、ジャック。週末はどうだった？」

「良かったですよ」と言ってから、ジャックはちょっと考えた。「いや、まあまあというところかな。実は家で仕事をしていたんで」

「なんでまたそんなことを？」

「ガスプロムと直接対決するなんて負けるに決まっていると、あなたに言われたもんで、ガルブレイス・ロシア・エネルギー社の買収に関与したダミー会社を徹底的に調べて、それらのほんとうの所有者を見つけようとしているんです」

「そいつもそう簡単にはいかんぞ。調べたところで、そうした会社の所有者は信託（トラスト）や私益財団で、その所在地は例外なくオフショアの金融租税回避地（タックス・ヘイヴン）にあるに決まっている。きみが見つけられる関係者の名前は、借りられるだけの名義人のものでしかなく、実際に所有している者のものではない」

「それはそのとおりですが、競売落札会社のうち数社の会社管理人（レジスタード・エージェント）が同じ会社であることがわかりました」

サンディ・ラモントは肩をすくめた。「レジスタード・エージェントというのは、ほんとうの所有者の代わりに企業文書に記入される名義人を見つけることで稼いでいるんだ。

一社で一万社を受け持っていることだってありうる。気の毒だが、きみ、そんな代理店から有益な情報なんて何ひとつ引き出せないぞ」

ジャックはほとんど独り言つようにブツブツ言った。「だれかがそのレジスタード・エージェントの頭に銃口をつきつける必要がありますね。そうすればきっと、そいつはたちまち有益な情報を提供しはじめる」

ラモントは両眉を上げた。一瞬迷ったが、オフィスのなかに入り、ドアを閉めた。紅茶をひとくち飲んでから言った。「まあ、きつい仕事だからな、イライラもするだろう。どうだ、相談相手になろうじゃないか。いま何をしているか話してみろよ」

「そりゃあ願ったりです、ありがとうございます」

ラモントは腕時計に目をやった。「ではと、二〇分後にヒュー・キャスターと話し合う約束があるが、それまではきみの話を聞いていられる。これまでにわかったことは？」

ジャックは机上のメモの束をつかみとると、それに目を通しながら話しはじめた。「ええとですね。ロシアでガルブレイス・ロシア・エネルギー社を競売にかけるという手法で盗まれた資金が現在、ガルブレイスがわずかなりとも返還要求できる可能性が残されている欧米諸国のどこかにあるということを証明するには、そうした競売に係わった外国の会社――だれかさんの持株会社所有の会社――を追跡する必要がありました。ロシア政府がこの〝窃盗〟に一枚かんでいるのは明白ですから、ロシア国内にある資金を取り返すというのは絶対に不可能です」

「一〇〇万年かけても無理だな」

「ロシア政府はそのガルブレイスの天然ガス探査・開発会社を一二〇億ドルの税金滞納で告発しました。年税額が収益を上まわってしまったのです」

そのことはラモントも知っていた。「そう。稼いだ金よりも多い税金を払わなければならなくなった。実に馬鹿ばかしい話だが、ペテン師どもが法廷を思いどおりに操れるのでは、どうすることもできない」

「ええ、そういうこと」ジャックはうなずいた。「で、ロシア連邦税務庁が、二四時間以内に金を工面して税金を納めるようにとガルブレイスに通告した。むろん、そんなことは不可能だから、ロシア政府の命令で、ガルブレイス・ロシア・エネルギー社の資産が売られ、その売上金が税金の代わりとして国庫に入ることに。そして、急遽（きゅうきょ）、一連の競売が手配されたが、各競売の入札参加者はたったの一社だった」

「入札参加者にとってはなんとも都合のよい状況だったにちがいない」ラモントは皮肉を込めて言った。

「そうした幽霊会社のほとんどは、調べても何もわかりませんでしたが、一社についてはは少しわかったことがあります。それはＩＦＣ――インターナショナル・ファイナンス・コーポレーション有限責任会社（リミティッド・ライアビリティ・カンパニー）――という会社です。ＩＦＣは問題の競売の一週間前にパナマで登記・設立された会社で、登記簿に記載された資本的資産総額は三八五ドルとされていました。それなのに、同社はどういうわけか、競売入札参加資金としてロシアのある銀行から七〇億ドル借りることができたのです」

「説得力がものすごくあったということだな」サンディ・ラモントは返した。こういうこ とを聞いても彼の声に驚きの表情がからまることはまったくなかった。ラモントはロシアの〝泥棒政治〟（クレプトクラシー）――国の資産を権力者が私物化する政治――に精通した男なのだ。

ジャック・ジュニアはメモを読みながらつづけた。「そのときの競売にかけられたガルブレイス・ロシア・エネルギー社の資産の推定資本価値だけでも、およそ一〇〇億ドルにのぼります。競売は五分で終わりました。ＩＦＣが六三億ドルという最初の入札額で落札してしまったのです。そして四日後、同社はその所有権を七五億ドルでガスプロムに売りました」

ジャックはメモから目をそらし、顔を上げてラモントを見つめた。「ガスプロムは資産を買い取っただけでやすやすと二五億ドルも儲（もう）けたことになります。しかも、その資産はロシア政府が自由にできるわけです。ガスプロムは半国営ですからね。結局、資産総額を二五億ドル増やしたガスプロムの株は値上がりし、その株式時価総額の増加分はすべて株主間で分配されることになります」

ラモントは言った。「そしてその株主というのが〈シロヴィキ〉なんだよな。いやはや、まいったね」〈シロヴィキ〉というのは、情報・治安機関または国防機関出身の有力な政治指導者たちのことだ。

「それから忘れてはいけないのは、ＩＦＣの経営者はだれであろうと、今回の骨折りで一二億ドル稼いだということ」

ジャックは視線を下げてメモにもどした。「ガルブレイス関連の競売・取引のあとも、ＩＦＣの強運はつづきます。このパナマで登記・設立された小さな会社はその後、かなりの数の別々の法人に枝分かれしていき、その一つひとつの法人が、新たに得た富を利用して銀行――おもにスイスとロシアの銀行――から融資を受け、重要インフラを底値で買い取るという尋常ではない異様な能力を有するようになったのです」

ジャックはふたたび顔を上げてラモントを見つめた。イギリス人はマグのなかの紅茶をのぞきこんでいた。

「ここまで、いいですか？」

サンディ・ラモントは笑いを洩らした。「おいおい、残念ながら、そのていどの策謀の複雑さでは、まだまだわたしの頭はこんがらからないぞ。これくらいのことは毎日、目にしている」

ジャックは顔を下げて、ふたたびメモに目をやった。「オーケー、それでですね、わたしはＳＰＡＲＫを使って、そうした法人のひとつをなんとか追跡していきました。受取人名のない私書箱、信託（トラスト）、私益財団をいくつも調べて追っていったのです。そしてついに、実在する所番地にたどり着きました」

　サンディ・ラモントは両眉を上げた。「ほんとうか？　いや、それはすごいな。どこ？」

「モスクワの一〇〇マイルほど北西のトヴェリにある酒店。モスクワから調査員をひとり送りこんで、そのあたりを調査させました。酒店の者たちは、質問を受けてもどういうことなのかさっぱりわからないようでしたが、彼らがほんとうに知らないのかどうかは別にして、そこが犯罪組織の郵便物中継場所（ドロップ・ボックス）になっているにちがいないという感触を調査員は得ました」

「犯罪組織とは、具体的に？」

「不明です」

　ラモントはふたたび退屈そうな表情を浮かべた。「それで？」

「ともかく、唯一（ゆいいつ）の物理的場所がロシアの小都市の酒店だという、このＩＦＣというパナマで登記・設立されたちっぽけな会社は、ガルブレイス関連の競売・取引の一カ月後に、全世界の怪しいオフショア会社と頻繁に取引しているスイスの銀行から六〇〇〇万ユーロの無担保融資を受けることに成功しました。そして、この資金を使って、ブルガリアの天然ガス・パイプライン管理会社を買収しました。さらにその一カ月後、今度はスロヴェニアのパイプライン管理会社を九〇〇〇万ユーロで、ルーマニアの同様の会社をもうひとつ一億三三〇〇万ユーロで買い取りました。

現在、ＩＦＣは何十にものぼる法人を有し、そのすべてが新しく設立されたもので、それぞれが世界のオフショア金融センターのひとつに銀行口座を持っています。キプロス、ケイマン諸島、ドバイ、イギリス領ヴァージン諸島、パナマ。ところが、こうした会社すべてに共通することを、もうひとつ、見つけまして――」ジャック・ジュニアはメモを何枚か繰り、具体的な地名を探した。「それらの会社はひとつ残らず、アンティグア島のセントジョンズに支店を持っているのです」

「支店？」

ジャックは肩をすくめた。「みな、単なる郵便物中継場所(ドロップ・ボックス)かビジネス・スイートルームにすぎません。ほかに、それらの会社とアンティグア島を結びつける物理的なものは何もありません。ほんとうのことを言いますとね、わたしはここのところがまったく理解できないんです。そりゃあ、たしかに、アンティグア島はオフショア銀行取引タックス・ヘイヴンです。それはわかります。しかし、これらの会社はみなすでに他のオフショアのタックス・ヘイヴンを所在地としているのです。なぜ、さらにアンティグア島との関係を築く必要があるのでしょう？」

ラモントはちょっと考えた。「いまパッと頭に浮かんだ簡単な答えは、この会社の集合体のほんとうの所有者はアンティグア島にコネクションがある、というものだね」

「どんなコネクション？」

「たとえば、そこの国民であるとか」

ジャック・ライアン・ジュニアは頭がおかしくなったのではないかというような目をしてサンディ・ラモントを見つめた。「サンディ、人種差別だと非難されるのは嫌ですが、クレムリンの支援のもとにウラジオストクで実行された陰謀で一二億ドル稼いだばかりの新興財閥（オリガルヒ）か政府の有力者かマフィアのボスが、西インド諸島の第三世界の町で生まれたなんてことは絶対にないと、わたしは断言できます」

サンディは首を振った。「いや、ライアン、だから、そこの出身だなんて言っていない。アンティグア・バーブーダという国は、飛行機でそこに降り立ち、だれかさんに現金をいくらか手わたせば……そうだな、五万米ドルもわたせばいいんじゃないかな……新品のパスポートを手に入れられる、という国なのさ。値をつけて国籍を売っている国なんだよ」

「そこの国籍を買いたがる人がいるんですか？　なぜ？」

「理由はいくつかある。そのなかで今回の件に最も関係があると思われるのはたぶん、国民でなければそこで銀行を設立できない、というものだろう」

いまやジャックの頭は完全に混乱してしまっていた。「なぜ自分で銀行をつくる必要があるのです？　国が定める銀行秘密法がたとえあったとしても、自分が銀行を持っていて他の銀行と取引がしたければ、その相手の銀行に信用される必要があります――どんな銀行でも他行と取引しないわけにはいかないでしょう。疑わしいパスポートを持つ怪しげなロシア人が、銀行名がアンティグア・バンク・オブ・イワンだろうがなかろうが、自分の銀行からシティバンクに送金しようとしても、まず無理です」

　ラモントは笑い声をあげた。「きみのその精力的な取り組みは大いに気に入っているが、ジャック、きみはまだこの世界では赤子も同然と言わざるをえないなあ。たしかに、きみの言うとおり、多くのオフショア銀行は世界の大銀行（ビッグ・ボーイ）との取引を許可されない。だがね、抜け道がある。たとえば、きみがいま口にした銀行名をそのまま使って説明すると、そのアンティグア・バンク・オブ・イワンはだね、中継銀行——怪しげな銀行とも喜んで取引する、銀行業界でもうすこし地位が高い銀行——を見つけるだけでいい。銀行の役員にかなりの賄賂を贈りさえすれば、うまく事が運ぶ。そして、その中継銀行がロシア人（イワン）の資金をまた別の中継銀行に送る。こうして資金は、相変わらず不透明であるが信用のないアンティグア島よりは評判のいい、スイス、リヒテンシュタイン、マデイラ島といったところまで上昇してしまう。そこからはもう金はどこにでも行ける——アメリカにもイギリスにも行けるし、ガルブレイス・ロシア・エネルギー社のケースではそれもありうるとわたしが思っているように、ロシアに戻ることもできる」

「なぜロシアに戻ったりするんですか？」

　イギリス人は説明した。「それがラウンド・トリッピングと呼ばれている古典的なマネーロンダリングの手法なのさ。基本的にはこういうことだ。まず、不正行為——窃盗、賄賂、組織犯罪活動、その他もろもろ——で表に出せない金を得る。次に、その汚れた金をオフショア金融センターのひとつにある配下の会社に送り、さらにその金を別の配下の会社に移し、最終的に金を外国からの投資というきれいな資金にしてロシアに戻すというわけだ」

「そうか」ジャックは思わず声を洩らした。「学ぶべきことがまだまだたくさんある」

「まあな。だが、きみは覚えが早い」ラモントは腕時計に目をやった。「きみがいま取り組んでいることはすべて、非実用的な学問的観点から見ると非常に面白いのだが、そうした幽霊会社はそりゃあもう簡単に現れたり消えたりするんでね、実際の所有構造上のハンドル——つまり、実在人物の名前——をつかまないかぎり、金の近くに到達するのは絶対に不可能だ。そしてきみは、そのIFCという会社の役員の名前をつきとめることは絶対にできない。その会社がつくったどの法人の役員の名前もな。やつらはたいへんな努力をしてそれこそ全力でそういう情報を秘密にしようとし、それがまたうまいときている。入手できるすべての文献・書類に目を通したんだろう?」

ジャックの目がふたたびゆっくりと輝きだした。「ええ、通しました。どれもこれも所有者を隠すよう意図されたものばかりでしたが、その人物の銀行がどこにあるかわかったら、どうでしょう?」

ラモントは頭をかいた。「きみは何が言いたいんだ？」

「これまでしゃべってきたアンティグア島の会社なんですが、そのすべてが同じ建物を所在地として登記されているのです」

「珍しいことでも何でもない。そこはレジスタード・エージェント——パスポート取得の手配をしたり、租税回避地（タックス・ヘイヴン）での銀行口座開設の手伝いをする弁護士を紹介したりする会社——の所在地でもあるんだろう。そういう目的のためだけに実在するアドレスが用意され、利用されるんだ。そこから会社所有者との関係を探ろうとしても、何もわからない」

ジャックは言った。「銀行がすぐ近くにあるのでは？」

「商店街の銀行ではないんだぞ。ＡＴＭがあったり窓口係がいるわけではない。送金に利用する他行の口座をいくつか持っているだけの、書類上にのみ存在している銀行だろうな。こうしたことすべてをセットアップした弁護士がひとりいるにちがいないが、そういう輩（やから）はインターネットで宣伝するわけでもないし、フェイスブックに投稿形式の広告を掲載するわけでもない。余計な者に知られないようにひそかに商売しているはずだ」

ジャックは言った。「そのレジスタード・エージェントをもっと近くから見てみたいです。つまりその、その建物を自分の目で見たいのです」

ラモントは肩をすくめた。「見ればいいだろう。わたしも見てみよう、戯（たわむ）れに。Ｇｏｏｇｌｅマップで建物の写真を見られる」

ジャックは首を振った。「そういうことではないんです。そこへ行きたいのです。歩きまわって探りたいのです」

ラモントはしばらく何も言わずにジャックを見つめていた。「みずから？　自分で実際に現地へ行きたいというのか？」

「そうです」

「アンティグア島にいる現地の調査員を雇って調べさせればいいじゃないか？」

「サンディ、あなたはいま『きみはまだこの世界では赤子も同然』と言いましたよね。そのとおりなんです。わたしは書類や文書を読め、ＳＰＡＲＫで幽霊会社の仕組みを勉強でき、他人を雇って現地を調査させることもできます。でもね、そういうことをするより自分で飛行機に乗って現地に乗りこんだほうが、あらゆることについてずっとよく理解できるはずです。一、二日かけて自分の目で現場を見ることができれば、こうしたオフショアでの活動を肌で知ることができると思うのです。親会社のＩＦＣや、その配下の所在地がみな同じ子会社について、何かわかることもあるかもしれません」

サンディ・ラモントは部下のこの思いつきが気に入らなかった。彼はもういちどジャックを説得して断念させようとした。「向こうへ行って何をするつもりだ？　レジスタード・エージェントのくそごみ箱でも漁るつもりか？」

ジャックはにやりと笑った。「それはいい考えですね」

ラモントは盛大な溜息をついた。「きみは向こうに行ったらどんなことになるのかわかっていないのだと、わたしは思う。そういう現地にはわたしも行ったことがある。この種の怪しげな第三世界の金融センターはかならず、無鉄砲な荒くれ者に護られている。ほんとうだ、嘘じゃない。そのうえ、向こうには、汚れた収益金を洗浄するのに現地の会社を利用しているマフィアや麻薬ギャングどもがいて、彼らは自分たちの既得権益を守ろうと、つねに外国人調査員の詮索の目をそうした会社からそらそうとしている。きみはアメリカ合衆国大統領の息子だ。ごろつきたちとの喧嘩には慣れてはいまい」

ジャックは応えずに黙っていた。

「そりゃあまあ、表計算ソフトやパワーポイントで作成された資料から全体像をつかむのは無理かもしれないが、机についたまま、わかるかぎりのことを知るようにしていたほうがずっと安全だ」

「サンディ、アンティグア・バーブーダは観光客がたえず訪れる国ですよ。わたしは図に乗って暴走するつもりはありません。ほんとうです、うまくまわりに溶けこみ、余計なことはしません」

サンディ・ラモントは椅子の背に身をぐっとあずけて頭をうしろへそらせ、天井をじっと見つめた。そして、かなりのあいだ黙ってそのままの姿勢をたもち、それから言った。

「どうしても行くと言うのなら、きみをひとりで行かせるわけにはいかないな」

ジャックも同じことを考えていた。「では、いっしょに行きましょう」

ラモントはなおもためらったが、ジャックは直属の上司のイギリス人がすでに南国のビーチやラム・ベース・カクテルのピニャ・コラーダを思い浮かべているにちがいないと確信した。

「ようし、わかった。いっしょに飛行機で降り立ち、ちょいと様子を見てこよう。だが、街中(まちなか)で少しでもトラブルの兆(きざ)しが見えたら、すぐさまあきらめ、ホテルのロビー・バーまで走りもどるぞ、いいな？」

「いいです、サンディ」ジャックはハイタッチをしようと片手を掲げた。「ロード・トリップ！」

ラモントは高く上げられたジャックの手を見つめた。「何だって？」

ジャックは手を下ろした。どうもはしゃぎすぎてしまったようだ。「きっと楽しいですよ、という意味です。でも、日焼け止め(サンスクリーン)をお忘れなく——それを持たずにカリブ海の島に乗りこんだら、見たところあなたはそう長くはもたないでしょうね」

これにはサンディ・ラモントも笑わずにはいられなかった。

15

　メリーランド州エミッツバーグ近郊にあるジョン・クラークの農場は、午後一〇時を過ぎたところだった。ジョンと妻のサンディは、今夜はレンタルした映画を観て過ごした。さて寝ようかというとき、ナイトテーブルの上の電話が鳴った。

　クラークが受話器をとった。

「はい？（ハロー）」

「ジョン・クラークさんをお願いします」

「わたしだ」

「どうも、ミスター・クラーク。夜遅く電話して、すみません。キース・ビクスビーと申します。いまキエフのアメリカ大使館から電話しています」

　クラークは頭に仕舞いこんである〝膨大な自分関連人物データベース〟のなかにキース・ビクスビーという名前がないか素早く調べた。結局その名前に心当たりはなく、記憶をいくらまさぐっても、自分が知っている人物のなかに現在キエフで活動している者はひとりもいなかった。

　だが、クラークがだれだか思い出せないと告白する前に、ビクスビーは言った。「あなたに電話してみたらどうかとジミー・ハーデスティに言われたものですから」ジェームズ・ハーデスティはＣＩＡ職員で、クラークとは何十年もの付き合いになる。クラークはハーデスティを信頼していた。

「なるほど。そこの大使館できみは何をしているのかね、キース？」

「大使付文化担当官です」

　これでクラークには、ビクスビーがウクライナでの諜報活動を統轄するＣＩＡキエフ支局長であることがわかったし、彼がその情報を包み隠さずに伝えようとしたということもわかった。こういう答えかたをすれば自分がＣＩＡ支局長であることがクラークに伝わるという計算がビクスビーにあったということだ。

「了解」クラークは平然として言った。「で、用件は？」

「ここでの仕事でニックネームがひとつ浮上しまして、その男についての情報があまりなく、ちょっと探っているんです。ご存じのように、ジミーはあなたの元職場の主任記録保存官ですから、この種の問題が生じたときには、ほんとうに頼りになるんです」

「わかる」

「ただ、わたしがいま調べている人物については、ジミーもこちらが把握しているていどの情報しか持っていませんで、あなたに訊いてみたらどうかと言うんです。ジミーが言うには、自分の記憶では、あなたが、ええと……〝出張〟中にですね、その男に遭遇している可能性はありうるんだそうです」

「どういうやつなんだ、その人物は？」

「ロシア人男性、年はおそらく五五から六五、サンクトペテルブルクの組織犯罪界の大物、〈傷跡〉というニックネームで知られている」

クラークは返した。「ここしばらくはそのニックネームを聞いていない」

「ということは、そいつを知っているんですか？」

「少しはな……だが、きみのことはまったく知らない。悪く思わんでくれ。いちおうハーデスティに電話させてもらう。それからまた、きみのところにかけなおす」

ビクスビーは言った。「別のことを言われたら、ミスター・クラークも衰えてきたんだなあと思っていたでしょうね」

クラークは口を送話口に近づけたまま笑い声を洩らした。「頭はまだ大丈夫。衰えているのは肉体だけだ」

「さあ、それもどうでしょうかね。では、わたしの直通電話番号をお教えします」

クラークは番号を教えてもらい、通話を終了すると、今度はジェームズ・ハーデスティに電話をかけ、キース・ビクスビーの言ったことが真実であり、彼がたしかにＣＩＡキエフ支局長であることを確認した。ハーデスティはビクスビーを高く評価し、賞賛した。ハーデスティＣＩＡ主任記録保存官の他人を見る目——能力・品性双方の評価——がおそろしく正確なことはクラークも知っていた。

五分後、ジョン・クラークはふたたびキース・ビクスビーと電話で話していた。

「きみはまっとうな正直者であり、高潔で信頼できる男だ、とジミーは言っているが、おれとしては念のため、いま話している相手が本人かどうか確かめておきたい。きみが最後にジミーとビールを飲んだのは、いつ、どこでだ？」

ビクスビーは一瞬のためらいもなく即答した。「一年前の先月。場所はヴァージニア州マクリーンのクラウン・プラザ・ホテル。何かの会議で帰国していたときです。わたしの記憶が正しければ、わたしはショック・トップ、ジミーはバド・ライトを飲みました」

クラークは笑い声をあげた。「よし、合格。おれがきみをまだ知らなかったんで、ジミーは驚いていたよ」

「これまでのところ、目立たないように頭を下げてきたことが、仕事に役立っています」ビクスビーは応えた。「わたしはもう充分すぎるほど世界の辺境で働いてきたのかもしれませんが、本部の七階のお偉方から声がかかったことはまだ一度もないんです。わが同僚のなかには本部入りした者が何人かいます」

「きみとおれは同類ということだな。きみが知りたいことは何でも教えよう。だが、おれの情報は数年前のものであることを忘れるな」

「それでもわたしが摑んでいるものよりは新しいです。この男は何者なんですか？」

「おれは〈傷跡のグレーブ〉という名で知っていた。マフィアの大幹部。だが、それくらいのことはもうわかっているんだろう？」

「ええ、その可能性はあると思っています。写真を送りましょうか？　そうすれば、ほんとうにそいつなのか判定できますよね？」

「悪いが、その必要はない。おれはそいつを一度も見たことがないんだ」

「ワオ！　ほんとうに表舞台に出ない男なんですね」

　クラークは言った。「カメラ嫌いであることはたしかだな。だが、おれはやつの履歴ならいくらか知っている。生地はクリミア半島のジャンコイ。ウクライナ生まれだが民族的にはロシア人だ。九〇年代の前半にサンクトペテルブルクへ移った。その前に、ギャングを何人か殺して収容所（グラーグ）でお勤めをしていて、シベリアから帰ってきたときには前よりもずっとタフな悪党になっていた」

「お勤めした者はみなそうなるんじゃないですか？」

「大方の者がそうなる。で、やつはいまサンクトペテルブルクを根城にして、最大のスラヴ系犯罪組織のひとつ〈七巨人〉の副首領のひとりとなり、強請（ゆすり）、密輸、手荒い力の行使といった仕事をこなしている。数年前、まだおれがNATOの多国籍特殊作戦部隊〈レインボー〉を指揮していたとき、やつの組織がわれわれのレーダーに捉（とら）えられた。ある武装集団がサンクトペテルブルク市の行政庁舎に乱入するという事件が起こったのがきっかけだった。そいつらの目的は市の局長を何人か殺すことだった。典型的なマフィア式暗殺だ。ところが、このときにかぎって警察の反応がいつになく早く、殺し屋どもは包囲されてしまった。で、野郎どもは人質をとった。二日にわたる交渉のあと〈レインボー〉が呼ばれ、イギリスから現地へ飛んだ。われわれは市庁舎から外部へかけられる電話を盗聴し、実行犯と指揮官とのやりとりを聞いた。その指揮官がほかならぬ〈傷跡のグレーブ〉で、野郎は手下たちに〝投降せずに最後まで戦え〟と命じた。この暗殺と自分との係わりを消そうと実行犯を犠牲にすることにしたのだと、われわれには思えた」

クラークはつづけた。「〈レインボー〉の戦闘員が突入し、武装ギャングどもをきれいに片づけた。無関係の人質は全員救助できたが、市の局長三人と市庁舎の警備員五、六人が処刑されてしまっていた。この制圧作戦での〈レインボー〉の損失は、軽傷者二、三人」

クラークは言葉を切り、残念そうにそのときのことを振り返った。「望んだようにはきれいに片づけられなかった。もう何時間か早くロシア側からゴーサインが出ていれば、もっとたくさんの命を救えたんだ」

「それで、〈傷跡のグレーブ〉は捕まらなかった」

「そういうこと。やつは汚れ仕事はみんな手下にやらせるんだ。大物で、自分の手は絶対に汚さないというタイプ。危険は雑魚どもに負わせて、自分はできるだけ安全なところにとどまる」

ビクスビーは長いことためらってから言った。「うーん、とすると面白いですね。やつはいまここキエフにいて、現場司令官にしか見えないのです」

「それは妙だな。おれの記憶では、キエフはやつの縄張りではない。〈七巨人〉はそこでは活動していないはずだ」

「ええ、していません。やつらが暴れるのはロシア国内です。まあ、ベラルーシではかなりの勢力を築き上げています。しかし、ほんとうにウクライナでも仕事をしているとすると、それは新たな展開ですね。〈傷跡のグレーブ〉がキエフで元特殊任務部隊(スペツナズ)隊員と思われる若者の一団といっしょにいるところを写真に撮られています。そいつらはここキエフを縄張りとするチェチェン・マフィアと会っていました」

「それもまた、おれが知っている〈傷跡のグレーブ〉とはうまく重ならないことだな。やつの手下はみなスラヴ系だった。ヴォローディンが権力の座についてマフィアへの取り締まりを厳しくする前は、グルジアとチェチェンの犯罪組織がロシアのあらゆるところで活動していた。だが、おれの記憶では、〈傷跡のグレーブ〉はそういう組織とはいっさい取引していなかった」

「年をとって、ちょいと丸くなったのかもしれませんね」

　クラークは笑い声を洩らした。「やつはだれかに命令されたのではないかと、おれは思う。やつは何らかの任務を与えられて送りこまれたのではないか。で、キエフまでやって来て、元スペッツナズと動きまわり、少数民族(エスニック)マフィアと連携している。〈七巨人〉のやりかたではないな、どうも。まったく新しいビジネス・プランのような気がする」

「だとすると、すこし厄介ですね、ミスター・クラーク」

「ああ、きみにとっては厄介な問題になるな。やつが指示を仰いでいる人物を見つける必要がある——そのクソ野郎こそ、きみにとって真のトラブルメーカーになる」

ビクスビーは盛大な溜息(ためいき)をついた。

クラークは自分が伝えた情報に失望したのだろうと思った。「もっと力になれるとよかったのだが」

「いいえ、あなたの情報は大いに役立ちます。考える出発点になりますから」

「考えるだけじゃなく、何か実際にできるといいんだがな」

ビクスビーは急(せ)き込んで言葉を送話口へたたきつけるように吐き出した。「ご想像はつくかと思いますが、ロシア政府(クレムリン)とウクライナとのあいだの雲行きが怪しくなって、さまざまな問題が噴き出してきたせいで、キエフではこの数カ月、こなさねばならない諜報活動が一気にふくれ上がってしまいました。〈傷跡のグレーブ〉は関心を持たざるをえない要注意人物ではありますが、現時点では興味の対象でしかないというのが本当のところです。なにしろ人手が足りず、余裕がないんです。〈傷跡のグレーブ〉がこれから捨てておけないような重大事をしでかすということでもないかぎり、やつが重要度の高いターゲットになることはありません」

「わかった」とクラークは言ったが、好奇心を掻き立てられたままで、ロシアのマフィアの大物がキエフくんだりでいったい何をしているのか、気になってしかたなかった。どうもやつは、だれかに命令されてキエフのいかがわしい連中と接触しているようなのだ。

「ご協力、ありがとうございました」

「おやすい御用だ、ビクスビー。そっちでは頭を低くしてろよ、危ないからな。報道されていることが事実なら、きみはいま次の紛争の火種のまっただ中にいるんだ」

「メディアは状況を誇張して伝えている、と言えたらいいんですけど、この地で実際にものごとを見ていると、やはり前途は暗澹としているとしか思えません」

16

現在のロシアのテレビは、旧ソ連時代とはちがい、公式には国家統制下にないことになっているが、実際には国に支配されている。最大規模のネットワークはみなガスプロムが所有しており、同社の株の一部をヴォローディン大統領ら〈シロヴィキ〉——情報・治安機関か国防機関の出身で、いまは高位にある有力な政治指導者たち——が分け持っているのは単なる偶然ではない。

ロシア政府の権力者たちが所有していないテレビ局や新聞社は、たえず嫌がらせを受け、下劣きわまりない訴訟を起こされたり、でたらめな徴税令状を送りつけられたりし、そうした問題を解決するのに何年もかかったりする。メディア各社に言うことを聞かせるために、もっと怖い手が使われることもある。たとえば、政府の公式プロパガンダに逆らうジャーナリストには、よく肉体的脅しがかけられたり暴力が加えられたりする。自由な報道という観念を圧殺するのに、袋叩き、誘拐、暗殺さえも利用され、その効果は絶大である。

ごくまれに、ジャーナリストへのそうした犯罪行為の容疑者が逮捕されることもあるが、彼らは決まって、政府支持の若者グループの乱暴者か、低級ギャングの外国生まれの子分だとわかる。要するにロシアでは、三権に次ぐ影響力を有するはずの〈第四階級〉であるジャーナリズムに対する犯罪がしっかり捜査されてFSB（ロシア連邦保安庁）やクレムリンとの関係まできちんと暴かれることは絶対にない。

そして、クレムリンが宣伝したいことをそのまま先頭に立って国民に伝えるのは、7チャンネルの新ロシア・テレビだ。ロシア国内および全世界で一七言語による放送を実施する同テレビ局は、クレムリンの代弁者としての役割を効果的に果たしてきた。

と言っても、新ロシアはクレムリン支持の報道ばかりしている、というわけではない。公平な報道の印象を視聴者に与えるため、ほんのすこし政府を批判するニュースも流すのだ。だが、そうした報道のほとんどが取るに足りないことに関するものである。たとえば、腐敗した政治家への〝批判報道〟。ただ、批判されるのはヴォローディンの寵愛を失った者たちだけだ。それからこのネットワークは、ごみ収集のような市や州の問題、労働組合大会など、客観的であるふりができる重要性の低いネタをとりあげ、つまらぬ粗探しをすることもある。

だが、国家の重大事、とくにヴァレリ・ヴォローディンと大統領本人が直接係わる政策に関連することになると、新ロシアは本性をあらわし、偏見をあらわにする。たとえば、グルジアでの紛争とウクラナイの緊迫した情勢に関する長い〝調査報道〟リポートを、毎晩のように流している。そして、断固たる親欧米でNATO加盟国でもあるエストニアの政権をほぼ絶え間なくターゲットにし、同国政府の指導者たちを、金銭、犯罪、性に関する不適切な行為があるとかないとか、ありとあらゆる中傷、悪口で貶めようとする。これでは、教育水準の低い信じやすい者たちが新ロシアの夜のニュース番組を見て「エストニアは泥棒と変態の国でしかない」という結論に達するのは当たり前で、そう思いこむ視聴者を責めるわけにはいかない。

新ロシアは「ヴォローディンのメガホン」という蔑みの渾名を頂戴しているが、ときどきそれがとりわけ適切な表現になってしまうことがある。ヴォローディンその人が『夜のニュース』のセットに姿をあらわし、生出演することがよくあるからだ。

そして今夜もまたそうだった。午後五時三〇分、何の前触れもなく突然、わずか三〇分後の六時からはじまるニュース番組のプロデューサーが、クレムリンから一本の電話を受け、「ヴァレリ・ヴォローディン大統領はいまクレムリンで車に乗りこむところであり、まもなくそちらに到着して『夜のニュース』に生出演し、インタヴューを受ける」と告げられたのである。そして話題は、CIAによるスタニスラフ・ビリュコフSVR（ロシア対外情報庁）長官の暗殺と、アメリカでのセルゲイ・ゴロフコ元SVR長官のポロニウム中毒、とプロデューサーたちはクレムリンに通告された。

　これでただちに新（ノヴァヤ）ロシア・ビルのなかで狂乱の準備作業が開始され、たくさんのことが慌（あわ）ただしく次々に進められていったが、それはコントロールされた混沌（カオス）と言ってもよいものだった。なぜなら『夜のニュース』のスタッフは、ヴァレリ・ヴォローディンが権力の座にある一年足らずのあいだに、すでに二五回近くも〝緊急飛び入りインタヴュー〟に対処しなければならなかったのであり、いまではもう振り付けされたダンサーのように決まった手順どおりに事を進めていけばよかったからである。

　国家元首がスタジオに向かっていることを知らされたプロデューサーたちが、第一にやらなければならない仕事は、ヴォローディンお気に入りのニュースキャスターに電話し、彼女に事の次第を知らせることだった。今夜は非番だったにもかかわらず、彼女はおよそ三〇分後にはセットで生放送の大統領へのインタヴューをこなさなければならないのだ。彼女がいま、どこにいて、何をしていようと、そうしなければならないのである。

タチアナ・モルチャノヴァは三三歳になるリポーター兼ニュースキャスターだった。この教養のある黒髪のジャーナリストに既婚者のヴォローディンが惚れこんでいることは、だれの目にも明らかだったが、そうだと大統領が口に出して言ったことは一度もなかった。タチアナ・モルチャノヴァ以外のニュースキャスターにインタヴューを任せると大統領が不機嫌になることを、プロデューサーたちは苦い経験をして学んでいた。

ヴォローディンがモルチャノヴァの美貌に魅せられているのは確実だったが、大統領がほんとうに気に入っているのは、彼女が公平を装っているときに彼に送るへつらいの眼差しだと、多くのものがひそかに思っていた。それに、モルチャノヴァはヴォローディン自身がそう思わせたがっているとおり彼をセックス・シンボルだと思っているにちがいなく、テレビ出演中の二人の相性の良さは否定しようがなかった。もちろん、それではジャーナリストとして守るべき限度を超えて許容できないほど相手と接近しすぎてしまうことになる。

タチアナ・モルチャノヴァへの電話連絡が完了するや、ただちに局が所有する道路交通情報用のヘリコプターの一機が彼女を迎えにレニングラードスカヤ・マンションに急派された。

そしてヘリがニュースキャスターを連れにいっているあいだ、ニュース番組のプロデューサーたちは、インタヴューの質問原稿書きと画像収集・編集にとりかかり、さらに、いつものようにドラマチックな大統領の〝飛び入り出演〟が、今夜の生放送を見ることになる何千万人もの視聴者の目にスムーズに進行していると映るように複雑な手順を準備した。

　ヴォローディンがだれの指図も受けないということは局内の全員が知っていたので、番組のスタッフは大統領が到着したら即、インタヴューをオンエアできるように準備しておかなければならない。それを容易にするために、新ロシア(ノヴァヤ)のホールや廊下にはトランシーヴァーを持った男女社員が並ばされる。そして、ヴォローディンがリムジンから飛び出して局舎に入るや、このトランシーヴァー部隊が、ロビーを抜けようとする大統領とその取り巻きの進み具合を報告しはじめ、確保していたエレベーターへと一行を導き、彼が国家元首として二〇回以上も訪れている六階のスタジオまで案内する。

　トランシーヴァー部隊は今夜も上手に仕事をこなし、午後六時一七分にヴォローディンが自信満々の足どりでつかつかと六階のスタジオに入ってきたときにはすでに、フロア・ディレクターは準備を完全に整えていた。ヴォローディンは小柄な男で、身長は五フィート八インチ（約一七三センチ）しかないが、壮健にしてエネルギッシュであり、強靭(きょうじん)な肉体はまるでダークブラウンのスーツをいつ突き破ってもおかしくないコイル・バネのよう。彼はカメラの前を通りすぎ、ためらうことなく平然とセットのなかに入っていった。むろん、フロア・スタッフからの指示なども一切ない。カメラがヴォローディンの姿を捉(とら)えてしまったり、いま生放送で放映中のことを中断せざるをえなくなったりする、不都合な事態はすべて、明らかにスタジオの問題であり、大統領の問題ではないのだ。

ヴァレリ・ヴォローディンの姿がセットの袖に見えた瞬間、『夜のニュース』のプロデューサーは現場からの中継の最中だったにもかかわらずニュースを中断させ、コマーシャルを開始させた。これでは、番組を見ていた者はみな、不手際と思うにちがいないが、もうひとつの失態よりはましだった。これでヴォローディンのインタヴューを突然ぎこちない形ではじめるという粗相をせずにすんだからである。

タチアナ・モルチャノヴァがスタジオ入りしたのは、ゲストの到着のわずか二分前だったが、彼女はプロであり、とりわけこのような事態にうまく対処する術を心得ていた。彼女はヘリコプターのなかでメーキャップをすませ、局に着く前にプロデューサーに質問を三度読みあげてもらい、それにじっと耳をかたむけて準備し、さらに、ヴォローディン大統領がひきつづき関連質問を受けてもよいという素振りを見せた場合に備えて、追加質問の練習もした。

ともかくモルチャノヴァはどのような展開になっても対処できるように準備を整えておかねばならなかった。

ヴォローディン大統領の出演時の行動は予想がつかない。たとえば、ただ着席して、一方的にしゃべって声明の発表とほとんど変わらないことをし、すぐさま帰ってしまう、ということもある。そういうときは、インタヴューに割り当てられていた時間が大幅に余ってしまい、スタッフは慌てて穴埋めに狂奔することになる。ところが反対に、ほかにいられる場所がないとでもいうように、いつまでもモルチャノヴァの質問に答えつづけ、ロシア人の生活や文化まで長々と論じ、天気やホッケーのスコアにまでふれる、ということもある。こうなった場合も、プロデューサーは怖くて途中でコマーシャルを挟むこともできないし、たとえこの〝ヴァレリ・ヴォローディン・アワー〟が七時を回ってもなお終了しなかったとしても、通常の予定番組に切り換えることもできない。

今夜の彼の気分はこの両極端のどちらなのかスタッフには見当もつかなかったが、モルチャノヴァとプロデューサーたちはどちらになっても大丈夫なように、いちおう準備だけはしていた。

ヴォローディンがタチアナ・モルチャノヴァと挨拶(あいさつ)をかわしているあいだに、音響エンジニアが大統領のスーツの襟(ラペル)にマイクをとめた。ヴォローディンは気持ちを込めてインタヴュアーの手をしっかりとにぎった。彼がモルチャノヴァと知り合ったのは数年前のことで、モスクワの反体制派のブログには〝二人は愛人関係にある〟という噂(うわさ)さえ書きこまれている。ただ、そうした噂は、パーティーなど公(おおやけ)の催しで二人がごくふつうのハグをしている数少ない写真や、ヴォローディンが話しているあいだのモルチャノヴァの夢見心地の目や満面の微笑(ほほえ)みからの邪推、と言ったほうがよさそうだ。

ヴォローディンが席につくや、『夜のニュース』のプロデューサーが放映中のコマーシャルを中断させ、スタジオのセットのライヴ映像をふたたび電波に乗せた。

モルチャノヴァは準備をすませて落ち着いているように見えた。彼女はスタニスラフ・アルカディエヴィッチ・ビリュコフ爆殺事件についてのおさらいを視聴者にしてみせたあと、この事件にどういう姿勢でのぞむのかヴォローディン大統領に尋ねた。

ヴァレリ・ヴォローディンはすぐ前のテーブルに両手をおき、いかにもつらそうな表情を浮かべて、トレードマークの〝ソフトだが自信に満ちている、どことなく横柄な口調〟で話しはじめた。「どうやらこれは欧米が裏で糸を引いた暗殺と考えてよいようです。スタニスラフ・アルカディエヴィッチはここロシアの犯罪組織には真の敵はおりませんでした。彼は海外を対象とする仕事をしていたのです。人間とはとても思えないカフカス地方の冷酷な犯罪者や旧ソ連邦構成共和国にはたいして関心を抱いておりませんでした」

ヴォローディンはカメラから目をそらし、タチアナ・モルチャノヴァのほうを見た。

「スタニスラフ・アルカディエヴィッチは、欧米が次々に繰り出してくる脅威から母なる祖国ロシアを護るために、不断の努力を重ねてまいりました。幸運なことに、内務省の警察機関の素晴らしい捜査のおかげで、スタニスラフ・アルカディエヴィッチ・ビリュコフ暗殺の実行犯はほかならぬ〝欧米のスパイと判明している者〟であることが明らかになりました。CIAに雇われたクロアチア人です。われらが母なる祖国に対するこの凶悪犯罪の責任がだれにあるのかを判定するのは、それほど難しいことではないにちがいないと、わたしは思います」

テレビ画面にディノ・カディッチのパスポート写真が映し出された。写真の上には赤い文字によるＣＩＡの英語の正式名称 Central Intelligence Agency（中央情報局）が重ねられている。その書体（フォント）がパスポートの文字の字体と大きさにとてもよく似たものだったので、全体としてＣＩＡの公式の身分証明カードのようなものに見えてしまっていた。単純なトリックだったが、何千万人にものぼる鈍い低級視聴者をだますには充分なものだった。

モルチャノヴァは次の話題に移るきっかけをヴォローディンに提供した。「そしていま、大統領、ビリュコフＳＶＲ長官が暗殺されたばかりだというのに、かつて同じ地位にあったセルゲイ・ゴロフコが放射性物質による中毒におちいったという情報がアメリカから飛びこんでまいりました」

「ダー。セルゲイ・ゴロフコのケースもまた、非常に興味深いものです。彼とは考えかたの点でいろいろちがいがあり、なんとも馬鹿（ばか）げたことを言われたこともありましたが、いまでは彼を許せます。なんだかんだ言っても、彼はもうかなりの年で、もはや昔の人と言わざるをえません。それでも、彼が金銭的な腐敗に関与したことは確実であり、それはとても受け入れられることではありません。もちろん、彼はアメリカのお気に入り、ジャック・ライアン大統領の友人です。ところが、このたび、その彼にアメリカは毒を盛ったのです」

「アメリカはなぜそんなことをしたのでしょうか、大統領？」

「ロシアに濡れ衣を着せるためです、言うまでもない。アメリカは明らかに、ゴロフコがイギリスに戻ったあとに発症するように毒の量を加減しようとしたにちがいありません。科学者でもある暗殺者たちが計算ちがいをしたのです。彼らは計算機や秤などを新しいものに替える必要があるのではないでしょうか」ヴォローディンは自分の冗談にクックッと笑いを洩らし、インタヴュアーもしっかり調子を合わせて微笑んで見せた。画面には映らないスタジオ内の者たちがあげた笑い声はマイクに拾われ、視聴者も聞くことができた。

ヴォローディンはつづけた。「〝科学暗殺者〟たちがポロニウムを使いすぎたのか、それとも不適切なタイミングで毒を盛ってしまったのか、そのどちらなのかはわたしにもわかりません。しかし、想像してみてください、彼らの計画どおりに事が運んだときのことを。つまり、こうです。セルゲイ・ゴロフコはイギリスに帰り、そこで具合が悪くなる。アメリカは潔白と見なされ、ロシアが怪しいということになる。それこそ彼らが意図したことなのです」ヴォローディンは怒りをあらわにして人差し指を突き上げ、振って見せた。

「わが国は一月にエストニアで必要不可欠な警察活動をいたしまして、そのさい小規模・軽装備のわが国の派遣隊がずっと大規模なＮＡＴＯ部隊と交戦し、彼らを粉砕しましたが、以来アメリカはロシアを深刻な脅威と見なすようになりました。そこで彼らは、うまくはめて、わが国に濡れ衣を着せることができれば、威信を失墜させてロシアを国際社会から孤立させることができる、と考えたわけです」

ヴォローディンはカメラをまっすぐ見つめた。「そうはさせません」

絶妙のタイミングで、タチアナ・モルチャノヴァは次なる愚問を口にした。「外国からの脅威が増大したいま、わが国の政府は秩序と安全を維持するために、どのような措置をとるのでしょうか？」

「わたしは、情報機関の幹部たちとも協議して慎重に熟慮した結果、いくつか重要な改革を断行することにいたしました。スタニスラフ・アルカディエヴィッチ・ビリュコフはＳＶＲ長官としてかけがえのない存在で、彼に代わってその職務を全うできる人材などいない、と言われてきましたが、わたしもそう思います。ですから、わたしはだれにも彼の後を継がせないことにいたしました。ビリュコフおよび無辜(むこ)の市民数人を殺害するにいたった国内テロと、ゴロフコに放射性物質という毒を盛った国際テロを考え合わせると、はっきりわかりますが、わが国がさらされている内外からの脅威は、実は同一のものなのです。

わが国がさらされる脅威がそのようなものである以上、わたしはもはやロシアの情報機関を二つの組織に分散させたままにはしておけません。われわれはいまや情報機関が果たすあらゆる役割を統合する必要があるのです。この目的を達成するために、わたしはＳＶＲとＦＳＢの再統合を命じました。新たな組織の名称はＦＳＢ——ロシア連邦保安庁(フィデラーリナヤ・スルージバ・ビザパースナスチ)——のままとしますが、その新生ＦＳＢがこれまでＳＶＲの担当だった対外情報収集活動のすべてをも引き継ぐことになります。

そしてロマン・ロマノヴィッチ・タラノフFSB長官が、現在の職務をひきつづき執行するとともに、対外活動を統率する責務を果たすことになります。彼はたいへん有能な人物であり、わたしは彼を全面的に信頼しております」

タチアナ・モルチャノヴァさえ驚いたようだった。こんなことについての関連質問など前もって準備していなかったにちがいない。それでも彼女は動揺を上手に隠し、うまく立ち直った。「その知らせは、すべての視聴者にとって――つまり、タラノフ長官が外国の脅威から護ってきたロシアおよび近隣の旧ソ連邦構成共和国に住む視聴者にとっても、ビリュコフ長官がそれは巧みにロシアの権益を護ってきた海外に住む視聴者にとっても――たいへん興味深いことですね」

もちろんヴォローディンはその意見に賛同し、一二分にもわたる即興の演説をはじめ、過去のグルジア紛争を掘り下げて語り、彼が言うところのロシアの〝特権的利益〟に係わるウクライナなどの国々との現在の対立についても詳しく述べた。

さらにヴォローディンは話題を広げ、NATO、ヨーロッパ、アメリカを激しく非難するとともに、天然ガスや石油の相場にもふれ、短いロシア中心的な歴史講義さえおこない、第二次世界大戦中にロシアが西ヨーロッパをファシズムから護ったことを強調した。

大統領が演説を終えると、セットの放送用の照明が落ち、スタジオのモニターにもフォードのコマーシャルが映りはじめた。ヴォローディンはマイクを取り去り、立ち上がった。そして、にこにこしながらタチアナ・モルチャノヴァと握手した。彼女は大統領と同じ背丈であり、それなりの礼儀をわきまえていたので、ヴォローディンがスタジオにやってくる夜はかならずペッタンコの靴をはいた。

「貴重なお時間を割いていただき、ほんとうにありがとうございました」モルチャノヴァは言った。

「あなたとお会いするのはいつだって楽しい」

ヴォローディンはモルチャノヴァの手をすぐには放さなかった。そこで三三歳になるニュースキャスターはこの機会を利用してちょっと図に乗ってみることにした。「大統領、今日の改革のお話はワクワクするほど素晴らしいものでした。きっとだれにでも歓迎されると確信しております。そこで、そのうちタラノフ長官にもこのわたしのニュース番組に出演していただくというのは、いい考えではないだろうかと思うのですが、いかがでしょうか？　これまでのところ、長官のお姿はどんなニュース映像にも登場したことがありません。考えますに、このたびの昇進は、タラノフ長官がロシア国民に自己紹介をする絶好の機会ではないでしょうか？」

ヴォローディンの笑みはすこしも揺らがなかったし、モルチャノヴァの目をじっとのぞきこむ好色な視線の力が弱まることもなかったが、声にほんのすこし険悪な気配がからんだように思えた。「親愛なる淑女の君、ロマン・ロマノヴィッチの姿がテレビ画面にあらわれることは絶対にない。彼はまさに、表には決して出ない男なのだ。暗闇（くらやみ）に身をひそめているからこそ、やるべきことをやれるのだし、最良の結果を引き出すことができる……これはまあ、きみとわたしとの秘密にしておいてほしいのだが……わたしとしては、これからも彼をそういうところに置いておきたいのだ」

ヴォローディンはウインクした。

タチアナ・モルチャノヴァは返す言葉が見つからなかった。そんなことはこの業界に入って初めてのことだと言ってよい。彼女はただ従順にうなずくしかなかった。

17

〈ザ・キャンパス〉は、ジャック・ライアン大統領が一期目の任期終了間際（まぎわ）に構想した、小規模だが結果を出せる強力な民間情報組織で、その活動目的はアメリカ合衆国がめざす目標達成を極秘裏に促進するというものだ。

ジャック・ライアンはジェリー・ヘンドリーにその組織の立ち上げと運営をまかせた。ヘンドリーは当時サウスカロライナ州選出の上院議員だったが、わざと不適切な金融取引をやったように見せて世間の不評を買い、政界から引退した。それはまさに、極秘スパイ組織を設立するという極めて重要な難事業を開始できるように、うまく政界から身を引くための偽装工作だった。

そして、万が一〈ザ・キャンパス〉の作戦が暴かれて告発された場合でも、そこで働く男女が訴追の対象とならないように、ライアン大統領は正式に選挙で得た一期目の退任直前に、日付も特赦内容も書かれていない大統領恩赦状一〇〇通にひそかに署名し、それをヘンドリーに手わたした。

〈ザ・キャンパス〉はＣＩＡ（中央情報局）とＮＳＡ（国家安全保障局）がやりとりする情報を傍受できる能力があるうえに、政府の情報機関の自由を奪う官僚制や監視・監督には縛られず、作戦展開の自由裁量度は公的機関のそれよりもずっと大きく、それによって得られた作戦遂行能力と行動力のおかげで、この数年のあいだに信じられないほど大きな成功をおさめてきた。

だが、〈ザ・キャンパス〉を設立したときにはライアン大統領が予想もしなかったことが、その後起こった。昔からの友人であり仲間であるジョン・クラークとドミンゴ・シャベス、双子の甥のドミニクとブライアンのカルーソー兄弟、それになんと自分の息子のジャック・ライアン・ジュニアまでもが、次々に〈ザ・キャンパス〉の工作員になってしまったのだ。

そして、ブライアンは二年前にリビアで決行された作戦中に死亡し、その穴を元陸軍レンジャー連隊隊員のサム・ドリスコルが埋めた。

ところが、数カ月前、中国のハッカー軍団がヘンドリー・アソシエイツ社のシステムに侵入し、中国の特殊部隊・暗殺チームがメリーランド州ウエスト・オーデントンにある同社本社を真夜中に襲撃して〈ザ・キャンパス〉を壊滅させようとした。これは阻止されたが、ヘンドリーと〈ザ・キャンパス〉の幹部たちは、このまま同じ場所で作戦活動をつづけることはできないと悟った。中国に組織の所在地と、たぶん自分たちの正体も、知られてしまったからである。

そしてウエスト・オーデントンの社屋を失うというのは、単に新しい建物を見つける手間がかかるというだけの問題ではない。それ以上の不利益が生じるということなのだ。なぜなら〈ザ・キャンパス〉は、その九階建てのビルの屋上に設置したアンテナ・ファームで、メリーランド州フォート・ミードのＮＳＡ本部とヴァージニア州ラングレーのＣＩＡ本部とのあいだでやりとりされる極秘データを傍受し、作戦の実行に役立てられる情報の多くを得ていたからである。

その極秘データ傍受方法はすでに放棄されていた。いまやヘンドリー・アソシエイツ社の社屋内では〝ブラック・サイド〟の諜報（ちょうほう）活動はいっさい行われず、〝ホワイト・サイド〟の金融取引の仕事しか行われていなかった。

だが、〈ザ・キャンパス〉にも希望はあった。五五歳になる顔色の青白い太鼓腹のギャヴィン・バイアリーというコンピューターおたく(ギーク)のおかげで、〈ザ・キャンパス〉の未来にも一筋の光明が差していた。バイアリーは、中国の攻撃を受けたあと数カ月を費やして、ＣＩＡの極秘イントラネットＩｎｔｅｌｉｎｋ－ＴＳから情報を得る方法を探った。まずは、中国のサイバー軍団がＣＩＡのコンピューターに対して使用した高度なハッキング・コードを試してみたが、ＣＩＡがすでにそれへの脆弱性(ぜいじゃく)を修正していることが確認でき、いまやＩｎｔｅｌｉｎｋ－ＴＳへの新たな攻撃経路(スレット・ヴェクター)・手段を探していた。

そして、大いに期待できる試みではあるものの結果はまだほとんど出せていない、というのがいまの状況だった。

バイアリーがそうやって新たな情報収集方法を見つけようと奮闘しているあいだ、ジェリー・ヘンドリーは新しい社屋――作戦基地――探しに取り組み、ジャック・ライアン・ジュニアをのぞく〈ザ・キャンパス〉の工作員たちはメリーランド州エミッツバーグ近郊にあるジョン・クラークの広大な農場を訓練場にしてトレーニングに励んでいた。

ジョン・クラークの素朴な田舎の農場は、〝準軍事・秘密工作班〟の訓練場に世界一適した場所とは言えないかもしれないが、少なくともいまのところは役に立ち、所期の目的は達成されていた。

数カ月前まで工作員たちはアメリカ中に散らばる秘密の場所で訓練を重ねてきたが、中国とのことがあって攻撃にさらされやすくなったいま、クラークの農場に引きこもって、戦闘力をなまらせないように訓練に励んでいた。彼らは客用の寝室さえ占拠し、そこを指令センター兼ミニ教室に変えてしまった。各人がラップトップ上の語学訓練ソフトウェアを使って一日に一時間以上、外国語に磨きをかけ、世界のメジャー・トラブル・スポット——大きな紛争が起こりやすい地域——に関する最新の公開情報に目を通した。

そして、ひとり残らず全員が、早く作戦活動再開の命が下って、いまやっている訓練と勉強を現場で役立てられるようになることを熱望していた。

ジェリー・ヘンドリーは今日の午後、ワシントンDC圏にある数百にものぼる新社屋候補のオフィスビルを見てまわる作業を中断して、メリーランド州エミッツバーグへ向かい、いまこうしてジョン・クラークの農場の母屋のキッチン・テーブルについていた。彼のまわりには〈ザ・キャンパス〉の工作員たちが集まり、そのなかにはギャヴィン・バイアリーの姿もあった。これは週に一度ひらかれる会合だったが、それが何らかの行動につながることは実際のところ皆無だった。毎週この会合で、ヘンドリーは組織が入るのに適した新社屋を探す作業の進捗状況について話し、クラークとその配下の工作員たちは現在実施中の訓練について議論し、ギャヴィン・バイアリーはふたたびCIAから情報をしっかりいただけるようにする手法の探求について、高度な専門用語を使って全員がわかるように説明しようとした。

毎回、会合は荒れることなく行儀よく進行したが、ほんとうのところは、だれもがこんなふうにクラークの家のキッチンに座っているなんて真っ平で、それ以外のことがしたくてうずうずしていた。

ヘンドリーは今日も、ベセスダ近郊で見てきたオフィスビル二棟の概要報告から会合をはじめようと思っていたが、クラークが先に発言し、議論したいことがあると言いだした。

「どういうことだね？」ヘンドリーは訊いた。

「実はこちらが求めもしないのに勝手にやって来たことがありまして」

クラークはヘンドリーと他の者たちにキース・ビクスビーＣＩＡキエフ支局長からの電話について話し、ＣＩＡが〈傷跡のグレーブ〉というニックネームで知られるロシアの犯罪組織のボスに関心を持つにいたった経緯を説明した。

ドミンゴ・〝ディング〟・シャベスはここ二、三日のあいだにロシアとウクライナにいる友人たちに何度か電話をかけていた。その相手のほとんどはＮＡＴＯ多国籍特殊作戦部隊〈レインボー〉でいっしょだった男たちだった。シャベスは彼らから〈傷跡のグレーブ〉およびその犯罪組織に関する更なる情報を得た。だが、〈傷跡のグレーブ〉がチェチェン・マフィアと手を組んでウクライナで何をしているのかは、だれも知らなかった。シャベスもクラークも、その男のウクライナでの動きを非常に怪しんでいた。なにしろ、そこではいまにも戦争が起こりそうなのだ。

ヘンドリーが言った。「つまり、きみたちが知っているのは、その男がロシアのマフィアで、現在キエフで何やらやっている、ということだけか？」

クラークが答えた。「ＣＩＡには現在やつに監視チームをつける余裕がないということも、わたしは知っています。人員が不足しているのです。キエフ支局は当然ながら、現地のプロの情報機関員を集中的にマークしていますからね。犯罪組織の監視にまわす余力などありません」

「で、きみは何をしたいというのかね？」

「キース・ビクスビーは優秀な支局長です。その彼がいま、きつい状況にあって、難儀しているのです。われわれがキエフまで出向き、このマフィア・コネクションに探りを入れ、〈傷跡のグレーブ〉が何をたくらんでいるのか、ちょいと調べてみるのもいいかなと、わたしは思ったのです」

ヘンドリーはほかの者たちを見わたした。果たして、全員がいますぐ空港へ向かってもいいという顔をしていた。

「その男の組織内の地位は？　そいつはマフィアの首領(ドン)と言っていいのかね？」

シャベスはこの一年のあいだに犯罪組織の専門家のような存在になっていた。ヘンドリーの問いへの答えもまた、彼が〈ザ・キャンパス〉の休止期間中に集中して勉強してきたテーマのひとつだった。

シャベスは答えた。「実はロシアにはわれわれが知っているようなマフィアは存在しません。よくロシア・マフィアという言葉が使われますが、それは犯罪組織であるという事実を伝えるための便宜的名称にすぎません。ロシアおよび旧共産圏諸国では、暗黒街の階層のトップに位置する者たちはヴォル・ヴ・ザコーニェと呼ばれています。直訳は『掟の下の盗賊』ですが、『掟を守る盗賊』という意味で使われているようです。金のネックレスやブレスレットをじゃらじゃらさせ、似合わない派手なスーツに身を包んで走りまわる犯罪者の九九・九％は、単に自分たちを大物に見せたい輩にすぎず、ほんとうのヴォル・ヴ・ザコーニェではありません。とはいえ、各組織にヴォル・ヴ・ザコーニェが何人かいる場合もありえますが、組織の最高位にある者は確実にヴォル・ヴ・ザコーニェになるわけです」

シャベスは言い添えた。「この〈傷跡のグレーブ〉は本物だと、われわれは確信しています。こいつはヴォル・ヴ・ザコーニェです」

ヘンドリーは質問をつづけた。「いまロシアの組織犯罪問題はどうなっているのかね？」

「ヴァレリ・ヴォローディンの内務省が最大・最強の犯罪組織のほぼすべてをロシア本土から追い出してしまいました」

「どうやったんだね？」

「これにはＦＳＢ――ロシア連邦保安庁――もしっかり協力しました。ＦＳＢにはＵＲＰ

O――組織犯罪分析・撲滅局――という秘密の局が存在し、そこには極秘部隊もあります。それは基本的に暗殺部隊であり、モスクワおよびサンクトペテルブルク中の犯罪組織メンバーを次々に抹殺していったわけです。でも、興味深いことに、彼らがターゲットにしたのは外国のギャングだけだったようなのです。

八〇年代後半にできたスラヴ人の組織がひとつありまして、チェチェン人、グルジア人、アルメニア人などの外国系組織がことごとくＦＳＢの標的にされて徹底的に排除されたため、いまやそのスラヴ系組織が栄えるという状態になっています。それは〈七巨人〉という名で知られる組織です」

ヘンドリーは驚きの声をあげた。「七人しかいないのか？」

「いいえ、ロシア連邦内のコミ共和国にその名で呼ばれる異様な石柱群がありまして、それをそのまま組織名にしているだけです。平らな地面から巨大な七本の石柱が突き出しているんです。〈七巨人〉という組織はコミ共和国の収容所(グラーグ)で結成されました。

現在〈七巨人〉はロシア国内で、闇金融(やみ)、身代金(みのしろきん)目的の誘拐、人身売買、売春、自動車泥棒、暗殺請負など……それこそ何でも、やりたいほうだいです」

「それで、〈傷跡のグレーブ〉は〈七巨人〉の頭目なのかね？」ヘンドリーは訊いた。

「いえ、頭目ではありません――組織の頭、最高位の者がだれなのかは判明していません。組織員の大半も、だれが頂点にいて指令を出しているのか知りません。ですが、〈傷跡のグレーブ〉が〈七巨人〉サンクトペテルブルク地区の長であることは、われわれも知っています。やつは〈七巨人〉の副首領、ナンバー2ではないかと、われわれはにらんでいます」

ドミニク・カルーソーが声をあげた。「で、そいつがチェチェンのギャングどもと手を組んでキエフで何をしているのか、だれも見当がつかない？」

「そう、まったくね。これまで、やつは自分の縄張りから絶対に離れない男と見なされていたし、少数民族と仲良くするような男でもないと考えられていた」

ヘンドリーは言った。「よし、認めよう。だが、この〈七巨人〉作戦に必要な情報をどうやって手に入れるのかね？」

クラークはギャヴィン・バイアリーに目をやった。「ギャヴィン？」

バイアリーは答えた。「Ｉｎｔｅｌｉｎｋ－ＴＳには侵入できない。まだね。だが、ＳＩＰＲＮｅｔなら入れる。それは国防総省と国務省が低レベル秘密情報をやりとりするときに使用するネットワークです。むろん、そこからはＩｎｔｅｌｉｎｋ－ＴＳレベルの極秘情報を得ることはできませんが……情報収集分析がどういうものであるかはご存じでしょう。ＳＩＰＲＮｅｔには膨大な量の公開情報があり、低レベル秘密情報はさらにその二倍はあります」

クラークは言った。「ギャヴィンに低レベル秘密情報を提供してもらえれば、向こうの状況をうまく把握できるはずで、キエフでの監視活動に大いに役立つんじゃないかな」

バイアリーがさらに付け加えた。「それに、SBU――ウクライナ保安庁――のサーヴァーはすでにハック済みです。そこには組織犯罪関連のデータがすべて保管されています。それも役立つはずです。むろん、Intelink-TSに侵入して得られるデータほどの価値はないでしょうが」

今度はドリスコルが声をあげた。「だから、それをまあわれわれが、昔ながらの足で稼ぐ、くそスパイ活動で補わなければならないというわけでしょう」

ほかの者たちはみなにやりとしたが、ヘンドリーはなおも問うた。「だれが向こうへ行くのかね？」

「むろんライアンはイギリスにとどまらなければいけないが、ほかの者は全員、わたしも含めて、行きます」クラークは答えた。

これにはヘンドリーもちょっと驚いたようだった。「たしかきみは、現場仕事はもうやらないと、わたしに言ったはずだが」

「ええ、たしかにそう言いました。でもね、わたしはロシア語を話しますし、ウクライナ語を読めます。今回だけはやはり、現場に戻らないといけないでしょう」

「中折れ帽（フェドーラ）を帽子掛けにかけて引退するなんて、まだまだあなたにはできやしないでしょう、ミスターC」ドミニクがジョークを飛ばした。

クラークはおっかない目でドミニクをにらんだ。「何言ってんだ、小僧が。おれは生まれてこのかた中折れ帽をかぶったことなんて一度もないぞ。まだそこまで老い耄れちゃいない」

ドミニクも負けずに言い返した。「はいはい、わたしの記憶のなかにある昔のあなたの超すげえイメージを壊さないでくださいね、ミスターC」

シャベスが言った。「そうだ、ギャヴィン、あなたも行きませんか？」

ギャヴィン・バイアリーはヘンドリーのほうに目をやった。友だちの家へ遊びに行かせてと母親に哀願する子供のようだった。

ヘンドリーは溜息をついた。「香港から無事に帰ってきてからというもの、きみはもうすっかり自分をあのおバカなスパイ——オースティン・パワーズ——と思いこんでいるんじゃないのか、ギャヴ？」

バイアリーは肩をすくめたが、シャベスがかばった。「ギャヴィンはですね、向こうで窮地におちいってにっちもさっちも行かなくなったわれわれを救い出してくれたんですよ、ジェリー。ほんとうはこんなこと言いたくないんですが、彼がいなかったらわれわれはあそこから生きて帰れなかったかもしれません」

「ようし、わかった」ヘンドリーは言った。「きみの現場行きも許すが、仕事はあくまでも作戦支援だ」視線をクラークのほうにもどした。「今回は武器を持っていくというわけにはいかないだろうな」

「ええ」クラークは応(こた)えた。「当局にいつ捕まって尋問されるかわかりませんからね、そうなってもいいようにしておかないといけません。偽装(カヴァー)はジャーナリストでいい。書類等しっかりしていれば、問題ないでしょう」

ヘンドリーは返した。「警察に捕まった場合は、よくできた書類があれば助かる。だが、〈七巨人〉に捕まった場合は、そんなもの役立たん」

ジョン・クラークもその点は認めた。「ええ、確かにね。〈傷跡のグレーブ〉やその手下には捕まらないように注意しないといけません」

ヘンドリーはさらに言った。「ジョン、言うまでもないこととは思うが、キエフはいま、あらゆる種類のうさん臭い人物たちで満杯になろうとしている。公的機関に所属する者もいれば、そうでない者もいるだろう」

ジョン・クラークは工作チームを見わたした。「了解、よくわかりました。公的機関にもそうでない組織にも作戦を気取られないように最善を尽くします」クラークはにやりと笑った。「しかし、はっきり言って、こちらもうさん臭い連中を引き連れて乗りこむというわけです」

18

アメリカ合衆国大統領が警護班とともにジョージ・ワシントン大学病院のICU（集中治療室）に到着したのは、午後一〇時ちょっと前のことだった。表玄関にはメディアの記者たちが張り込んでいたが、二二番通り（ストリート）側に関係者しか立ち入れない荷物搬出入口があって、大統領はシークレット・サーヴィス覆面車両数台に挟まれた緑色のシヴォレー・サバーバンに乗ってそこから病院構内に入り、ドアの真ん前で車から降りたので、さすがの記者たちもこの〝隠密（おんみつ）到着〟にまったく気づかなかった。

ホワイトハウスが放射能にさらされたというニュースはすでにあらゆるメディアが報道していた。大統領を補佐する者たちのなかには、ポロニウムが係わっていることは伏せておいたほうがいい、という意見の持ち主もいた。セルゲイ・ゴロフコがたまたまホワイトハウスを訪れていたときに中毒症状を発症したということだけ公表し、その毒が実は放射性同位体であるということまでは世界に知らせないほうがいい、というのである。だが、結局は道理が通った。その事実を世界に隠しておくことで大騒ぎになるのを防げたとしても、それは一時的なことで、真実が明るみに出ればそんな努力も水泡に帰してしまうのだし、真実というものは思わぬときに明るみに出てしまうものなのである。そこでホワイトハウスは、今回の事件の全貌（ぜんぼう）をただちに包み隠さず世間に知らせることにした。ただ、ゴロフコの症状のいくつかの点に関しては、プライヴァシー保護のため公表しないことにした。

　セルゲイ・ゴロフコには存命中の身内はひとりもいなかった。ＩＣＵの待合室でジャック・ライアンは、今回のゴロフコの講演旅行随行者たち――広報担当者、旅行コーディネーター、イギリスの警護官――を紹介された。

　ジャックはほかにも人がいるのではないかと、あたりを見まわしたが、その三人だけだった。セルゲイはほぼ生涯にわたって、ソ連およびロシアに奉仕してきたというのに、いまや祖国の国民のほとんどに背を向けられるか忘れられてしまったようだった。

　担当の医師たちから、ゴロフコと同じ病状の人に面会するさいに〝してもいいこと〟と〝してはいけないこと〟についての注意を受けてから、ライアンはシークレット・サーヴィス警護班をともなってゴロフコの部屋のほうへとふたたび廊下を進みはじめた。大統領警護班長のアンドリア・プライス＝オデイはジャックのすぐ横を歩いた。今夜は彼女も不安を抱いていたが、それをさらけ出すような真似（まね）はしなかった。アンドリアは〝剣士（ソードマン）〟に率直に進言しなければならないときには躊躇（ちゅうちょ）なくそうするし、何も言わなくてもいいときはしっかり口をつぐんでいる。今夜は大統領とゴロフコが話し合う場に自分も同席していたくてしかたなかったが、ライアンがそれを許さないことはわかっていた。だから彼女は、先に他の二人の警護官とともに病室に入り、ゴロフコがまるで死体のようにベッドにじっと横たわるその狭い空間を素早く、静かに調べると、踵を返して廊下にしりぞいた。彼女はなおも窓越しにＰＯＴＵＳ（アメリカ合衆国大統領）を見つめつづけることになるが、いちおうジャックは病状の重い患者と病室に二人きりになれることになった。

　ジャックは病室にひとりで入っていった。と、たちまち、部屋の狭さと、そこに目いっぱい詰めこまれている医療機器の多さに唖然とした。そうしたさまざまな機器の中央に青白い顔をして横たわるセルゲイが、とても小さく見えた。ロシア人はチューブや電線をつけられ、血管に点滴の針が刺されていた。大きな枕で頭が上向きにされている。先ほど医師たちから受けた説明でライアンは、首の筋肉が弱くなりすぎて友はもう自分では頭部を持ち上げられないのだとわかっていた。

　ゴロフコの目は落ちくぼみ、灰色の隈でかこまれ、髪は昨日よりもかなり薄くなってしまっていた。頭部のまわりの枕の上に、抜けた髪の毛が散らばっている。ベッドのうしろの心電計が、休息中のロシア人の心拍に合わせてゆっくりと電子音を発していた。

　ゴロフコは眠っているのだとジャックは思った。だが、友の瞼が力なくふるえて、目がひらいた。そして、その目がどうにか焦点を合わせ、ライアンを捉えた。ジャックはゴロフコの顔に浮かんだ弱々しい笑みに気づいた。が、その微笑みはたちまち消えてしまった。顔はふたたび無表情になった。まるでほのかな笑みを浮かべただけで顔の筋肉が疲れ切ってしまったかのようだった。

「気分はどうです、セルゲイ・ニコラーエヴィッチ？」

「すこしよくなりました、イワン・エメトヴィッチ」ゴロフコの声はかすれてキーキーいっていたが、ライアンが思っていたよりは力があった。これほどの重病で出せる声とは思えなかった。ゴロフコはふたたび弱々しい笑みを浮かべ、ロシア語に切り換えた。「ナ・ミール・イ・スミェールチ・クラースナ」

ジャックは長いあいだロシア語を使っていなかった。そのフレーズをそっと繰り返してから、自分なりに翻訳した。「友がそばにいてくれれば、死もまた美しい」ジャックはこれにどういう言葉を返せばいいのかわからなかった。

「きっと厄介なことになって、困っているんだろうね。イズヴィニーチェ」ゴロフコは眉間に皺を寄せた。うっかりロシア語を使ったことにようやく気づき、自分で翻訳した。

「申し訳ない」

ジャックは部屋にあった椅子をベッドのそばに引き寄せ、そこに腰を下ろした。「こんな目に遭うなんて、ほんとうに気の毒で……。いまはほかのことはみな、ほんとうにどうでもいい」

ゴロフコは中空を見やった。「数年前、中国政府がわたしを殺そうとした」

「そうだったね、もちろん覚えている」

「彼らは失敗した。ただ運がよくて、わたしは助かった。だが、彼らが失敗したことに変わりない。ところが、今回、わが政府、わが祖国が、成功してしまった。このロシア人の頑丈な心臓も張り裂けてしまう」

ジャックは、死にはしないと、ここの医者たちがかならず助けてくれると、言ってやりたかった。だが、そう言えば嘘になる。〝戦友〟とも言えるセルゲイにそんなごまかしはしたくない。

そこで、こう言った。「どうしてこんなことになったのか、真相をかならず見つける」

ゴロフコは咳こんだ。「この一週間にわたしはたくさんの人と握手した。たくさんの紅茶を飲み、ペットボトルの水もたくさん飲んだ。シカゴではホットドッグも食べた」思い出し、かすかに笑みも浮かべた。「ここアメリカでの旅行のどこかで――」ふたたび咳こみはじめ、発作は三〇秒ほどつづき、それがおさまったときにはもう彼は何を言おうとしていたのか忘れてしまったようだった。

ジャックはしばらく待って、ゴロフコの話が終わったことを確かめてから言った。「あなたが体力を消耗し、疲れ切っているのはわかっている。だが、重要なことがほかに二つ起こった。それらはできれば伝えたくないことなのだが、あなたからいくらか助言をもらえると助かるという期待もあってね」

ゴロフコの目がすこし鋭くなったように思えた。多少なりとも友を助ける機会を与えられて彼は喜んでいる、とライアンは確信した。

ライアンはつづけた。「スタニスラフ・ビリュコフSVR長官が昨夜モスクワで爆殺された」

ジャックはゴロフコの反応、というか反応のなさに驚いた。

ゴロフコは言った。「遅かれ早かれそうなることはわかっていた。彼は善良な男だった。偉大な男ではなく、善良な男。ヴォローディンの取り巻きではなかった。だから、ヴォローディンとしては首をすげ替える必要があった」

「しかし、なぜ殺したのだろう？　ヴォローディンなら、命令書にサインするだけで長官を辞めさせることができたはずだろう？」

「殺したほうがロシア政府(クレムリン)にとってはもっと利益があるんだ。ウクライナ、アメリカ、NATOといった敵に濡れ衣(ぬれぎぬ)を着せることができるからね」

「彼らはわれわれに罪をなすりつけようとしている。それはすでにはじまっている」

「そしてあなたは、これの罪もなすりつけられる」ゴロフコの紙のように白い手がベッドから数インチ持ち上がり、部屋を示す仕種(しぐさ)をしようとした。だが、その手はたちどころに落ち、上掛けのシーツの上に戻ってしまった。それでも、その手の動きの意味をジャックは理解した。ひと息ついてからゴロフコは言った。「二つのことが起こったということだったが……」

「ヴォローディンが新(ノヴァヤ)ロシア・テレビに出演し、ＦＳＢとＳＶＲをひとつの機関に統合することを発表した」

ゴロフコは目をしばらく閉じた。そして、そっと言った。「タラノフ?」

「そう、ロマン・タラノフがいまやすべてを統率している」

セルゲイ・ゴロフコは言った。「ロマン・タラノフはどこからともなくＦＳＢ内にあらわれた。わたしは大人になるとすぐロシアの情報機関に入り、情報畑一筋の人生を歩んできたが、その男の名前を六年前までいちども聞いたことがなかった。タラノフの名を初めて聞いたのは、彼がノヴォシビルスクの警察本部長のときのことだった。当時わたしはＳＶＲ長官で、部下からこの男についての情報を受け取った。それは、ノヴォシビルスク警察本部長のタラノフという男が同市のＦＳＢ支局長に抜擢(ばってき)される、というものだった。そしてその昇進はＦＳＢ内で決められたものではなかった。それはクレムリンから直接もたらされた命令だった」

「なぜ?」

「当時わたしもそう問うた。そしていちおう答えを得たが、それは『彼はかつてＧＲＵに所属していたことがあって、クレムリンの指導者たちのお気に入り』というものだった。ところが、これがわたしにはよくわからなかった。シベリアの都市(まち)の警察本部長にすぎない、だれも名前さえ知らない一介の元軍情報機関員が、なぜクレムリンの寵愛(ちょうあい)を受けられたのか？

あとで知ったのだが、当時首相だったヴァレリ・ヴォローディンが、ＦＳＢノヴォシビルスク支局長をむりやり辞めさせ、代わりにタラノフをその地位につけた、ということだった」

ジャックは訊いた。「タラノフはＧＲＵで何をしていたのかね？」

「わたしはそれを自分で見つけようとした。単に職業的な好奇心からね。第一次チェチェン紛争のあいだは、その地域にいたという。ノヴォシビルスク警察本部長になる前のこと。だが、彼がチェチェンで何をしていたのかも、それ以前に何をしていたのかも、結局わからなかった」

うちの情報機関はこのロマン・タラノフについて何か知っていることがあるのだろうか、とライアンは思った。ともかく、セルゲイのそばから離れたらすぐ、それを確認しよう。

「しかし、あなたはいままでそれをだれにも語らなかった。なぜ？」

「単にひとつの国内事情だったたから。わたしは現政権とはいろいろとぶつかってきたけれど、欧米にさらけ出したくない〝ロシアの恥〟もあって、それを口にすることはなかった。たとえば、わが祖国の政府を癌のようにむしばむ縁故主義。それはまさにロシアの伝統で、いつの世にもあった。ロシアには庇護して出世を助けてくれる保護者を意味する特別な言葉がある。クルィーシャ――英語の屋根。だから、タラノフが分不相応に思えるＦＳＢの職を突然与えられたとわかっても、別段驚きもしなかった。彼には政府高官のクルィーシャがついているということ。たぶんヴォローディン自身ではないか。それでも、彼のGRUでの経歴がまったくわからないというのは、非常に気味が悪い」

ジャックは何も言わずにうなずいた。自分がいま直面しているさまざまな問題を考えると、統合されたばかりのロシアの情報機関の新長官の過去など、たいして重要とは思えなかった。だが、セルゲイ・ゴロフコにとっては明らかに重要なことだった。

ロシア人は言った。「やつが何者か、何をしてきたのか、見つけてくれ」

「わかった」ジャックは約束した。

ゴロフコはもうどうしようもなく疲れてしまったようだった。ジャックは外で待っているFBIの捜査官たちにも話をしてくれないかとセルゲイに訊いてみるつもりだったが、これ以上の侵入で彼をさらに苦しませるわけにはいかないと、いま判断した。限界まで病室にとどまった自分に腹が立った。

ライアンはゆっくりと立ち上がった。すると、ライアンがいたことをすっかり忘れてしまっていたとでもいうように、ゴロフコがパッと目をひらいた。

ジャックは言った。「いいかね、わたしがこれから言うことを信じてほしい。今回あなたに起こったことは、無駄にはならない。それによって世界を良い方向へもっていくことができる。わたしが責任をもってそうする。現時点では、どうやるかを明言することはできないが、彼らがあなたにやったことの結果がどのようなものになろうとも、それでわが国はさらに強くなれる。これをヴォローディンに対する攻撃に利用する。数日、数週間、いや数カ月かかるかもしれないが、あなたはかならず勝利する」

「イワン・エメトヴィッチ、あなたとわたしは長期にわたって、いろいろと困難な状況を切り抜けてきたね」

「ええ、そう、そのとおり」

「もう会えないとわかっている。だからいま言っておきたい――あなたはこの世界のために、互いの祖国のために、善いことをたくさんした」

「あなたもね、セルゲイ」

ゴロフコは目を閉じた。「すまないが、もう一枚毛布を持ってくるように看護師に頼んでくれないか。放射線を被曝(ひばく)して、どうしてこんなに寒くなるのだろう？　わからないが、実際にそうなのだ」

「いいとも、わかった」

ジャックは立ち上がると、上体を前にかたむけて、ベッドに横たわる衰弱した男の手をとった。そのときになって初めて、ゴロフコがすでに眠りこんでしまっていることに気づいた。ジャックは友の手を自分の手でつつみ、そっとにぎった。ゴロフコの体にふれたら除染する必要があると、彼は医師たちに言われていた。彼らはそれで遠回しの警告をしたつもりなのだろう。ともかく彼らは、なんとかうまいこと言って、大統領を患者に近づかせないようにしたかったのだ。だが、ジャックはそんなこと少しも気にしなかった。そうしたければ、わたしの体をゴシゴシ洗って除染すればいい。しかし、わたしは何と言われようと、同情を旧友にしっかりと伝える最後の別れの挨拶(あいさつ)をやめるわけにはいかない。

19

ジャック・ライアン・ジュニアとサンディ・ラモントはブリティッシュ・エアウェイズのトリプル・セヴン(ボーイング777)に搭乗した。西インド諸島のアンティグア・バーブーダ行きの便で、飛行時間は八時間。搭乗券のチェックをすませてビジネスクラスの前部へ向かっていったとき、ジャック・ジュニアとラモントは席が半分ほどしか埋まっていないことに気づいたが、二人の席のあるあたりはすぐに満席になった。

豪華な革張りのシートは二人ずつ互いに向かい合うように配置されていて、大西洋を越えるフライトのあいだベッドにすることができる。ジャックの席はうしろ向きだったので、彼は他の乗客を観察せずにはいられなかった。ビジネスクラスはインド人、アジア人、イギリス人、ドイツ人で満席になっていた。スウェーデン人の客も大勢いて、それには少々面食らったが、この777の出発地がストックホルムでロンドン・ヒースロー空港が経由地にすぎないと客室乗務員が言っているのを耳にして、ようやく納得がいった。

　エコノミークラスの客はほとんどが観光客のようだったが、ここビジネスクラスと、完全に独立した客室になっているファーストクラスは、アンティグア島というオフショア・タックス・ヘイヴンでの銀行業務に全面的に従事するか一部たずさわる男女で満杯にちがいなかった。ジャックはこの二カ月間にした仕事のせいで、まわりの席に座る者たちがとてつもなく疑わしく思え、ひとりずつ密(ひそ)かに観察し、どんな身元の人間でどんなやましい秘密を持っているのか想像しないではいられなかった。

　ロシア訛(なま)りを耳にすることはなかったが、自分の背後に位置するファーストクラスが旧ソ連圏(ユーラシア)の新興財閥(オリガルヒ)やマフィアでいっぱいだと知ってもまるで驚きはしない、とジャックは思った。

　そうした想像を数分つづけたのち、こんなにまわりの者たちを疑っていたのでは気が狂ってしまうと悟り、離陸後まもなく彼は別のことに気持ちをそらそうと、ランチ・メニューを調べることに集中して取り組んだ。

　ジャックは長いフライトの大半を仕事に必要となる予備調査をして過ごすことに決めた。豪華な昼食がすんで磁器の皿が片づけられるや、ラップトップを引っぱり出し、目的地であるアンティグア・バーブーダの首都セントジョンズのインタラクティブ・マップに目を通しはじめた。まず、主要な通りと空港など交通センターの名前と位置を懸命になって頭にたたきこみ、次いで、ダウンタウンにある宿泊先のホテルから二、三ブロックしか離れていない問題の会社管理人(レジスタード・エージェント)のオフィスまでの道を詳しく調べた。さらに、企業調査データベースＳＰＡＲＫ（СПАРК）でセントジョンズのオフショア金融センターの取引に係わっていると確認できた他の建物のアドレスを素早くメモした。今回の旅で何を探せばいいのかまだよくわかっていなかったので、できるだけ多くの場所に行ってみたかったのである。

ジャック・ジュニアがこういう予備調査をしているあいだ、サンディ・ラモントは映画を観(み)ていた。ジャックの席からはその映画を観ることはできなかったが、すごく面白いものにちがいないと彼は思った。ラモントの大笑いがほぼ絶え間なくノイズキャンセリング・ヘッドフォンでも消し切れずに聞こえてくるのだ。

ジャックは目的地の予習を一時間以上つづけたあと、暗号化した自分のラップトップにダウンロード済みのビジネス情報収集分析(インテリジェンス)データに目を通しはじめた。それは翻訳したロシア政府入札・契約情報からＩＢＭ－ｉ２アナリスツ・ノートブックを使って作成したデータベースで、彼は毎日それをアップデートしていた。そうやってガルブレイス・ロシア・エネルギー社の調査に役立つ新しい手がかりを見つけられないかと思っていたからだ。

ガスプロム自体に焦点を合わせるのは無益な試みだとラモントから注意されたにもかかわらず、ジャックはこのロシア最大の企業のビジネス——とりわけ政府とのそれ——のやりかたをもっとしっかり把握しようと決心していた。そしてそのために、広い分野にわたるさまざまな取引相手とのガスプロムの契約内容を精査し、同社の子会社や同社関連の競売・決済計画で金儲けをした会社が係わった入札の情報をすべて収集しようとした。

ジャックがこれに取り組みはじめてほぼ二時間が経過したとき、サンディ・ラモントがヘッドフォンをはずし、トイレに立った。金髪のイギリス人が戻ってきて、ふたたび喜劇映画に没頭しようとしたとき、ジャックが声をかけた。

「サンディ、信じられないものを見つけました」

ラモントは小声で話そうと部下のほうへ身を寄せた。機内の明かりはすでに消えていて、まわりには眠っている客がたくさんいる。「何を見ているんだ？」

「ロシア政府の入札予定価格の事前公表です」

「ほう。わたしが観ていた映画だって、えらく面白かったぞ」

ジャックは返した。「実は、このなかにだって、笑っちゃうほど常軌を逸したものがありますよ」

ラモントはシートを起こし、ジャックのラップトップの画面を見られるように部下の横へ移動した。「では見せてもらおうか離陸からの短時間に、きみはいったいどんな常軌を逸したビジネス・ペテンを見つけたというのかね？」

ジャックはデータベースをスクロールし、ひとつのリンクをクリックした。「この翻訳文書を見てください。ロシア政府の入札・契約情報です」項目をひとつ選択し、ハイライト表示した。するとその情報が画面いっぱいに拡大された。「この入札予定価格——モルドヴァにあるガスプロムの子会社の広報コンサルティングに三億ルーブル」

サンディ・ラモントはその内容に目を通した。「三億ルーブルというと一〇〇〇万米ドルだ。ちっぽけな国の天然ガス会社の広報コンサルティングにそんな大金を支払ってもいいというのか。しかも競争相手はゼロ。こいつは政府の典型的な水増し請負入札のようだな」イギリス人は肩をすくめた。「イギリスにはこんなことはないと言いたいところだが、言えない」

ジャックも言った。「わが祖国でもきっと同様の犯罪が行われているはずです。まあ、父(ダッド)がこういうことに係わった者を捕まえたら、こっぴどい目に遭わせるでしょうけどね。しかし、この取引にはさらに恥知らずなカラクリがあります。公告日を見てください。そして入札参加申請書の提出締切日をチェックしてください」

ラモントは両方の日付をチェックし、それから腕時計の日付に目をやった。「これは今日、公告されたものだ。そして入札参加申請に必要なすべての書類を明日までに提出しなければならない。予定価格が一〇〇〇万ドルの入札だぞ。そんな馬鹿(ばか)な！」

「そうなんです」ジャックは応(こた)えた。「やはりこの入札・契約にはいかがわしいところがあると言わざるをえませんね」データベースのページを切り換え、別の入札・契約情報の項目をハイライト表示した。「しかもですね、こうしたことはガスプロム関連の契約にかぎりません。ロシア政府の全部門が同じようなペテンをしているのです。これを見てください。国営の精神科病院への入札要請です。予定価格は二〇〇万ルーブル」

ラモントはその翻訳済みの項目を見つめ、内容に目を通した。そして目を剝き広げた。

「精神科病院が二〇〇万ルーブル分のミンクのコートと帽子を買うというのか？」

ジャックは言った。「これほど不適切さがあらわになっている一般競争入札を公告できるということは、それはもうたくさんのペテン師どもが係わっているにちがいありませんね。いやはや、まいった」

「たしかにロシアの恥知らずのレベルはとんでもないところにまで達してしまった。ここまで来てしまうとは思いもしなかったよ」ラモントは認めた。「好個の一例を示そう。この数年間、ロシア連邦税務庁・税務調査官養成課程が、ロシアの大学の最も人気のある専攻のひとつになっているんだ。税務調査官は薄給だが、汚職なら簡単にできる。たとえば、会社の帳簿を調べ、一〇〇〇万ルーブル支払う義務があると告げておいて、一〇〇万ルーブル入ったブリーフケースをこっそり渡せば、たったの五〇〇万ルーブルにまけ
てやる、と言うんだ。税務調査官になるというのは、窃盗のライセンスを得るのも同然なんだよ」

ジャックは頭に浮かんだ疑問を口にした。「なぜヴォローディンはそれをやめさせない

んでしょう？」

「それは公務員を満足させる必要があるからさ。ヴォローディンにとってそちらのほうが国家の歳入よりも大事なんだ。こうして政府という組織に所属する腐敗官僚の一人ひとりが、現状から利益を吸いとる有力者となる。ヴォローディン政権のおかげで金儲けしているる連中がいっぱいいるんだ。〈シロヴィキ〉にとっては、まさに雇用が保障されているというわけだ」

ジャックはビジネスクラスの薄暗がりのなかに座ったまま、この二カ月のあいだにロシアについて学んだことをすべて思い返していた。数年前からもっとしっかりその地域に取り組んでいればよかったと思ったが、これまではアメリカにとって喫緊の出来事がいくつも起こって、そちらのほうに力を注がざるをえなかったのだから、いたしかたない。

ジャックは訊いた。「ほかの者たちがみな、社会の片隅で目立たないようにしているか、ロシア政府に破滅させられるかした時代に、なぜヴァレリ・ヴォローディンは富裕なビジネスマンとして登場でき、資金力にものを言わせて政治権力を首尾よく手にすることができたんでしょうか？」

「実はわたしもそれがわからないんだ」

「ヴォローディンの経歴については、わたしよりもあなたのほうが詳しい。そもそも彼はどうやって莫大な資金を手に入れたんでしょうか？」

ラモントは自分の席にもどってシートをすこし倒し、あくびをした。「それを知るには、ソヴィエト連邦最後の日々にもどる必要がある。ヴォローディンはロシアで最初のプライヴェート・バンクのひとつの資金源となった。ロシアが売りに出され、すべてが民営化されているときに、彼は他の新興財閥（オリガルヒ）たちに買収用の現金を用立てた。ここで一〇〇万、あそこで一〇〇万と、金貸しに励むとともに、自分でも儲かるものを買収していった。きみたちアメリカ人（ヤンク）が好きな言葉を使うと、ソ連がつくりあげたあらゆるものがすぐに実価よりもずっと安く（ペニーズ・オン・ザ・ダラー）売り払われ、ヴォローディンと彼の銀行の顧客たちが、ほぼすべての産業の要（かなめ）となる主要企業を所有してしまった」

ジャックはなおも疑問を口にした。「でも、彼はソ連崩壊時にはKGBだったんですよね？　いったいぜんたい銀行をはじめるのに必要な元手をどうやって得たのでしょう？」

「だれも確実なことは知らない。自分では対外投資をやって得た金だと言っているが、当時のロシアには私有財産法と言えるものはなかったので、彼はその資金をどこで手に入れたのか明らかにする必要もなかった」

ジャックはヴォローディンの過去をもっと知りたかったが、ラモントはふたたび腕時計に目をやった。「すまん、ジャック。ちょいと眠っておきたいんだ。着陸時にはすっきりしていたいのでね。そういうロシア政府入札・契約情報はワクワクするが、きみもそろそろその作業を打ち切って、今夜会うことになる島の娘たちの夢でも見たほうがいいぞ」

ジャック・ジュニアは笑い声をあげた。アンティグア島に降り立った二人がどのような行動をとるかということについては、ジャックはまったく別の考えを持っていたが、ラモントが機中で見るかもしれない夢に干渉する気はなかったので、さらに調べを進めるためにラップトップに向きなおり、ラモントには仮眠をとらせることにした。

二人が乗った旅客機は午後二時ちょっと過ぎにアンティグア島のＶＣバード国際空港に着陸した。彼らはジープ・タクシーでちっぽけな島の北端をあっというまに横切り、アンティグア・バーブーダの首都セントジョンズに入った。

陽光あふれる暖かい午後で、ロンドンとはまるでちがう。ただ、強い風が東から島全体に吹き渡っていた。セントジョンズの発展ぶりは、これまでに訪れたカリブ海諸国の首都とまったく変わりないと言っていいな、とジャックは思った。つまりセントジョンズはシンプルで小さい都市(まち)というわけだ。商業地区を通り抜けたときも、五、六階以上の建物はほんの数えるほどしか見えなかった。

事前の調べで人口はわずか二万五〇〇〇人とわかっていたが、クルーズ客船の入港時は街の通りも渋滞気味になるかもしれない。タクシーが港に近づいたとき、ジャックは港湾のようすをチェックした。漁船、ヨット、小型貨物船しか見えなかった。タクシーは街の狭い通りを素早く楽々と走っていった。

二人はココス・ホテルにチェックインし、それぞれの部屋に入った。ラモントはシャワーを浴びたり着替えたりしてさっぱりしたかったし仕事のEメールの返信をしたかったので、部屋にとどまったが、ジャックは荷物を部屋におくと、ひとりで階下にもどった。

そして午後四時にはもう、レッドクリフ通り（ストリート）の歩道を歩き、問題のIFC持株会社（ホールディングス）が利用している会社管理人（レジスタード・エージェント）であるCCSコーポレート・サーヴィスの前まで来ていた。

なかに入ってみるつもりはなかった、いまはまだ。レッドクリフ通り（ストリート）をさらに一ブロック進んで、マーケット通り（ストリート）との角を過ぎるとすぐ、表にドアも壁もないオープン・フロントの小さなシーフード食堂があった。ジャックはクーラーボックスに手を入れて、聞いたこともないワダドゥリという名のビールを一本つかみだすと、カウンターで代金を払い、あいたままの入口からやや離れた奥のほうのガタガタの木製の席に腰を下ろした。そして数分かけてなんとかそこに身を落ち着けてから、通りに視線をもどした。あそこだ。交通量の少ない二車線の道の向かい側、半ブロックほど離れたところに、青緑色の軽量コンクリートブロック造りの三階建ての建物がある。そのガラスのドアのすぐ内側に、男がひとり立っている。着ているのは二、三サイズも大きいだぶだぶの安物の青いブレザー。警備員、とジャックは判定した。だが、ロビーを警備しているだけの男。

ジャック・ジュニアは付近一帯を頭のなかにたたきこもうとした。青緑色の建物の隣には小さな肉屋がある。ロープで吊（つ）り下げられた仔羊（こひつじ）のすね肉と牛肉片が陽光を浴びていて、そばを通りすぎる人々が蠅をたたく。建物の向かい側には、のんびりした感じの装身具屋がある。きっと、港からの五ブロックをたまたまそぞろ歩いてくるクルーズ客船の乗客をあてにしてつくられた店なのだろう。

ジャックはビールをごくごく喉に流しこみながら観察しつづけた。こういう場所が、地球の裏側での何十億ドルもの天然ガス取引に係わった法人につながっているなんて、とても信じられない。

青緑色の建物には看板が二〇以上も付いていたが、そのほとんどはどういうことをしている組織なのかジャックには見当もつかないものだった。たとえば、事業内容が漠然と伝わるCCSコーポレート・サーヴィスという名称のほかに、ABVサーヴィス、カリビアン・ワールド・パートナーズ、セントジョンズ・コンサルティング・グループといったものが見えた。

同じ建物のなかに法律事務所が一〇以上あるようだった。そしてそれぞれの看板には、名前が一つか二つに電話番号が一つあり、ウェブサイトやEメールのアドレスが書かれているものも三つに一つあった。

ジャックがいまいる場所からだと肉眼では文字が読めない看板がたくさんある。だが、もちろんジャックは視力を強化する装置を持参していた。彼はポケットから単眼鏡をとりだし、目にあてた。それで四〇ヤード先のインターネットのアドレスも楽に読めるようになった。

多数の電線がスパゲッティのようにくねり絡みながら建物から電柱へと延びているのにもジャックは気づいた。電力、インターネット、電話のためのものだろう。さらに、建物の屋上には衛星通信用のパラボラ型などのアンテナがいくつかあった。

ジャックはビールをちびちび飲みながら、目にした看板をスマートフォンで片っ端から写真におさめていった。その作業中に、メール受信を知らせる表示が携帯の画面に浮かび上がった。

サンディ・ラモントからのメールだった。

〔いまどこにいる？　一杯やらんか？〕

ジャックは返信した。〔もうやっております、ボス〕そして現在いる場所を書き添えた。

ラモントはすぐにはやって来られない。上司があらわれるまでの時間を利用してジャックは、いまの位置から見られるすべての名前、電話番号、Eメール・アドレスをひそかに撮影する作業をつづけ、CCSコーポレート・サーヴィスが入る建物だけでなく、レッドクリフ通りとマーケット通りの北東の角にある別の建物についても同じことをやりはじめた。その建物もまた、青緑色の建物に入っているものと同タイプのサーヴィスを提供する組織で満杯のようだった。そこでジャックは、その建物の看板上のデータもすべて記録し、それもホテルの部屋に置いてきたコンピューターのデータベースにほうりこむことにした。

やるべきことを終えて顔を上げると、ちょうど通りを歩いてくるラモントの姿が見えた。近づいてきた彼の額からは汗がたっぷり噴き出していた。

ジャックはクーラーボックスまで行き、またビールを一本とりだすと、その代金を払い、それをちょうど席に座ったラモントに手わたした。

サンディ・ラモントはそのビール瓶で額を冷やした。「これならロンドンの霧のほうがまだましだ」

彼は通りの向かい側の建物に目をやってからジャックに視線をもどした。そしてビールをラッパ飲みして言った。「こんなことをするなんてプロのスパイ（ダブル・オー）になった気分だ。アメリカの大統領の息子といっしょにいるというのがまた、陰謀に巻きこまれている感じを一段と強めてくれるしね」

これにはジャックはただ笑いを洩（も）らしただけだった。「ああいう建物がこの街にはいったいどれくらいあるんでしょうね？」

「アンティグア島はダミー会社設立や資金洗浄（マネーロンダリング）を必要とする者たちの役にいつでも立てるようにしているんだ。他の国々、たとえばパナマのような国は、もっと合法的な活動をしようと、少しばかり規制を強めてきた。そうした国々よりはアンティグア島は無法度が高いね。まあ、この国もときどき他国の規制当局には順法活動をするようにすると言うのだが、それは口先だけで、いまもここに資金を持ちこめば、その金に地球の複雑に絡み合う金融システムを通過させる遠大なロンダリングの旅を開始させることができる」

「しかし、犯罪者も麻薬カルテルもロシア・マフィアも、ここまで実際に来る必要はないんですよね？」

「来る者もいれば来ない者もいるんじゃないか。直接顔を合わせる取引しかしないという連中もたくさんいる。仲介をまったく信用しない者もいれば、買収した政府の役人を同席させると話を通しやすいと思っている者もいる。ともかくここの弁護士たちは、おっかない連中に会うことにも、彼らに言われたとおりにすることにも、慣れている。しかし、そうした弁護士に同情する前に、そいつらがそうした骨折りでたんまり儲けているという事実を思い出さないといけない」

黒い大型のピックアップ・トラックが一台、ジャックの視界に入った。それは、レッドクリフ通り（ストリート）を走っている他の多くの車よりも新しくきれいに見えた。ジャックは観察した。前部の運転席に若い黒人が二人乗っている。通りすぎるとき、運転席の男がジャックとラモントがいるシーフード食堂のなかをのぞき見た。ジャックはあわてて目をそらせた。ピックアップ・トラックはそのまま通りを走っていって姿を消した。

ジャックはビールを飲み終えた。「あの建物で働いている人間は一〇〇人もいないと思います。あそこで働いている者のひとり、少なくともひとりは、ＩＦＣの所有者がだれで、そいつの銀行がどこにあるか、知っているはずです」

「ＩＦＣが送金に利用している銀行がどこだか知っている者くらいはいるだろうな。わたしの勘では、ＩＦＣは資金をここからパナマに送っている。まあ、送金先となった可能性のある場所はほかにも何十とあるけれどね」

ジャックは独り言ちた。「ああっ、あそこに出入りする者全員を尾行できる人員がいればなあ」

ラモントは笑い声をあげた。「尾行するだって！　まるでスパイだな」

「うーん、やっぱり映画の観すぎかな」

サンディ・ラモントもビールを飲み終え、二人は店から出て、付近を見てまわることにした。ジャック・ライアン・ジュニアはイヤホン型ブルートゥース・ヘッドセットを耳にはめ、スマートフォンの画面上のボイスレコーダーの表示にふれた。このあたりで写真を撮っているところをだれにも見られたくなかったので、そうやって、ビジネス地区で見つけた少しでも関連がありそうな看板に書かれている情報をすべて小声で読みあげていったのだ。ついでに、道路を走る多数の高級車のナンバープレートの番号もことごとく読みあげていった。そしてそのようにブルートゥースで録音されたメモは、ホテルの部屋にもどってから、音声テキスト変換ソフトでテキスト化してラップトップのデータベースに追加することになる。

二人はこういうふうにして八時近くまで街をぶらぶら歩きつづけ、それから港のレストランで夕食をとった。そして九時ちょっと過ぎにホテルにもどると、ジャックはラモントにこう言った——これから集めた全データをＩＢＭ－ｉ２アナリスツ・ノートブックに取り込み、ガルブレイス・ロシア・エネルギー社関連の取引に関する既存のデータ・ポイントとの照合を試みます、と。

ラモントは自分の部屋に入ると、時間をかけてゆっくりとシャワーを浴び、着替えをしてベッドに入る準備をととのえた。明日は夜明けにライアンに起こされて、また一日中セントジョンズの蒸し暑い街をこそこそ歩きまわることになるんだろうな、と思った。今日、二、三時間歩いただけで脚がもう棒のようになっている。

だが、ラモントが軽く蹴るようにして脚をベッドにもぐりこませたとき、ドアをノックする音が聞こえた。ドアをあけると、ライアンがラップトップを脇に抱えて立っていた。黒い綿のズボンに黒いＴシャツという姿だった。

「まだ寝ちゃだめです」

「だめ？」

「また外出しないと」

「どこへ？」

「ちょっと中に入れてください。見せますから」

「拒否はできないのか？」ラモントがドアを大きくあけると、ジャックは部屋の奥の角にある机へ直行した。そして机に置いたコンピューターをすぐにひらいた。

「これを見てください」ジャックは言った。「今日新たに入手した、まだ構造化していない生データをシステムにインポートし、すでにデータベースに蓄積したガルブレイス・ロシア・エネルギー社関連の取引に関する情報と照合してみたんです」ボタンをいくつかクリックすると、ウィンドウがひとつ画面上に浮かび上がった。白地に数千のデータ・ポイントが小さな点で表されている。各ポイントを結ぶ線が延びていき、次いでさまざまな色の点と線が見えてきた。ジャックは言葉を継いだ。「異種のデータ・ポイントが同時に表示されていて、各ポイント間の分離度が数種類あります」すると、〈ＣＣＳコーポレート・サーヴィス、アンティグア島を拠点にする会社管理人（レジスタード・エージェント）〉という文字が図表に浮かび上がった。その文字の上に青と赤の点がついている。

数秒後、図表に名前がひとつ現れた。ランドルフ・ロビンソン、弁護士。そこには色のちがう点がいくつかついていた。

「何者だ、この男は？　こいつのコネクションは？」

「ＣＣＳコーポレート・サーヴィスが入っている建物からレッドクリフ通り（ストリート）を東へ数ブロックいったところにあった建物に、この男の看板があったので、名前などを記録しておいたのです。で、そのデータをシステムにインポートしたところ、ＣＣＳが使っている弁護士だとわかったのです」

　ラモントは肩をすくめた。「地元の会社は地元の弁護士を使う。たぶん名義人探しでも頼んだのでは？　契約とか、そういったもので依頼したのかもしれない」

「この名前だけではどこにもつながりません。この男の名前はほかのどこにも現れません。でもね、あらゆるソーシャルメディア、ビジネス名簿にあたって、その名前を追跡してみたんです。そうしたら、彼の携帯電話番号が見つかりました。そしてアナリスツ・ノートブックがその番号を、ガルブレイス・ロシア・エネルギー社関連の取引に係わった他の二社、さらにサンクトペテルブルクのレストラン・グループが設立したダミー会社に結びつけてくれました」

「なるほど。だが、それで何が証明されるんだ？　ロシアのある会社がここアンティグア島で取引をしているということ？　そんなことはもうわかっていることじゃないか」

「もうすこし先まで行けたんです」ジャックはにやっと笑った。「この男のオフィスのアドレスが、ショール・バンクという銀行の現地運営をしている信託(トラスト)の私書箱につながり、その銀行を所有しているのがスイスのある持株会社であることがわかりました。そしてその持株会社はほかにも数社を所有し、そのほとんどがロシアとウクライナにあり、そうした会社のひとつが物理的な郵便用アドレスを持っていました。それがなんとロシアはトヴエリにある酒店なのです。そう、ＩＦＣ持株会社(ホールディングス)が郵便物中継場所(ドロップ・ボックス)として利用しているあの酒店です」

いまやサンディ・ラモントも乗り気になっていた。「やったあ（ビンゴ）」

ジャックはラモントをまっすぐ見つめた。「これでこの男がロシアのマフィアとつながっていることがわかったわけです」

ラモントもそれを認めた。「こいつはＩＦＣが資金を送金するのに使っていた銀行にまちがいなく係わっているな」

ジャックは満面に笑みを浮かべた。

だが、ラモントは警戒する表情を浮かべた。「で、いまからきみは何をするつもりなんだ？」

「あなたが自分で言ったことをやるつもりなんです、サンディ。そいつのごみ箱をのぞこうと思うのです。ぜんぶシュレッダーにかけられているかもしれませんが、そうでなければ、さらに何万ものデータ・ポイントが得られる可能性があるのです。あなたはごみ漁（あさ）りをするわたしを待つだけでいいんです。わたしのために通りを見張っていていただきたいのです」

「いやはや、きみはほんとうにプロのスパイ（ダブル・オー）なのかい」

20

ジェリー・ヘンドリーが〈ザ・キャンパス〉再活動の許可を与えたわずか数日後、五人の工作員はヘンドリー・アソシエイツ社のガルフストリームＧ５５０でウクライナの首都キエフへ飛んだ。今回、工作員たちの偽装に利用されたのは、現場に出る彼らに偽装経歴(レジェンド)を与える目的で〈ザ・キャンパス〉が設立し、維持してきた会社だった。それはヴァンクーヴァーに拠点をおく新(ニュー)メディア組織とみずからを宣伝するワンワールド・プロダクションズという会社で、インターネットを通じて、中道左派の視点から国際問題を報道し、世界中の報道機関に記事を配信していた。

ワンワールド・プロダクションズはウェブサイトを運営しているが、ヴァンクーヴァーにある実際のオフィスには受付係がひとりしかいない。それでも、ルポルタージュを何本かオンライン・ビデオという形で公開してもいる。ただ、そうしたビデオを綿密かつ徹底的に調べていくと、実はそれらが、民間情報組織の活動を支援する一環だなんて露知らないフリーランスのジャーナリストたちの手になるルポルタージュであることがわかる。

ヘンドリー・アソシエイツ社機ガルフストリームの運航には、機長、副操縦士のほかに、同社輸送部長アダーラ・シャーマンの力が寄与している。彼女は気丈な元海軍衛生兵で、フライト中は客室乗務員としての雑務を担当するが、作戦現場では衛生兵の仕事もし、警備員にも変身する。さらにアダーラは、空輸および地上輸送双方に関係するあらゆることがスムーズに運ぶように段取りをつける役をもこなす。

アダーラはディナー用大皿(プレート)を片づけるとすぐ、男たちが今回の任務で使用する装備のいくつかを確認するのを手伝った。言うまでもないが、彼らはカメラ、iPad、送受信できる衛星携帯電話——どんなジャーナリスト・グループでもかならず携行するアイテム——を持ちこむことになる。だが、そのほかにもいくつか、ウクライナの税関職員の厳重な検査で見つかってしまうと厄介なことになるものも持ってきていた。

たとえば、スラップ・オンがいっぱい入ったケースひとつ。スラップ・オンはマッチ箱くらいの大きさしかない金属製の箱で、そのなかには超小型GPS受信機が入っている。要するに磁石付きGPS発信装置(ビーコン)だ。スマートフォンやiPadのアプリで現在位置をモニターできるので、車を尾(つ)けるときにとても役立つ装置である。

そしてさらに、スラップ・オンをターゲットの車まで運べるように設計された特殊なラジコン・カー数台——これはもちろん持ちこんでいけない禁制品ではないが、なんでこんなものを持ってきたのか説明するのはおそろしく難しい。

今回、工作チームが持ちこむ銃器はまったくなかった。ただ、アダーラ・シャーマンの短銃身のカービン銃と拳銃(けんじゅう)、それに予備のものがそれぞれ一挺(ちょう)ずつあったが、いまはそのすべてが機内の点検用パネルの下につくられた多数の秘密コンパートメントのひとつに隠されていて、そのままにされることになっていた。ということは、〈ザ・キャンパス〉の四人の工作員がキエフで携行できる武器は、銃器ではない次のような少数のものだけということになる。たとえば、各人がそれぞれ四インチの隠し飛び出しナイフのついたマルチツールを持ち歩く。そしてポケットには、衣服も皮膚も簡単に突き通せる強化プラスチック製のペン。さらに、首にかけるネックレスは被覆ワイヤ製だから、絞殺具（こうさつぐ）の鉄環（ガロット）にもなる。衛星携帯電話にさえ仕掛けがあって、実はその外部バッテリーは、電話に予備電力を供給することなどほとんどなく、強力なスタンガンとして用いられるものであり、接触攻撃できれば相手を行動不能にさせられる。

　税関検査官に見つかるとヤバいものはみな、アダーラの助けを借りて点検用パネルの下の秘密コンパートメントに隠した。そうしておけば着陸時の税関の検査で見つかることはない。装備に関する準備を終えると男たちは、それぞれ自分のラップトップを使ってファルコンヴューを呼び出し、しばらく地図でキエフの街のおさらいをした。ファルコンヴューはアメリカの軍と情報機関が利用できるハイテク・マップ・システムで、ギャヴィン・バイアリーのおかげでそのファイルへのアクセスが可能になってから〈ザ・キャンパス〉でも利用できるようになっていた。ただ、現在〈ザ・キャンパス〉はＮＳＡ本部（フォート・ミード）・ＣＩＡ本部（ラングレー）間の情報の傍受を中止しているので、ファルコンヴューのアップデートはこの数カ月なされていない。それでもバイアリーは、Ｇｏｏｇｌｅマップよりもずっと役立つと確信していた。

四〇〇ノットを超える速度で大西洋を渡っていくガルフストリームＧ５５０の豪華な客室のなかで、ジョン・クラークはメイン・モニターに目をやって機の位置を確認し、言った。「着陸は五時間三〇分後だ。ようし、みんな、数時間眠っておこう。明日から本格的に活動を開始しないといけなくなる」

そのころジャック・ライアン・ジュニアとサンディ・ラモントは、アンティグア島セントジョンズのレッドクリフ通り（ストリート）を歩いていた。午後一〇時三〇分だというのに、まだ人通りがずいぶんあって、白人の旅行者もかなりいたので、二人が目立ちすぎるということはなかったが、長いことここらへんを歩きまわって目立たないままでいるのはなかなか難しいのではないか、とりわけ訓練をまったく受けていない者がいっしょでは、とジャックは心配していた。

二人はランドルフ・ロビンソンの看板を掲げる建物を見つけた。十数台の車を収容できる大きさの駐車場をおおう柱だけの構造物があり、その上にオフィス空間となっていると思われる平屋がのっかっている。敷地はゲートがついたフェンスで囲まれていたが、ジャックは素早く観察して、角の柱を利用すれば簡単にフェンスをよじのぼれると判断した。

ジャックは暗い空の駐車場に目を凝らした。大きなごみ缶が三つ、階段にぴったり寄せて並べられている。ひとつの蓋があいていて、ほかのごみの上に積み重ねられた紙が見えた。

二人が通りの角をまがると、トラック屋台があり、まわりに散らばる牛乳用プラスチック・ケースに大勢の人が座って、ココナッツジュースを飲みながら揚げた塩魚を食べている。二人とも飲みものを買い、話ができるようにふたたび歩きはじめた。

ラモントが言った。「あのごみをぜんぶ盗むなんて到底むりだ」

「そんなことをする必要はありません」ジャックはスマートフォンを掲げて見せた。

「わからん、どういうことだ？」

「フェンスを乗り越えたら、こいつで動画撮影するんです。紙の束をごそっとつかんで、それをできるだけ早く繰っていく。紙一枚に一〇分の一秒あてれば充分でしょう。そして、そのビデオ・ファイルをあとで記録保存アプリケーションにほうりこむのです。すると、そのアプリが動画の各フレームの文字を光学的に認識して、数字と文字をすべて記録し保存してくれる。あとはもうそのファイルを調べ、データを検討するだけでいい」

「そりゃすごい。で、撮影に必要な時間はどれくらいかね？」

ジャックが答える前に、黒いピックアップ・トラックが一台そばに近づいてきて通り過ぎようとした。運転席と助手席の男たちがジャックをゆっくり舐めるように見た。午後に見たのと同じピックアップ・トラックだと彼は確信した。

ラモントは気づいていない。だがジャックはそれをわざわざ教えるつもりはなかった。いまは怯えた相棒を抱えるのがいちばん困るからだ。今夜は中止するという選択肢もあったがジャックは、万一もどってくるといけないから見えなくなるまでトラックから目を離すなと自分に言い聞かせるだけにした。

彼はトラックを目で追いつづけた。そしてトラックが角をまがって見えなくなるとようやく、ラモントの問いに答えた。「それはごみ缶にどれくらい書類があるかによります。最長で一五分くらいですかね」

「だれかに見つけられたらどうする?」

ジャックは肩をすくめた。「走れますか?」

「苦手だ」

「では、だれにも見つけられないようにしましょう」

建物の近くまで行ったとき、ラモントが訊いた。「なんできみはこういうことをよく知っているんだ?」

ジャックは答えた。「わたしは弁護士でも、公認会計士でもありませんし、キャスター・アンド・ボイルのほかの社員のように経験豊富でもありません」ふたたびスマートフォンを掲げて見せた。「こういうちょっとしたトリックがわたしにとっては

〝戦力多重増強要員〟なのです。こういうものがわたしの力を強化してくれるのです」

実際にごみ缶を漁るデータ収集作業は驚くほどスムーズに進んだ。ジャックはだれの姿も見えないことを確認してからフェンスをよじのぼり、敷地のなかに跳び降りると、ごみ缶まで全力で駆けた。三つのごみ缶のうち二つには紙類が入っていなかったが、残りの一つに文書、封筒など、データがありそうな紙類が大量に入っていた。ジャックは手をごみ缶の奥にまで差し入れてライトを通りから見えないようにし、スマートフォンのレンズを向けたまま、素早く紙を繰っていった。

ラモントは前の通りを行ったり来たりしていた。ジャックとは携帯を通話状態のままにしていて、二分ごとについ「急げ」と呼びかけてしまったことを除けば、ラモントは見張り役を立派にこなした。

ジャック・ジュニアはきっかり一〇分後に通りまで戻ってきた。二人は通りを西へ歩き、ホテルへ向かった。

ラモントは訊いた。「それでやっぱり魚のはらわたやら何やらのごみで汚れてしまっただけだったのか？」

「いいえ。ランドルフ・ロビンソンはオフィスをきれいに片づけているようです。シュレッダーにかけられたものもありましたが、彼もまた人並みに怠惰なところがありまして、裁断されずに捨てられたものもありました。文書、封筒、パンフレット、手書きのメモをたくさん撮影しましたよ。まあ、役立つものがあるかどうかはまだわかりませんが、やらなければよかったということには絶対にならないでしょう」

ホテルまでの道の半ばで、ジャックは前方にトラブルの種があることに気づいた。例の黒いピックアップ・トラック——この街を走っている大半の車よりも五年ほど新しく見えるのですぐわかる——が交差点のすぐ向こうに駐車していたのだ。車内に少なくとも四人の男がいる。この距離では正確な人数を知ることはできないが、さっき見た二人の男が少なくともあと二人の仲間をどこかで拾ってきたのだろう。

これはまずいことになるとジャックは確信した。

彼はこのままホテルに戻るほど馬鹿ではなかった。こういう連中に寝場所を教えては絶対にいけないのだ。

前方のトラックとのあいだに、ロフトのある賑やかなバーが一軒あった。ジャックは言った。「寝る前に一杯やりませんか?」

ラモントは二つ返事で賛同した。

21

サンディ・ラモントとバーの入口へ向かって通りをわたっていたとき、ジャック・ライアン・ジュニアはバーのすぐそばの交差点を通過する別のトラックに気づいた。ブレーキランプがすぐに点灯するのが見えた。ジャックは通りの向かいの土産物店のウィンドウに目をやり、トラックがバーの裏の路地に入るのをなんとか捉えた。

「おおっ、くそっ」ジャックは思わず声を洩らした。前を歩いていたラモントには聞こえなかった。

バーがある建物のなかに入れば自分たちは取り囲まれることになる、とジャックは悟った。彼は考えた。このまま真っすぐホテルへ戻って警察を呼ぶというのはどうだろう？　だが、いまこちらを監視している連中が警察である可能性もないわけではない。

結局、大勢の人々といっしょにいるという利点に頼ることにした。だれであろうと、あいつらも、目撃者だらけのバーのなかでは何もしないだろう、とジャックは思った。そうであることを祈るしかない。

実に怪しげなバーだった。演壇にＤＪがひとりいて、狭いダンスフロアがあり、奥にバー・カウンターがある。そしてそのカウンターの左に裏口があった。

ジャックはラモントのあとについて店内を進んでいった。そして奥のカウンターまでたどり着くや、てきとうに自分のぶんも注文してくれと、ラモントに言った。ジャックはカウンターに背を向け、表のドアに目をやりつつ、数秒ごとに裏口もチェックした。

ジャックは現在の状況を頭のなかで分析しはじめた。男たちは地元のごろつき用心棒のような連中で、弁護士や企業向けサーヴィス会社の協会のような集団に雇われているのではないか。だが、彼らの今日の行動がこちらの調査と関係があるとは思えない。

もちろん、その仮定が間違っている可能性も排除してはいけない。もしかしたらアメリカ合衆国大統領の息子がお目当てで、やつらはもっと危険なことを企んでいるのかもしれない。

だが結局、最初の仮定のほうがずっとありそうだとジャックは判断した。自分もラモントもちょっとぼんやりしていて、まわりへの警戒・監視をおこたったのだ。これがもし、ジョン・クラークやドミンゴ・シャベスとの作戦だったら、あらゆるセキュリティ対策を講じていただろうから、こんな事態におちいることはありえない。だが今回は、どうということないビジネス情報収集分析活動を少々やるだけだという了見でここまでやって来たのであり、トラブルがあるとしても、せいぜい机上の名刺を持っていかれたくない秘書があれこれ言い訳をするくらいのことだろう、と思っていたのだ。

二人の男が店のなかに入ってきて、表のドアのそばに立った。ひとりはドレッドヘアの男、もうひとりは髪を短く刈った筋骨たくましい男。二人は店の用心棒とちょっと言葉をかわしたあと、店内を見わたしはじめた。そして数秒後ジャックと目を合わせた。彼らはドアのそばに立ったまま動こうとしない。

ジャックは裏口に目をやった。そのそばにはだれもいない。だが、雇われて警備を受け持つ、どこぞのスラム村出身のレゲエ・マリファナ野郎の一団でも、獲物を逃がさないように裏口にも目を光らせるくらいの頭はあるにちがいない。

ジャックは、こいつらは衆目の面前ではつっかかってこないだろうという甘い願望を捨て、こいつらの目的は単なる威嚇だけだという期待に乗り換えた。「サンディ、聞いてほしいことがあります。いいですか、慌てないで、しっかり落ち着いて聞いてください」

サンディ・ラモントはビールをジャックに手わたし、自分はラム・ベース・カクテルのピニャ・コラーダを口に運び、ストローで飲みはじめた。このイギリス人のマンネリ行動を見てジャックは、これはサンディには次の数分間あまり期待できないぞという思いを新たにした。バーの喧嘩でピニャ・コラーダを注文した男が勝つということはあまりない。

ジャックはパイナップルの切り身越しにラモントの目を見つめなければならなかった。「表のドアのところにいる二人の男がわれわれを監視しています。しばらく前から尾けてきたのです」

ラモントが慌てて首をまわして見ようとしたので、ジャックは注意した。「だめ。やめて。あの裏口のほうへ移動する準備をしておいてください。あなたにしてほしいのはそれだけです」

「ええっ、マジでか？」ラモントはゆっくりと首をまわした。こっそり見ようとしているつもりなのだろうが、下手な演技と言うしかない。

「やはり、さきほどCCSコーポレート・サーヴィスのオフィスの真ん前にいるところをだれかに見られてしまったのでしょうね。もしかしたら、あの建物のなかでは、ほかにも表に出せないようなことが行われていて、あそこを運営する者がごろつきを雇い、気に入らない様子の者が近づいてきたら脅させているのかもしれません。雇われたごろつきどもが本気で攻撃してくるとは思えませんが、われわれを怯(おび)えさせようと、すこし派手なことくらいはすると思います」

　ラモントもようやく男たち——表のドアのそばに立つ二人——を見た。ひとりは髪をドレッドヘアにして、シャツの前を腰までひらき、首にネックレスを何本も巻きつけている。もうひとりは短髪で、サッカー・ジャージを着ているのだが、その黒いジャージが太い筋肉ではち切れんばかりになっている。「うん、怯えさせるのが目的なら、あいつら、すでに成功しつつある。さて、どうしよう？」

　ラモントはピニャ・コラーダをストローで猛然と吸いはじめた。そこに含まれている一オンスのラムが神経を鎮(しず)めてくれると思っているかのように。

「飲み終えたら、裏から出ます。あいつらがわれわれの前に立ちはだかると思いますが、わたしが話をつけます。心配ありません、大丈夫です」

「なぜ裏の路地なんかに行かなければいけないんだね？」

　それにはちゃんとした理由があったが、ジャックはラモントにはそれを教えなかった。

ジャックは自分がこれからやらざるをえなくなるかもしれないことをやっているところをだれにも見られたくなかったのだ。彼は懸命に努力して目立たないように暮らしてきたのであり、そういう生活を維持できるなら大立ち回りを演じる危険も喜んでおかす覚悟だった。

「大丈夫です。信じてください」と言いはしたもののジャックは、そううまくは行かないかもしれないという不安にも襲われた。しかし、自分の格闘能力にも、またトラブルから脱する話術にも自信があり、どんなことになろうとも切り抜けられると思っていた。

　ラモントは言った。「ジャック、きみは自分がだれだか忘れていないか？　携帯をとりだし、きみが暗記しているにちがいない秘密の番号をダイヤルすれば、それですべて解決、航空母艦が港にあらわれ、われわれを安全な場所までサッと運んでくれる」

　このラモントの基本プランは大笑いできる類のものだったが、生憎ジャックはいよいよ現実になりそうな対決への準備で笑うどころではなかった。

「わたしはだれにも電話しません」ジャックの声が重く険しくなった。「あなたとわたしは裏口から出て、路地を歩き、そしてホテルへ向かいます」

「で、そのあとは？」

「そのあとは、また別の素晴らしいプランを考えます」

「あっ、そう」

一分後、ジャック・ジュニアとサンディ・ラモントは裏の路地に出た。恐れていたほど暗くはなかった。街灯が二本あったし、一車線の路地の向かい側には一ブロックを占める板張りのカジノの建物があって、そこから洩れてくる明かりもあった。

ジャックとラモントはホテルへ戻ろうと路地を歩きはじめたが、数フィートしか歩かないうちに、二人の男が暗がりから歩み出て行く手をふさいだ。

「うわ」ラモントが思わず声を洩らした。

二人とも若く、強健そう。地元のギャングといったところだろうとジャックは判断した。二人ともタンクトップ姿なので、腕に入れたタトゥーが丸見えになっている。

ジャックは笑みを浮かべ、二人に向かって歩きつづけた。そうするあいだも男たちの両手とウエストバンドに目をやり、武器の有無を調べた。武器らしきものは何も見えない。

「こんばんは。何かご用ですか、お二人さん？」

背の高いほうが西インド諸島訛りの強い英語で言った。「おまえら、おれたちに言え。なんであのオフィスビルにあんなにこだわる？　今日もだいぶ前から写真なんか撮ったりしてただろうが」

「何のことだかさっぱりわからない。わたしたちは観光客だ」

「おまえら、観光客じゃない。おまえら、余計なことに首つっこんでる。おれたちはそいつが気に入らねえ」

ラモントが声をあげた。恐怖で声がかすれていた。「だからさ、きみたち、わたしたちはね、トラブルを求めてここへ来たわけではないんです」

西インド諸島訛りの英語がまた聞こえたが、今度は背後からだった。「そうら、そのトラブルだ」

ラモントが恐慌をきたしてクルッとうしろを向いた。ジャックはすでにバーの裏口のドアがひらく音を聞いていたので、落ち着いて振り向き、さきほど店内で用心棒と言葉をかわした二人の男たちであることを確認した。これでジャックは、こいつらとは対決するしかないと覚悟し、頭のギアを入れ換えて戦闘モードに入ったが、敵が支配権を完全に握っていると自信満々でいることに気づき、少しばかり安堵した。

そういう自信は戦闘のさいにうまく利用できるのだ。

今度はドレッドヘアの男が言った。「おまえら、もと来たところへ帰り、もう二度と来るな。それをおまえたちに思い知らせる」

「わかった、いいとも、そうする」サンディ・ラモントは応えた。

ドレッドヘアの男はにやっと笑った。路地の明かりで真っ白な歯が輝いた。「そう言われただけでは信用できんのよ、白人野郎。おれたちはおまえら二人を病院へ送りこむ。ここへ来たミステイクをいつまでも覚えていられるようにな」

ドレッドヘアの男がリーダーだとジャックにはすぐわかった。そしてそいつは腕を伸ばせばとどく位置よりもほんのすこし後方にいて、いまのところ手には何の武器も持っていない。だがここは、四人ともその気になれば素早く武器をとりだせると仮定して対処しなければならない、とジャックにはわかっていた。

ラモントはすでに両手を上げて降参の仕種をしている。「そんなことはまったく必要ないです、ジェントルメン。わたしはここに誓います。あなたのメッセージはしっかりと伝わりましたから――」

サンディ・ラモントは突然走りだした。四人の男たちは反射的にラモントのほうに動いた。この機会をジャックは見逃さなかった。タンクトップのひとりが目の前を横切ろうとした瞬間、ジャックは凄まじい速さで右ジャブをくりだし、男の顎にパンチを炸裂させた。男は意識を失い、路地に倒れこんだ。タンクトップのもうひとりはジャックが脅威であることに気づいた。その男はまだ二、三歩離れたところにいたので、金髪のイギリス人を追うのをやめ、体を素早く回転させて、髪の黒っぽい顎鬚をたくわえたアメリカ人のほうを向いた。そしてそうしながら、背中のくぼみの鞘のなかの固定刃のナイフに手を伸ばし、もう一方の手でパンチをはなった。

ジャックは素早く距離をつめた。勢いよく伸びてきた拳が鼻梁をかすった。アンティグア・バーブーダ人がナイフを引き抜くよりも早くジャックは男に跳びかかった。男の右前腕をつかむと、手首固め(リストロック)をしっかりきめ、腕を四五度まで押しやった。タンクトップの男が悲鳴をあげたとき、ジャックは膝(ひざ)の内側を思い切り踏みつけて男を仰向(あおむ)けに倒した。もはや男は気を失った仲間のそばで苦痛に身をよじることしかできない。

　残りの二人のアンティグア・バーブーダ人が、ラモントを追うのをやめ、仲間に加勢しようと振り向いた。二人は引き抜いたナイフを手にしてジャックに近づいてきた。ジャックに怒声を浴びせながら路地を前進してくる。

　ジャック・ジュニアは膝を折ってスッと身をかがめた。サッカー・ジャージ姿の短髪の男が接近してナイフで切りかかったが、ジャックはひょいと頭を下げてかわし、同時に体を回転させて、攻撃してきた男に背中をたたきつけ、斜め下へと弧を描いた男の腕をつかんだ。そしてその腕をねじった。肘(ひじ)の骨がボキッと折れ、ナイフが地面に落ちた。

　今度はドレッドヘアの男がナイフで突き刺そうとした。が、ジャックはその最後の攻撃者と自分とのあいだにサッカー・ジャージの男を挟みこんでいた。へし折った腕ともう一方の腕を上げさせて男の自由を奪ったまま、背中でぐいと押し、武器を持つ最後の男の攻撃を封じた。ドレッドヘアの男がナイフを持ち替えようと両手を下げた瞬間、ジャックは自由を奪っていたジャージの男の両腕を引き下げて一方の肩を脱臼(だっきゅう)させ、そのまま男を勢いよくうしろへ押しやって吹っ飛ばし、ナイフを持つリーダーに激突させた。これでドレッドヘアの男はさらに攻撃力を失い、防御にまわらざるをえなくなった。吹っ飛ばされてぶつかってきた手下をどけたときにはもう、長身のアメリカ人にのしかかられんばかりに接近されていて、ナイフをたたき落とされ、三連続パンチのコンビネーションを食らっていた。

アンティグア・バーブーダ人は仰向けにコンクリートの路地に引っくり返ったが、ジャックはなおも攻撃をつづけ、膝落とし(ニー・ドロップ)を食らわせ、さらにパンチを数発お見舞いした。

ジャックはドレッドヘアの男が気絶したのを確認し、あたりを見まわした。黒いジャージの男が片腕をもう一方の手でしっかりつかんで夜のなかへ姿を消そうと走って逃げていく。膝に強烈な蹴(け)りを食らったタンクトップの男は、その膝を抱え、意味不明の悪態をつきながら転げまわっている。残りのひとりは気を失ってうつ伏せになったまま動かない。

ジャックは反対の方向へ目をやった。サンディ・ラモントがわずか二五フィート離れたところに立って、この〝大虐殺(ぎゃくさつ)〟の現場とその中心にひざまずくアメリカ人をじっと見つめていた。

ジャックは立ち上がり、路地を歩いてイギリス人に近づいていった。「ともかく、ここから脱出しましょう」

二〇分後、彼らはホテルに戻っていた。ラモントはふるえる手でミニバーからラムのミニボトルを二、三本とりだし、その中身をぜんぶグラスにあけた。ジャックもラモントの部屋にいて、そばに座っていた。手にはビールを持っていたが、まだ口をつけてもいない。サンディ・ラモントはまっすぐジャック・ライアン・ジュニアを見つめた。「きみはいったい何者なんだ？」

ジャックは指で鼻柱をさわってみた。擦り傷があるだけで、出血した痕はない。パンチをくりだした手の甲にも、擦り傷と打ち身がある。

ラモントの問いへの答えは、無言のままホテルまで歩いた気詰まりな帰路にすでに思いついていた。「シークレット・サーヴィスにそれはもういろいろと訓練されましてね。ずっと、何年にもわたって護身術をたたきこまれました。さらに、わたしが警護を拒否したら、ぐんと訓練のレベルを上げられてしまいまして……」ジャックは肩をすくめ、にやっと笑った。「いやもう、おかげでいまじゃニンジャみたいになってしまいました」

ラモントは驚きの声をあげた。「いやあ、すごいねえ。あいつら、われわれを殺すつもりだったんだからな」

「いや、それはちがいます。あいつらはわれわれに思い知らせようとしただけです。大げさに考えてはいけません。この島で人を脅して怯えさせるというのがやつらの仕事です。たぶん、麻薬ディーラー、いかがわしい資金洗浄屋、売春業者に雇われているのでしょう。あいつらは殺し屋ではありません。単なるごろつきです」

ラモントはラムを一気に飲み干した。手のふるえがまだ収まらない。

かね？」

ジャックは心配していることを切り出した。「これ、二人だけの秘密にしておけません

「どういうことだ？」

「つまり、その、ヒュー・キャスター社長には知られないほうがいいんじゃないかと思い
まして」

ラモントは窓の外に目をやり、しばし海をながめた。「うん。それはいい考えかも。知
られたら、いろいろと、わたしが非難されるからね」

「いろいろと？」

ラモントは肩をすくめた。「きみのことでもう圧力をかけられているんだ」

「圧力をかけられている？　どういうことですか？」

「そりゃ、きみ、くそいまいましいガスプロムの件だよ。きみが徹底的に調べているとい
うことを耳にするたびにヒュー・キャスターが大騒ぎしてね」

そのロシアの巨大企業に立ち向かっても無駄だとラモントが警告していたことをジャッ
クは思い出した。「すると、あれはあなたではなくキャスターからの警告だったんですね」

「すまん。ボスの命令だったんだよ。でも、わたしはボスの考えも理解できる。ロシアの
真の権力中枢に正面切って立ち向かう必要なんてないんだ。そんなことしなくても、い
いビジネスはできるからね」

「それはちょっと買いかぶりすぎじゃないですか？　ロシアの権力中枢といったら、やはりクレムリンでしょう」

ビジネスの話になって、ラモントはやっと人心地がつき、たちまち元気をとりもどした。

「だからさ、ジャック、よく考えてみろよ。ガスプロムはクレムリンが所有する会社であるだけでなく、クレムリンの〈シロヴィキ〉どもの銀行口座と直接つながってもいるんだ。だから、われわれがクレムリンを怒らせるようなことを少しでもしようとすると、キャスターは必ずやめさせようと介入してきた。彼らの収入源にちょっかいを出すのはまずい、ということだろうね」

今度はジャックが窓の外に目をやり、海をながめた。「キャスターは事実が導いてくれるところへ調査が進むようにするべきだと、わたしは思いますけどね」

「きみは真実を知りたいんだよな、ジャック。それはわたしだって同じだ。ヒュー・キャスターはじいさんなんで、最終的な損益が大事なんだ。だから、ヴォローディンやその仲間の〈シロヴィキ〉たちが係わっていないというのなら、他のロシアの新興財閥（オリガルヒ）を訴えようとするどんなロシアの新興財閥（オリガルヒ）のためにだってひと肌ぬぐよ」

「しかし、怪しい裏取引となると、〈シロヴィキ〉が関与していることが多いですからね」

「キャスターはヴォローディンとその殺し屋どもを恐れているだけなんだと、わたしは思う。本人は絶対に認めようとしないけど、クレムリンへとつながる事実が出てきたとたん、キャスターの執念はたちまち溶けて消えてしまうようなんだ」

この説明を聞いてジャックはがっかりした。だが、ラモントの顔にも不満の表情が浮んでいるのを見て、すこしは慰められた。

サンディ・ラモントは言った。「この島での乱闘のことは口外しない。ただ、ひとつ条件がある」

「何です?」

「ああいうことのやりかたをすこし教えてくれ」

「はい、取引成立」ジャックは言った。

22

ジョン・クラーク、ドミンゴ・シャベス、サム・ドリスコル、ドミニク・カルーソー、ギャヴィン・バイアリーを乗せたガルフストリームG550は、午前九時ちょっと過ぎにキエフのボルィースピリ国際空港に着陸した。五人は必要となるIDカードなど各種身分証、名刺、装備品をすべて備えてビジネス・ジェット機から姿をあらわした瞬間、いかにも独立系ジャーナリスト・グループという感じの自信たっぷりの威張ったような仕種になった。クラークがここでの作戦期間の仲介・調整役として雇った男が彼らを出迎えた。

イゴール・クリヴォフは人質救出・対テロ作戦を任務とするＳＢＵ（ウクライナ保安庁）準軍事特殊部隊アルファ・グループの元隊員で、ＮＡＴＯの多国籍特殊作戦部隊〈レインボー〉でもドミンゴ・シャベスのチームで突入員を務めた。いまはもう戦闘員生活から引退したが、それは訓練中の事故で身体に障害を負ったからである。どのような事故だったかというと、パラシュート降下中に主傘がひらかず、予備傘はひらいたものの強風にあおられ、彼は姿勢を立て直せないまま地面に叩きつけられてしまったのだ。そして両脚を骨折し、骨盤を砕かれ、複雑骨折による出血で危うく失血死するところだった。

〈レインボー〉への現役復帰はむりとわかるとクリヴォフは、キエフ市警のパトロール警官の職を得て、警察勤務をしながら大学院に通い、犯罪情報収集分析学の修士号を取得した。そして内務省の捜査官となったが、組織内にはびこる汚職に自分も染まろうという気はなく、すぐにその職を辞すことになった。あくまでも規則どおりに事を運ぼうとする気質のせいで、上司たちとの関係が悪化してしまったのだ。というわけで、いまは野に下り、フリーで警備および仲介・調整の仕事――とりわけ人口二八〇万の都市でビジネスをする外国人を観光ガイドのふりをして警護する仕事――をしている。

負傷のせいでイゴール・クリヴォフは足をはっきりと引きずり、やや前かがみになって歩く。ただ、長いあいだプロの戦闘員として暴力を生業とし、重傷を負って何度も手術を受けたにもかかわらず、顔に笑みをたやさない。

「クラーク大佐！」イゴール・クリヴォフは言い、駐機場に降り立ったジョン・クラークの手をにぎった。「ふたたびお会いできて嬉しいです」

「よう、イゴール。仕事の手伝いを承知してくれて、ほんとうにありがとうな」

「なに言っているんですか、水臭い。わたしはね、ここのところ、あちこち抗議デモばかりを取材するCNNの記者の運転手しかやっていなくて、えらく退屈していたんです。数日でもあなたがたの仕事を手伝えるというんで、面白そうだなって期待しているんです」

シャベスがヘンドリー・アソシエイツ社機ガルフストリームのステップを下りてくると、クリヴォフはこの自分よりは小柄なメキシコ系アメリカ人をぎゅっと摑んで引き寄せ、荒っぽく抱きしめた。

「また会えて嬉しいよ、イゴール」

「おれもな」

四五歳になるウクライナ人は、ほかの者たちに紹介されたあと、一〇分以内に〈ザ・キャンパス〉工作員たちの全装備をヴァンに積みこんだ。やって来た男たちがジャーナリストでないことはクリヴォフも知っていたが、クラークから教えてもらったのは「ちょいと探りを入れる仕事」ということだけだった。ウクライナ人は当然ながら、みなCIA要員で、NOC（公式偽装で護られていない非合法工作員）なのだろうと思った。

イゴール・クリヴォフはキエフでは〝外国の報道機関の仕事をする男〟で通っていたの

で、クラークはこの元〈レインボー〉隊員を雇えば、自分たちのジャーナリストの偽装が補強されるとわかっていた。それにクリヴォフは、地元の犯罪組織に関する知識もあったので、〈ザ・キャンパス〉チームの協力者として完璧だった。〈七巨人〉がここで何をしようとしているのかを知るには、この都市の暗黒街にもしっかりと目を向ける必要がある。

一行はヴァンに乗って空港をあとにし、あらかじめ借りておいたドニエプル川右岸の古いビルの三階にあるマンションに向かった。そしてそこに着くとすぐに、長い空の旅で疲れていたにもかかわらず、隠れ家として使用する前にやっておかねばならない時間のかかる準備作業を開始した。まずは、カメラのアクセサリーに隠しておいた超小型機器を使って盗聴器探しをし、次いで、逃げる必要が生じた場合に備えてビル内および近所の緊急脱出ルートを決めた。

ギャヴィン・バイアリーは居間に自分の〝作業センター〟を設置した。当初からクラークが偽装維持の重要性をチームに強調していたので、バイアリーはそれを念頭においてコンピューターを設定した。もちろん、三台のコンピューターとも、暗号化されパスワードで保護されたが、〈ザ・キャンパス〉に関連するアプリケーションはみなマシンの奥深くに隠され、デジタル編集ソフトウェアやニュース関係のウェブサイトといったものだけがいつでもおおっぴらに使用できる状態にされた。そうしておけば、万が一だれかがセキュリティの壁を破ってコンピューターに侵入しても、現地取材ニュース・チームの記者やカメラマンの編集作業しかのぞくことができず、怪しまれることはない。

バイアリーは二台のラップトップを起動し、そこからCIAの低レベル秘密情報用のSIPRNetとSBU（ウクライナ保安庁）のネットワークにアクセスできることを確認した。さらに別のコンピューターをデジタル無線受信機になるようにセットアップし、それにスピーカー・システムを接続した。それで暗号化された地元警察の交信をとらえ、解読もできるようになった。ただ、ウクライナ語に堪能（たんのう）なのはクリヴォフひとりだけだった。

彼らは翻訳ソフトを使ってこの問題をあるていど解決できた。バイアリーがキエフ市警のネットワークから盗み出したウクライナ語のデータは、自動的かつ瞬時に英語に変換されるようになったのだ。しかし、これは理論的には素晴らしいアイディアだったが、実際にはソフトの翻訳の出来にはかなりのムラがあった。うまく翻訳できた場合でも、伝えられている意味を理解するのに全センテンスを何度も読まなければならなかったし、どう頭をひねっても何を言っているのかまったくわからない文章になってしまうときもよくあった。

ドミンゴ・〝ディング〟・シャベスが、この新しい棲家（すみか）に落ち着く作業をしている仲間たちから離れて、イゴール・クリヴォフを部屋のすみに導いた。「あのな、イゴール、きみとはもう長い付き合いだから、おれがストレートな人間であることは知っているよな？」

「ああ、もちろん、ディング」

「訊(き)きたいことがあってな、それをいまから訊く。きみがウクライナ人であることはおれも知っている。だが、きみはロシア系だ。最近ロシアに関する噂(うわさ)がいろいろ出回っているようだが、そういう噂をきみはどう思う？」

「ロシアが侵攻してくるという噂か？」

「そうだ」

　イゴール・クリヴォフは言った。「たしかにおれはロシア系ウクライナ人だ。しかし、だからといって、ロシア政府(モスクワ)に支配されたいと思っているわけではない。ヴォローディンは、取り巻きといっしょにすべてを支配できるように、この旧ソ連圏という半球に芽生えた自由をことごとく破壊し尽くそうとしている。その目的を達成するまで、やつは自由圧殺の手をゆるめようとしない」

　クリヴォフはつづけた。「この国の住民は三タイプに分かれているんだ、ディング。それを理解しないといけない。反ロシアのウクライナのナショナリストたちはだいたい西部にかたまっている。親ロシアの民族主義者たちはおおむね東部にいる。そして、そうした二タイプとはちがう、ロシア政府(クレムリン)との係わりを一切もちたくないロシア系ウクライナ人がいる。おれはその最後のタイプだ。この第三のタイプはどこにでもいる。おれはもう戦闘を充分に見てきたのでね、もう戦争なんて真っ平なのさ。とくにおれの家の玄関先でやられるのは絶対にいやだ」

「それを聞いて安心した」シャベスは返し、二人は握手した。「この街の組織犯罪状況についても基本的なところを話してもらえると、大いに役立つと思うんで、よろしく」

「あんたらには知っていることをすべて話す」

ほかの者たちがこのマンションに滞在するための準備をつづけているあいだに、クリヴォフはこの都市の治安状況についてさまざまなことを立てつづけに話した。クリヴォフによると、この数カ月のあいだにキエフは文字どおりロシアのスパイとマフィアの引っ越し先になってしまった。他の犯罪組織――チェチェン人、グルジア人、クリミア・タタール人のマフィア――もなお、この街で活動しているが、いまではだれもがロシア・マフィアのために働いているという噂が街に流れるようになった。

街中で犯される組織犯罪は、ここのところロシア国内では減少してきていたが、キエフでは反対に増加しているようだった。多くの者が、犯罪活動、暴力による恐喝、そしてこの国がいま経験している政治闘争の必然的結果である暗殺の急増に気づいていた。だが、クリヴォフのようなベテランの戦闘・犯罪の専門家には、これまでの組織犯罪とはずいぶんちがうことが行われているように思えていた。

「この街に新たにやって来たロシア人たちは、地元の役人たちに賄賂を贈って、祖国ロシアを利する意見を表明させている。他の犯罪組織にも金をやって、活動を活発化させ、市警の仕事を処理しきれないほど増やしてもいる。さらに、クレムリンに都合の悪い報道をするジャーナリストたちを、袋叩きにしたり、脅迫したり、誘拐したりしている。要するに、ロシアの犯罪組織がここキエフでいましていることは、わたしの知るかぎり、ＦＳＢ――ロシア連邦保安庁――の仕事ということになる」

すでに〈ザ・キャンパス〉の他の工作員たちも集まってきていて、クリヴォフは彼らに「自分は〈傷跡のグレーブ〉というニックネームを聞いたことはないが、もっとその方面に詳しい地元の者たちを知っている」と言った。

ジョン・クラークもキエフの街の状況を説明するクリヴォフの言葉に耳をかたむけていた。クリヴォフが話を終えると、クラークは言った。「おれが〈レインボー〉を指揮していたとき、ロシアの連中もＮＡＴＯに協力し、われわれの最良のパートナーのうちに数えることができた。テロ問題でも、核拡散問題でも、地域の安全保障問題でも、しっかり連携して動いてくれた」

イゴール・クリヴォフはクラークに応えた。「言うまでもありませんが、いまでも優秀なロシア兵はいます。信じられないかもしれませんが、優秀なロシアの外交官だっています。でもね、それは、世界中のロシア大使館の外交官とスパイを〈シロヴィキ〉にするわけにはいかないからです。さすがに〈シロヴィキ〉の人数が足りません。それでもヴォローディンは、だれであろうと思うままに従わせ、現在のレベルの腐敗をとがめずに自分を支持する者には金が流れるようにしています」

ドリスコルが訊いた。「ミスターC、われわれが最初にやることは？」

クラークは答えた。「明日、おれひとりでCIAキエフ支局長のキース・ビクスビーに接触してみる」

これにはシャベスが驚きの声をあげた。「接触する？　それはちょいと危険ではないですか？　ビクスビーが、自分の縄張りを荒らされたというんで、何本か電話し、地元の警察にあなたを逮捕させるかもしれないじゃないですか？」

「それは根拠のある推測だな。だから、おれはまず、手を貸しに来たんだ、と彼に言うよ。おれが民間人であることを印象づける。だっておれはほんとうに民間人だからな。ビクスビーは実利重視の男のようだ。彼はこの都市（まち）に監視の目が増えるのを喜ぶはずだ」

「もしそうじゃなかったら？」バイアリーが訊いた。

クラークは肩をすくめた。「そうじゃなかったら、これは短い旅に終わるということになるのかな」

23

ホワイトハウスの放射能パニックでレジデンス（居住区）から追われたキャシーと子供たちは、汚染除去がすむまでメリーランド州の自宅で暮らすことにした。一方、ジャック・ライアンは、仕事をウエスト・ウイング（西棟）でつづけたかったので、ホワイトハウスの北側に接するペンシルヴェニア通り(アヴェニュー)の向かい側にある大統領迎賓館ブレアハウスにしばらく寝泊まりすることにした。

そこから通りひとつ隔てただけのホワイトハウスのレジデンスでは、汚染除去の作業がほぼ即座にはじまった。固体表面の大半を、水酸化カリウム三％溶液を含む強力な洗剤デコン90で徹底的に洗浄する必要があった。そのあと表面はニスまたはペンキで再塗装され、さらに特殊な検出器でポロニウムの同位体の痕跡(こんせき)が残っていないかどうか確認されることになっていた。

しかしセルゲイ・ゴロフコが使用したトイレは完全に取り壊さなければならなかった。ゴロフコの体から放射されたポロニウム２１０が便器と洗面台のエナメルにも浸(し)みこんでしまっており、それは洗剤では除去できなかったので、表面のエナメル部分は剝(は)がされて砕かれ、鉛張りの容器に収められて特殊処理施設に保管されることになった。ポロニウム２１０は半減期が一三八日と比較的短く、そのように数カ月保管しただけで、ずっと安全に処理できるようになるのだ。

ホワイトハウスでの汚染除去に並行して、ゴロフコが滞在したり立ち寄ったりした場所――ワシントンのキャピトルヒル・ホテル、彼がカンザスからワシントンに来るのに搭乗した旅客機の機内、カンザス州ローレンスのホテルおよびカンザス大学の汚染された可能性のある部屋——に対しても同様の作業が開始された。

　放射能に汚染されたトイレの固定備品がまだ手持ち削岩機で打ち砕かれ、ホワイトハウスのレジデンスから運び出されようとしていたとき、オーヴァル・オフィスの執務机についていたジャック・ライアンのもとに電話が一本かかってきた。セルゲイ・ゴロフコがジョージ・ワシントン大学病院のＩＣＵ（集中治療室）で死亡したことを知らせる電話だった。

　ジャック・ライアンは受話器を置くと、執務机の前のシッティング・エリアまで歩き、腰を下ろしてから、スコット・アドラー国務長官、メアリ・パット・フォーリ国家情報長官、ジェイ・キャンフィールドＣＩＡ長官にゴロフコ死亡のニュースを伝えた。三人はＦＳＢ（ロシア連邦保安庁）の権力を拡大するというヴォローディンの声明について話し合うために集まっていた。ゴロフコ死亡のニュースは、なんら驚くべきことではなく、今日の議題をより時宜を得たものにしただけだった。

　ライアンは眼鏡の奥の目をこすった。「ＫＧＢが戻ってきたというわけか。どのような呼びかたをしようと関係ない。たとえデザイナーズ・スーツで見栄(みば)えをよくし、マディソン街(アヴェニュー)の広告代理店に宣伝活動を任せたとしても、われわれがみなよく知っていて憎んできたあの昔の一団と変わりない」

　メアリ・パット・フォーリ国家情報長官が言った「その新生ＦＳＢはかつてのＫＧＢよ

りも強大な力を持つことになると言えるんじゃないかしら。だって、KGBは旧ソ連の意思決定に係われるほどの権力を有していなかったんですもの。政策の決定にも深く関与できたと考えている人はたくさんいるけど、実際にはそうではなかった。KGBの仕事は共産党に助言することだった。支配者ではなかったんです、KGBは。ところが、いまや……いまや情報機関員がスパイをすると同時に国を動かすようにもなった」彼女はひと呼吸おいた。「前よりひどくなったわね」

ライアンは言った。「問題は、タラノフの昇進で状況がどう変わるか、だね」

ジェイ・キャンフィールドCIA長官が応えた。「あらゆる領域の活動が活発化するでしょうね。FSB長官としてのこれまでのタラノフの采配の特徴は、代理の者たちを組織の〝戦力多重増強要員〟として利用するというものでした。たとえば彼が利用したのは、グルジアの反政府グループ、ウクライナの組合労働者、チェチェンとバルト海沿岸の犯罪組織……」

メアリ・パットも同意見だった。「そういうことはどんな情報機関でもする。そう、われわれにしても、あるていどは組織外の勢力を代理として利用する。でもね、タラノフの場合、それを対外課報戦略の中心に据えるというKGBモデルに立ち返ろうとしているんです。ヴォローディンはいま、隣国をすべてロシアの直接支配下に置こうとしていますから、その〝進軍命令〟を実行するにあたってタラノフは、クレムリンの方針に従わない国々を不安定化させることを目指すにちがいありません」

スコット・アドラー国務長官が発言した。「ヴォローディンの目標は、ワルシャワ条約機構のような軍事同盟を新たにつくりあげることです。もしそんなものが出来上がってしまったら、数億人の人々が自由と自決権を失ううえ、ヨーロッパはとんでもない苦境におちいります」

ライアンは言った。「セルゲイ・ゴロフコと最後に話したとき、彼はタラノフの件をずいぶん心配していた。タラノフがどこからともなくあらわれて、あっというまにＦＳＢの最高位についてしまったというところが、とりわけ怪しい、とセルゲイは言っていた」

「同感です」メアリ・パットが応えた。「ヴォローディンが今回の声明を発表したとき、わたしはいくつかの友好国の情報機関に連絡し、彼らがタラノフについてわれわれの知らない確かな情報を何か持っていないか問い合わせてみました。もちろん、わが国の情報機関もこれまでにタラノフのことを調べています。たとえば彼がＦＳＢ長官に就任したときに調べました。でも、念には念を入れて、タラノフについて調べ洩れがまったくないようにしておきたかったのです」

「それで新たにわかったことがあったのかね？」

「確定的なものは皆無でした」メアリ・パットは正直に答えた。「タラノフの経歴ではっきりしているのは、シベリア最大の都市ノヴォシビルスクの警察本部長からＦＳＢ支局長になったということだけです。で、昨年モスクワにのぼり、ロシアの対内保安機関の長になってしまった。当然ながら、われわれは彼のことを徹底的に調査しました。でも、タラノフについてはわからないことだらけなのです。ＧＲＵ――ロシア軍参謀本部情報総局――に所属していたことがあり、チェチェンにいた、という噂を捉えることができましたが、確実なことは何ひとつわかりません。ロマン・タラノフは旧ソ連時代から今日までのあいだで素性が最も不明なロシアの情報機関の長と言えますね」

「タラノフは元ＧＲＵだとセルゲイは断言した」とジャックが返すと、メアリ・パットは膝の上のメモ帳に素早くそれを書きとめた。「しかし、タラノフはどうやってそれほど目立たないようにやってこられたのだろう？」

「実のところ、その点はたいして驚くべきことではないんです、あの国では。ヴォローディンにだって不明なところがいろいろあります。彼が一九八〇年代の半ばから後半にかけてＫＧＢにいて、そのあと短期間ＦＳＢにいたことは、われわれも把握しています。ソヴィエト連邦が崩壊すると、彼は金融業を営み、数十億ドル儲け、その後故郷のサンクトペテルブルクにもどって政治に手を出しました。長いあいだ名うてのビジネスマンだったので、彼がかつてスパイだったことなんて、だれもが簡単に忘れてしまえた」

キャンフィールドＣＩＡ長官が補足した。「ＫＧＢの単なる事務職員でモスクワ勤務だった、というのがヴォローディンの公式の経歴です。そうではなかったという情報は、いまのところわれわれも摑んでおりません」

「ヴォローディンは独裁者だ。それでもタラノフには途方もない権力を与えた。なぜだろう？」ライアンは問うた。

アドラー国務長官が答えた。「タラノフの能力を買っているからではないかと、わたしは思います」

メアリ・パットが付け足した。「それはそう。でも、タラノフを信頼しているということもあるわね」

ジャックはこの問題にこだわった。「シベリアの都市の警察本部長だった元ＧＲＵマンが、いったいどんなことをすれば、そんな高レベルの信頼を勝ち得ることができるのだろう？　ヴォローディンにはタラノフほど信頼できる腹心はほかにいないということだろう？」

「それは興味深い問いですね」

「まあ、問うのはやさしく、答えを見つけるのは難しい」

メアリ・パット・フォーリ国家情報長官はうなずいた。「わたしの出番ね。努力してみます」

と、そのとき、ジャックの頭にひらめくものがあった。「メアリ・パット、さっきわたしがタラノフについて新たにわかったことを尋ねたとき、きみは『確定的なものは皆無』

と答えたが、あれはどういう意味かね？」

「あっ、あれはですね、『ある奇妙な噂が流れてはいるが、それが事実である証拠はまるでない』という意味です」

「どんな噂かね？」

メアリ・パットはライアンの問いをはねつけるかのように片手を振って見せた。「ですから、裏付けがまったくとれない単なる噂なんです。タラノフはＫＧＢの9だった、という報告がフィンランドにあるんです。でも、われわれが知る9のなかには、彼も9だったと証言しようとする者はひとりもいません」

ジェイ・キャンフィールドが声をあげた。「すみません。9というのは何ですか？」

ライアンがメアリ・パットの代わりに答えた。「うわっ、ジェイ、きみは若いんだなあ。でも、あるていど年はいっているから、ソヴィエト連邦のことは覚えているはずだ。9というのは、当時われわれが使っていた隠語で、ＫＧＢの第九局のことだ。要人警護を担当していたところ」

キャンフィールドは両手を上げて見せた。「すみません。わたしは中近東を持ち場としてきた男でして。ソヴィエト連邦を受け持ったことはないのです。でも、第九局のことは知っています、その隠語は知りませんでしたが。ともかく、そのフィンランドからの情報は間違っていると、わたしは思います。第九局には特別な養成学校がありまして、そこの元校長を九〇年代にＣＩＡが買収して取り込んでいたことがあります。彼はわれわれに知っている名前をぜんぶばらしましたが、そのなかにタラノフの名前はありませんでした」

メアリ・パットが別の情報を披露した。「タラノフは陸軍の空挺部隊員としてアフガニスタンで戦ったのちＧＲＵ入りした、というドイツからの情報があります。彼は一九七九年のソ連軍による最初のアフガニスタン侵攻に参加した、とドイツは言っています」

ジャックはこの情報をよく考えてみた。「これは正しいように思える。当時、彼は二〇代前半だったはずだ。ＧＲＵはＫＧＢのようにはバラバラにならなかったから、そこに所属していた者たちの個人情報には、われわれもあまりアクセスできなかった」

「そういうことです」

「ほかには？」ライアンは訊いた。

「事実と思えるものは何もありません。イギリスがタラノフについてのクレイジーな噂をひとつ捉えていますが、裏をとれない非常に疑わしい情報、と彼ら自身がしっかり断っています」

「どんな噂かね？」

メアリ・パットは、これから大統領に伝えることはとても事実とは思えないというような表情を浮かべて話しだした。「タラノフは暗殺者だったという噂です。八〇年代に、ＫＧＢの一匹狼の暗殺者が東西ヨーロッパを駆けまわって、モスクワのために人殺しを繰り返していた、という根拠のない噂です。だれもその暗殺者を見つけられませんでしたし、そういう者が存在していることを証明できた者もひとりもいませんでした」

　ジャックの目が大きく広がった。「ちょっと待った。〈天頂（ズィーニス）〉のことを言っているのかね？」

「そうです。当時の噂では、このＫＧＢのスーパー暗殺者のコードネームは〈天頂〉ということでした。よく覚えておられましたね？」

「だって、メアリ・パット、わたしはそういうことが起こっていたときイギリスにいたんだよ。犠牲者のひとりを知ってもいた」

「ああ、そうでしたね。はい。ともかく、何年もたってからイギリスの手のなかにあった情報源——そのひとりだけ——が、『〈天頂〉の正体はアフガニスタンで空挺部隊員として戦ったタラノフという名の元ＧＲＵマン』と言いだしたのです」

　ライアンはいま耳にしていることが信じられなかった。今日の話し合いで初めて大声を出してしまった。「ロマン・タラノフが〈天頂〉だったと言うのか？」

　メアリ・パットは首を激しく振った。「いえ、そうは言っておりません。ある男がそういうふうにイギリスの情報機関に伝え、その情報が〈天頂〉のファイルのなかに入れられた、と言っているのです。繰り返しますが、ある単独の情報源による情報であり、事実であるという確認はまったくとれていません。ご存じのとおり、ひとつの真実に対して大量の嘘があるというのが諜報の世界です。わたしもわが国の情報機関の〈天頂〉暗殺捜査ファイルに目を通しましたが、結局、西ヨーロッパで銀行家や情報機関員を殺しまくったソ連の暗殺者などいなかった、という結論に達しました」

ライアンは返した。「イギリスはドイツのテロリストたちの仕業だとした」

「はい、そのとおり、ドイツ赤軍がやったのだと判断しました。ベルリンのアジトの屋根裏部屋が警察の手入れを受け、テロリスト数人が殺害され、いわゆる〝〈天頂〉暗殺〟が彼らの仕業であったことを示す証拠が見つかりました」

しばらく部屋のなかがしんと静まりかえった。ライアンの前に座っていた三人の長官たちはみな、大統領が過去のある時点の出来事を思い返しているのだとわかっていたが、彼がふたたび口をひらくのを辛抱強く待った。だいぶたってからやっとライアンは言った。

「わたしはドイツ赤軍が真犯人だという結論にはどうしても納得できなかった」

メアリ・パットは言葉を返した。「しかし、大統領、思い出してください。〝鉄のカーテン〟が消滅したあと、何百人もの元KGBスパイたちが嬉々として、自分たちの手柄をわれわれに話してくれました。その時期にわれわれはKGBの現場要員に関する情報を大量に手に入れました。ところが、〈天頂〉が存在した証拠など何ひとつ出てこなかったのです。タラノフの名前を口にした者だってひとりもいませんでした。ロシアも独自に調査しましたが、何も摑めませんでした」

「超極秘作戦だった可能性もある。あるいは〈天頂〉はKGBの〝資産〟ではなく、別の存在だったのかもしれない」ライアンは言った。

「別の存在といいますと？」キャンフィールドCIA長官が尋ねた。

ライアンは肩をすくめた。「この件についてSISが持っている情報を知りたい」SIS はMI6とも呼ばれるイギリスの秘密情報局。

メアリ・パット・フォーリ国家情報長官はしばらくペンで膝の上のメモ帳を軽くたたきつづけた。「お言葉ですが、それはあなたらしくありません。その噂を追うには時がたちすぎています」

「好きにやらせてくれ、メアリ・パット」

彼女は肩をすくめた。「まあ、大統領のご命令とあれば。でも、いいですか、三〇年前のことだということをお忘れなく。係わった者のなかには、もう現役でない者や死亡した者もいるでしょうし、その件を忘れた者だっているでしょう」

ライアンはもういちどよく考えてみた。「〈天頂〉の件に関する生データを見せてくれないかとSISに頼むことはできるのではないか」

「わかりました、ご命令のとおりにいたします。ファイルを入手したらすぐ、担当の者を決めて調査を開始します」

ジャックは言った。「外部の者に調べを任せるというのはどうだろう？　当時、諜報の世界で現役だった者に。ソヴィエト連邦をよく知る者。当時のソ連の諜報機関のプレイヤー、官僚機構、そしてあの時代を、よく知っている者」

「だれか頭に思い浮かぶ者はいますか？」

「エドはどうだろう？　話を持っていったら興味を示すと思うかね？」エドはメアリ・パットの夫のエドワード・フォーリ元ＣＩＡ長官のことだ。

「ご冗談を。こんなチャンス、飛びつきます」

「ようし。隣のＯＥＯＢのオフィス・スペースをいくらか彼に与えよう」現在の正式名称をアイゼンハワー行政府ビルというＯＥＯＢ（オールド・エグゼクティヴ・オフィス・ビルディング＝旧行政府ビル）は、ホワイトハウス総務局に維持・管理されており、そこにはホワイトハウスの職員が使用する多数のオフィスがある。「この件に関する書類を詳しく調べてもらって、タラノフと〈天頂〉を結び付けるもの、あるいは両者が無関係であることを証明するものがあるのかどうか検討してもらいたい」

これで会合は終わり、メアリ・パットは退出のため立ち上がった。「ひとつ愚痴を言わせてもらえば、どうやらこの件は個人的な問題になってしまったようです」

「そう、そのとおり。これはわたしにとっても当時、非常に個人的な問題だった。だが、いまやそれ以上の問題になってしまった。ロシアのナンバー２の権力者の素性をわれわれはほとんど何も知らないというわけだからね。もしほんとうにタラノフが三〇年前にＫＧ

Bの暗殺者として活動していたというのなら、当然、そのことが現在にもしっかり関係してくる。今回、調査してみて何も出てこなくても、ともかく調べてはみたのだと安心できる」

メアリ・パットは言った。「オフィスに戻ったらすぐにエドに電話します」

24

キース・ビクスビーCIAキエフ支局長は、午前中にアメリカ大使館内で会合をいくつかこなし、昼食をとり終えていま、SDR（サーヴェイランス・ディテクション・ラン＝尾行や監視の発見・回避のための遠回り）を開始すべく昼下がりの街のなかに出ていった。午後四時に、ロシアとのあいだの禁制品密輸に手を染めている小さなトラック運送会社を所有するイタリア人ビジネスマンと会うことになっていた。

支局長が自らこんなふうに協力者と秘密裏に会うというのは少々異例と言わざるをえなかったが、いまはどう見ても非常事態なのだ。ビクスビーが抱えるどんな無能な部下も、いまはここキエフかウクライナの他の場所で活動しなければならない、という状況なのだ。もちろんウクライナ国内にもNOC（公式偽装で護られていない非合法工作員）が何人かいたが、現在そうした者たちの大半がロシアとの国境地帯かクリミア半島に送りこまれ、ロシアとその意図に関する情報の収集にあたっていた。

ＣＩＡキエフ支局にはビクスビーがやる必要のある仕事をさばけるほどの人員がいなかったが、それはそこが本部に見放された遠隔の辺境だからではなかった。問題はむしろ、ロシア語やウクライナ語を話す工作担当官（ケース・オフィサー）のほぼ全員がすでにロシアかウクライナで任務についていて、ＣＩＡは激増した需要を満たせるほど迅速にウクライナ語を話すケース・オフィサーを量産できずにいる、ということだった。

きな臭さが増し、陣太鼓の音がどんどん高まっていくにつれ、増えつづける仕事を支局がこなせるようにしないといけないビクスビーの責務はますます重くなっていった。要するに、支局長自らが大使館から出て、通りを歩きまわって長いＳＤＲをし、場合によっては悪人ともまずい食事をしながら話さなければならなくなったということである。ただ、今日会うことになっているイタリア人の密輸業者は、それほど重要な人物ではなかった。ロシアがすぐにでも侵攻を開始しそうないまの雲行きを考えると、とりわけそうだった。それでもそのイタリア人は情報源であることに変わりなく、ビクスビーは会うことに決めた。

ＳＤＲをはじめてまだ二〇分しか経過しておらず、ビクスビー支局長がちょうど壮麗な聖ヴォロディームィル大聖堂の真ん前のバス停で足をとめたとき、ひとりの男が近づいてきて、そばに立った。男はコートのフードで頭部をおおい、スカーフで口を包んでいる。

ＣＩＡ支局長はフードをかぶった男を素早くチェックした。疑り深いのは職業上の悪癖だが、彼のような地位にいる者はそれで命拾いをすることもある。

男はスカーフを下げた。「ジョン・クラークだ。先週、電話で話した」

ビクスビーはクラークの顔を検分した。それは、前に見たことがある往年のＣＩＡの伝説的工作員の一、二枚の写真の顔と一致した。それでもビクスビーは警戒心を解かなかった。「あの電話での会話で、どこをどう〝招待〟と誤解されたんでしょうか？　どうもよくわからない」

クラークは笑いを洩らした。「あたりまえだ。おれは誤解なんてしていない」

「では、いったいここで何をしているんですか？」

「ちょいとボルシチでも食いに行こうかなと思って、来ただけさ」

ビクスビーの目が左右に素早く動いた。「大使館のオフィスにもどり、そこで話しましょうか？」

「いや、実はな」クラークは言った。「二人で話し合ったということを、ほかのだれにも知られたくないんだ」

ビクスビーはちょっと考えた。「わかりました。では、動きつづける必要がありますね。すこし散歩しましょうか」

ビクスビーが歩きだし、クラークはそのあとを追った。ＣＩＡ支局長はタラス・シェフチェンコ大通りを二、三ブロック進み、大学の隣にあるアレクサンドル・フォミン植物園のなかに入っていった。

二人の男は植物園の小道を歩きはじめた。小道と言ってもかなりの幅があり、両側に広がる樹木は長い冬のあとの生命（いのち）の証（あかし）をまだ何もつけていない。風がとても強いうえに、平日ということもあり、小道を歩く来園者はほとんどいなかった。それでもクラークはこのロケーションに不安をいだいた。だから小声で言った。「ここは安全とは言えんぞ。この都市（まち）で活動している敵どもも大使館でのきみの仕事を知っているはずだ」

一方、ビクスビーのほうはリラックスしていた。「大丈夫です」

クラークはあたりを見まわした。のどかな風景と思えたが、木々のなかにだれかがいるのではないか、何かがあるのではないか、と思わずにはいられなかった。「指向性マイク？」

年下のＣＩＡマンは言った。「ありますね、確実に」

「では、どうしてわれわれはここにいるのかね？」

「ＦＳＢのやりかたはこうです――」ＦＳＢ（ロシア連邦保安庁）はここウクライナの首都キエフにもわんさといる。「やつらはどこにでもいますが、スーパーマンではありません。どんな監視機器を設置するにせよ、たっぷり一〇分はかかるとわれわれは断定しました。たぶんいまごろ、地下鉄の駅のそばにとまったヴァンから四人の男があわてて降り、バッグからマイクやトランシーヴァーを引っぱり出し、われわれの前方で監視を開始しようとしているのではないでしょうか。ですからね、わたしはいつも、話し合いの重要な部分を先にさっさとすませてしまい、向こうが盗聴できる状態になったときにはもう、そこにはいない、というふうにしているのです」

「よし」クラークは返し、フードを前に引っぱって顔がさらに隠れるようにした。万が一どこかにカメラがあって、CIAキエフ支局長と会っている自分を撮ろうとしていても大丈夫なようにしておきたかった。

キース・ビクスビーは言った。「まず最初にですね、なぜキエフにいるのか教えてくれませんか？」

「わたしは憂える市民でね、何か手助けできることがあるかもしれないと思ったんだ」

「あなたはアメリカの英雄みたいなものですから、ちょっと言いづらいのですが、ミスター・クラーク、そんな戯言は通じません」

ジョン・クラークは笑いを洩らした。彼はこの男が気に入った。「実は〈傷跡のグレーブ〉のことが心配なんだ。先日、電話で話し合ったとき、やつを充分に調べあげないといけないのに、きみたちにはそれをしている余裕がないのではないかと思ったんでね」

「それはまあ、そのとおりです。FSBがそこらじゅうを走り回っていますから。ロシアの犯罪組織の大物がひとり新たにこの都市で活動しだしたというのは、興味深いことではありますが、現時点でそれに対して行動を起こせる余裕はありません。戦争がひたひたと迫りつつあるいまはとくに」

「だから、あるいは手助けできるんではないかと思ったんだ」

「手助けするって、どうやってですか？」

「おれはここにも友だちが一人、二人いるし、ロシア語も話す。TS取扱資格(トップシークレットクリアランス)も保持している。指示にはしたがう」クラークは肩をすくめた。「既成の枠にとらわれない活動をするのも、まあ、初めてというわけでもないしな」

「責任は持てませんよ、ミスター・クラーク」

「責任を持て、とは言わない。極秘情報をよこせ、とも言わない。賛成してもらえるだけでいい。それと、何か重要な情報をつかんだら即そちらに渡せるように、いつでも連絡できるようにしてほしい」

「いやはや、飛び込みのスパイなら聞いたことがありますが、飛び込みの工作担当官(ケース・オフィサー)なんて聞いたことがありません」

クラークはがむしゃらに思いどおりの方向へ話を進めようとはしなかった。彼は話題を変えた。「クリミアはいまどうなっている？　ウクライナ軍はロシアの侵略への準備ができているのか？」

ビクスビーは肩をすくめた。「そう訊(き)かれても、秘密情報が含まれない答えしかできません。あなたが秘密情報取扱資格を保持しているとわかっても、あなたがいったい何をしたいのか、まだよく理解できませんのでね」

「だから、さっきも言ったように、おれは秘密情報をよこせ、と言っているわけではない。おれは単に、オデッサで休暇を過ごそうかと思っているアメリカ人観光客にすぎん」

　ビクスビーは首を振った。「なるほど。ええと……休暇なら、ハワイのマウイ島にでも行ったらどうでしょう。そこならたぶんホテルのシニア割引が利用できるんじゃないでしょうか。クリミアはもうすぐ〝爆発〟します。ロシアは侵攻の準備を終えて、いま口実を探しているところです。ウクライナは侵略軍を撃退するために軍部隊をクリミアへ移動させています――これはこの国のニュースでも報道されていることですから、いまあなたにＴＳ情報を流していることにはなりません。そしておそらく、ロシアはこのウクライナ軍の移動を挑発と主張し、侵略の口実に利用するでしょう」

「クリミア半島には多数のロシア国民が住んでいるからだな」

「そうです。ご存じだとは思いますが、クリミアのロシア国民というのは、ロシア政府(モスクワ)がロシア系ウクライナ人に身分証明用のパスポートを与えたということだけで、ロシアの市民権を得た者たちです。それはすべて、侵略のお膳立て(ぜんだ)をするためのＦＳＢの作戦だったのです。やつらはそれをパスパルティザッツヤ――パスポート導入(パスポーティゼーション)――と呼んでいます。ロシアはクリミアのロシア系住民にパスポートを発給しはじめました。彼らはウクライナ国内にロシア領をつくろうとしているのです。すぐにロシアは『自国民を護るために介入しなければならない』と言うでしょう。ロシアは数年前にグルジアでそれとまったく同じことをやりました。その結果、グルジア国内にロシアが独立国家と承認する地域が二つできてしまいました。南オセチアとアブハジアです。ロシアのやりかたはこうです。まず、FSBが入りこみ、住民の何割かをロシア国民にするためにパスポートを目立たないように配った。次いで、ロシア政府が同地域には自国民が多数居住しているという事実を利用して、グルジア軍を追い出すための派兵を正当化した」

「ロシアの侵略をとめる方策は皆無、と言わんばかりの口ぶりだな」

ビクスビーは肩をすくめた。「やつらはかならず侵略すると、わたしは確信しています。ロシアはかならずクリミアを占領します。クリミア半島は〝簡単にもぎとれる果実〟ですから。わたしが心配しているのは、ウクライナ全体がロシアの手中に落ちるということです。ロシアは、ウクライナの権力の座にあるナショナリストたちを同国のロシア国民への〝いまそこにある危機〟と見なしています。ヴォローディンはロシア軍をはるばるキエフまで進攻させるかもしれませんよ」

クラークは言った。「きみを手助けできるとしたら、何をすればいいのかな?」

ビクスビーは小道のなかで足をとめ、年嵩(としかさ)の男を見つめた。「ひとりではないんですね?」

クラークは答えようとしない。

「いいですか、いまのわたしにはですね、あなたをチェックしている時間も、エネルギーも、人員も、資金もないんです。できることといったら、ウクライナの国境警備隊のだれかさんに電話して、あなたのヴィザを無効にしてもらうくらいのことですかね」

「そういうことはよしてほしいね」クラークは返した。「よし、わかった。おれはひとりじゃない。ドミンゴ・シャベスもいっしょだ」

ビクスビーは両眉を上げた。シャベスもまた、CIAでは有名な元工作員だった。「民間の仕事かなんかで来たのですか？　石油会社に雇われて動いているとか？」

「そんなのではまったくない。おれは稼ぐためにここにいるんじゃない。ただ手助けしたいだけだ。おれにはあと二人、動かせる者がいるし、〈レインボー〉で部下だった地元の男もいる。おれたちは〈傷跡のグレーブ〉とやつのここでの活動を調べるつもりだが、きみたちがすでにやっていることを邪魔するつもりは一切ない。熟練技能労働をちょいときみに提供したい。それだけだ」

二人はふたたび歩きはじめた。ビクスビーは歩きながら肩をすくめた。「ですからね、チームを組み、地球を半周して来てくれたという努力には感謝しますけどね、わたしは信じやすい人間ではないんです。ここはわたしの縄張りなのであり、そりゃたしかに、もっと人手が欲しい状況ではありますが、あなたがたを自分の作戦活動に組みこむ気はいまのところないです」

「それは判断ミスというもんだ」クラークは言った。そしてカードを一枚、ポケットからとりだした。そこには自分の衛星携帯電話の番号が書かれていた。「気持ちが変わったら、連絡してくれ」

ビクスビーは歩きながらカードを受け取り、コートのポケットに滑りこませた。

二人はそのまま小道を歩きつづけ、もうすぐ地下鉄の駅というところで、ビクスビーがクラークから離れはじめた。一〇フィート（約三メートル）ほど右まで離れたとき、ビクスビーは顎を軽くしゃくって、小道のクラーク側の木立のある地点を示した。「お出ましです。ＦＳＢの下っ端がひとり、あそこで位置につこうとしています」

クラークは返した。「きみのうしろにもうひとりいる。マイクやカメラはまだ設置されていない」

キース・ビクスビーはその方向へ目をやらなかった。相変わらず小道の前方に目を向けつつ、言った。「では、ミスター・クラーク。トラブルに巻きこまれないようにしてくださいよ。こっちはすでに問題をたくさん抱えているんですから」

ジョン・クラークのほうは地面を見下ろしていた。これで、遠くから見ている者は、二人が連れであるとはわからない。クラークは地下鉄駅の建物の左側をぐるりとまわって階段を見つけ、電車に乗ろうと地下へ向かった。

ビクスビーはふたたびタラス・シェフチェンコ大通りへ出て、大使館にもどるべくタクシーを拾った。イタリア人ビジネスマンと会う前にやらねばならないＳＤＲを、もういちど最初からやりなおさねばならなくなってしまったのだ。

25

ジャック・ライアン大統領はブレアハウスの自分のベッドのなかにいた。午前零時か、とジャックは思った。そうとわかったのは、主寝室の外の廊下に置かれている大型振り子時計（グランドファーザー・クロック）が時を告げたからである。知っておかねばならないことが真夜中に何も起きなければ、明日は午前六時に起床することになっている。だから、眠りが早く訪れることを彼は願っていた。

だが、すぐには眠れそうにない。今夜、旧ソ連圏でまた新たな動きがあり、それが気になっているのだ。ジェイ・キャンフィールドＣＩＡ長官から、ロシアが機甲大隊一個をベラルーシ国内へ移動させたという報告を受けたのだ。それは侵攻ではなかった。その反対だ。ロシアはベラルーシ政府（ミンスク）の全面的支持を得て実行したのである。ミンスクはロシア政府（モスクワ）が望むことはそれこそ何でもするとライアンにもわかっていた。いまやベラルーシの独裁者はヴォローディンのポケットに完全におさまっているのだ。つまりヴォローディンはベラルーシの大統領を思いどおりに利用できる。

だから、そう、このロシアの機甲大隊の移動が問題なのは、それによってベラルーシ国内で厄介なことが起こりうるからではなく、ベラルーシがウクライナの北隣にあるからなのだ。

ジャックは報告を受けたとき、キャンフィールドCIA長官にこう問うた。ベラルーシに入ったこの機甲大隊でキエフは危うくなったということかね？　それへのCIA長官の答えが、いまもジャックの頭のなかを駆けめぐっている。

キャンフィールドはこう答えたのだ。「はい、大統領。しかし、ウクライナ東部の国境近くに集結しているロシア軍部隊だって、キエフにとっては重大な脅威です。現在のウクライナの国防費では、現有する装備の維持さえ満足にできません。ロシアはその気なら、北、東、どちらからでもウクライナの首都を占領できます」

ロシアによるウクライナ侵略の可能性が日ごとに強まっているとジャックには思える。だから彼はすでにスコット・アドラー国務長官をヨーロッパに派遣していた。むろん国務長官の任務は、ロシアの侵略を事前に阻止する外交努力をすることへの支持をとりつけることだったが、いまのところアドラーは、各国首脳から何の力もない陳腐な個人的発言ならたくさん受けたものの、公式の外交的決定をヨーロッパ諸国から引き出すことにはまだほとんど成功していなかった。

ライアンは明朝、ロバート・バージェス国防長官と会い、ロシアのウクライナ侵攻に関連する軍事的問題を検討することになっていた。侵攻は不可避、時間の問題としか思えなくなりつつあり、それへの対策はやはり練っておかねばならない。

　このようにやるべきことはたくさんあるのだから、いまは現在のことに集中するべきだと思いはするのだが、どんなに頑張っても、昼の会合でメアリ・パット・フォーリがなにげなく口にしたこと――〈天頂(ズィーニス)〉というコードネームの暗殺者と三〇年前に多発した人殺しに関する噂(うわさ)――が頭から消えず、当時のことがとりとめなくよみがえってくる。

　ずいぶん長いあいだ〈天頂〉のことなど考えもしなかった。大統領の職に就いていなかった四年のあいだ、ライアンは回顧録の執筆に取り組んでいたが、これがまたなかなかはかどらず、自分のやったことの多くが極秘事項であるということによってさらにスロー・ペースになってしまった。言うまでもないが、そうしたことは本にあからさまに書くわけにはいかないのだ。

　だが、〈天頂〉事件――当時は〈天頂〉の実在をだれも証明できなかったので〝未確定〈天頂〉事件〟と呼ばれていた――は、極秘事項であるばかりでなく、記録から削除されたも同然になっていた。だからジャックもこの三〇年間、〈天頂〉のことをだれにも話していない。

　だからこそ、メアリ・パットが現在の危機に関連するものとしてそのコードネームを口にしたとき、ライアンはびっくり仰天したのだ。

冷戦時代のことで、いまでも謎のままのものは非常に少ない。〝鉄のカーテン〟が消滅したとき、まるで水門がひらかれたかのように、ほぼすべての答えがどっと流れ出てきたからである。

しかしながら、この〈天頂〉をめぐる謎は、ロシア政府が調査に乗り出したにもかかわらず、解かれずに残ってしまった。

やはりメアリ・パットが正しいのだ、とジャックは思う。遠い過去のたったひとつの情報のかけらにこだわり、いまになってそれに関連することを徹底的に調べ直そうなどというのは、自分らしくない。タラノフは何らかの形で〈天頂〉がやったという暗殺に係わっていたのか？――その答えを知りたいというのは嘘ではない。係わっていたのであれば、それがパズルの重要な一ピースになるし、タラノフの経歴と人となりをより深く理解する一助にもなる。しかし、だからこの件をしっかり調べ直したい、というのは表向きの理由だ。自分に正直になれば、〈天頂〉の件を調べ直すように命じた最大の理由は、それが己の経歴に残る数少ない疑問符――謎――のひとつであるから、というものであることを認めなければならない。どれほどありそうもないことであろうと、ロマン・タラノフがそれにほんとうに関与していたというのなら、やはりその点をはっきりさせたいのだ。

ジャックは目を閉じ、なんとか眠ろうとした。朝になればまた、危険だらけの現在と格ていう贅沢は自分には許されないのだ。
闘しなければならない。だから、危険に満ちた過去のことを考えて眠れぬ夜を過ごすなんていう贅沢は自分には許されないのだ。

サンディ・ラモントは有名人でもある若い部下のことで頭を悩ませていた。心配の種は二つあって、そのひとつは、西インド諸島から帰って以来、ジャック・ライアン・ジュニアはめちゃくちゃに働いていてゾンビっぽい風貌になりはじめている、ということだった。つまりラモントが心配しているのは、社長か会長が廊下でアメリカ合衆国大統領の息子とすれちがい、なんだあのやつれかたはとびっくりし、自分が呼ばれて部下を酷使、虐待していると厳しく叱責されるのではないか、ということだった。

そしてもうひとつの心配の種は、最近モスクワからやたらと電話がかかり、しかもそのすべてが基本的に同じ内容であるということだった。それらはモスクワでジャック・ジュニアのために調査をしていた者たちからの電話で、彼らのしている仕事の一部が当局に怪しまれ、調査員たちが不当な注目のされかたをするようになっている、というのがその内容だった。

ジャックがふたたびガスプロムに関する調査をしているのだ。それは電話から明らかだった。その調査の過程で、アメリカの若者はキャスター・アンド・ボイル・リスク分析社・モスクワ支社の調査員をロシア連邦税務庁のオフィスに送りこみ、記録を請求させたのである。これが税務庁で問題となっているのだ。これはもう、モチヴェーションの極めて高い新入りの部下と話し合って、自分の健康のためにも、またキャスター・アンド・ボイル・リスク分析社の利益のためにも、調査ペースを少々スローダウンさせたほうがいいと、やんわり説得する必要があるな、とラモントは思っていた。ジャックが〈シロヴィキ〉（情報・治安機関か国防機関の出身で、いまは高位にある有力な政治指導者たち）の〝金のなる木〟を集中的に調査しているということを社長のヒュー・キャスターが知ったら、えらいことになると、ラモントはわかっていた。

ジャック・ジュニアはサンディ・ラモントが予想したとおりの場所にいた。終業時間目前になってもジャックは自分のオフィスから離れようとしない。今日もまた、キーボードにおおいかぶさるように前かがみになり、受話器を耳にあてていた。若者が社内の翻訳者のひとりとの電話を終えるのを待ってから、ラモントはオフィスのドアをノックした。

「どうも、サンディ」

「ちょっといいかな？」

「ええ、もちろん。入ってください」

ラモントはジャックの狭いオフィスに入り、ドアを閉めると、もうひとつの椅子に腰を下ろした。「いま何を調べているのかね？」と尋ねはしたが、答えはすでに知っていた。

「ガスプロムとビジネスしているスイスのダミー会社」

サンディ・ラモントは驚いたふりをした。「いいかね、きみ、ガスプロムはたしかに〝ガルブレイス・ロシア・エネルギー社窃盗事件〟の最終受益者ではあるが、実際に同社を盗んだ会社ではない」

「そうでしょうか、わたしはそこまで確信できません」

「きみきみ、だって、盗品を買った者は、違法に取得されたものと判明した場合には、それを返却しなければならないのかもしれないが、自分が犯罪をおかしたということにはならない。われわれがやらねばならないのは、ガルブレイスとその弁護士たちが実際に巧妙な取引をした会社の犯罪性を証明できるように、証拠となる情報を見つけて提供することであり、そうした取引が終わったあとで、ただ資産を買っただけの会社、ガスプロムを告発することではない」

ジャック・ジュニアは言った。「これは大きなことなんです、サンディ。ガスプロムまでたどって行けるかもしれないのです。大物たちが所有するガスプロムまでね。キャスター社長が二の足を踏むのはわかります。ですから可能なかぎり用心して進めているんです」

分析をエネルギッシュに進めるやる気満々の部下にアクセルペダルを踏むのをやめさせるのは、なんとも難しい仕事だと、ラモントにもわかっていた。彼は溜息（ためいき）をなんとか抑えこんだ。「どこまでわかったのかね？」

ジャックは答えた。「アンティグア島の弁護士ランドルフ・ロビンソンのごみのなかにあった文書類のデータをすべて調べましたら、ショール・バンク関連の書類が一通ありました。ショール・バンクは例のＩＦＣ持株会社(ホールディングス)の裏にいる人々が所有していると思われる銀行です。問題の書類は、ドイツのある会社がショール・バンクの口座に送金したことを示すものです。わたしはその会社を調べてみました。株主情報から名前やアドレスをたどってどんどん突き進み、その会社が取引したさまざまな子会社に探りを入れ、それが買収資金を借りたさいの融資契約書の署名者も調べてみました」

「で、それはどういう会社なのかね？」

「ドイツは天然ガスをガスプロムから買っています。それはスイスで登記・設立されたドイツの会社で、ドイツ政府が支払う天然ガス料金を受け取り、それをガスプロムのために処理しているのです」

「処理している？」

ジャックは笑いを洩(も)らした。「ええ、そうです。その会社は中継ぎをしているだけなのです。まずドイツがその会社のスイスの口座に電信送金し、次いでその会社が〝処理料〟を引いてロシアに電信送金するのです。まだ正確なところは摑(つか)んでいませんが、理由があってガスプロムはその会社を利用しているのです」

ラモントは返した。「だれかがその差額を得られるように、ガスプロムがドイツに不当に高い料金を請求しているということだな、明らかに」

「ええ」ジャックは応えた。「でも、それよりもっとひどいことがあります。ドイツはガスプロムの求めに応じて、ジュネーヴのコンサルティング会社に一〇〇〇万ドル支払い、しかもセントジョンズのショール・バンクを使って送金したことがわかりました。そのコンサルティング会社の所有者を隠蔽する工作もおこなわれていて、いまそのへんを調べているところなのですが、それはダミー会社、もしかするとダミー会社が抱えるダミー会社でしかないと確信しています。一〇〇〇万ドルというのはリベートのようなものでしょうね。いまのところ言えるのは、このジュネーヴのコンサルティング会社の役目はただひとつ、秘密の支払いを容易にするということです」

「たしかに賄賂の支払いが超簡単になる」ラモントは言った。「そういう会社は書類上存在しているにすぎず、違法な偽の送り状しか作成しない」

「そう」ジャックはそのあたりはよく知っている。「ガスプロムとの売買契約にオーケーを出したドイツの当局者が、自分へのリベートを祖国が秘密裏に支払えるように、真の所有者がわからない会社をジュネーヴに設立した、ということでしょうね」

そういう世界を相手にしてきた期間は自分よりもラモントのほうがずっと長く、彼を驚かすのはなかなか難しいと、ジャックにもわかっていた。「たった一回の支払いで一〇〇〇万ドルです。これまでにスイスの〝中継ぎ会社〟経由でドイツからガスプロムに支払われた金は四〇億ドルを超えます。そのうちのいくらがすくいとられ、最終的にどこへ行ってしまったのかは、まったくわかりません」

ラモントは褒め言葉を口にした。「いやあ、見事な仕事ぶりだ。ジャック・ライアン・ジュニアの面倒を見てくれと、ご老体のキャスターに言われたとき、どうせ名前だけ立派なかわいい顔をした若造でしかないだろうと、わたしは思った。ところがどうだ、いまやわたしは、これでは遠からずきみにいまの地位を奪われてしまうぞと不安になりはじめ、あとから追いかけてくるきみを、ちらちら肩越しに見やるようになってしまった」

この褒め言葉はジャックも嬉しく、ありがたかったが、理由があってお世辞を言われているのだということにはうすうす気づいていた。「好奇心旺盛なのは父親譲りだと思います。面白い謎を徹底的に探るのは大好きです。でもね、正直なところ、わたしの望みはそうした謎を解くことだけです。部課長、ましてや社長になる野心なんて、わたしにはありません」

サンディ・ラモントは言った。「わたしも昔は闘犬だったよ。一九九〇年代後半のことだ。当時ロシアはまったくちがう生きものだった。金の鎖を身につけた野郎たちが互いに後頭部をねらって撃ち合っていた。いまは金の亡者のペテン師ばかりいて、とてもひどい時代のように思えもするが、九〇年代に比べたらまだ天国のようなものだ」

「まあ、アンティグア島ではならず者たちに襲われましたけどね」

「だから、それだよ。体験するなら、せいぜいあのていどの暴力行為までと願いたい」

ラモントがいよいよ講釈を開始する準備をととのえ、説得にかかろうとしたとき、ジャックが素早く言葉を割りこませた。

「それからですね、ランドルフ・ロビンソンのデータから別のものも見つかりました。『今年の三月一日に、ショール・バンクの重役たちがスイスのツークの銀行と話し合うためにそこへ飛行機で向かった』という内容のメモが見つかったのです。天然ガス契約の全容を解明する鍵（かぎ）は、そこにあらわれたショール・バンクの重役がだれであったかを見つけることだと、わたしは判断しました」

ラモントは両眉（まゆ）を上げた。「旅行記録？」

「はい。でも、調べるのは大変でした」

「そうだろうなあ。いちばん近い空港というとチューリッヒ空港で、そこに着陸する便は一日に一〇〇はあるにちがいない」

ジャック・ジュニアはうなずいた。「その会合の前の七二時間にロシア国内から到着したすべての便の乗客を、出発地がどこであろうと、調べました。ただし、チェックしたのはファーストクラスの乗客だけです。なぜなら、そう、問題の人々は一二億ドルを不正に稼いだ者たちであり、もし航空会社の便で行くならエコノミークラスには乗るまいと考えたからです」

「まず間違いないね」

「その期間、昼も夜も途切れなく、ＣＥＯやＣＦＯが旅客機でチューリッヒにやって来ていましたが、あのレベルの不正行為をやってのけられるほどのコネクションと力を持ち合わせている者はひとりもいませんでした」ＣＥＯは最高経営責任者で、ＣＦＯは最高財務責任者。

ラモントは言った。「自家用ジェット機もチェックしたんだよな」

「ええ、もちろん。たぶん自家用機を調べなければならなくなるだろうなと、最初から思っていました。そこでまず、公開されているものをすべて調べました、いちおうきちんとチェックしましたが、しつこく調査することはしませんでした。というのも、そういう連中は非公開便（ブロック・フライト）で来ると考えていたからです」

「何だね、それ？」

「スイスの航空管制はスカイガイドという会社が受け持っています。このスカイガイドは、ちょうどアメリカのＦＡＡ――連邦航空局――のような仕事をしていて、その気ならフライト情報をブロックし、一般大衆にそのすべてを知られないようにすることができます。アメリカでも事情は同じです。上手に頼むだけでこれは可能になり、ＦＡＡは自家用機の所有者情報や飛行経路を隠してくれます。ビジネスの世界では競争相手の他社にＣＥＯの動きを追跡されることなく商売できるということが必要になりますし、映画スターはパパラッチを避けたい。さらに警備の問題もありますしね」

ラモントは返した。「もっと世間に隠しておきたい種類の理由もたくさんあるにちがいない」

ジャックはうなずき、コーヒーに手を伸ばした。「ありますよね、間違いなく。ともかく、登録番号の記録に目を通しただけでは怪しいジェット機を追跡調査できないとわかっていたので、チューリッヒ空港の管制塔の七二時間分の音声ファイルをダウンロードし、それを音声テキスト変換ソフトに読みこませてテキスト化しました。フライト・ナンバーがブロックされ、どの航空記録にも記載されていないとしても、着陸する航空機は管制塔と交信しなければならず、そのさいフライト・ナンバーを使わざるをえません。わたしはテキスト化した音声ファイルから自家用機の登録番号をすべて拾いだし、それらの飛行機を一機一機詳しく調べてみました」

サンディ・ラモントはジャック・ライアン・ジュニアの執念、執拗さに驚愕した。「いやあ、前にも言ったけど、きみはやっぱり闘犬そのものだね」

「たいして難しい作業ではありませんでしたよ。インターネットで調べても飛行経路さえわからない非公開便を探せばよいとわかっていましたから。むろん、いくつか見つかりました――スイスに飛んでくる怪しい会社の自家用機はたくさんありますからね。で、そのなかに、例の会合がひらかれる当日の三月一日の午前九時三〇分に着陸した、登録番号N

ＳＡ３３８５のエアバスＡＣＪ３１８がありました。ＡＣＪ３１８というのは、寝室、ラウンジ、座席エリアのほか、ドアを閉じられる会議室さえ備えている、ビジネス・ジェット機です」

「そりゃ、えらく高価なジェット機だぞ」

「その航空機を調査しましたが、何も見つけられませんでした。そこでチューリッヒ空港の駐機場にあるＦＢＯ――運行支援事業所――の記録をのぞいてみました。すると、その日の午前中に、一機のＡＣＪ３１８が給油していることがわかりました。そしてその料金はある持株会社の傘下にあるチューリッヒを本拠とする会社が支払っており、その会社がまた、数カ月前に同じＦＢＯで別の飛行機が給油したさいの料金をも支払った、ということもわかりました。さらに、それがサンクトペテルブルクのレストラン・グループが所有する機であることもわかりました」

ラモントは首をかしげた。「サンクトペテルブルクのレストラン・グループ？」

ジャックはにやっと笑った。「そうです。カリブ海はアンティグア島のランドルフ・ロビンソンの顧客である、あのレストラン・グループです。ロビンソンはそのグループのダミー会社を設立し、ＩＦＣが所有するショール・バンクの管理・運営にも携わっています」

ラモントは言った。「そのレストラン・グループに係わる者の名前までたどり着けたのか？」

　ジャックはメモに目をやった。

「ええ。ドミトリー・ネステロフ。レストラン・チェーンの所有者。ただ、それ以外のことは何もわからないのです。わたしはその男のことを徹底的に調べました。どこかの経営学大学院(ビジネス・スクール)へ行った形跡はまったくなく、ロシアの国会議員でも大統領府(クレムリン)の職員でもない。

　でも、この四カ月のあいだに一二〇億ユーロ以上の価値がある石油・天然ガスのインフラを買収した会社の長ではある」

「とても信じられん」

「ええ」ジャックは言った。「ネステロフが何者なのか知る必要がありますね。それに、クレムリンがなぜ、ガルブレイス・ロシア・エネルギー社への〝襲撃(レーイダルストヴァ)〟によってこの男に一二億ドルを稼がせたのかも、知っておく必要があります」

　ラモントはうなずいたが、それはためらいがちな慎重な仕種(しぐさ)だった。彼はこのアメリカ人の手柄を認めないわけにはいかないと自分に言い聞かせた。ガルブレイス・ロシア・エネルギー社の件では、ジャックはほかの社員にはとうてい到達できない地点にまで達してしまったのだ。ガスプロムの不利益になるような仕事をする者が社内にひとりでもいるということ自体、ヒュー・キャスターには我慢ならないことなのだと、サンディ・ラモントにはわかっていたが、ジャック・ジュニアはすでに有力な手がかりを摑んでしまったのであり、上司のイギリス人は、ここまで来たらもう邪魔をすることはできないという気持ちになっていた。

ジャックは訊いた。「ほかに話したいことがあったんじゃないですか？」

ラモントは勢いよく首を振った。「いや、ぜんぜん。仕事をつづけてくれ」

26

キエフという現場の状況は日に日に悪化していっているように思えた。最初、市の中心部にある大きな独立広場では、ナショナリズム支持のウクライナ人たちが連日、演説をするという程度だったが、わずか数日のうちに参加者が一万人にもなる集会がおこなわれるようになり、そこでの演説、横断幕、スローガンに反ロシア的な傾向がはっきり見てとれるようになった。

親ロシアのウクライナ人がそれに対抗して、独立広場の反対側で同じように毎日、集会をひらくようになり、この国が二分されてしまったことが丸見えになった。警察はこの険悪な対立が自然に弱まることを期待したはずだが、双方の〝陣地〟にテントが立ちだすにおよんで、そうした希望はすべて消し飛んでしまった。ナショナリストと親ロシア派の衝突が起こるようになり、それはどんどん狂暴なものになっていった。

　衝突が起こると警察の治安部隊が中に入り、毎日のように催涙弾と火炎瓶が飛びかい、逮捕者と負傷者の数は日ごとに積み重なり増えていった。

　こうしたことはキエフだけの現象ではなかった。クリミア半島のセヴァストポリでは、多数派であるロシア系のスキンヘッドの集団が、ナショナリストやタタール人の商店のウィンドウをたたき割り、通りにあるものに火をつけ、だれということなく適当に人を捕まえては袋叩き(ふくろだた)きにした。

　クラークが突然キース・ビクスビーの前に姿をあらわして〈傷跡のグレーブ〉監視を手伝いたいと申し出た日の翌朝、マンションで眠っていた〈ザ・キャンパス〉の工作員たちは、外から聞こえてきたサイレンの音で目を覚ました。独立広場から二、三マイル離れていたにもかかわらず、スローガンを叫ぶ群衆が立てる音が、三階にある彼らの隠れ家(セーフ・ハウス)までのぼってきた。

　なにしろ偽装がジャーナリストということだったので、ジョン・クラーク、ドミンゴ・〝ディング〟・シャベス、ドミニク・カルーソー、サム・ドリスコルの四人は、急いで着替え、カメラとマイクをひっつかみ、階下へと向かった。通りに飛び出すと、そこは街中ではじまった抗議デモ行進のまん真ん中だった。デモは自然発生したかのように見え、独立広場へまっすぐ向かっていく。だが、デモ隊の横断幕や痛烈な罵倒(ばとう)の言葉から、ウクライナ西部からやってきたウルトラナショナリストのグループであることは確かだった。

　まさか彼らはウクライナ西部から歩いて首都まで押しかけてきたわけではないだろう。きっと夜のうちにある場所までバスで運ばれ、そこから歩いて〝自然発生した〟デモをはじめたのだ。

　デモ隊が通りすぎると、四人は三階の部屋へもどった。クラークは協力の申し出をCIAキエフ支局長にきっぱりとはねつけられてしまったので、あとは自分なりの即興でやっていかなければならないと悟っていた。仲介・調整役として雇ったイゴール・クリヴォフは元警官で、この都市の暗黒街に生きる者たちをかなり知っていたので、クラークはその方面から探りを入れ、できるだけ情勢を正確に把握しようと気を配ることにした。

　朝食をすませるとすぐ、クラークは隠れ家にいる男たちに告げた。「イゴール、ディング、おれで、ちょいと外に出て、軽く偵察してくる」

　ドミニク・カルーソーが言った。「なるほど、ロシア語をしゃべれる者同士で外をぶらついてこようというわけですね。サムとわたしは専門ばかとお留守番ですか」

　ギャヴィン・バイアリーはラップトップのひとつを使って猛然と仕事をしている最中だった。彼はめまぐるしく動く指をとめもせず、言った。「わたしは達人であり、専門ばかではない」

　〝ディング〟・シャベスが言った。「イゴールにいろいろ案内してもらい、〈傷跡のグレーブ〉の情報を得るつもりなら侵入しなければならない世界に近づけてくれる人々と会ってくる」

ドリスコルが返した。「つまり、麻薬売人、ポン引き、人身売買業者に会いにいくというわけですね。行ってらっしゃい。せいぜい楽しんできてください」

「ああ、そうする」クラークは応(こた)えた。

ヴァレリ・ヴォローディン大統領は今宵(こよい)もまた、お気に入りのインタヴュアー、タチアナ・モルチャノヴァとともに新(ノヴァヤ)ロシア・テレビの『夜のニュース』に出演した。今夜の話題は中国と新たに結んだ貿易協定だったが、毎度のことながらモルチャノヴァは、ヴォローディンの気分次第でインタヴューがどう展開していくかわからなかったので、広範囲にわたる話題に対処できるようにメモや関連質問を準備していた。

ヴォローディンはいつものようにカメラをまっすぐ見つめて話した。そしてヴォローディンの〝答え〟は、モルチャノヴァの質問に対する答えというより、彼がこのスタジオまでわざわざ足を運んで『夜のニュース』の視聴者にわからせたいと思った一方的な論点だった。

ヴォローディンは頑丈な顎(あご)に力をみなぎらせ、高慢そうな目でカメラのレンズをじっとにらみながら言った。

「わたしはここに中華人民共和国の友人たちと新たに貿易協定を締結したことをお知らせいたします。これによって、われら二大国のエネルギー安全保障関係は強化されます。わが国は中国への石油輸送量を倍増し、中国の成長に必要なエネルギーを確実に供給します。これで、エネルギー窮乏状態にして中国を思うままに動かそうとする欧米のたくらみは打ち砕かれ、われら二大国の市場はより強くなります。パイプラインはほぼ即座に建設が開始されます。陸上の輸送ルートはすでに決定しました。いくつもの橋が架けられ、二国間を結ぶ高速鉄道の建設も進められます。共同事業協定によるシベリアでの石炭探査・開発もすでにはじまっています。

われら二大国は、過去の紛争を忘れ去り、手をたずさえて世界最大の市場を創出します。アメリカがいわゆる『アジア最重視政策(ピヴォット)』をとり、昨年、中国本土への違法な攻撃を実行したため、中国はロシアと友好関係をたもち、経済協力を促進するのが得策だと悟ったのです」

黒髪の美人ニュースキャスターは思慮深そうにうなずき、次の質問を口にした。その質問は事前にプロデューサーが書いたものだったが、彼女はあたかもヴォローディンの最後の答えへの反応として、いま頭に浮かんだものであるかのような訊(き)きかたをした。「大統領、この中国との関係強化はロシアと欧米との関係にどのような影響をおよぼすとお考えでしょうか?　最近のNATOおよびアメリカとの紛争を心配しているロシア人もおります。そうした人々は、今後わが国の経済は打撃を受けるのではないかと恐れています」

ヴォローディンはタチアナ・モルチャノヴァをまっすぐ見つめた。

「その反対です。それとは正反対のことが起こるというのが真実です。わが国の勢力圏では、アメリカはもはや世界の支配者として振る舞うことはできません。彼らは大騒ぎしたり、相も変わらずＮＡＴＯを拡大するぞと言って威嚇したり、国際舞台でいろいろ脅しつづけることもできるでしょう。でも、ヨーロッパはわが国の製品とサーヴィスを必要としているのです。

ロシアと中国が新しい世界秩序を創りあげたいま、欧米の子供じみた恫喝など、もはやいっそう小さな効果しかもたらさなくなってしまったのです」

「大統領、いまのロシアを大国だとお考えですか？」

ヴォローディンは微笑んだ。

「二〇世紀の超大国がアメリカと旧ソ連であったことは、だれも否定できません。ソ連の崩壊は前世紀最大の悲劇のひとつであります。わたしはロシアの最高指導者でありますので、これ以上のことを言うとかならず、欧米から共産主義者との汚名を着せられます。言うまでもありませんが、これほど馬鹿げた非難はありません。なぜなら、率直に申し上げて、現代ロシアの自由市場でわたし以上に成功した者がほかにいるでしょうか？

しかし、ロシアの歴史を理解していないのは欧米のほうです。たしかにソ連の経済モデルには欠陥がありました。しかし、国そのものは強かったのです。計画経済から市場経済への移行時に、われわれは〝道にできた氷に足を滑らせる〟ということが何度もありましたが、いまから考えますと、〝道路に水を撒いて凍らせた〟のは欧米だったのです」

「要するに、現在、欧米がロシアにおよぼしうる影響力は以前よりも弱まっていると、おっしゃりたいのですね？」

ヴォローディンはうなずいた。「まさにそのとおりです。ロシアは国益に——国益のみに——基づいて進むべき道を決定いたします。しかし、それはまた近隣諸国の利益にもなるものなのです」

彼はカメラに向かって微笑みかけた。「強いロシアこそが地域の安定をもたらし、確執を排除できるのです。わたしはロシアを強くすることが自分の責務だと考えております」

27

ジャック・ライアン大統領はその日の仕事を午前六時にオーヴァル・オフィス（大統領執務室）ではじめた。ブレアハウスでは依然としてよく眠れなかったので、それならその眠れぬ時間を活用してしまおうと、ふつうよりも一時間ばかり早く仕事に入ってしまったのだ。

そしていまは午前八時、もうライアンは疲労で動きが鈍くなっていた。睡眠不足で国家の最高職責を果たすのは難しくはあったが、この地球でいちばんおいしい部類に入るコーヒーで自分を奮い立たせることができるのはまだしも幸運だとジャックは思わざるをえなかった。

朝の会合のためにメアリ・パット・フォーリ国家情報長官がやって来ると、ジャックはまず最初に彼女のカップにコーヒーを注ぎ入れ、自分にも今日二杯目を注いだ。朝のうちにそれだけカフェインをとると、午後早くにはその報いを受けるとわかっていたが、抑えが利かなかった。

では始めようかとなったちょうどそのとき、ライアンの執務机のインターコムが呼び出し音を発した。スピーカーから秘書官の声が飛び出した。「大統領、マリー司法長官がお見えです」

「入れてくれ」

ダン・マリー司法長官がきびきびと足早にオーヴァル・オフィスに入ってきた。分厚い眼鏡レンズの奥の目が興奮で輝いていた。

ライアンは立ち上がった。「目が輝いているぞ、ダン」

マリーはにやりとした。「ええ、いい知らせがあるんです。セルゲイ・ゴロフコに毒を盛った人物を見つけました」

「おおっ。聞かせてくれ」

マリーは説明をはじめた。

「幸か不幸か——そのどちらであるかは見方によりますが——わたしはポロニウム中毒事件の捜査に取り組んだ経験など皆無でして、適切な装置さえ使用すれば、ポロニウムほど跡を追うのが容易な物質はほかにあまりないということも今回わかりました。

ポロニウム210は持ち運ばれたすべての場所に痕跡（こんせき）を残します。ですから『這いまわる（クリーピング）』とも呼ばれます。われわれはゴロフコの移動を逆にたどることができました——ホワイトハウスからワシントンDCのホテルへ、ロナルド・レーガン・ワシントン・ナショナル空港でゴロフコ一行を乗せたリムジンへ、さらにカンザス州ローレンスへ。彼が立ち寄ったすべての場所に、座ったり触れたりしたあらゆるものに、ポロニウムの同位体の痕跡が残っていました。

ゴロフコはカンザス大学のホール・センターで講演をおこない、学生との質疑応答もしました。ローレンスのホテル、レンタカー、講演をしたホールの演壇上の書見台、待合室、彼が準備をした楽屋のトイレ——そうしたものすべてにポロニウムの痕跡がありました」

マリーはここでほんの少しにやっとした。「でも、そこまで……その先にはたどれないのです、まったく」

ライアンは首をかしげた。「まったく？」

「はい。ゴロフコが大学へ行く前に朝食をとった場所。無検出。彼がダラスからローレンスへ行くのに搭乗した旅客機。クリーン。ダラスのホテル。クリーン。今回の旅行の他の立ち寄り地点もすべて検査しました。ホテル、車、レストラン、航空機……ありとあらゆるものを検査しました。歓迎するカンザス大学生と最初に会った部屋に入る前のゴロフコの立ち寄り先からは放射能はいっさい検出されませんでした」

メアリ・パットが声をあげた。「袋小路に入ってしまったということのようね」

「ふつうそう思いますよね。ところが、別のところで痕跡がまた見つかったのです。簡単に言ってしまうと、キャンパスのカフェテリアの厨房にあったグラスがひとつ、ゴロフコが滞在したとき以降にも洗われていたにもかかわらず、暗闇で光ったのです。関係者に話を聞いたところ、ゴロフコは演壇上でスプライトを飲んだそうです――グラスはそのときのものだとわれわれは考えています。

それで、ゴロフコが来たときにカフェテリアで働いていた人々のリストをもらい、一人ひとり聴取することにしたんですが、従業員用のロッカールームというものもあり、まずはそこの検査からはじめました。ロッカーを検査したのです。で、そのひとつに痕跡が見つかりました、内にも外にもね。そしてそのロッカーは二一歳の学生が使っているもので、しかもその学生は、演壇にのぼる前にゴロフコに飲みものをわたした人物でもあったのです」

「その学生、まさかロシア人じゃないだろうね？」

「女性でして、ロシア人ではありません。ベネズエラ人です」

「なんてこった」ライアンは思わず声を洩らした。ベネズエラはロシアとは盟友関係にある。もしベネズエラが暗殺目的でアメリカに工作員を送りこんだとなれば、すでに充分に悪化している両国関係はさらに傷ついてしまう。

マリー司法長官は言った。「ＦＢＩは彼女をしっかり監視し、この新たな進展に適した捜査を進めることにしましたが、まずは、ほかの人々が被曝する危険があるポロニウムはもう存在しないという確認を絶対にとっておかねばなりません。うちの専門家たちによると、彼女は大量のポロニウムを不用意に取り扱ったのではないかと思われ、たぶんあと数週間しか生きられないのではないか、ということです。しかし、もし彼女がゴロフコの飲みものに混入させたもの以上のポロニウムを持っているとしたら、われわれはできるだけ早くそれを見つけ、鉛張りの容器に放りこまないといけません」

ジャックは溜息をついた。「その女性を逮捕したまえ」たいして難しい選択ではなかった。ただ、これで彼女がロシアの情報機関員と会っているところを写真に撮る機会を逸することになるかもしれず、残念だという思いは残った。

メアリ・パット・フォーリ国家情報長官が訊いた。「その女についてわかっていることは？」

「名前はフェリシア・ロドリゲス。一五歳のときからカンザス州在住。ベネズエラの首都カラカスに住む祖父母に会いに何度か帰郷したことはあるが、向こうに長期滞在したことはない。現役の諜報機関員、工作員とは思えない。ベネズエラの支配権力に動かされているとも思えない」

ジャックは言った。「しかし、こんなことを彼女が知らずにやったとは考えられない」

「当然、自分がゴロフコの飲みものに何かを入れるということはわかっていたでしょうが、うまいこと騙されていたのではないかと思われます。ロドリゲスのロッカーにポロニウム210の痕跡がたくさん残っていたところを見ると、彼女は自分が放射性物質を扱っていたとは知らなかったのではないかと、うちの専門家たちは言っています。ゴロフコの飲みものにルーフィーを入れるだけなんだと思っていたのかもしれません」

「ルーフィー？」

「ええ、強力な催眠作用があるフルニトラゼパムという薬です。これを飲むと、ろれつが回らなくなって、うまくしゃべれなくなり、耄碌してぼけてしまったように見えますからね。キューバが敵の評判を落とすためにこのような手を使ってきました」

「そう、そのとおり」メアリ・パットもそのへんのことはよく知っていた。

マリー司法長官が腰を上げた。「失礼して電話をかけに行きます。フェリシア・ロドリゲスを逮捕させませんと。身柄を病院に収容し、隔離します」マリーは言い添えた。「むろん、その隔離所の警備は厳重にします」

マリーがオーヴァル・オフィスから出ていったとき、ライアンの秘書官がロバート・バージェス国防長官と統合参謀本部議長のマーク・ジョーゲンセン提督の到着を告げた。二人は朝の会合のために訪れたのだが、ライアンは入ってきた彼らの顔を見るなり、もっと喫緊のことが頭にあるなと見てとった。

「どうしたんだね？」

バージェス国防長官が答えた。「ロシアの国防相が今朝、軍事演習を今日から黒海でいくつかつづけてスタートさせるとの声明を発表したのです。そして、その発表から一時間もしないうちに、黒海艦隊の艦艇が次々に動員されはじめ、ほぼ全艦隊が演習に参加する勢いです。すでに二五隻以上の艦艇が錨を上げてセヴァストポリ港から出ていきました」

「ロシアはごくふつうの演習にすぎないと言っているわけかね？」

「そういうことです」

「脅威の度合いは？」

「わかりません。演習内容があらかじめ知らされないというのが、控え目に言っても不安なところです。内容は現在決められているところのようですが、それを知ることは不可能です。ロシアとウクライナとの協定で、参加兵員七〇〇〇名未満の軍事演習は、事前に決めた予定を知らせなくてもよい。となっているのです」

「ほんとうに七〇〇〇名未満の演習になるのだろうか?」

「それはどうでしょうか?　主要水上戦闘艦三六隻がすべて参加しても、乗組員の水兵の合計は七〇〇〇名未満ですが、演習には陸上に基地をもつ航空部隊の航空機も、数まではわからないものの、加わります。おまけに、ロシアの発表では、空挺部隊、ＧＲＵ特殊任務部隊、海兵隊も演習に参加するそうです」

ジョーゲンセン提督が言った。「判断材料は声明しかないのですが、大統領、わたしとしては最小でも二万五〇〇〇名ほどの将兵が参加すると考えます」

「つまり、ロシアがすでにベラルーシに移動させた部隊に、それだけの兵力が加わるということだね?」

「そうです。さらに、ウクライナ東部の国境のロシア側に集結している戦闘部隊もあります」

ライアンは鼻柱を指先でもんだ。「侵略するつもりなんだな」

バージェスが応えた。「たしかにそのように見えます。ヴォローディンはこれまでも何かにつけて武力で威嚇してきましたが、今回はかつてない規模の動員です。エストニア攻撃にもこれほどの兵力は投入されませんでした」

ライアンは言った。「クリミアのほうが大きな獲物だからね」

「ええ、まさに」

「われわれの選択肢は？」

「限られています」

「強く出るという方面で限られているのかね？　それとも他の方面の選択肢が限られているのかね？」

バージェスが答えた。「軍事的には、われわれができることはたいしてありません。黒海にはわが国の艦艇が数隻おりますが、黒海艦隊を威嚇してその作戦行動に影響をおよぼせるほどの力はありません。外交面での選択肢については、アドラー国務長官が考えるべきことではないでしょうか」

ライアンはうなずいた。スコット・アドラーがワシントンに戻り次第、その点を協議する必要があるな、とジャックは思った。

そして彼はモスクワのヴォローディンに思いを馳せた。やはりヴォローディンは何でもやりたいようにしているのではないか。ともかく、そういう噂がある。しかし、それは真実なのか？　ヴォローディンと犯罪組織が結託しているという噂が広まっていることはライアンも知っている。いまのところ、ヴォローディンが犯罪活動に関与した証拠をしっかり押さえた者などひとりもいないのだが、ライアンとしては、あの不愉快な野郎がギャングどもに弱みをにぎられていて、マフィアとの汚い取引にどっぷりつかっている、と想像するのが好きだ。だが、真実はおそらくその正反対なのだろう、とジャックも思う。なにしろヴォローディンは、ロシアという国の軍隊、内務省、情報機関を完全に支配しているのである。やはりロシアにおける唯一無二の最高権力者であることにほぼ間違いなかろう。

ライアンは訊いた。「それで、ウクライナ軍は弱い、ということだったね？」

ジョーゲンセン統合参謀本部議長が答えた。「はい、たいへん弱いです。ウクライナの国防費はGDP比では一％で、途方もなく多いように思えますが、実際はわずか二〇億ドルです。それでは新しいシステムや装備を買うことができません。現有の装備を維持するのがやっとです」

「戦術および戦闘教義は？」

「国境での抵抗。防空力はかなりありますが、それだけです。ウクライナはNATOの〈平和のためのパートナーシップ〉というプログラムに参加しているので、アメリカは三〇〇人ほどの軍事要員を同国内に派遣することができています。現在、グリーンベレー隊員がウクライナの歩兵隊の訓練にあたり、デルタフォース隊員がCIAと協力してクリミア半島情勢関連の情報収集をおこなっています。いま入りつつある現在の状況に関する報告はみな芳しくないもので、次のような結論を支持するものばかりです――すなわち、ロシアはクリミア半島とウクライナ東部を占領し、ウクライナにできることは最良の場合でもロシアに〝鼻血をちょっと出させる〟ていどであり、それでロシアが痛かったと思ってくれれば、もしかしたらヴォローディンは戦闘部隊を西部のキエフまでは侵攻させないだうのか」

「いやはや」ライアンは言った。「領土をたっぷり失うというのが最良のシナリオだというのか」

「残念ながらそのようです」

ライアンはしばし考えこんだ。「陸上にいるわが国の兵士たちだが、彼らは戦闘がはじまったときには速やかに逃げ出さないといけないということがわかっているのかね？」

「はい、大統領、彼らはぐずぐずせずに急いで脱出し、ロシアとの戦闘を避けます。すでにわたしは頭を下げて目立たないようにしていろと全員に命じました。クリミア半島の主要都市、セヴァストポリとオデッサでは、早くも危険な状況になってきました。親ロシア派の抗議行動が街のいたるところで発生し、野火のように急速に広がっているのです。住民のかなりの部分がロシアの侵攻を望んでいます。ウクライナは暴動の一部の鎮圧に軍を投入していまして、それで警察国家のようにも見えだしており、ロシアによる〝解放〟を支持する住民の数が増えるという結果になっています」

ライアンは不満をあらわにしてうめくように言った。「気に入らないことばかりだ」

「はい、大統領」マーク・ジョーゲンセン提督も同じ思いだった。

まだ二人が話しているうちに、ライアンの秘書官がドア口に姿をあらわした。「失礼します、大統領、マリー司法長官から電話が入っております」

これにはジャックも驚いた。ダン・マリーは五分前にここオーヴァル・オフィスから出ていったばかりなのだ。「つないでくれ」とライアンは言ったが、ジョーゲンセン提督とバージェス国防長官のほうに向きなおった。「国家安全保障問題を担当する者たち全員が参加する会議を招集したい。ロシアの侵略を阻止するためのあらゆる選択肢を検討する。七二時間後にその会議をひらくことにしよう。きみたちの手のなかにある最も優秀な者たちを目いっぱい昼も夜も休みなく働かせてくれ。実行可能な選択肢をすべて知りたい」

国防長官と統合参謀本部議長はオーヴァル・オフィスから出ていき、ジャックは執務机に戻って受話器をとった。「どうした、ダン？」

「残念ながら、悪い知らせです。フェリシア・ロドリゲスが車に轢かれまして、死亡しました」

「うわっ、まいった。逮捕されるものとばかり思っていた」

「わたしが逮捕を命じる電話をかけている最中に連絡が入ったのです。監視チームが彼女を見張っていたのですが、助けられるほど近づいていませんでした」

「で、彼女を轢き殺した車は？」

「逃げました。轢き逃げです。現場は彼女のアパートメントの駐車場で、防犯カメラはなし。監視チームはすぐに追える状態になく、車に乗りこんだときにはもう、轢き逃げした車は消えていました。現在、同型・同色の車を懸命に探していますが、それは間違いなく盗難車で、どこかの陸橋の下で燃えているところを発見されるにちがいありません。一週間分の給料を賭けてもいいです」

ライアンは中空に目をやった。「きみはどう思う？　プロの仕事だろうか？」

「まず間違いないでしょう」

「ロシア？　それともベネズエラ？」

「わからないのはその点だけですね。だが、どちらにせよ、とても厄介な国際問題となります」

「ただ、どちらであっても、全体の指揮をとったのはロシアにちがいない」ジャックは言った。「ともかく、真実を見つけ出し、それを世界に知らせないといけない」

「ええ、もちろん。すでにその方向で取り組んでいます。申し訳ありません。ジャック。もっと素早く動くべきでした」

ライアンの耳は司法長官の声ににじむ落胆を聞き取った。

「これできみの仕事はいっそう難しくなるな、ダン。だが、死んだ女性を気の毒だと思いすぎないほうがいい。先ほどきみから聞いた話では、彼女もポロニウムを浴びたというじゃないか。入院中のセルゲイ・ゴロフコに会った夜以来わたしは、ああいう状態になるくらいなら、忌まわしい車に轢き殺されたほうがずっとましだと、自信をもって言えるようになったよ」

28

一日中、クラークとシャベスはクリヴォフに導かれて、バーからバーへの旅をつづけた。立ち寄るバーはいかがわしさをどんどん増していったが、二人がのんびり構えてビールを飲んでいるあいだに、クリヴォフがその周辺にいるキエフ暗黒街(アンダーワールド)の者たちに電話をかけメールを送る、というスタイルは変わらなかった。三人は混乱のきわみに達していた独立広場から遠く離れたところを移動していて、市の中心部から完全にはずれた労働者居住区から出ることはなかった。それぞれのバーで、やって来た男たちは、店に入るとまず、遠くからテーブルに陣取るジャーナリストたちを仔細(しさい)に観察した。そして、かなりの者がそのまま回れ右をして帰ってしまった。

だが、そうした怪しげな人物たちの半数は、バーのなかに入って二人のジャーナリストと地元の仲介・調整役(フィクサー)をじろじろ観察したあと、ほんとうにテーブルまでやって来て、腰を下ろした。麻薬売人、人身売買業者といった人々で、なかには「ドイツの通りにとまっているどんな車でもちょうだいして、ウクライナのどの家の庭内路にも入れられるぜ——金さえもらえればな」と豪語した男もいた。キエフの暗黒街のことをじかに知るこうした男たちから、クラークとシャベスはこの都市(まち)の犯罪組織の仕組みや現状についてたくさんのことを学んだ。

やはりロシアの犯罪組織の代表がキエフで活動しているというのは事実だったが、それと同時に、ＦＳＢ（ロシア連邦保安庁）要員がやたらに動きまわって夥しい数の積極的作戦を展開しているようだということもわかり、クラークとシャベスはびっくりした。

街中で衝突が発生しているというのも、新たにわかった心配な情報だった。前年、ナショナリズム政党が、一連の汚職スキャンダルに巻きこまれた親ロシア政党から政権を力ずくでもぎとったが、権力を得たナショナリストたちも問題を抱えていないわけではなかった。

ともかくクラークとシャベスは、現在起こっている衝突のどちらの側もＦＳＢにけしかけられているという噂を、街で何度も耳にした。ＦＳＢは親ロシア派の多い東部から首都へ向かう多数のバスからなる輸送隊をいくつも組織し、金を与えた組合労働者をバスに詰めこみ、彼らをキエフに連れてきて抗議デモがはじまる地点で降ろしているという。そしてその一方でＦＳＢは、ナショナリズム支持の報道、論評を展開するメディア各社にひそかに資金を提供してもいるというのだ。

もしこうしたことがすべて事実なら、ロシアの真の目的は、ウクライナ人の心をつかむことではなく、激しい混乱と内乱を引き起こすこと、ということになる。

八時になると、クラークはその日の偵察を終えることにし、三人はマンションに戻った。みんなで居間に座ってその日の出来事を検討してから、彼らは急ぎの夕食をとりに近くのフレシチャーティク通りに出ることにした。万が一、留守中にだれかが侵入しても怪しまれないように、数分で部屋のなかを片づけ、外に出た。

外はちょっと風があって、気温は華氏三八度（摂氏三度）しかなかったが、キエフの住民はそれでも春の宵と思っているようで、六人の男たちがイゴール・クリヴォフ推薦のレストランに向かってヨーロッパ広場に入ると、そこにはたくさんの歩行者がいた。

広場では大勢の人々のあいだを歩いていかなければならず、彼らは横に数ヤード広がってレストランに向かって進むことになった。クラーク、クリヴォフ、シャベスの三人はロシア語でしゃべりながら歩いていったが、ロシア語を話せない残りの三人は口をつぐんだまま、ほぼずっと両手をポケットに突っ込んで温めながら歩いた。ギャヴィン・バイアリーは一行の右端にいて、向こうからやって来た若者の一団と歩道上でぶつかりそうになり、わきにのいた。だが、すれちがおうとしたとき、若者のひとりがバイアリーの行く手に歩み出るや、肩でアメリカ人の片側をまともに突いた。バイアリーはたまらず、体を回転させて歩道に倒れこんだ。

若者はほんのすこし足さばきを乱しただけで、そのまま少人数の仲間とともに歩きつづけた。

ドミニク・カルーソーはバイアリーが肩を当てられた瞬間を目撃したわけではなかったが、彼がわざと倒されたということはわかった。明らかにその犯人と思われる若者はすでにうしろにいて、歩き去ろうとしていた。ドミニクは反射的にうしろへ体をまわし、若者を追いはじめた。

と、その瞬間、サム・ドリスコルに腕をつかまれ、引きとめられた。ドリスコルは言った。「ほっておけ」

シャベスは立ち上がろうとするバイアリーに手を貸した。「大丈夫ですか、ギャヴ？」

「ああ」バイアリーは服についた汚れを手で払った。戸惑いのほうが強く、痛みは感じていないようだった。

ドミニクがクリヴォフをまっすぐ見つめて言った。「いったい何なんですか、これは？」

クリヴォフは訳がわからなかった。「見てなかった。何が起こったのかさっぱりわからん」

シャベスが〈ザ・キャンパス〉のＩＴ部長の服の汚れを払い終え、バイアリーの背中をポンと軽くたたいた。「ビールをおごります」

レストランに入ると、彼らは薄暗いバー・エリアの奥にあった細長いテーブルまで進み、その長椅子（ながいす）に腰を下ろした。バイアリー、ドミニク、ドリスコルはビールをとり、イゴール・クリヴォフは冷凍され氷に載せられたウォッカの瓶を一本頼んだ。シャベスとクラークは今朝の一〇時三〇分から地元の暗黒街の者たちと会うたびにバーでビールを飲みつづけていたので、ミネラルウォーターを注文した。それでもクリヴォフは、全員で乾杯できるように、ウォッカ用のショットグラスを六つウエイターに持ってこさせた。

彼らはたえずジャーナリストという偽装に合った話題を選んで会話した。つまり世界の他の地域のニュース、ホテル、コンピューターなどの最新技術について話しつづけた。実際の工作員の暮らしぶりと偽装のジャーナリストのそれには類似点が充分にあったので、わざとらしい不自然な会話になるということはまったくなかった。

料理が運ばれてきた直後、黒っぽいコートを着た三人の男がレストランのなかに入ってきた。〈ザ・キャンパス〉の工作員はみな、その三人に気づいた。彼らはどんな脅威をも見逃さないように、夕食をとっているときでさえ、あたりに目を配ることができるようになっていた。ウエイトレスに挨拶（あいさつ）されても、男たちは彼女を無視して通りすぎ、バー・エリアに入ってきた。

ちょうどギャヴィン・バイアリーが写真――フィルム・プリントとデジタル画像のちがい――について話しているところだったが、いっしょに細長いテーブルについていたほかの五人はみな押し黙って、三人の新来者をしっかり観察していた。全身を黒っぽい服でつつみ、むすっとした表情を浮かべた男たちは、〈ザ・キャンパス〉の面々が陣取る細長いテーブルまでずんずん歩いてきて、ほんの数フィートしか離れていない同じテーブルの反対側の席に腰を下ろした。そして椅子を動かしてアメリカ人たちのほうにまっすぐ向き、六人のグループをただ黙って見つめだした。

バイアリーはしゃべるのをやめた。

落ち着かない気詰まりな沈黙が流れた。アメリカ人たちは、クリヴォフがその三人の友人を紹介してくれるのを待った。クリヴォフは三人を夕食に招待していたのに、それを言うのを忘れていたのだろう、とアメリカ人たちは思った。だが、クリヴォフもこの男たちを知らないのだということが、たちまち明らかになった。

「どなたかな？」イゴール・クリヴォフはウクライナ語で尋ねた。

三人の男たちは何も答えずにクリヴォフをにらみ返すだけだった。

ウエイターがやって来て、新しい客たちにメニューを手わたそうとした。だが、男たちのひとりが手を斜め上へ伸ばしてウエイターを押し返し、引き下がらせた。

気まずい沈黙がさらに一分あって、シャベスがドリスコルのほうに視線を移した。「パンを回してくれ」

ドリスコルはパン籠(かご)をとりあげ、シャベスのほうへ回した。

数秒後には全員が食事を再開した。ドミニクは相変わらず怒りをあらわにして男たちのひとりとの睨(にら)めっこをつづけていたが、それでも仔牛肉(こうし)とポテトをがつがつ食べた。

ウエイターがテーブルの両端のおっかない目をした男たちからできるだけ遠ざかっていられるように迂回してやってきて、テーブルの真ん中に近づき、アメリカ人たちのほうへ会計伝票を滑らせた。クラークが勘定を支払い、水の残りを飲み干し、腰を浮かせた。

「ようし、みんな。帰るとするか？」

ほかの者たちもクラークのあとにしたがってドアから外に出たが、食事中ずっと彼らに張りついていた三人の男たちはあとを追わなかった。

ヨーロッパ広場のなかほどまで達すると、イゴール・クリヴォフが言った。「みなさん、申し訳ない」

クラークが返した。「ＦＳＢ？」

「ええ、そのようですね」

ドミニクがうなずいた。「あいつら、まるでキーストン・コップスですね」サイレント映画のスラップスティック・コメディで活躍したドタバタ警官隊を引き合いに出した。

「生まれてこのかた、あんなにひどい監視、見たことありません」

クラークは首を振った。「ドム、やつらはヂマンストラチブナーヤ・スレーシカ——公然尾行——をやっているんだ。尾行・監視していることを知らせておきたいのさ。やつらはこれからも嫌がらせをしておれたちを困らせ、なにかと邪魔してくる。そうやって、おれたちがやりに来たとあいつらが思っていることをやらせないつもりなんだ」

ドリスコルが言った。「ロシアだったらわかりますけどね、ここはロシアではありません。ここウクライナでＦＳＢの連中が公然とそんなことをして許されるんですか？」

「たしかに厚かましいことではあるな」クラークも認めざるをえなかった。「だが、おれたちは市警に泣きつかないと、やつらは確信しているにちがいない」

クリヴォフが言葉を差し挟んだ。「あるいは、やつらは市警には連絡できるようになっていて、すでに話がついているか。たぶんその両方でしょうね」

クラークがあとをつづけた。「心配するほどのことではない。怪しまれているということではまったくないんでね。おれたちの偽装はしっかりしている」笑いを洩らした。「やつらはジャーナリストというのがあまり好きではないというだけだ」

ドリスコルがふたたび口をひらいた。「でも、われわれの真の目的を知ったら、あのアホ野郎たち、怒り狂うでしょうね」

ドミニクが言った。「こういうのはどうも気に入らない。ミスターＣ、イゴールに拳銃を何挺か手に入れてもらうというのはどうですか？」

クラークは首を振った。「ジャーナリストの偽装をつづけるかぎり、拳銃を携行するわけにはいかない。ひそかに持ち歩くのもだめだ。だってそうだろう、おれたちはいつ地元の警官に職務質問されるかわからないんだぞ。上着に隠しておいた拳銃を一挺でも見つかってみろ、ジャーナリストで取材活動をしているだけだというわれわれの偽装はたちまち崩壊してしまう。そうなったら、マフィアで満杯のこの国の刑務所にほうりこまれ、やり合いたくない連中にとことん悩まされることになる」

「了解です」ドミニクは応えた。ロシアの悪党どもが文字どおり体をぶつけてきたというのに丸腰でこれからも動きまわるというのは、ドミニクにとっては不満だったが、自分が生まれる前からクラークがこうした活動に従事してきたことを思い出し、彼は異議を唱えることをやめた。それくらいの分別はドミニクにもあった。

六人は午後一一時ごろにマンションの建物までもどり、階段で三階までのぼった。マンションのドアの前まで来ると、シャベスがキーを鍵穴に差し入れて回しはじめた。閂が動きだした瞬間、シャベスは手をとめてドアをあけるのを中止した。

「伏せろ！」彼は叫んだ。

ほかの五人はどういうことなのかまるでわからなかったが、素早く床に伏した。バイアリーは自分の力ではそうすることができず、ドリスコルがフィールドでタックルするアメフトのラインバッカーのようにIT部長もろとも倒れこんだ。

爆発はしなかった。数秒後、クラークは顔を上げた。シャベスはまだドアのそばに立っている。手は鍵穴に差し入れたキーをつかんだまま。「この錠はいじられている……すこし抵抗感がある。錠破りされただけなのかもしれないが、圧力スイッチが取り付けられている可能性もあるかもしれない。もしそうだとすると、おれが手を放した瞬間、全員が吹き飛ばされる」

シャベスをのぞく五人の男たちは廊下の床からゆっくり立ち上がった。引きつりぎみの笑い声をあげる者もいたが、クラークは押し黙っていた。彼はドアに近づくと、ペンライトをとりだした。そして、ひざまずき、シャベスにもうすこし手を動かさせた。それで閂と鍵穴のなかのキーが見えるようになった。

「内側に配線がありうる。こちら側からは知りようがない」

シャベスは不安を拭いきれずに微動だにせず突っ立っている。ドアを動かせば爆発が起こるかもしれないのだ。ドミニク・カルーソーが階段にもどり、そこにあった窓から外に出て、肩と腕を巧みに動かして壁面のでっぱりを進み、バルコニーに達した。すぐに、廊下にいた男たちはドミニクが部屋のなかを移動する音を聞き取ることができるようになった。さらに数秒して、彼はドアのすぐ内側までやって来た。

「大丈夫」ドミニクの声が聞こえた。

シャベスは安堵して息を大きく吐き、手をはなした。

ドミニクが内側からドアをあけた。

外側にいた男たちも部屋のなかに入った。ピッキングされた形跡だけではわからなかったことがいまや明らかになった。外出中に訪問者が間違いなくいたのだ。

家具の配置が異様に変わっているのである。ソファーが部屋の真ん中に置かれているし、椅子の上にもうひとつ椅子が積み重ねられ、キッチン・テーブルは逆さまになっている。そして、その中央飾り（センターピース）が逆さまのテーブルの中央に鎮座している。

バイアリーのラップトップ・コンピューターはすべて暗号化され、パスワードで護（まも）られているので、その内部を調べることはだれにもできなかったはずだが、それでもFSB――いまやクラークはこれをやったのはFSBに決まっていると確信していた――は電源コードをぜんぶ引き抜いていっしょにくくっていた。そしてラップトップの本体のほうもすべて、閉じられて積み重ねられている。

クラークとシャベスが同時に人差し指を口にあて、正体がばれるようなことを言わないように仕種（しぐさ）で注意した。いまや盗聴器が仕掛けられたと仮定して行動しなければならない。話すのはかまわないが、偽装の役になりきってしゃべらないといけない。

ギャヴィン・バイアリーはうろたえた。「わたしのコンピューターをもてあそんだやつがいる！」

シャベスが通りしな背中をぽんぽんと叩（たた）いてバイアリーをなだめ、そのまま廊下を歩いて三つの寝室をチェックしにいった。

寝室もまた、表側の居間とそう変わりなかった。いろいろなものが場当たり的に動かされていて、スーツケースは積み重ねられ、衣類がいくつもの塊にされて床に置かれていた。

シャベスは当惑して首を振った。そしてさらにもういちど首を振った——ベッドのひとつに小さなテディベアが置かれていたからだ。そんな縫いぐるみはこのマンションにはなかったはずだ。シャベスはそこに盗聴器が仕掛けられていないか調べ、いないと判断した。これはやはり、ゆがんだ異様なメッセージの類なのだ。

三つ目の最後の寝室も同じように場当たり的にいじられていたが、そこをチェックしていたときに、シャベスはトイレの明かりが点いているのに気づいた。明かりを消そうと体をかたむけてトイレのなかに手を伸ばそうとしたが、途中で手をとめた。悪臭が鼻をついたからだ。

トイレのなかをチェックした。なんと便器に大便が流されずに残っている。

「ここまでやるか」シャベスは思わず独り言ちた。

ドミニクが寝室に駆けこんできた。「おれの服をみんな放り出しやがったのはどこのアホ野郎だ！」

彼はシャベスの肩の向こうに目をやった。「うわっ、ひでえ。こんなことをしていったい何の得があるんだ？　これじゃあまるでクソ餓鬼どもの一団が押し入って悪戯のかぎりを尽くしたようなものだ。そう思わせたいんですかね？」

シャベスとドミニクが居間にもどると、クラークがテレビとラジオをつけて音量をめいっぱい上げ、さらに備え付けのキッチンの蛇口をすべてあけて、パイプを流れる水の音も騒音に加わるようにした。

クラークは部下たちを大きな居間の中央に集めた。さまざまな音が入り混じる騒音に包まれて、彼は言った。「いいか、みんな、こいつはくだらん心理的脅しにすぎん。やつらはおれたちを追い払いたいのだが、いまのところはこういうソフトな方法をとっているということだ。こうやって『おまえらのすぐそばには、おれたちがいつもいて、徹底的に悩ませてやるぞ』ということを示そうとしているわけだ」

クラークはぐるりと見まわし、ＦＳＢの戦術が奏功していることを見てとった。バイアリーとドミニクは困惑と敗北感に打ちのめされているようだった。これでは作戦活動を開始する前にすでに行動力が弱体化してしまったのではないかとさえ思える。ドリスコルはひたすら怒っているように見える。まるで自分の住居が荒らされたような形相だ。

クラークは言った。「こいつらは『こちらは望んだとおりのことができるし、実際にそうするぞ』というメッセージを伝えようとしているのだが、おれたちはこんな脅しにふるえあがりはしない。まだここでの作戦活動は可能だし、いつでも行動できるよう油断なく身構えていないといけない。偽装を見破られないようにしつつ、やつらに気取られないようにそっと行動する方法を見つけるんだ」

バイアリーは首を振り、なんとか不安を心から追い出そうとした。が、すぐにぼそっと言った。「まあいいや、ともかく最初にトイレに行かせてもらう」

シャベスとドミニクが目と目を見かわした。ドミニクが言った。「どうぞどうぞ、トイレは完全にあなたのものです、ギャヴ」

29

今日の大統領へのウクライナ情勢に関する状況説明(ブリーフィング)は、ホワイトハウスの地下にあるシチュエーション・ルーム（国家安全保障・危機管理室）の会議室で行われることになったが、それには大きな理由がひとつあった。そしてその理由とは、オーヴァル・オフィス（大統領執務室）よりもシチュエーション・ルームのほうがマルチメディア装置の種類が豊富である、ということだった。今日、大統領に状況を説明するFBI、CIA、DIA（国防情報局）、ODNI（国家情報長官府）、および国務省の面々は、状況を生き生きと大統領に伝えるためにさまざまな装置を利用しようと考えていた。

会議がいままさにはじまろうとしたとき、メアリ・パット・フォーリ国家情報長官が最初に簡単な告知をしておきたいと申し出た。「今朝、たいへん頭の痛い事実がわかりました。SBU——ウクライナ保安庁——のナンバー2(ツー)がロシアのスパイだったことが今日、ウクライナで判明したのです。その男はキエフを脱出し、ウクライナ中で捜索がはじまっていますが、彼はロシアのどこかにひょっこり姿をあらわすであろうと、われわれは考えています」

「なんてことだ」ジャック・ライアンは思わず声を洩らした。

ジェイ・キャンフィールドＣＩＡ長官はすでにそうしたことを知っていた。「われわれは現在、ウクライナにおけるＣＩＡの作戦がどれだけ筒抜けになっていたのか知ろうと、セキュリティの再調査を実施しているところです。どうも思わしくない状況です。これで、うちの現地要員は作戦の規模を小さくしていかざるをえないでしょう」

ライアン大統領は言った。「これでまたその地域の〝目と耳〟が消えていくというわけか」

「そういうことです」メアリ・パットも同じことを考えていた。「これは痛いですね」

「ＣＩＡキエフ支局長はだれかね？」

ジェイ・キャンフィールドは答えた。「キース・ビクスビーです。優秀な男です。現場で働いてきた人間で、事務方ではありません」

「おっと、気を付けて、ジェイ。わたしはデスク・ガイだったんだよ」ライアンはジョークを飛ばした。

キャンフィールドは切り返した。「いいえ、それはちがいます、大統領。デスク・ガイだったのはこのわたしです。あなたはデスクにじっとしていられなかったデスク・ガイでした」ＣＩＡ長官はにやっと笑った。「どういう意味だかおわかりでしょう」

「まあ、いちおうね」

メアリ・パットが言った。「ビクスビーのことはわたしもよく知っています。彼以上にキエフ支局長にふさわしい者なんていません」

「彼を出国させないといけないということかね？」

「この件でのＣＩＡの秘密漏洩の規模を判定するのに最良の位置にいるのは、ビクスビー自身です。どの作戦を閉鎖し、だれを帰国させ、どの外国人スパイとの関係を断ち、どのスパイを身の安全のために出国させるか、といった重要な決定はすべてビクスビーが下します。しかし、言うまでもありませんが、そういうことをこんなときにやらなければならない損害はきわめて大きい。むろん、われわれは新しい要員を現地に投入しますが、だれがキエフのアメリカ大使館に急遽異動になったかはロシアも把握できますから、新たに現地入りしたＣＩＡ要員がだれであるか知られることになります」

ライアンはうめいた。これでウクライナでの情報収集活動はさぞかし困難になるにちがいない。

ライアンは言った。「よし。次の議題に移ろう。ヴォローディンが声明で中国との関係強化を公表した件。経済的なことはひとまず脇において、この中露の新協定の現実的意味、つまり地政学的意味とは何だろう？」

メアリ・パット・フォーリ国家情報長官が答えた。

「この二国は、最近さまざまなことで同じスタンスをとるようになっています。たとえば、シリア、北朝鮮、イランの問題に関して。中国とロシアは国際問題については喧嘩をやめて仲良くやりはじめていまして、今回の協定でその関係が一段と強化されるはずです。だれかが言っていましたが、中国政府、ロシア政府、イラン政府は鉄の三角形をつくりあげたということになります」

「では、経済的な面はどうかね？　新協定が最終的にもたらす結果は？」

ライアンは国務省の経済担当説明者のほうを見やった。ヘレン・グラースという名の女性で、ペンシルヴェニア大学のビジネススクールであるウォートン・スクールの出身、ホワイトハウスではロシアの専門家としても知られていた。

「結果はウィン・ウィンです。中国には、ロシアの持つ科学的なノウハウと資源——原料——がありません。一方ロシアには、中国が持つ市場と優れた製造能力がありません。新協定を実行に移すことができれば、両国とも利益を得られます」

「ロシア経済の現状はどれくらい悪いのかね？」ライアンは尋ねた。

ヘレン・グラースは説明した。

「数年前、ロシアはすべてうまくいくと思いこみました。金鉱と油田が、どちらもシベリアで発見され、埋蔵量も厖大と推定されて、ロシアはたいへんな利益を得られると考えられました。しかし、金の埋蔵量は初期の推算ほど多くなく、新油田からの採油も困難になってしまいました。ヴォローディンとその前任者たちが、ガスプロムに国内油田を完全支配させようと欧米企業を締め出したということもかなり影響しています。

現在、ロシアの輸出品のおよそ七〇％がエネルギー商品です。しかし、これには不都合な点もあります。莫大な天然資源を有し、その輸出に依存する経済は、製造業部門の発展をうながさず、むしろその足を引っぱってしまうのです。この現象は『ロシア病』と呼ばれています」

ライアンはうなずいた。その現象なら理解していた。「金は地中にあって、それを採掘するか汲み上げるだけで儲かるというわけだ。イノヴェーション、知的財産、製造に頼らずとも、お金を得ることができる。そういう状態がしばらくつづくと、国はイノヴェーションする力も、考える力も、ものを製造する力も、失ってしまう」

「そのとおりです、大統領。ソヴィエト連邦が消滅したとき、ロシアには大発展する可能性がありました。ところが、九〇年代に経済が崩壊して、すべてが悪化してしまいます。当時起こったのは、戦争に因らない世界史上最大の富の移動です」

ライアンは言った。「たしかに最悪の事態と言ってよいものだったけれど、ロシア国民はそれをなんとか乗り切ったのであり、その点はあるていど褒めてあげないといけない」

「たしかに彼らは乗り切りましたね、はい。でも、栄えはしませんでした。そして、乗り切れたことをヴォローディンが自分の手柄にしているわけです。うまくやれば享受できたはずの富がどれほどのものであったかをロシア国民に知らせようとする者がひとりも出てこないので、ヴォローディンはそうやって手柄を横取りできるのです。ロシア経済は巨大ですが、現代化されてもいないし活力に満ちてもいません。ロシアの経済を支える最大の産業は、天然資源の採掘です。ロシアが世界の市場に出して買ってもらえる製造品というと、カラシニコフ自動小銃、キャヴィア、ウォツカくらいなものです」

「つまりきみは、ロシアは一億五〇〇〇万の人口と数百発の大陸間弾道ミサイルを有するが、その実態はバナナなどの果物の輸出に依存する中南米の小国、いわゆるバナナ共和国(リパブリック)と基本的に変わらない、と言いたいのかね？」ジャックは尋ねた。

「わたしは誇張しないように注意してしゃべっているのですが、大統領……ロシア経済が資源の採掘・販売に依存するものであるうちは……はい、そう言ってもよいかと思います。それに彼らが抱える問題はそれだけではありません。ロシアの最大の輸出品は化石燃料ですが、それに迫る勢いの第二の特産品は腐敗です」

「それは手厳しい」

ヘレン・グラース国務省経済担当説明者(ブリーファー)は一歩もあとに退(ひ)かなかった。

「でも、ほんとうのことです。権力者たちへの悪質きわまりない富の再分配が行われてきましたし、そうした金持ちを護(まも)るための警察国家体制が強化されてきました。官僚たちはショバ代を要求するマフィアそのままで、いくらでも不正な金儲けができます。

ロシアは公正な公共機関によって治められているのではなく、情報・治安機関か国防機関の出身の権力者たち、いわゆる〈シロヴィキ〉の思いどおりに動かされているのです。国会（ドゥーマ）は〝命令実行省〟でしかなく、〈シロヴィキ〉に言われたとおりのことをしているにすぎません」

ライアンは言った。「その権力者集団がビジネスも国も支配しているというわけだな」

「はい、そうです。ガスプロムほどビジネスと政府との関係が密になっているところはほかにありません」ヘレン・グラースはつづけた。「ガスプロムは公式には民営化されたということになっていますが、ロシア政府（クレムリン）が株式の四〇％を保有し、事実上一〇〇％の議決権を保持しています。ヴォローディンのやりかたに反対するガスプロムの民間株主は悲惨な目に遭わざるをえません。ヴォローディンは、自分が導入したロシア独自の強靭（きょうじん）な資本主義によってロシアは繁栄することができた、と言っていますが、彼がやっているのは資本主義ではありませんし、ロシアは繁栄もしませんでした」

ライアンは問うた。「ロシアでは独裁制の強化にともなって経済も成長したと、両者の相関関係を主張する経済学者やエコノミストは世界にいないのかな？」

ヘレン・グラースはしばし考えた。「たしかに、そのままのことを言うにちがいない者を何人か見つけることはできますね。でも、思い出してください、八〇年代になっても『資本主義は崩壊し、世界共産主義が台頭する』と予言していた経済学者やエコノミストがいました」

　ジャックは笑い声をあげた。「いいとこ突いたね。たしかにいつだって、自分が信じていることを正しいと認めてくれる専門家をひとりは見つけることができる。その自分の信念がどれほど馬鹿（ばか）ばかしいものであってもね」

「二〇〇八年以来、ロシアから五〇〇〇億ドル以上ものお金が逃げていってしまいました。そのほとんどは純粋な資本逃避です。これは要するに、億万長者たちが自分のお金をオフショア金融センターに隠しおいたということです。ロシアに出入りする投資資金の出所および行き先のトップ5（ファイヴ）はすべて租税回避地（タックス・ヘイヴン）です」

　ライアンは言った。「つまりそれは投資ではまったくないということだね」

　グラースは応（こた）えた。「そうです。資金洗浄（マネーロンダリング）や税金逃れです」

「なるほど」ライアンは理解した。「エネルギーの価格があるていど高ければ、ロシア経済の稼ぎの三分の一が腐敗によって吸い上げられているという事実をクレムリンは隠しとおすことができるというわけだ」

「そのとおりです、大統領。外国の投資家は逃げつづけています。ロシアの株式時価総額はこの一年で一兆ドル近くも減少しました。資本投資は五〇％も減りました。

　ロシアは世界の経済大国の仲間入りをするのに必要と思われるものをすべて持っています。教育水準の高い人々、天然資源、開拓できる市場、輸送機関インフラ、土地。もしもでしょう。腐敗が蔓延していなければ、世界の国家リストのトップにだって躍り出ることができるでしょう。

ロシア国民の暮らしは一〇年前よりもさらに悪くなっています。治安、保健、法律、財産権の保障——そうしたすべての面が悪化しています。この数年のあいだに、アルコールの消費量は増加し、健康維持のための支出は減り、平均寿命は短くなりました。

ロシアは二重国籍者の国営テレビ出演を禁止する法律を制定しました。さらにロシア語から外来語を追放しようともしています」

ライアンは嘆いた。「これではまるで三〇年あと戻りしてしまったかのようじゃないか」

「まさに、そうとしか思えませんよね、大統領」

ジャック・ライアンは経済担当説明者から目をそらし、メアリ・パット・フォーリ国家情報長官とジェイ・キャンフィールドCIA長官を見やった。「そして、そういう国であるロシアがいま、主権国家である隣国を侵略したがっていて、その国のなかでのわが国の情報収集能力が大幅に損なわれてしまった、というわけだ」

「ええ、大変なことになりました、大統領」キャンフィールドも認めざるをえなかった。

30

ジョン・クラークはキエフの地下鉄二号線(ブルーライン)のオボロン駅構内を歩いていた。午後四時三〇分で、まだ完全なラッシュアワーではなかったが、地下通路もエスカレーターも車両内も通勤客で急速に込みはじめていた。

アメリカ人は顔を下に向け、まわりの人々に溶けこめるようにせっせと歩きつづけ、人込みのなかを進んでいく。電車が入ってくるプラットフォームへ向かっていたが、いざそこに着いたときにどうすればいいのかはまだわかっていなかった。オボロン駅のプラットフォームに行くように、という指示しか与えられていなかったからだ。ともかく、キース・ビクスビーに会うことになってはいる。

二時間前、ビクスビーから電話がかかり、至急会って話したいと言われ、時間と場所を教えられた。クラークはただちに賃貸マンションから出て、尾行の発見・回避のための迂(う)回(かい)や方向転換を開始し、それを何度も繰り返した。でたらめにタクシー、バス、地下鉄に乗り、ショッピングモール、デパートのなかを歩いた。ジプシー・マーケットのなかにも入り、そこで偽物(にせもの)のナイキの冬用コートを買った。素早く身なりを変えるためだった。着てきた三〇〇ドルのコートはすでに、通りのホームレスの男にぽんと投げ与えてしまっていた。

いまや彼は指定された集合地点にいて、ビクスビーが話し合いたがっている火急の問題とやらに、国務省の警備チームによる連行とエコノミークラスの航空券での強制的な帰国が含まれていないようにと心の底から祈っていた。

プラットフォームの端に近づいたとき、背後から小声が聞こえてきた。「イポドローム方面行きに乗れ、最後尾の車両」

英語だったが、ビクスビーの声ではなかった。間違いない。クラークは了解の仕種もせずに、自分のほうに押し寄せてくる人込みのなかに入りこみ、プラットフォームの逆の端へ向かって歩いていった。そして、ちょうど停止したばかりのイポドローム方面行きの電車に乗りこんだ。

最後尾の車両には客はほとんど乗っていなかった。オボロンが始発駅から二番目の駅だったからである。それでもキース・ビクスビーはそこにいて、車両後部のいちばんうしろの席に座っていた。乗りこんだクラークがビクスビーのほうに向いて近づきはじめると、たちまち車両は通勤客でいっぱいになった。クラークは客に取り囲まれながらも最後部の隅まで移動し、CIAキエフ支局長の隣に腰を下ろした。

ビクスビーはクラークを見もしなかったが、声をかけた。「すてきなコートですね」

一〇フィートしか離れていないところに立っている人も座っている人もいたが、トンネル内を疾走する電車があげる騒音のおかげで、会話を聞き取られる心配はまったくなかった。

クラークは両肘を両膝にのせて、ポケットからとりだしたペイパーバックを読んでいるふりをしていた。彼の頭はビクスビー支局長から一フィートも離れていない。「どうした？」

「先日話したときは、自分の縄張りにあなたに入りこまれ、面倒なことになったと思いました。でもいまは、あなたがここにいる価値を真剣に再考している、と言わなければならない」

「よし、それで？」

ビクスビーは長い溜息をついた。「今朝、ＳＢＵ——ウクライナ保安庁——のナンバー２がＦＳＢのスパイだったことがわかりました」

クラークは無表情だった。ただこう言った。「確かなのか？」

「まず間違いないです。ウクライナ当局によるセキュリティ調査で、彼が密会と連絡情報の隠し場所の設定に利用していたＥメール・アカウントが見つかったのです」ビクスビーはうなるように言った。「ほんとうなんです。いまどきデッド・ドロップだなんて、間抜けもいいところだ」

「逮捕されたのか？」

「いいえ。ヤバいという情報を事前に得て、姿をくらましました。いまごろもうモスクワにいるのではないでしょうか」

「それで、きみの作戦も危うくなったというわけか？　そいつはそれほどきみたちのことをよく知っているのか？」

「まあ、そういうことになりますか」ビクスビーはぼそぼそ言った。「彼はわたしにとってＳＢＵではいちばんの連絡窓口だったのです。もちろん、こちらのすべてを知っていたわけではありません。彼はわれわれのＮＯＣ（ノック）——非合法工作員（イリーガル）——については何も知りませんでしたし、われわれの情報源、手法、資金、要員についてもわずかなことしか知りませんでした」キエフ支局長は溜息をついた。「しかし、それでも……協力し合って進めたことがいくつかありますので、まあ彼は、かなりのことを知ってはいました。これからはもう、大使館員ということになっている工作担当官（ケース・オフィサー）全員の身元と、ウクライナ中に散らばるＣＩＡの隠れ家（セーフ・ハウス）の多くをＦＳＢに知られたと考えて、作戦行動しないといけないということになります」

「そりゃ痛い」クラークは返した。

「まさに最悪のタイミングで大打撃を受けました。身の安全を守るために部下の大半を任務からはずさないといけません。そして、われわれがこの国の各地に有している施設の一部を閉鎖する必要があります」

「なるほど、理由はわかる」クラークは納得した。

電車が次の駅に着いてとまり、レール上を走る車両があげる騒音が消えた。二人はしゃべるのをやめた。降りる者たちがいて、乗ってくる者たちがいた。キース・ビクスビーは新たに乗車した者たちの顔を観察し、身のこなしを検分した。そして、電車が駅を離れて、レール上を走行する車両があげる騒音がまたしてもあたりに満ちると、ようやくビクスビーはふたたび小声でそっと話しはじめた。

「わたしは今夜、少人数のチームを引き連れてセヴァストポリへ向かいます。そこに危険にさらされた場所がひとつあるのです」

「場所？」

「ええ。ウクライナの情報機関も知っているＳＩＧＩＮＴ(シギント)のための隠れ家(セーフ・ハウス)です」ＳＩＧＩＮＴは通信・電波諜報(ちょうほう)。「そこには技術チームがいて、通信機器がそうとうあります。さらに、民間軍事会社の小規模な警備班がいて、ＣＡＧチームもいます」

ＣＡＧが戦闘適応群(コンバット・アプリケーションズ・グループ)、すなわちデルタフォース（第一特殊部隊デルタ作戦分遣隊）であることは、むろんクラークにもわかっている。デルタフォースがセヴァストポリにいるということを知っても、彼はたいして驚かなかった。なにしろセヴァストポリ港にはロシアの黒海艦隊の主要基地があるのだ。アメリカは当然、その地域への可能なかぎりの監視をつづけ、黒海艦隊の動きを把握しようとしていたはずである。

ビクスビーは言った。「破壊、回収しなければならない装置がたくさんあり、裁断、焼却する必要があるファイルが大量にあります。わたしは三六時間から四八時間そこにとどまることになるでしょう」

「セヴァストポリはいま、まさに〝火薬樽(だる)〟、一触即発の状況だぞ」

「そんなことはわかっています。わたしの知らないこと、何かありませんか?」

クラークは答えた。「すでにあれこれ探っている。どうも〈傷跡のグレーブ〉の野郎が背後で糸を引いている騒ぎや暴動がここキエフでたくさん起こっているようだ」

「わたしも同じ噂(うわさ)を何度も耳にしてきました」

「きみが出かけているあいだどうしてほしいんだ、ここにいるおれたちに?」

キース・ビクスビーは初めて、ほんのかすかなものであったが、隣の男と話しているとわかる仕種をした。右隣の男に目をやったのだ。ただ、まわりの者たちはだれひとり、それに気づかなかった。「どうしてほしい? こんな状況では、ミスター・クラーク、得られる情報ならみな、ありがたく頂戴(ちょうだい)します。あなたがたは、CIA本部(ラングレー)が新たな要員を送りこんでくるまで、ここキエフでのわたしの〝目と耳〟――情報源――です。少なくとも一週間はそうなるでしょう」

クラークはペイパーバックのページを繰った。「六人の男。おれも含めて、おれたちは六人だ。ウクライナ語をしゃべれる者がひとり、ロシア語をしゃべれる者が三人」

「なるほど。ですから、そもそもここへ来てくれとわたしが頼んだわけではないのですが、ともかくあなたがたはここにいるのですから、〈傷跡のグレーブ〉を監視すればいいんじゃないかと。やつはいまフェアモント・グランド・ホテルに滞在しています。くそ野郎は最上階をまるまる借り切っています。ホテルのある従業員からの情報によりますと、〈傷跡のグレーブ〉に会いにくる連中が一日中とぎれないそうです。会いにくるやつらはＦＳＢ——少なくともＦＳＢと判明している者——ではありません」ビクスビーは両手をコートのポケットにぐいと突っ込み、ほんのすこしだけクラークのほうに身を寄せた。「数人の訓練された監視要員がやつを見張っていてくれたら、ここキエフでその部分だけは受け持ってくれる者たちがいるというわけで、わたしもほんのすこしですが安心できます」

「よおし、お安いご用だ」

「先日は馬鹿な対応をしてしまって、申し訳ありません」

「きみは馬鹿な対応などしなかったぞ。きみは自分の作戦をきちんと遂行しようと最善を尽くしただけだ」

ビクスビーはいかにも不満げに苦笑した。「ええ、まあ。でも、それがこのざまです」

電車が次の駅に到着した。ＣＩＡキエフ支局長は立ち上がりながら言った。「では、また」

クラークは応えた。「連絡する」

ビクスビーはタラス・シェフチェンコ駅で車両から吐き出される人々に混じって姿を消した。クラークはまっすぐ前を向いたまま、ビクスビーが座っていた席に左手を何気なくおき、折りたたまれた小さな紙切れをすくい上げて、ポケットに滑りこませた。そこには暗号システムで護(まも)られた携帯電話の番号が書かれているにちがいなかった。その番号にかければ、いつでもビクスビーに連絡がつくはずだ。

ジョン・クラークはシートの背に上体をあずけた。頭はすでに、作戦活動をフェアモント・グランド・ホテルへと移動させる段取りを考えはじめていた。

31

終業時間が迫っていた。ジャック・ライアン・ジュニアは今日もまた、コーヒーやサンドイッチを買いにカフェテリアへ走るか、用を足しにバスルーム——イギリス人はトイレのことを「ルー」と呼ぶが、ジャックはそう呼ぶことができずにいた——へ急ぐとき以外、机を離れることはなかった。だが、そんなに働いてもなお彼は、家にまっすぐ帰って、すぐさまラップトップ・コンピューターをひらき、寝る前にあと数時間、調査を進めることを楽しみにしていた。

電話が鳴り、ジャックは相手の電話番号を見ずに受話器をとった。「はい、ライアンです」

「サンディだ、ジャック。都合のいいときに上へ来てほしいんだが」

「上へ？」

「そう。いま、キャスター社長のところにいる。急ぐ必要はまったくない」

ジャック・ジュニアはロンドン滞在もうかなりになるので、イギリス人特有のいやらしくてわかりにくい控えめな表現の真意というものも理解できるようになっていた。要するにサンディ・ラモントは、すぐさま社長室へすっ飛んでこい、と言っているのだ。

「すぐ行きます」

「ようし」


ジャック・ジュニアは華麗な装飾がほどこされたキャスター・アンド・ボイル・リスク分析社の社長室に入ると、コーヒーテーブルの椅子に座るよううながされた。ヒュー・キャスター社長が机についてフランス語で電話をかけているあいだ、ジャックはボーンチャイナのカップに入ったコーヒーを飲んで待っていた。サンディ・ラモントは脚を組んでジャックの向かいに座っている。

ジャックが小声で訊いた。「どうしたんですか？」

だが、ラモントは何も知らないかのように黙って肩をすくめるだけだった。

六八歳になるイギリス人は電話を終えると、シッティング・エリアまでつかつかと歩いてきて、コーヒーテーブルの端の重厚なウィングバック・チェアに腰を下ろした。

「きみは素晴らしい仕事をしている。われわれはみな、度肝を抜かれ、とてつもなく感心している」

むろんジャックだって人の子、褒められるのは大好きだったが、このときはすぐに「しかし」が来ると覚悟していた。

ジャックは両眉を上げて身構えた。

「しかし――」ヒュー・キャスターはつづけた。「ジャック、われわれは正直なところ心配になっている」

「心配になっている?」

「ロシアのビジネス、政府、犯罪組織の結びつきを見つけるのも、たしかにわれらがキャスター・アンド・ボイル・リスク分析社の仕事のうちだ。とはいえ、きみのやりかたは、どうも攻撃的に過ぎると考える者もいるのではないだろうか」

ジャックはラモントを見やった。最初ジャックは、アンティグア島の路地で起こったことが問題にされているのだと思った。しかし、ラモントがほとんどわからないくらいかすかに首を振るのを見て、これはほかのことが問題なのだと悟った。「たとえば、だれがそう考えるのでしょうか?」ジャックは訊いた。

キャスターは溜息をついた。「先日のきみの調査で浮かび上がった人物」

ジャックはうなずいた。「ドミトリー・ネステロフ。彼がどうかしたのでしょうか？」

キャスターはしばし自分の爪をじっと見つめてから、どこか突き放すようにぶっきらぼうに言った。「まあ、結局のところ、彼がガスプロムの大株主であるうえに、ＦＳＢ——ロシア連邦保安庁——の高官でもあるということがわかったんだ」

ラモントが声をあげた。「それはダブル・トラブルと言わざるをえませんね」

「そうなんだ」キャスターが即座に相槌を打った。

ジャックは何も言わなかった。

数秒後、ジャックの沈黙に応えて、キャスターが言葉を継いだ。「なぜわたしがネステロフについてそこまで知っているのか、きみはわからず、わたしにそれをどうやって尋ねようかと考えているね」

ジャックは言った。「わたしの調べでは、彼はサンクトペテルブルクのレストラン経営者です。ＦＳＢとの関係なんてまったく見つけられませんでしたし、ガスプロムとのつながりさえわかりませんでした。社長には自由に利用できる別の調査方法があるにちがいありません」

「きみのお父上が政界入りする前についていた職業を考えると、きみだって情報機関の仕事というものについてあるていど知っているはずだと、わたしは思うが」

《たしかにそれはそうかもしれない》とジャックは思った。彼は無言でうなずいた。

「お互い利益になるんでね、キャスター・アンド・ボイル社のわれわれ社員とイギリス情報機関の善男善女はときどき情報交換するんだ。で、たとえばわれわれが、きみのように、素性のわからない人物の名前を見つけた場合も、その者について彼らに問い合わせることができる。反対に、われわれが仕事で見つけたことについて、彼らのほうから教えてほしいと言ってくることもある」

「なるほど」

《やっぱりそうか》とジャックは思った。キャスター・アンド・ボイル社はイギリスのSIS（秘密情報局）とつながっているのだ。が、今度もジャックは何も言わなかった。

「それでわたしはネステロフについて問い合わせてみた。すると、彼ら特有のユニークな方法で、すぐに返答してきて、こう言った——その男には気をつけろ、と」

「オーケー」ジャックは返した。そしてすぐに言い添えた。「わたしは気をつけています」

キャスターはちょっと間をおいてから言った。「きみはアンティグア・バーブーダへ飛び、他人（ひと）の私有地に侵入し、そこにあったごみ缶を漁（あさ）った。それで気をつけていると言えるかね？　仮にだ、うちの従業員であるアメリカ合衆国大統領の息子本人がだね、カリブ海に浮かぶ第三世界の島で極秘任務のようなことを実行している最中に、重傷を負うか殺されてしまっていたら、キャスター・アンド・ボイル社はメディアから想像できないほど凄まじい非難を浴びせられていたにちがいない。あんな危険な世界に不用意に飛びこむべきではないんだ。この業界の周辺には狂暴な連中がいて、暴力をふるう仕事をしているんだ。きみはそうした者たちに対処する訓練を受けていない」

サンディ・ラモントは軽く咳払いをしたが、何も言わなかった。

「また、きみはトヴェリに調査員を送りこみ、ロシア連邦税務庁に記録を請求し、ネステロフが移動に利用している航空機に探りを入れた。こうしたことはみな、われわれがおこなう通常の調査の範囲を大きく逸脱している。わたしはね、FSBにわが社の仕事をやりにくくされるのではないかと心配なんだ。FSBにはうちのクライアントの多くが同じ目に遭わされている。そういうのは困るんだよ」

ジャックは訊いた。「根本的な問題は、FSBですか、それとも、わたしがアメリカの大統領の息子だという事実ですか？」

「正直に言うと、その両方だ。わが社の仕事は、クライアントたちの望みを叶えるということだ。この件では、きみはほんとうによくやった。しかし、ガルブレイスにはこれ以上深追いしないほうがいいとアドヴァイスするしかないな。

いいかね、きみ、そもそもネステロフがIFCという会社の所有者だとしても、ガルブレイスが彼から金をとりもどせる可能性はゼロなんだ。それこそ一シリングもとりもどせない。それがいちばんの問題なんだよ。ネステロフを法廷に引っぱり出すなんて不可能だ、ロシアでも、ヨーロッパのどの国でもね。だって、ロシアはヨーロッパへのエネルギーの流れをコントロールできるんだ」

ジャックは食い下がった。「ガスプロムがロシア連邦税務庁と共謀してガルブレイス・ロシア・エネルギー社を〝襲撃（レーイダルストヴァ）〟したという事実と、それによってこのドミトリー・ネステロフという名のＦＳＢマンが一二億ドルを受け取ったという事実を、われわれが暴（あば）いて見せれば、この種のことがふたたび起こることを阻止できるはずです」

「われわれは警察ではない。軍隊でもない。きみのお父上は自由世界のリーダーかもしれないが、そんなことはこの件には何の影響もおよぼさない。われわれが調査を進めて彼らの痛いところを突いたら、ＦＳＢにいろいろと邪魔されて仕事がやりにくくなる」

ジャック・ジュニアは歯ぎしりした。「わたしがここにいるせいで正義の追求が困難になっているとおっしゃりたいのなら、わたしは辞めます」

ヒュー・キャスターは言った。「そう、そこなんだよ、きみ。わが社が追求しているのは正義ではない」

サンディ・ラモントが身を乗り出して補足した。「わが社が追い求めるものは金（マネー）なんだ。われわれの目的はクライアントに手を貸して損失をとりもどせるようにすること。ふつう、相手が欧米諸国に保有する預金や不動産などの有形財産を見つけることができれば、それが可能になる。だが、高位のＦＳＢ野郎を告発しなければならないということになると、ガルブレイスはもういくら努力しても何も得られない。絶対にね」

キャスターも言い切った。「ジャック、きみはつまり、今度の件では高望みしてしまったということだ」

一瞬の沈黙ののち、ジャックは言った。「わかりました」

実は納得なんて到底できなかったのだが、あと一分そこに座っていたら拳(こぶし)を壁に打ちつけてしまいそうな気がしたのだ。

キャスターは通告した。「きみにはほかの仕事をしてもらう。もうすこし穏やかな仕事をね。きみは実に有能だ。きみのその力を新しい仕事に投入してもらわんと」

「はい」ジャック・ジュニアは応えた。「おおせのとおりにいたします」

ジャック・ライアン・ジュニアは午後六時三〇分にキャスター・アンド・ボイル・リスク分析社をあとにした。サンディ・ラモントが社長からの注意で味わった不愉快さの埋め合わせをしようと酒とディナーをおごると言ってくれたが、今夜はジャックもだれかと楽しく過ごそうという気分にはとてもなれなかった。そこで、ひとりでパブに入り、シェパーズパイと呼ばれる挽肉(ひきにく)とマッシュポテトのミートパイをつつき、ビールをパイント・グラスで四杯ごくごくやってから、地下鉄(チューブ)の駅へ向かった。

雨に打たれながらキャノン通り(ストリート)を歩きはじめると、ジャックの腹立たしさはいよいよ強まった。忌まいましいことに、またしても傘を会社に忘れてきてしまったのだ。彼は新しい傘を買うことを自分に許さなかった。自分への罰だった。そう、今夜はずぶ濡れになればいいんだ。そうすれば懲りて、これからは傘を忘れずに持ち帰るようになるだろう。

家に帰る前にもう一軒、パブに寄ろうかと思った。地下鉄の駅までの道の途中に『手斧』というパブがある。前に入ったことがあり、あんがい気に入っている。もう一杯飲みたくてしかたなかったが、飲めば飲んだでさらにいっそう胸くそ悪くなり、気が滅入るだけだと悟った。

いや、今夜はもう家に帰って寝てしまおう。

通りをわたりはじめたとき、素早く右肩越しにうしろのようすをうかがった。それは習慣、ただそれだけのこと。そして、いつものように、ほんのわずかでも妙な点がある者はひとりもいなかった。ジャックは自分を厳しく叱りつけた。生活を変えるくらいのことで、なんでこんなにてこずらなければいけないのか？　仕事に打ち込みすぎ、怪しげなビジネスマンたちを国際テロ集団であるかのようにあつかったのは、ついこのあいだまでテロリストたちを相手にする生活をしていたからだ。そして、ミニSDR（尾行や監視の発見・回避のための遠回り）をし、たえず尾行や監視を警戒しつづけているのも、前職でそういう訓練を受けてきたからだ。

さらにもうひとつ、個人セキュリティ保護のため、一〇ヤード以内に近づいてきた女性をみな、敵のスパイである可能性があると考え、そのようにあつかう、という癖もいまだに抜けない。

これもまた、前職に就いていたときに実際にそのような女性がいたからだ。

ジャック・ライアン・ジュニアはずぶ濡れになり寒気をおぼえながら地下鉄（チューブ）のマンション・ハウス駅に入った。プラットフォームへ下りるエスカレーターで、前にいた魅力的な女性が振り向いて、ジャックを見上げた。彼女は軽く同情の笑みを浮かべて見せた。雨に濡れて帰ってきた子犬を見ているような表情だった。が、彼女はすぐに、びしょ濡れの上等なスーツに身をつつむ若者から目をそらし、前に向きなおった。

二〇分後、ジャックはアールズ・コート駅から出てきた。両手をポケットに突っ込み、襟を立てていた。地下鉄に乗っているあいだに服もすこしは乾いた。ただ、雨はやんでいたものの、信じられないほど濃密な夜の霧が立ちこめていて、数分のうちにまた、ずぶ濡れになってしまった。

ホガース通り（ロード）のインド料理店の前に、二、三人の者が傘をさして立っていた。その前を通り過ぎるとジャックは、ひとりきりになり、びっしり連なる家々にそって延びる歩道を歩いていった。ホガース通り（ロード）をわたって、ケンウェイ通り（ロード）へと向かう。知らぬまに、ふたたび仕事のことばかり考えていた。ガルブレイス・ロシア・エネルギー社の件から外されたばかりなのに、どうしてもそのことが頭から離れない。ジャックはなおも、その〝強奪事件〟に関与した会社、信託（トラスト）、財団法人が複雑にからまる迷路のような構造を解明しようとしていた。

　建物のあいだを突き抜ける小道に入ろうと、幅の狭い通りをわたりはじめた。その小道を通り抜ければ、クロムウェル通り（ロード）に出られる。ジャックは反射的にその方向転換を利用して肩越しにうしろを見やった。車が来ないかチェックするような仕種（しぐさ）だった。

　首をうしろに回したとき、ジャックの目が、背後の角のあたりに立つ街灯の下に長く伸びる影をとらえた。それは動いていたが、突然とまり、次いでゆっくりと下がりはじめ、通りにそって滑るように退いていった。

　ジャックはわたっていた通りの真ん中で足をとめると、しばらく退いていく影を見まもったが、すぐにその方向へ歩きだした。影はたちまち消え失（う）せた。足早に歩き去っていく足音が聞こえ、それは走り去る足音に変わった。

　ジャックも走りだした。角に向かって全力で駆けた。革のメッセンジャーバッグが腰の上で跳ねた。走り去る者をちらりとでも見ることができるかもしれないと期待しつつ、角をクルッとまがった。

　だが、人影はひとつもなかった。見えたのは、二車線の道の両側に立ちならぶ二階建ての白いタウンハウスだけ。ただ、通りにそって車がずらりと駐車している。深い霧が街灯の光にまつわりついているように見え、独特の気味の悪さをかもしだしていた。

ジャックは幅の狭い通りの真ん中に立っていた。心臓が暴れだしている。

彼は自分のフラットの方向へ体を向けなおし、ふたたび歩きはじめた。ほんの一瞬、たまたま路上強盗に遭遇しただけなのだろうか、と思った。いやいや、おれはこの数年間にこういうことについて充分に学び、偶然なんてありえないのだと知った。そう、今夜のこれを説明できることといったら、ひとつしかない。だれかがおれを尾けていたのだ。

心臓がさらに激しく暴れだした。

アメリカの政府機関？　外国政府？　犯罪組織？　それともテロリスト・グループ？　さまざまなことで頭が一杯になった。ジャックは自分を監視下においている組織について何らかの結論を得ようとした。だが、影のようなあやふやなものでなく、もっとしっかりしたものを実際に見つけられなければ、どんな結論も得られはしない。

フラットまで歩いていくあいだジャックは、自分はいま危険にさらされているのだというヒリヒリするような感覚をおぼえていた。だが、その一方で、気分が浮き立ち、まぎれもない高揚感に襲われていることも、否定することはできなかった。

32

一週間半にわたる洗浄と修理のあと、ライアン家の人々はひっそりとホワイトハウスのレジデンス（居住区）に戻った。大統領はこの〝帰宅〟を内々でひそかにやりたかったので、事前に報道機関に知らせるということをせず、妻のキャシーと子供たちはヘリコプターでメリーランド州の自宅からサウス・ローンに連れ戻され、ジャック・ライアンはサウス・エントランスで家族を出迎えた。次女のケイティと末っ子のカイルはすぐさま自分たちの部屋まで駆け上がり、自室が出てきたときのままになっていることを確認した。ただ、カーペットをスチームと洗剤でクリーニングする必要があったので、その上に散らばっていたカイルの玩具（おもちゃ）は清掃員のひとりが片づけてしまっていた。

その日の午後にホワイトハウス詰めの記者をひとり招いて、レジデンスのようすを代表取材してもらう、というアイディアを大統領夫人自身が出していた。結局、ＡＢＣのベテランのホワイトハウス担当記者が代表取材することになり、キャシーは彼女と同行のカメラマンを案内し、「人民の家」があの不幸な事件の物理的痕跡（こんせき）を何ひとつ残していないことをアメリカ国民に示そうと、二階のレジデンスの共用部分をくまなく見せてまわった。

記者は「振り返ってみて、ロシアの現政権の敵だとわかっている人物を昼食に招くというのは、いい考えではなかったのではないかと思われませんか？」と尋ねて、ファーストレディーを窮地に追いこもうとした。

これにキャシーは優雅に悪びれることもなく「セルゲイはわが家の友人、アメリカの友、ロシアの友です」と答えた。

セルゲイ・ゴロフコが亡くなって一〇日にもなるというのに、まだ遺体がアメリカにある――正確には、税関でひっかかり、そこに留め置かれている――ことにジャック・ライアンは怒りをおぼえた。そこでライアンみずからがＩＣＥ（出入国管理・税関取締局）長官に電話し、なぜそんなに手間取っているのかと問うた。ＩＣＥ長官は微妙な立場に追いこまれ、アメリカ合衆国大統領に次のように説明せざるをえなくなった。「ご友人のご遺体は、アメリカの法律にしたがって、汚染廃棄物と分類されましたため、鉛張りの棺に収められているとはいえ、埋葬のためイギリスに輸送するにあたっては煩雑きわまりない面倒な手続きが必要になるのです」

この釈明を聞いてライアンは怒りと同時に悲しみもおぼえたが、自分の詰問でＩＣＥ長官はさぞかし困っただろうにと、相手を思いやる気持ちも生まれ、結局、詫びて、勤勉に激務をこなしてくれてありがとうと感謝し、長官をやるべき仕事に戻らせた。

ライアン家の人々は、ホワイトハウスに戻った日の夜、シアター・ルームにおもむき、家族水入らずで子供向けの映画を観て過ごした。これは子供たちを居心地のよい家庭の日課に早く戻したいとキャシーが考えたからで、その目論みはかなりのていど成功した。いちどカイルがふと、トイレを「汚した人」のことを口にしたが、子供はまさに子供であり、二人ともあの日の事件のことをきちんと理解できてなく、まったく気にしていないようすで、それ以上話題にすることはなかった。だが、ジャックにはわかっていた――遠からずケイティがあれこれ情報をつなぎ合わせて、あの奇妙な夜に起こったことについてもっと理解するようになるだろう、と。なにしろケイティはすでに一〇歳で、父親の執務室で眠らなければならなかったのであり、そのあと急遽、実家に帰ることになり、春休み中ずっとそこで過ごすことになったのだ。

翌朝、ジャック・ライアンは大統領専用機エアフォース・ワンに乗ってマイアミへ飛び、キューバ系アメリカ人の指導者たちとランチをともにし、スピーチをおこなった。夜まで滞在して地元のGOP（グランド・オールド・パーティー＝共和党）の資金調達者たちと会うことになっていたが、ウクライナ情勢に対処するため、予定を切り上げて昼食を終えるとすぐにワシントンに戻った。

アンドルーズ空軍基地で乗ったヘリコプターがホワイトハウスの敷地に着陸するやいなやライアンは、メアリ・パット・フォーリ国家情報長官の夫、エド・フォーリ元CIA長官が待っていると告げられた。ジャックはオーヴァル・オフィス（大統領出務室）へまっすぐ向かった。エド・フォーリは控えの間で待っていた。

フォーリはこの数日をイギリスの諜報機関から得た生データを調べることに費やした。三〇年前のヨーロッパで起こった一連の殺人、いわゆる〝〈天頂〉事件〟に関する情報を徹底的に調べなおしたのだ。ライアンはフォーリにこの調査プロジェクトを任せるさい、その事件への自分の関与をあまり説明しなかった。

ライアンはエド・フォーリが待っているルーズヴェルト・ルームにおもむき、体をかたむけてドア口から顔を出した。「やあ、エド、入ってくれ。待たせてすまない」

フォーリはライアンのあとについてオーヴァル・オフィスに入った。「いえいえ、まったく問題ありません。マイアミはどうでした？」

「残念ながら感想も言えない。なにしろ二時間半しかいなかったんでね。まあ、なかなかうまいキューバン・サンドイッチとカフェ・コン・レチェの昼食がいちおう収穫ではあった」

「気をつけて。いまの発言が外部に洩(も)れたら、大統領は赤(コミー)になったと言う者がかならずいますから」

大統領は笑い声をあげた。二人は執務机の前のソファーに腰を下ろした。ライアンは言った。「昔のあのことを丹念にくまなく調べてくれてありがとう」

「どういたしまして。調べていてわくわくしましたよ」

「何か見つかったかね？」

「見つかったのは、残念ながら、答えよりも疑問のほうが多かったです。この五日間に、わたしは手元に送られてきたあの事件に関するあらゆる情報を読みました。集まった情報は、三つの国の情報機関および警察があの事件をどう捉(とら)えていたのかがわかるものでした。イギリスからＳＩＳ、ＭＩ５、ロンドン警視庁(スコットランドヤード)のファイルがときどき、さらにＳＩＳが当時ドイツから得た報告書――ＢｆＶの諜報報告書――およびスイス連邦警察局の関連する事件簿も送ってくれました」イギリスのＳＩＳは対外諜報機関の秘密情報局、ＭＩ５は防諜・対内保安を受け持つ保安局であり、ドイツのＢｆＶは国内の反憲法活動の監視・阻止を担当する連邦憲法擁護庁。

フォーリはつづけた。「そして、すべての機関が同じ結論――ヨーロッパで活動した〈天頂〉と呼ばれるロシアの暗殺者は存在しなかったという結論――に達しました。〈天頂〉の暗躍は、ドイツのテロリスト・グループＲＡＦ――ドイツ赤軍――のメンバーがでっちあげた作り話にすぎない、と判断したのです。三国の当局は次のように分析しました。一連の殺人はＲＡＦの一部のメンバーが政治的動機で実行したものだったが、当時ＲＡＦはほぼ休眠状態にあった。メンバーのテロリストのなかには、そのまま活動を停止しておとなしくしていたいと考える者もいた。暗殺は組織の認可をとったものではなく、それに係わらなかった者たちは関与したと思われたくなかったので、すべてＫＧＢの謀略だという作り話をでっちあげ、それを積極的に広めた」

「で、ロマン・タラノフの名前が〈天頂〉と結びついた経緯は？」

「それはイギリスの情報機関からの情報です。ただ、それは一連の殺人事件が起こった数年後に出てきたものです。一九九〇年代前半に、ロシア内のある情報源――氏名修正済み――が『〈天頂〉と呼ばれる暗殺者は実在し、そいつはアフガニスタン侵攻のさいに空挺(くうてい)

部隊員として初めて実戦に参加したタラノフという名の元ＧＲＵ特殊任務部隊将校』と主張したのです」

「情報源の氏名が修正済み？」

「ええ、それがなんとも奇妙なんです。今回送られてきたＳＩＳのファイル中、〝氏名修正済み〟となっているのはそれだけなのです。メアリ・パットに見せましたら、ＳＩＳに問い合わせてくれました。すると、一九九一年の原本そのものですでに修正が行われていて、情報源がだれであるかはわからない、という答えが返ってきました」

「妙だな」

「ええ、非常にね。それは偽情報で、情報源は信頼できない、とＳＩＳは判定したとの説明をメアリ・パットは受けました。ですから、本来ならタラノフに関するその主張をそっくり削除するべきだったのですが、だれかがヘマをして、情報提供者の名前を修正しただけにし、情報そのものが残ってしまった、ということでしょう」

ライアンは言った。「では、信頼できない情報源からの偽情報だった、というわけだね。しかも、それ以上調べようがない。なにしろ、その情報の出処さえわからないのだから」

「でも、ひとつだけ手がかりがあるのです。スイスのファイルにあったものです。ツーク州警察の報告書のひとつに、一連の殺人事件のある現場で拘束された男に関する情報があります。その男は目撃者として拘引されたのですが、協力を拒否しました。そこで手錠をかけられ、パトカーのバックシートに押しこまれました。ところが、そこから速やかに逃亡したのです」エド・フォーリは持参した書類を繰って、見つけた一枚の文書をライアンに手わたした。ライアンは文書に目を落とした。それは電動タイプライターで印字した書類をコピーしたもので、すべてドイツ語で書かれていた。

ライアンは初めどういう書類なのかまるでわからなかった。「イヒ・シュプレッヒ・カイン・ドイチュ」

フォーリは笑いを洩らした。「わたしもドイツ語を話しません。でも、右の余白を注意して見てください」

ジャックは鼻にのせていた読書用眼鏡を通して見つめた。模様のようなものがかすかに見えた。鉛筆で書かれ、そのあと消された文字のようだった。

しっかり見つめた。「英語？　〝地底（ベッドロック）〟と書かれているのかな？」

「そうです」

「何なのだね、〝地底〟というのは？」

フォーリは首を振った。「それがさっぱりわからないのです。コードネームだとしても、いちども耳にしたことがないものです。〈天頂〉関係のファイルのどこにも、それにふれた箇所はないはずです。これについてもメアリ・パットに問い合わせてもらいました。〝地底〟が人物、作戦のコードネームとして用いられた記録はＳＩＳにはまったくありませんでした」

「だがそれは、警察に拘束されたのに逃げてしまった証人に関する記述のすぐ隣にある？」

フォーリは答えた。「わたしのドイツ語はまるで使いものになりませんが、翻訳官によると、その書類にはそういうことが書かれています」

ライアンは消された英語の文字の跡をさらにじっと見つめた。「だれの筆跡だろう？」

エド・フォーリは答えた。「スイスとドイツのファイルには英語によるメモがほかにもあります。イギリス人が書いたものにちがいありません。そうしたメモはサー・バジル・チャールストン自身が書いたものではないかと、わたしは推測しています」チャールストンは当時のSIS長官だ。

「ほう、面白い」

「あなたが直接サー・バジルに電話してみたらどうかなと、わたしは思ったんですけどね。彼はもう覚えていないかもしれません——なにしろ三〇年前のことですから。でも、電話してみる価値はあるのではないかと思います」

ライアンはしばし考えた。「サー・バジルには去年、電話したよ、誕生日にね。相変わらず頭は切れる。だが、いまはもう耳がかなり遠くなっているようで、残念ながら電話では思うように会話できない」

エド・フォーリは言った。「よろしければ、わたしがイギリスまでおもむき、話をうかがってきます」

「ありがたい申し出だが、その必要はない。ジャック・ジュニアに電話し、サー・バジルのお宅に立ち寄って話を聞いてきてくれないかと頼むことにする。しばらく息子から連絡をもらっていないんだ。こういう機会に電話すれば、あまり過保護と思われずに様子を探ることもできるからね」

「ジュニアは向こうで元気にやっているんでしょうか？」

「ほんとうのことを言うと、実際どうなんだかわからないんだ。息子は先日キャシーとは話したらしい。すべて順調で最高、と言っていたという。まあ、自分で電話すれば、もうすこし具体的なことがわかるんじゃないかな」

二人は立ち上がり、フォーリがふたたび口をひらいた。「申し訳ありません。今回送られてきた書類からもっと何か見つけられるとよかったのですが。タラノフを三〇年前の殺人に結びつけるものが見つかってほしいと、あなたが期待していたのはわかっていましたが、あの一連の殺人はやはり、ＲＡＦの仕業であるとしか思えません。ドイツ当局がＲＡＦのベルリンのアジトに踏みこみ、すべての暗殺と彼らを結びつける情報を見つけていますから」

ライアンはエド・フォーリの肩をぽんぽんとたたいた。「かもしれない、エド。うん、そうなのかもしれない。でもね、あの話には今回得られた書類にあるもの以上の何かがある。わたしにはわかるんだ」

エド・フォーリは問うた。「ほう、なぜわかるんです？」

ジャック・ライアンは疲れのにじむ笑みを浮かべた。「それは、そのすべてを身をもって体験したからさ」

33

キエフでは敵の監視網に引っかからないように秘密裏に活動したかったのだが、それが無理とわかったので、ジョン・クラーク率いる〈ザ・キャンパス〉工作員チームは計画をすこし変更し、いまは基本的に〝ありふれた風景のなかに隠れる〟という手法をとっていた。数日前の夜に起こったＦＳＢ（ロシア連邦保安庁）の荒っぽい嫌がらせによって、ロシアの情報機関がこの街の主導権をにぎっていて、ここでひそかに行動しようといういかなる試みも失敗に帰するということがわかったからだ。そこでクラークは方針を変えて、いささか間抜けなジャーナリスト集団に見えるような行動のしかたをすることに決めた。つまり、スパイとマフィアがうようよしているところで行動しているだなんて露知らず、やることも話すこともすべて監視下にあることもまるで知らない、のほほんとした野郎たちのふりをすることにした。

ギャヴィン・バイアリーは、作戦に関連する話へと向かう会話を不用意にはじめることが一再ならずあり、そのつどチームの経験豊かな工作員たちは切れそうになりながらも辛抱強く対応した。バイアリーがしてはいけない話をしようとするたびに、そのときたまたまいちばん近くにいる者が、真ん前に立ちふさがって邪魔をし、おっかない顔をしてにらみつけ、即座に話題を変えるのだ。するとバイアリーは、なかなか本物のスパイのように上手に振る舞えない自分に失望して顔をしかめ、きまり悪そうにうなずき、新しい話題の会話に加わる。

盗聴されていることは疑いなかったので、彼らは会話をかわすときは偽装の人物になりきる必要があったが、iＰａｄに文字を表示して相手に示し、すぐにそのファイルを削除する、という方法でコミュニケートすることはできた。もちろん、紙に文字を書き、すぐさまその紙をきちんと処分する、という手も使われた。また、バイアリーが電子機器すべてに堅固なセキュリティ・ソフトをインストールして、どんな高度な暗号解読の試みをも撥（は）ねのけられるようにしていたので、彼らはメールでのやりとりもできた。

フェアモント・グランド・ホテル・キエフは、キエフ中心部にある歴史地区ポジールのドニエプル川の岸に建つ巨大な建物で、宿泊客たちは窓とバルコニーから、東方にはドニエプル川の景観を、西方には丘や金色の教会ドームのある眺めを、楽しむことができる。

だが、現在、ホテルのすぐそばで高架道路を建造する巨大プロジェクトが進行中で、それにともなう騒音、土埃、交通量の増加によって、ふつうなら味わえるはずの近隣地区の魅力がずいぶん削がれてしまっている。それにいまや、ホテルの前のナービリジノ・フレシチャーチツカ通りをケチな犯罪者が夜となく昼となくうろつくようになってしまった。おかげで夜には宿泊客たちは、ホテルの送迎サーヴィスが手配するタクシーにだけ乗るようにしてくださいとベルボーイに注意される。タクシー運転手のなかには悪党がいて、そうした連中がよく観光客の金品を自分で奪ったり、客を淋しい場所に連れていって仲間に強奪させたりするからである。

〈傷跡のグレーブ〉というニックネームをもつロシア人は、そのホテルの九階のロイヤルスイートルームに宿泊していて、その取り巻きが九階と八階の残りの部屋をすべて占領していた。〈傷跡のグレーブ〉はホテルの最上階で多数の警護要員に囲まれて暮らしているというわけだが、そのうえさらに、一階にも配下の者たちがうようよしていた。こういう方面のことを見分ける力がある者が、豪奢な一階のロビーを見まわせば、ホテルのスタッフではないのにそこにずっと居座っている数人の男たちを簡単に見つけることができる。ただ、テーブルについている者もいれば、豪華なソファーに身をあずけている者も、ひたすらぶらぶら歩きまわっているだけの者もいる。

そうしたロビーに居座る男たちの大半は〈七巨人〉の警備要員だったが、ロシアのFSB、ウクライナの諜報機関や対内治安機関、さらには他国の情報機関の要員たちも、うろついていた。ＣＩＡだって、できればこのホテルへの一日二四時間・週七日の監視を実施したかったはずで、人員不足でさえなければそうしていたにちがいない、とクラークは思っていた。たとえまだビクスビー支局長が、二四時間体制の監視を部下に命じるほど〈傷跡のグレーブ〉のことを心配していないとしても、フェアモント・グランド・ホテルにはＣＩＡにとってもＰＯＩ（興味のあるところ）がかなりあるはずだった。だからこそ、ホテルのスタッフを買収して情報提供を受けるということだけはしていたのだ。

クラークはこのまま作戦本部を賃貸マンションに置きつづけることにしたが、ひとりくらい〈傷跡のグレーブ〉の近くに配置しておこうとフェアモント・グランド・ホテルの一室を確保した。偽装を維持したままこれを実行するためにクラークは、ある策略を用いることにし、それをマンションで開始した。ここキエフでのワンワールド・プロダクションズの取材活動について他の者たちと口論をはじめたのである。マンション内でしゃべったことは一言一句すべて盗聴器が録音してくれるとわかっていたので、取材班ではいちばん古参のクラークが、経験の浅い若いジャーナリストたちに毒づき、彼らが持ってきた装備から今回の取材の意図にいたるまで何かとあげつらい、激しく非難したのだ。そして、報酬が安いことにも文句を言い、こんな日当ではろくなレストランにも行けないと愚痴り、なんでほかのやつらと共同生活しなければならないんだと怒りを爆発させた。

そのあと、劇的なことを引き起こすことにかけては才のあるクラークが、真面目くさった顔を保とうと懸命に努力している他の者たちに向かって、ウクライナでの仕事の期間中はひとりでホテル暮らしをすると言い渡した。

ヴェトナム戦争時代からＣＩＡ工作員として活躍してきたジョン・クラークは、生まれてこのかた〝自分勝手な不遜な男〟と評されたことなど一度としてなかったが、いまやその役柄をしっかり演じることが自分の偽装を保つのに必要となってしまった。

一時間後、ジョン・クラークとイゴール・クリヴォフはフェアモント・グランド・ホテルに到着した。二人とも、旅行客ならだれでも持っているもので満杯のキャスター付き大型スーツケースを引っぱっていた。クラークは注意して荷物をできるだけ無難なものにした。敵は何かにつけ持ち物を調べようとするだろうと、ほぼ確信していたからである。クラークはヴァンクーヴァーを拠点とするワンワールド・プロダクションズの幹部記者の身分証を使ってホテルにチェックインすると、クリヴォフといっしょにスーツケースを引いて三階の部屋へ向かった。途中、クラークはワンワールド・プロダクションズの仕事で行っていてもおかしくない取材旅行を適当にでっちあげて、その話を〝ウクライナ特派員〟にしまくり、これまでに体験したもっと良い労働環境や、過去の取材でともに旅したプロデューサー、カメラマン、音響係、技術者からなる、より高度なプロ集団のことを、たてつづけに話した。

言うまでもないがクラークは、カメラとマフィアや敵の情報機関の要員に監視されていると確信していたので、こうしたことはすべて偽装のための演技だった。

イゴール・クリヴォフはいかにも尊大な男のものらしい大荷物を運ぶのを手伝ってから、ホテルをあとにし、マンションに戻った。一方、ジョン・クラークのほうは、まもなくして一階のロビーまで下り、豪華なソファーに身を落ち着けてコーヒーを注文し、携帯電話用のイヤホン型ヘッドセットを耳につけ、ｉＰａｄを膝の上に載せた。

そして、こうやってクラークがホテルで衛星運用システムを使用できるようにしているあいだに、〈ザ・キャンパス〉工作チームの他の者たちはそれぞれが受け持つ活動を実行する準備をととのえた。彼らは二人ずつ二チームに分かれ、レンタカー会社から借りた二台のトヨタ・ハイランダーのうちの一台にクリヴォフとドリスコルが、もう一台にドミニクとシャベスが乗りこみ、バイアリーはマンションにとどまって、そこから活動に参加することになった。

すでにＦＳＢに荒らされたマンションにバイアリーひとりを置いておくのは心配だったので、クリヴォフが連邦警察の元同僚二人に連絡し、カナダの音響技師とその録音用機器を護ってほしいのだと言って、マンションの外に立っていてもらうようにした。

午前一〇時、二台のトヨタ・ハイランダーがフェアモント・グランド・ホテルのそばに到着し、それぞれが巨大なホテルの入口が見える駐車スペースに、ちがう方向を向いてとまった。

そして彼らは、この職種の者たちが慣れ親しんだ行動をとった。車のシートに座って、じっと待ちつづけたのである。

たちまちジョン・クラークはホテルのロビーにいる連中の注意を惹きはじめた。強面の男たちがにらみつけ、肩が触れ合うほどぴったりとソファーに座りさえしたが、クラークは瞬きひとつせず、ヘッドセットを通して電話しまくり、タブレット・コンピューターを使って仕事をつづけた。

これもまた、何日か前の晩にクラーク率いる〝ジャーナリスト集団〟にＦＳＢが実施した〝公然尾行〟という戦術の一種だった。

だが今日はクラークも対処する準備をしていて、それから逃れようともしなかった。彼らは徹底的に悩まそうと嫌がらせをしつこくしてきたが、クラークは完全に無視した。二人の男がひとりずつ左右にぴったりくっついてソファーに座って自分越しに会話をかわし、不快きわまりない口臭が鼻孔に満ち、手振りのたびにそいつらの肘に脇腹をつつかれるという目に遭わされたときでさえ、クラークはまるでひとりでいるかのようにタブレット画面上の文字を読みつづけるだけだった。

携帯電話で話すときもクラークは、ワンワールド・プロダクションズの仕事でよその国にいる同僚と会話しているかのように振る舞ったが、実際にはホテルのすぐ外で待機している四人の部下たちに安全な電話会議モードで一方的に話しているにすぎなかった。

外の車のなかにいる四人は、ヘッドセットを通して聞こえてくるクラークの一人芝居の台詞にじっと耳をかたむけていた。クラークはキエフでの仕事への不満をだらだらぶちまけたあと、新しいカメラとそれを操作するカメラマンが着くまではリポートをヴァンクーヴァーに送ることを拒否する、と啖呵を切りもした。

正午になる前にFSB要員たちはそばから離れていった。たぶん彼らも、この老いぼれジャーナリストはいじめがいのない粗野な野郎だと判断したのだろう。互いに相手を同じくらい粗野だと思ってあきらめ、無視し合うことにした、といったところではないか。ただ、FSB要員たちは相変わらずロビーにとどまり、おもに他の客に嫌がらせをしたり、通りすぎる者をかならずジロリと嫌な目つきで見つめたりした。それでもクラークは、コーヒーを飲むときに両肘を体にくっつけたままにしなくてもよくなり、それだけはありがたかった。

クラークはロビーでは偽装を維持することに労力の大半を費やしたが、実は彼にはもうひとつ、ここでやるべきことがあった。それは、首を何気なく回転させて、ロビーの反対側にあるエレベーターに乗る者とそこから出てくる者を監視しつづけ、九階に上る者を絶対に見逃さないようにするということで、クラークはそれを熟達した技でごく自然にこなすことができた。

一二時三〇分ちょっと過ぎ、二人の男がホテルの広々としたロビーに入ってきて、エレベーターまで歩いていった。クラークはただちにこの二人を特殊任務部隊隊員の可能性ありと判定した。彼らはエレベーターのそばで、着ているスーツがまったく似合っていない、がっしりした体躯のならず者風の男二人としばらく言葉をかわした。この二人は〈七巨人〉に所属するごろつきにちがいない、とクラークは思った。たぶんエレベーターの乗り降りを勝手にコントロールしているのだろう。ほんのすこし話し合っただけで、短髪の兵士風の男たちはエレベーターのひとつに乗りこみ、ドアが閉まった。

クラークは鼻の上の読書用眼鏡の位置を調整した。その眼鏡には特殊なレンズが嵌めこまれていて、上端を通して遠くに目をやると、ものが拡大して見える。これのおかげでクラークはロビーの反対側にあるエレベーターの階数表示の数字を読むことができ、いま乗った二人の男が九階まで上がったことを確認した。

《よし》クラークは心のなかで言った。《あいつらはボスに会いにきた》

二〇分後、二人の男は同じエレベーターで降りてきて、ホテルの玄関ドアまで歩いていった。

クラークは二人が玄関ドアまで達するのを待ち、彼らが回転ドアを押して出ていこうとした瞬間、いままでずっと話しつづけてきた相手に応答するかのように携帯電話のヘッドセットのマイクに言った。「そう言ってくれると嬉しいよ、ボブ」

これはクラークが外で待機する車のなかの者たちに向けて発した暗号で、その意味は、いまホテルから出ていくやつは調査対象。これで、二人の男が何者で、彼らの車がだれのものなのか調べるのが、車中の二チームの仕事になった。

ドミンゴ・〝ディング〟・シャベスは通りの一〇〇ヤードほど離れたところに駐車していた黒のトヨタ・ハイランダーの運転席に座っていた。通りの向かい側では高架道路の工事が進行中だ。シャベスの隣の助手席にはドミニクが座っている。二人の男がホテルから出て、待っていたランドローヴァーに乗りこむのを、シャベスとドミニクは見た。ランドローヴァーは発進して北へ向かい、彼らのトヨタ・ハイランダーのほうに近づいてきた。

ドミニクがヘッドセットのマイクに言った。彼の声は想像上の相手に向かってしゃべりつづけるクラークの声にかぶさった。「車、こちらに来る。ここからわれわれが引き受ける」

SUV（ランドローヴァー）が横を通過すると、シャベスもトヨタ・ハイランダーを発進させて車の流れのなかに入り、二、三台うしろにつけてナービリジノ・フレシチャーチツカ通りを走りはじめた。そうやってドニエプル川右岸にそって進み、まもなくナービリジノ・ルホヴァ通りに入った。

シャベスがそのまま車を道なりに走らせているあいだに、ドミニク・カルーソーがiPadのアプリケーションをひらき、この尾行の成否を決める重要なコマンドを最適なときに素早くインプットできるように準備した。

道路は双方向ともかなり込んでいたが、シャベスはターゲット車の三台うしろの位置を維持しつづけた。そして赤信号につかまり、二台とも停止するやいなや、ドミニクがタブレット画面上のアイコンを軽くぽんとたたいた。

すると、トヨタの助手席の下の車体底面に磁石でくっついていた煉瓦(れんが)サイズのＲＣカー(ラジコン)が、磁力を失って金属製のオイルパンから離れ、道路上に落ちた。タブレット画面上に、小さなＲＣカーに搭載されたカメラがとらえた映像が浮かび、ドミニクはそれを見ながらスロットル・アイコンを前に押しやった。足下のＲＣカーがたちまち加速し、トヨタの真ん前にとまっていたトラックの下にもぐりこみ、次いで４(フォー)ドア・セダンの下に入った。

ＲＣカーがターゲットのＳＵＶの下に達すると、ドミニクはタブレット画面上の別のアイコンにふれた。カメラが上向きになり、自動的に小さなライトが点灯し、車体底面が映し出された。いまやドミニクは小さなＲＣカーを低速でゆっくりと動かし、タブレットそのものを回転させて右へ左へ移動させ、車体底面の最適の場所を探した。

そしてＳＵＶのオイルパンを見つけると、その真下にＲＣカーをとめ、いくつかのアイコンをぽんぽんとたたいて、ちっぽけな模型自動車の車輪をロックした。それがすむや即、アプリケーションの配置用ウィンドウを呼び出し、そこにあった〝空気配置〟と書かれているだけのアイコンにふれた。

ＳＵＶの車体の下にとまるＲＣカーの屋根に取り付けられていた、スラップ・オンと呼ばれる磁石付きＧＰＳ発信装置（ビーコン）が、放出された圧縮空気によって空中に噴き上げられた。そしてそのマッチ箱大の発信装置は、ＳＵＶの車体底面の金属の表面にあたり、強力な磁力でそこに引っ付いた。と、その瞬間それはターゲット車のＧＰＳ位置情報を送信しはじめた。

マンションでラップトップの前に座っていたギャヴィン・バイアリーが、電話会議モードにされたままの携帯を通して言った。「信号、受信」

「了解した（ラジャー・ザット）」ドミニクは応（こた）えた。信号が青になって前の車が動きはじめると、彼は急いでＲＣカーの車輪のロックを解除し、カメラの向きを前方に戻してから、その小さな模型自動車をＵターンさせ、全速力でトヨタ・ハイランダーまで走らせた。

シャベスがトヨタをふたたび発進させたとき、ちょうどＲＣカーが戻ってきて、本物の車と模型の車が交差した瞬間、ドミニクはタブレット画面上のアイコンをぽんとたたいた。と、ちっぽけな車は車輪に仕掛けられたバネによって空中に跳び上がった。ガツンという大きな音が聞こえ、シャベスとドミニクは満足した。ＲＣカーに取り付けられていた電磁石がふたたび磁力を獲得してオイルパンに引っ付いたのだ。トヨタ・ハイランダーはホテルへ戻るべく次の道を左に折れた。

途中、彼らはヴォロスカヤ通りのガソリンスタンドに寄って車をとめ、ＲＣカーをいったん回収して新しいスラップ・オンを装着させた。まだ午後も早く、やはり〈傷跡のグレーブ〉がほかにだれかと会う約束をしている可能性は充分にあり、その場合はまた同じようにターゲット車に追跡用のＧＰＳ発信装置を取り付ける必要がある。

34

モスクワの凍てつく春の朝、空はいましも雪を降らせそうな灰色の雲におおわれている。ルビャンカ広場には、四五〇人ほどの男女が立ち、少しでも寒さから逃れようと足踏みしていた。そこにそうやって並ぶ者たちはみな、広場の北の角に建つネオバロック様式の大きな建物――かつてのＫＧＢ（国家保安委員会）本部で、現在はＦＳＢ（ロシア連邦保安庁）本部――で働く人々だった。

その全員がＥメールか構内放送で「午前一〇時に席を離れて広場に出るように」との指示を受けていた。そしていまこうやって広場に出て、おしゃべりをしている。タバコを喫っている者も多い。ともかく彼らは待っていた。

いま、一一時を少し回ったところ。それでもだれも文句を言わない。

ルビャンカ広場はラッシュアワーになる前に閉鎖されてしまったが、その理由はドライヴァーにも歩行者にも知らされず、広場に入ろうとした者たちはみな、すでに込み過ぎている脇道へ回るように指示された。ロシアの一般庶民が困ろうと、このイヴェントの主催者はいっこうに構わなかった。広場の下にある地下鉄のルビャンカ駅さえ閉鎖されてしまった。地下鉄の運転士は、ルビャンカ駅では停車せずに速度を落として通過するようにと命じられ、武装警備兵が線路のそばに立って、通過する車両から降りようとする者がいないか目を光らせた。

なぜＦＳＢの職員がこんな寒空に立たされなければならないのか、今日ここでこれから何が行われるのか、ということについての説明は一切なされていなかったが、広場に立つ者はみな、たぶんそうだろうという推測をひとつ導き出していた。ただ多くの者が、それが事実だとはとても信じられないという思いだった。

彼らの目の前に、高さ四〇フィートのオブジェがある。それは前の晩にはそこ――ルビャンカ広場の中央――になかったものだ。巨大な緑色の布でおおわれていたが、それが何であるかは、その前に立つＦＳＢの職員たちにはほぼ察しがついた。

布の下にあるのは、ソヴィエト連邦時代の数十年間そこに立っていて一九九一年に引き倒されたフェリックス・ジェルジンスキーの像にちがいないと、だれもが思っていた。

ジェルジンスキーは、ウラジーミル・レーニンを権力の座に据えた一〇月革命の英雄で、レーニンその人に反革命・サボタージュ取締全ロシア非常委員会の議長に任命された。ロシア語名の頭字語チェーカーという名称で知られるこの委員会は、ソヴィエト連邦樹立当初からヨシフ・スターリンによって一九二〇年代に衣替えされるまでの国家保安組織（秘密警察組織）である。

だからフェリックス・ジェルジンスキーは「秘密警察の父」であり、厳罰の効用を信じきっていたために「鉄のフェリックス」という異名でも呼ばれ、強制収容所システムの創設者として保安機関トップの座にあった数十年間にその悪名をソ連のすみずみまで轟かせた。

一九九一年のジェルジンスキー像の撤去は、頑迷な保守派はもういないのだということを明白に示す証拠だった。布の下にあるものが本当にジェルジンスキー像で、それがふたたびこの広場に出現するのだとしたら、その除幕をこれから見まもることになる約四五〇人のFSB職員たちにとってそれは、「〝過去からの後退〟が終わって、ついに国家保安機関がロシア支配勢力の最高位に完全に返り咲く」ということを意味する。

数分後、ロシア連邦大統領ヴァレリ・ヴォローディンが姿をあらわした。集まっていた人々からどよめきが噴き上がった。むろんそれは、彼らの大好きな指導者があらわれたからだが、同時に、やはり予想したとおりのことが起こるらしいという思いの表出でもあった。ヴォローディンが四五〇人ほどの群衆に向かって歩きはじめると、武装警護班がほんのすこし指示しただけで人々が分かれて道ができ、そこを大統領は進んでいった。ヴォローディンといっしょに歩いていく五〇代と思われる長身の男がいた。ヴォローディン同様、典型的なスラヴ人の顔立ちをしていたが、目には大統領のそれにはある輝きや魅力は一切なかった。

この男こそ、FSB長官のロマン・タラノフだった。ルビャンカ広場の真ん中に設置された布をかぶる高さ四〇フィートのオブジェのすぐ向こうにある建物のなかで働く者たちの多くは、この男の写真を見たことさえなく、大統領と並んで歩ける者といったらタラノフしかいないと推断することしかできなかった。

二人の男が垂れ下がる布のところまで達すると、群衆はしんと静まりかえった。布に隠された巨大なオブジェの両脇にひとりずつ立った。

大統領は自分のまわりに立つ群衆のいちばん近くにいる人々を見やり、にっこり微笑(ほほえ)んだ。そしてウインクして言った。「驚くようなことは何もないよ」

だれもが笑い声をあげた。だれもが知っていた。

大統領はひとつうなずき、タラノフとともに緑の布を引き落とした。高さ四〇フィートのフェリックス・ジェルジンスキー像があらわれた。

FSBに所属する男も女も歓声をあげた。湧(わ)き上がったその歓声は、四ブロック離れたクレムリン宮殿でも聞こえた。

歓声が収まると、ヴァレリ・ヴォローディンは差し出されたマイクをにぎった。

彼はひとつ深呼吸をしてから、感情をこめて話しはじめた。

「みなさんのなかには、若すぎて、いまここにこうして立って我らがＦＳＢ本部ビルを見まもる〝鉄のフェリックス〟を覚えていない人もいるでしょう。彼が引き倒されて引きずられていった日を覚えている人のほうが、たぶん多いのではないでしょうか。

彼をののしり非難したのは馬鹿者と外国人です。秩序と治安を守ろうとするわれわれは真実を知っていました。フェリックス・エドムンドヴィチ・ジェルジンスキーと、当時彼のように行動したごく少数の者たちこそ、ほぼ一世紀にもわたってロシアを強国たらしめた人々だったのです」

凄まじい歓呼の声が噴き上がった。

ヴォローディンは拳を中空に突き上げた。「今日はロシアが強国として新たな世紀を歩みはじめる日となります！　いつかそのうち勇敢で強いロシア人たちがここに立って〝鉄のフェリックス〟をあるべきところに戻した者たちについて語らんことを！　そのようにして新生強国ロシアが、あの建物から、この広場から、湧き出でんことを！」

ヴァレリ・ヴォローディンは手を振ってロマン・ロマノヴィッチ・タラノフを示した。

タラノフは無表情のまま大統領の背後に静かに立ちつづけ、いまや広場にいるほぼ全員が共有している感情にもまったく染まっていない風情だった。ヴォローディン大統領は言葉を継いだ。

「これからの数カ月、われわれの闘いは大いなる苦闘となるでしょう。しかし、それによって得られる利益はずっと大きなものになります。ロマン・ロマノヴィッチがきみたちを巧みに指揮してくれます。行き詰まり、奮起するきっかけとなる霊感が欲しいときは、窓の外に目をやるか、ここまで出てくるかして、この像を凝視してほしい」ヴォローディンは満足げに微笑み、顔を輝かせた。「われわれはみな、この〝鉄のフェリックス〟の導きによって、これからの苦闘に耐え、困難を乗り越えていくべきなのです」

新たな歓声が湧き上がり、それはいつまでもつづいた。数分後、ヴォローディンが情報機関員の群衆に手をひと振りして別れを告げ、ルビャンカ広場をあとにして、ようやく歓声は収まった。

この除幕式に参加した人々のなかに、自分たちの長官であるロマン・タラノフが何のスピーチもしなかったことに驚いた者はひとりもいなかった。ヴァレリ・ヴォローディン大統領が去ったあと、広場にいたFSB職員たちも職場に戻りはじめたが、そのときにはもうタラノフの姿がどこにもないことに多くの者が気づいた。ヴォローディンが注目を一身に集めているあいだに、タラノフはそっと離れていき、執務室に戻ったのだろう、というのが大方の推測だった。

クリミアはウクライナ南端の半島で、黒海に吊り下がるような形をしている。ロシア帝国のエカチェリーナ二世の軍がオスマン帝国軍を破った一八世紀後半の第一次ロシア・トルコ（露土）戦争以来、ロシアはクリミア半島を自国領と主張し、一九世紀半ばのクリミア戦争ではセヴァストポリを要塞化した。その後、ヨシフ・スターリンがクリミア半島のさらなる〝ロシア化〟を推し進め、トルコ語を話す先住民族クリミア・タタール人を中央アジアに強制移住させ、代わりにロシア人を移り住ませた。多くの場合、この新たにやって来たスラヴ系の人々は、追放されたタタール人が残していった家に入りこんで暮らした。

一九五〇年代にフルシチョフがクリミア半島をソ連邦構成共和国のひとつであるウクライナに移管したが、彼はその決定がのちのち物議を醸すことになろうとは夢想だにしなかった。ソビエト社会主義共和国連邦が崩壊して、ウクライナが主権を獲得する日が来ようとは、知る由もなかったからである。

ロシアにクリミア併合の野望があることはだれもが知っていたが、数年前にウクライナの大統領がナショナリスト寄りの人物から親ロシアの政治家に代わると、ロシアのクリミア奪還の熱い思いも少しは冷えた。これでセヴァストポリ港の黒海艦隊も安泰と思えたので、ロシアは余計な野望に燃えることもなくなったのだ。

ところが、ヴァレリ・ヴォローディンがモスクワで権力をにぎってまもなく、キエフにナショナリスト寄りの政権が新たに誕生し、すべてが変わってしまった。以来、クリミア半島全域が極度に不安定化してしまい、通りには抗議活動があふれ、政治的な殺人や拉致が頻発するようになり、ロシアに支援された武装ギャング集団がロシアの半島併合を支持しない役人を痛めつけているという噂さえ流れた。

ＦＳＢ要員がクリミア半島全域で暗躍し、考えうるあらゆる手法を用いて民族間の不和を煽っているのは明らかだった。

クリミア半島のセヴァストポリはロシア黒海艦隊が拠点をおく軍港都市であり、市内には艦隊関係のロシア人だけでも二万五〇〇〇人が住んでいる。セヴァストポリの住民は〝母なるロシア〟への親近感を隠そうとはしない。そこは、激動の一九九〇年代にもスターリン像とレーニン像が無傷のまま立ちつづけた世界でも数少ない場所のひとつであり、ウクライナ独立から二〇年以上が経過した現在でも、モスクワと同じくらいロシアの都市なのである。

セヴァストポリにはウラジーミル・レーニン像がいくつかあって、それぞれがいまだに街の公園を栄誉あるものにしている。この都市に住むロシア人は、単なる親ロシアではなく、親ソ連なのだ。

キース・ビクスビーはわずか一時間前にセヴァストポリに着いたばかりだった。キエフから車でここまで来るのに一一時間かかった。同行したのは二人の工作担当官――二七歳になる元海兵隊士官のベン・ハーマンと、四八歳になるプリンストン大学卒のグレッグ・ジョーンズ。三人が運転してきた二台の大型ＳＵＶには食料と非常用装備が満載されていたが、そのなかに武器はまったくなかった。三人とも公式偽装で護られた情報機関員

――つまり公式の身分は外交官の信任状をもつ大使館員――ではあったものの、車が外交官車両ではなかったからである。

この港湾都市の彼らの目的地は、機能的だが醜い住宅として再利用された、古い冷戦時代のレーダー施設・兵舎だった。一エーカーの敷地のまわりに高い煉瓦(れんが)の塀が張りめぐらされ、そのなかに全階・全側面にバルコニーがある、まるで海辺の小ホテルのような三階建ての建物がひとつだけ建っている、という住宅だった。

単調で面白みのない公園の真ん前にある、この地味で目立たない住宅は、ＣＩＡのＳＭＣ（特殊任務施設(スペシャル・ミッション・コンパウンド)）で、そのコードネームは〈灯台(ライトハウス)〉。常駐する人員は、ＣＩＡの技術官が四人、アメリカの民間軍事会社の警備要員が六人、それにＪＳＯＣ（統合特殊作戦コマンド）指揮下のデルタフォース隊員四人からなるＡＦＯ（前進特殊作戦）チームも加わって、合計一四人。そしてその一四人のそれぞれが、カービン銃と拳銃(けんじゅう)を携行するか、それらをすぐに使える状態にあり、武器庫として使われている施錠(せじょう)された戸棚には催涙弾用の擲弾(てきだん)発射器が何挺(ちょう)か保管されている。

このていどでは火力という点ではたいしたことはないが、これは〈灯台〉内部の警備に限った装備でしかなく、建物を護る第二の警戒線が実はあって、それはメインゲートに配置された六人のウクライナ人警備要員だった。彼らの大半は非番の警官で、それぞれが拳銃とショットガンしか持っていなかったが、敷地内にいるアメリカ人たちは彼らとは良好な関係にあったので、どのような脅威が生じても警告してもらえるものと思っていた。

　メインゲートで警備にあたるウクライナ人たちは「ここはＮＡＴＯが非加盟国との関係を培うために構築したプログラム〈平和のためのパートナーシップ〉に関連する施設」ということしか知らされていなかった。ただ、彼らは施設内にいる外国人たちがＮＡＴＯの軍服を着ているところを一度も見たことがなかった。だから、ここは曖昧でほとんど意味のないＮＡＴＯのプログラムのために民間業者が運営する連絡・管理施設のようなものでしかないと、だれもが思っていた。

　このＣＩＡの特殊任務施設は活動を開始してすでに数年になるが、この数カ月のあいだに地域の世論が過激な親ロシアへと変化したため、その活動を秘密にしつづけるのが難しくなりつつあった――エストニアでロシアとＮＡＴＯが砲火をまじえてからは、とくに。しかしながら、状況が不安定化して活動が困難になったにもかかわらず、この施設は疑いなく、これまでどおりロシア黒海艦隊の動きを把握するのに役立つ情報をアメリカに与えつづけた。

　ロシアが艦隊の兵装を変え、装置や兵器を一新したときは、〈灯台〉を拠点とするデルタフォース隊員がそうした新装備の主要な構成要素を写真におさめた。一年前にアメリカ海軍のミサイル巡洋艦〈カウペンス〉がセヴァストポリ港に停泊したさいには、〈灯台〉の監視要員たちは、この地域でのアメリカおよびＮＡＴＯへの支援――というか、支援のなさ――のレベルがどの程度のものであるのかを判定するために、地元の反応を調査した。そして、つい数日前、ヴォローディンが突然、軍事演習を実施すると宣言し、港が急に慌(あわ)ただしい動きを開始したとき、デルタフォースとCIAの要員はその動きの音声と映像を記録した。そうしたデータは、万が一、この近くで海戦がはじまったときには、とてつもなく役立つものとなりうる。

クリミア半島の住民の大半は断固たる親ロシア派だったが、ウクライナはCIAとは友好関係にあり、その情報機関もここがCIAの通信・電波諜報(ちょうほう)施設であることを知っていた。

そしてそれがいま問題になっていた、SBU（ウクライナ保安庁）のナンバー2(ツー)が秘密情報をFSBに流していたことが判明したことで、CIA中がいまやパニックにおちいっているのだ。キース・ビクスビーはまさに〝自分が舵(かじ)をとる船に、塞(ふさ)がねばならない一〇〇〇もの穴をあけられてしまった〟ような状態で、指揮する作戦の多くが敵に知られている可能性があった。そして、その多数の穴のなかでも、いま真っ先に塞がなければならないのは、ここセヴァストポリにあいてしまったはずの穴だ。つまり、この施設にいる全員を、ここにあるすべての装備を、セヴァストポリから脱出させるということが、いま最も重要な最優先事項なのである。

ロシアがウクライナに侵攻するとしたら、まずはこのクリミア半島に部隊を一気に投入するに決まっている。そしてロシア軍は最初にセヴァストポリに向かう。この都市（まち）に入ったロシア軍の兵士が、〈灯台〉の表のメインゲートの外にあらわれ、なかを調べさせてもらえないかと尋ねるまでに、そう長くはかからない。

ビクスビーは支局長とはいえ、部下と一緒になって現場仕事をこなさなければならない状況にあり、その日もドライバーを使って電子機器のラックを解体するのに多くの時間を費やした。機器をＳＵＶに積みこんで運び去るには、ラックからはずす必要があるのだ。そして目下、建物の三階にある仕切り小部屋（キュービクル）がならぶ細長い部屋で、文書をシュレッダーで裁断している最中だった。

二〇年前なら、この規模の施設にある文書をすべて裁断するとなると数日はかかっていたにちがいないが、今回は二時間もあれば施設内にある全文書をシュレッダーにかけられるはずだとビクスビーは考えていた。

彼が裁断に励んでいるあいだ、他の者たちはコンピューターを解体してハードディスクドライヴをはずし、ウクライナ人警備要員たちに支払うこの国の少額紙幣を封筒に入れ、秘密諜報施設を超特急で閉鎖するのに必要となる他の仕事を慌ただしく片づけていった。

こうした仕事をすっかり終えるには、まる一日が必要と思われた。ともかく、やるべきことをやり終えたあとやっと、デルタフォース、ＣＩＡ、それに民間軍事会社の要員を、建物の前の円形駐車スペースにとまっているＳＵＶに乗りこませることができるようになる。そして首都への長いドライヴを開始し、キエフまでたどり着いたら、ビクスビー自身も含めて彼らの大部分が飛行機でウクライナから脱出することになる。

〈灯台〉が閉鎖されるのだから、当然その要員がこの国にいる必要はなくなる。だから彼らがウクライナから出ていくというのはわかる。しかしキース・ビクスビーまで出国しなければならないというのは？　それは、ビクスビーのことはＳＢＵのナンバー2（ツー）によって敵であるロシアの情報機関に徹底的にばらされてしまったと、だれもが考えたからである。

現在、午後九時をちょっと回ったところで、ビクスビーはひとりで作業していた。目の前のテーブルにはトランシーヴァーが置かれていて、建物内にいる他の一六人のやりとりを聞くことができる。彼が無線通信の筆記録でふくらんだマニラ紙のフォルダーに手を伸ばしたとき、〈灯台〉のＣＩＡ技術官の声がトランシーヴァーから飛び出した。「キース、下に来てくれませんか？」

キース・ビクスビーは筆記録をシュレッダーにかけながら、もう一方の手でトランシーヴァーを持って言った。「正真正銘の重大事でなければ、そちらがこっちへ上がってきてくれないか？」

しばしの沈黙。「すみません。どうもその重大事なんです」

「よし、すぐ行く」

ビクスビーはシュレッダーのスイッチを切り、階下へ急いだ。

キース・ビクスビーが一階に下りていくと、玄関ホールにデルタフォースの小部隊を指揮する士官がいた。彼はコールサインをミダス――触れるものすべてを金(ゴールド)に変える力を与えられたあのギリシャ神話の王様――といったが、陸軍レンジャー部隊で数年過ごして立派な勲章をもらったバリー・ジャンコウスキーという名の中佐であることをビクスビーは知っていた。そのミダスがH(ヘッケラー)&K(コッホ)自動小銃(アサルト・ライフル)を肩からぶら下げ、ヘルメットをかぶっていることに、キース・ビクスビーは気づかないわけにはいかなかった。

三〇分前にビクスビーが最後に見たときには、バリー・〝ミダス〟・ジャンコウスキーはそのどちらも身につけていなかったのだ。

これはヤバい。

民間軍事会社の〈灯台(ライトハウス)〉警備チームを指揮するレックスもそこにいた。レックスもまた武装していたが、彼の場合、仕事中はつねにM4カービンを携行している。

「どうしたんだ?」階段を下りきるとビクスビーは訊(き)いた。

レックスが答えた。「トラブルです。ウクライナ人警備要員のひとりが仲間と交代するためこちらへ向かっていたとき、市警の友だちから電話をもらい、今夜はそこへ働きにいくなと言われたんです」

「理由も聞いたのか?」

「ここがNATOの施設だという噂が広まっていて、抗議活動が組織されつつある、とのことです。市の警官はみな、係わりになるなと言われているそうです」

「くそっ」ビクスビーは思わず声を洩らした。そしてミダスのほうを見た。「どう思う？」

ミダスは答えた。「持っていけるものをすべて積みこみ、残りを破壊し、ここからさっさと出ていくべきだと思う。だが、それはわたしが決めることではない」

ビクスビーは施設内にどんな秘密装備がどれほどあるのか考えた。

「残していけない装備を破壊するといっても、大量にあるぞ。われわれがここにいるあいだに爆破したり燃やしたりしたのでは、注意を惹きつけることになり、脱出できなくなる。屋上にはアンテナがあり、通信室にも機器がある。爆薬を仕掛けるという手もあるが、それではすべてを破壊し尽くせるかどうかわからない。ロシア軍がここに来たら、それこそ建物をばらばらにして家捜しするに決まっている。

このまま大急ぎで作業を続行するんだ、夜を徹して。屋上にあるすべての衛星通信用装置を完全に解体している時間はない――ぜんぶ取り外し、そのまま車に詰めこむしかない」

ビクスビーはしばし考えこんだ。

「すべて積みこむには、あと二台、車が必要になるな」

レックスが言った。「それなら、地元の者に電話して頼めます」

ビクスビーは首を振った。「それはだめだ。警官たちがすでにわれわれのことを触れまわっているかもしれない。われわれが脱出しようとしているのを、この近辺のだれにも知らせたくない」

キース・ビクスビーは素早く頭を回転させた。だれに電話して助けを求めればいいのか？　ウクライナ国内にもＮＯＣ（ノック）（公式偽装（オフィシャル・カヴァー）で護られていない非合法（イリーガル）工作員）が何人かいるが、いまはみな国境付近に投入されていて、こちらに連絡するのだってそうしても安全とわかったときだけだ。ＣＩＡ〝資産（アセット）〟の正体をさらに敵に明かすことなくＮＯＣを〈灯台〉に呼び寄せる方法など、ビクスビーには思い浮かばなかった。

ウクライナにも少数のアメリカ軍部隊がいて、そのほとんどはウクライナ軍の基地に駐留している。しかし、そうした基地はクリミア半島にはひとつもない。それに、たとえ近くに自国の兵隊がいて、助力を請（こ）うことができたとしても、アメリカ陸軍のハンヴィー（高機動多用途装輪車）二、三台にこのゲートを通過させるわけにはいかない。そんなことをしたら、かなりの注意を惹いて、ひそかに車で脱出することなど不可能になる。

と、ここまで考えたとき、ジョン・クラークとドミンゴ・シャベスのことが頭に浮かんだ。

ビクスビーはミダスのほうに顔を向けた。「わたしが電話し、明朝までにＳＵＶをあと二台、確保する」

ミダスは応えた。「よし、わかった。屋上に歩哨を立て、通りのようすを見張らせる。その間、残りの者たちがせっせと荷造りを進めるということで――」

ジョン・クラークがフェアモント・グランド・ホテルのデラックス・ルームの贅沢なベッドにまさに体をもぐりこませようとしていたとき、彼の衛星携帯電話が鳴った。

「はい、クラーク」

「やあ、どうも」

すぐにキース・ビクスビーの声だとわかった。クラークは思わず笑いを洩らした。CIA支局長はもうひとつ頼みごとをするために電話してきたのだと早くもわかった。

「よう、どうした？」クラークは訊いた。

「調子に乗って、またあなたに頼みごとをするというのはとても嫌なんですが、ひとつ問題が起こりまして、素早い助力を得られないものかなと思ったのです」

「どんなことだ、言ってみろ」

「夜中にドライヴを一一時間して、〝やや不安定〟から〝とっても危険〟になりつつある状況に飛びこむ。これ、やる気ありますか？」

クラークは答えた。「よし、うちの者たちに知らせる。こいつはルームサーヴィスに電話してコーヒーを持ってこさせたほうがよさそうだ」

ビクスビーは現在の状況を手短に説明した。数分後にはクラークはすこし離れたところにある例のマンションにいるシャベスと電話で話していた。

35

ジャック・ライアン・ジュニアは、今日は朝からずっと、キャスター・アンド・ボイル・リスク分析社の自分のオフィスでIBM-i2アナリスツ・ノートブックによる新しいデータベース作りに取り組んでいた。それは新たに受け持たされた仕事――トラブル――に関するもので、そのトラブルとは「ロシアの会社から船舶を数隻買ったが、届けられたものは船体が錆びたボロ船で、これは泥棒と変わりない、とノルウェーの海運会社が訴えている」というものだった。この件は月並みで面白みがないばかりか、奪われた総額もガルブレイス-ガスプロム事件のそれよりも桁違いに少なかった。ジャックは午にはもう退屈していて、午後二時にはすでに、前週にアナリスツ・ノートブックが作成したガスプロム系列会社のマインドマップ（データやアイディアを図式化したもの）をチラチラのぞきはじめていた。

電話が鳴り、反射的に受話器に手を伸ばした。

「はい、ライアンです」

「やあ、ジャック。いま、話すのは大丈夫かね？」

ジャックは父親の声を聞いてびっくりした。「あっ、ダッド！　はい、大丈夫。いまロシア人に対処しているところでして」

「きみもか。わたしもだ」

ジュニアは言った。「ええ、知っています。ダンはセルゲイ・ゴロフコに毒を盛った犯人をもう見つけましたか？」ダンというのはダン・マリー司法長官のことだ。

「ああ、見つけたよ。でもね、よくある話だが、それで答えよりも問いのほうが増えてしまった」

ジャック・ジュニアは顔を上げて、コンピューター・ディスプレイ上のマインドマップを見つめた。それはボウルに入った多色（マルチカラー）スパゲッティのように見える。「なるほど」

「何日か前の晩、きみから電話があったとキャシーから聞いた。話せなくてすまなかった」

「いいんです。セルゲイのことやらウクライナのことで大忙しなのはわかっています。うまく行くように祈っています」

「家族はみんな元気だ。もう居住区（レジデンス）に戻れてね、以前とまったく変わりない。ただ、驚くなかれ、居間のトイレの便器（ジョン）を取り壊されてしまった。まったく、信じられないよ」

「そりゃ、ひどい。ええと、ダッド、連絡しないですみません。仕事がほんとに忙しくて」

「いいんだ。わたしだって、ここのところとても忙しい」

ジャック・ライアン・ジュニアは笑いを洩らした。

「で、そちらの生活はどうだ？」

「なかなかのものです」

「うん、ロンドン暮らしは素晴らしいよな」父親の声に興奮がからまるのをジャック・ジュニアは感じとった。ジャック・シニアは息子のロンドン生活を想像し、それをいま自分が味わい楽しんでいるかのようだった。そうやって遠い昔に自分が体験したイギリス暮らしを追体験しているのだろう。

ジュニアは弱々しくぼそっと応えた。「ええ」

ほんの短い沈黙。ジャック・シニアはもういちど言った。「素、晴、ら、し、いよな？」

「まだこちらのことに完全には慣れていないようで」

「具合の悪いことでもあるのかね？　問題でもあるのか？」

「いえ、ダッド、すべてうまく行っていて、問題なんて何もありません」

ジャック・シニアはまたしてもしばし沈黙し、すぐには言葉を返さなかった。「何かあるのなら、遠慮なく言ってくれ、いいね？」

「ええ、もちろん。あるなら、そうします。でも、すべてうまく行っているんです。ただ、仕事のことで思うようにならないことがありまして」

「オーケー、わかった」父親は息子の声が強張りだしているのを感じとったが、深追いしないことにした。「実はひとつ頼みたいことがあってね、きみに時間的余裕があればの話だが」

これでジャック・ジュニアは気持ちが楽になった。「どんなこと？　少しほかのことを考えるのもいいかもしれません」

「バジル・チャールストンのことは覚えているよね？」チャールストンは元ＳＩＳ（イギリス秘密情報局）長官で、シニアが三〇年ほど前にロンドンで分析官の仕事をしていたときにもその地位にあった。

「はい、もちろん。もうずいぶんお会いしていません。いまは八〇過ぎでしょうね」

「うん、それが問題なんだ。実はサー・バジルにいくつか質問があって、できれば自分で直接訊きたいのだが、彼は電話ではどうもこちらの言っていることがうまく聞き取れないようなのだ。去年電話したときも、話がちぐはぐになってしまうことが多くてね」

「お住まいはまだベルグレイヴィアですか？」

「そう」

「寄るのは簡単です。わたしのところからたいして遠くありませんから。それで、どういうことを彼に訊いてほしいのですか？」

「三〇年ほど前、ヨーロッパである一連の殺人があった。当時、〈天頂（ズィーニス）〉と呼ばれるKGB要員の仕業だと考えた者たちがいた。そしてこのたびわれわれは、古いファイルにしまいこまれていた文書のなかに、〈天頂〉とロマン・タラノフが同一人物であることを示唆（しさ）する確証のない情報を見つけた」

「すげえ」ジャック・ライアンは思わず声をあげた。

「わたしもまあ同じ思いなのだが、先走りはしたくない。それに関してもっと知る必要がある。〈天頂〉によるものと思われる殺人に関連して〈地底（ベッドロック）〉というコードネームが見つかった。まずはそれを手がかりにしたい。〈地底〉が意味するのは人なのか、場所なのか、はたまた作戦なのか、その点もわからない。〈地底〉が何なのか、ともかく知りたい。そして、〈地底〉について覚えている者がいるとすれば、それはサー・バジルということになる」

ジャック・ライアン・シニアは、チャールストン自身が〝地底（ベッドロック）〟とメモ書きしたと思われるファイルがあることもジュニアに伝え、ただちにそのファイルを秘書官にEメールでそちらへ送らせると言った。

「それって、当然、秘密情報ですよね。そんなことをサー・バジルはわたしに話してくれるでしょうか?」

ジャック・シニアは言った。「バジルはきみに話すことを問題とは思わない。きみがジエリーのところで働いていたことを彼は知っている」ジェリーとはむろん、〈ザ・キャンパス〉の長、ジェリー・ヘンドリーのことだ。

父とのこの電話での会話が盗聴不能になっていることはジャック・ジュニアにもわかっていた。父もそのことを知っているはずだった。それでも父はいま、ちょっとした暗号を用いて話したのだ。ジュニアが〝ジェリーのところで働いていた〟ことをサー・バジル・チャールストンが知っているということは、明らかに彼は〈ザ・キャンパス〉のことも知っているということになる。これにはジャック・ジュニアもびっくりした。

「ほんとうですか？」

「ああ、ほんとうだ。きみがあそこの分析員だったことをバジルは知っている。ジェリーがどういう仕事をしてきたかも承知している」

「オーケー。では次の質問。その一連の殺人というのは、わたしたちがイギリスで生活していたころに起こったのですか？」

「そう、まさにあの時期。実のところ、わたしはその一連の殺人事件をよく覚えている。きみはまだオムツをつけていた」

「ちゃちゃを入れるつもりはないんですけど、ダッド、ずいぶん昔の話ですよね。バジルがそのことを覚えている可能性はあるとほんとうに思っているんですか？　だって、ＳＩＳには〈地底〉の記録なんてほかにまったくないんでしょう」

「ジャック、きみなら大方の者よりよくわかるはずだが、重要な作戦だからといってかならずしも後世の者たちのために文書という形で記録が残されるわけではない。逆に〈地底〉が文書で記録できないほど重要である場合だってある。もしそうなら、バジルがそのすべてを知っている可能性は大いにある」

「なるほど、言えてますね。わかりました、バジルに訊いてみます。あのタラノフが関与していた可能性がほんとうにあると思っているんですか？」

「まるでわからない、というのが正直なところだ。たったひとつの断片的な課報(ちょうほう)情報を信じすぎてはいけない、ということはわたしも学んだ。確信するにはもっと情報が必要だ」

「でも、ダッドはわたしに追跡調査させたいと思うほど〈地底〉のことが気になっている」

「そう」と言ってしまってからジャック・シニアは気づいてハッとした。「追跡調査？ ちょっと待った。わたしはただバジルに訊いてくれと頼んだだけだよ。それ以上のことをきみにしてもらう必要はない」

「ですね」ジャック・ジュニアは返した。

「ところで、仕事のほうはどうだ？ さっき、思うようにならないことがある、と言っていたが」

「ここでは、いかがわしいロシア人相手の仕事にどっぷり漬かっています。うちのクライアントから財産、ビジネス、知的財産をだまし盗っている連中です。やつらは澄ました顔で嘘をつき、盗みや脅迫のために裁判所さえ利用しています」

「そんなにひどいのか？」

「ダッドにはとても信じられない世界ですよ」ジャック・ジュニアは失言にすぐに気づいた。「おっと、何てことを言っているんだ。かつてKGBと正面切って闘っていた人に」

　ライアン大統領は言った。「まあ、たしかにそうではあった。で、そういう仕事だが、楽しめるところもあるのだろう？」

　ジャック・ジュニアは溜息をついた。「それが、ストレスがたまるばかりの仕事なんです。この仕事に就く前の数年間は、正義について考えるということしかしていなかったわけですから。悪党どもを追いかけ、やつらが悪事を働くのを阻止する、という仕事をつづけてきたわけです。ところが、まあ、この仕事でも悪党を追いかけてはいるのですが、わたしが望みうる最良の結果というのが、やつらへの真の裁判権を有さないどこかの裁判所がわずかな資産の差し押さえを命じる、ということなのです。おまけに、そんなことはたぶん絶対に起こらないときています」

「正義はゆっくりと動く」

「いまの仕事では『正義はまったく動かない』です。ボスのヒュー・キャスターはどうも、クレムリンの〈シロヴィキ〉が直接関与する腐敗をはっきりさせるのが怖いようです。ロシア国内の法廷で泥沼にはまって身動きできなくなったり、部下が当局の嫌がらせを受けたりするのは困る、というのもわかりますが、これでは本物の犯罪者をあまりにも簡単に放免していることになります。

　わたしとしては、そうしたろくでもないやつらの一部でも改心させるにはどうすればいいのかと、つい考えてしまいます。ジョン、ディング、サム、ドムがここにいたら、わたしは古い所有権移転の契約書なんて読んでいませんよ、絶対に」

「わかる。分析官だったときに、わたしも同じようなことを何度か体験した。結びつけるべき点をすべて結んで、全容を解明できたと思えたのに、上の連中に最後までやりとおす気魄がなく、結局、価値ある変化を生じさせることができなかった、という体験だ。そういうこと以上に癪にさわることはこの世にはほとんどない」

　ジャック・シニアはつづけた。「バジルに見せてほしい書類をEメールで送る。それと、いまわたしが話したことがあれば、たぶん彼の記憶をつついて甦らせることができるんじゃないかな。ほかのことまで詳しく話すつもりはない。なにしろ長い話なんでね。このわたしでさえ、細かいところまでぜんぶ覚えているわけではないし」

「問題ありません。バジルに話を聞き、結果を報告します。面白そうです」

　ジャック・シニアはほんのすこし笑い声を洩らした。「まあ、八〇歳代の人と彼の書斎で何分かおしゃべりするということなんでね、それ以上の興奮があると確約することはできないが、ともかく重要なことではあると思う」

「はい、たしかに重要なことです、ダッド。それに、知ってのとおり、わたしは昔話というのが大好きなんです」

大統領の声が沈んだ。「いや、この話は好きになれないぞ。この物語の結末はハッピーエンドではなかったんでね」

36

三〇年前

ジャック・ライアンは小雨が立てるパラパラという音で目を覚ました。といっても、どうにか聞き取れるくらいのかすかな音だった。まあ、ここはイングランドなのだから仕方ない。この季節に雨が降らないほうがどうかしている。ライアンはゆっくり遠くまで手を伸ばしていき、暗闇（くらやみ）のなかで妻の温かい肩を見つけた。キャシーはまだぐっすり眠りこんでいる。午前六時二〇分前なのだから、それはそれでまったく問題ない、とジャックには思えた。

目覚まし時計のアラームは六時一五分前にセットされているので、もうすこしベッドのなかでぐずぐずしていられる。ついに意を決して手を伸ばし、アラームをオフにしてから、体を回転させてベッドの外に出た。足を引きずるようにしてキッチンに入り、コーヒーメーカーのスイッチを入れ、新聞をとりに玄関ポーチまで出ていった。

前の道はしんと静まりかえっている。ライアン夫妻が二人の子供とともに住むこの町は、ロンドンから三〇マイル（約四八キロ）ほど離れたケント州北部のチャタム。そのグライズデイル小路（クロース）では、夫婦そろって首都まで通勤しなければならないのはジャックとキャシーだけだったので、朝いちばんに明かりが点（とも）って中に動く気配があるのはたいてい彼らの家だった。

隣人たちはみな、キャシーがハマースミス病院の眼科の外科医であることを知っていたし、ジャックのほうはアメリカ大使館で何やら退屈な仕事でもしているのだろうと思っていた。たしかに公式にはそういうことになっていたのだが、事実はちがっていた。もし隣人たちがその事実を知っていたら、グライズデイル小路（クロース）の垣根越しにもっとたくさんの噂話（うわさばなし）が飛び交うことになっていただろう。

まだ若いアメリカ人は、実はＣＩＡの分析官だった。

ジャックはいつものように牛乳配達人が置いていった半ガロンの全乳に気づいた。次の配達までに、娘のサリーがその牛乳をそれこそ最後の一滴まで飲みつくしてしまう。彼はポーチの床に置かれていた牛乳をつかみ上げると、しばらくあたりを見まわし、ようやくドア近くの茂みのなかに新聞を見つけた。インターナショナル・ヘラルド・トリビューン紙は雨や霧に濡(ぬ)れないようにビニールの袋に入れられていた。新聞配達人は狙(ねら)いどおり投げる腕はないにしても、良識はあるようだ。

ライアンはなかに戻り、キャシーを起こしてから、ふたたびキッチンへ向かった。カップにコーヒーをそそぎ入れ、折りたたまれていた新聞を手際(てぎわ)よくひらいた。そして今朝最初のコーヒーのひとくち。

第一面の下半分にあった写真に目を惹(ひ)かれた。どこかの通りに横たわる防水布におおわれた死体。まわりの建物の様子から、イタリア、もしかしたらスイス、とジャックは思った。

写真の下の見出しを読んだ。

〈スイスの銀行家(バンカー)、射殺　負傷者四名〉

ジャックは記事に目を通し、事件の詳細を知った。殺されたのはトビーアス・ガプラーという名のバンカーで、スイスのツーク州に本拠をおく由緒(ゆいしょ)ある同族経営の銀行、リッツマン・プリヴァートバンキエーズの行員だったという。何者かが建物の窓から歩行者でいっぱいの通りに発砲し、ガプラーが死に、他の四人が負傷したのだそうだ。

いまのところ警察はまだ容疑者をひとりも拘束していない。

キャシーがピンクの部屋着姿でキッチンにふらふら入ってきて、ライアンは新聞から顔を上げた。キャシーは夫の頭のてっぺんにキスをしてから、足を引きずるようにしてコーヒーメーカーまで歩いた。

「今日は手術なし？」ジャックは訊いた。キャシーは手術の予定がある日にはコーヒーを絶対に飲まない。

「なし」彼女は自分のカップにコーヒーをそそぎ入れた。「経過観察の予約がいくつかあるだけ。カフェインで手がピクピク動いても、眼鏡合わせをするだけだから、世界が終わるような大惨事にはならないわ」

毎朝のように仕事場へ目ん玉を切り刻みにいくなんてことが妻にどうしてできるのだろう、とジャックは思わずにはいられなかった。《わたしにはとても務まらない》とジャックは心のなかで言った。

シャワーを浴びにいく途中、ジャックは五歳になるサリーの部屋をのぞいた。娘は眠っていたが、自分がバスルームから出るころにはサリーはすっかり目を覚ましているはずだとジャックにはわかっていた。ともかく彼は、サリーが動く標的のように走りまわりはじめる前に、せめて一度はゆっくり落ち着いて娘の姿をながめておきたかった。その機会を逸しないためには、それを朝一でやっておかねばならない。
次にライアンはジャック・ジュニアの部屋ものぞいた。まだよちよち歩きの息子は、ベビーベッドの寝具の上でうつ伏せになって、ぐっすり眠りこんでいた。オムツをかぶったお尻（しり）を上に突き出している。ジャックは思わず笑みを浮かべた。息子はじきにしっかり歩けるようになる。まもなく囲い付きのこの小さなベビーベッドからも解放されることだろう。

ジャックはシャワーの湯を出した。だが、湯を浴びる前に、鏡に映る自分の体を見つめた。身長六フィート一インチ（約一八五センチ）、体調は申し分ない。だが、イギリスに来てからこの何カ月か、食べるものにあまり注意しなくなり、運動もさぼるようになってしまった。家に幼い子供が二人いるということは、なにかと予定が狂い、定期的なトレーニングをきちんとできなくなるということであり、食料品置き場にはスナック菓子、シリアル、本格的な菓子が豊富にあって、その一つか二つに日々誘惑されてしまうということでもある。

今朝もまたライアンは肩にはっきり残る白い傷跡を指でつついた。それはほぼ朝の日課になっている。一年前ライアンは、アイルランドで共和軍の分派に暗殺されそうになった英国皇太子（プリンス・オブ・ウェールズ）とその家族を救った。そのさいの機転の利（き）いた素早い行動によって、ジャック・ライアンは女王陛下から勲爵士（ナイト）という名誉称号を授与されたが、目にもとまらぬ速さで動けたというわけではなく、テロリストから銃創を与えられもしたのだ。

ライアンはその後も事件に巻きこまれて危険な目に遭うことが重なった。まずアイルランドのテロリストの復讐(ふくしゅう)の標的にされて執拗(しつよう)な攻撃を受けた。次いでローマ教皇ヨハネ・パウロ二世への暗殺計画が実行されたときに現場のヴァチカン市国にいて、教皇への銃撃を阻止しようと最善を尽くしたが、ロシア政府(モスクワ)の命令を受けて動いていたブルガリア人工作員に操られた実行犯の発砲をくいとめることに惜しくも失敗してしまった。

ライアンは鏡の前から離れ、シャワーのなかへと歩み入った。湯がたちまち背中の強張(こわば)った筋肉をほぐしてくれた。その筋肉の強張りもまた過去を思い出させるものだ。あれは、ジャックが二三歳の海兵隊少尉(しょうい)で、強襲揚陸艦に乗せられてクレタ島でのＮＡＴＯの演習に参加したときのこと。ＣＨ－46輸送ヘリコプターの後部に詰めこまれて飛行中、後部回転翼(ローター)が故障して動かなくなり、海兵隊員でいっぱいのヘリコプターは岩場に墜落してしまったのだ。その事故でライアンは背骨を折って退役せざるをえなくなり、痛みに耐える生活を強いられたが、何年かして凄腕(すごうで)の外科医による手術が成功して、どうにかふつうに生活できるようになった。

退役したライアンはメリル・リンチ社に入って証券取引の仕事をはじめ、自らも市場でちょっとした財をなした。そうやって証券業界で何年か過ごしたあと、ライアンは大学に戻ることにし、歴史学の博士号を取得した。そして、しばらく海軍兵学校の教職に就いたのち、CIAで働くようになった。

ジャック・ライアンはまだ三二歳だったが、平均的な男が一生で体験するよりも多くのことをすでに身をもって味わってしまっていた。立ったまま湯を浴びながらジャックは、にやっと笑みを浮かべた。これからの三二年間はきっと、これまでの三二年間とはほど遠い平穏なものになるにちがいない。そう思うと心が安らいだ。そう、いまのわたしは、子供たちの成長を見まもるだけで必要な興奮をすべて得られる。それ以上の興奮なんて何もいらない。

ジャックとキャシーが家を出る準備を終えたときには、すでに子守がやって来ていた。彼女はマーガレットという名の赤毛の若い南アフリカ人で、到着するとすぐに仕事をはじめ、いまも片手でジュニアを抱きかかえながら、もう一方の手でサリーの顔についたジャムをぬぐいとってている。

外の道からタクシーがクラクションを鳴らした。ジャックとキャシーはもういちど子供たちにハグとキスをしてからドアの外へ出ていった。小雨はいつのまにか濃霧に変わっていた。

一〇分後、二人はチャタムの鉄道の駅にいた。そしてロンドン行きの列車に乗り、ファーストクラスの車両のシートに腰を下ろし、終着駅に着くまでほぼずっと読みものをして過ごした。

二人はヴィクトリア駅でさよならのキスをして別れ、ジャックは九時一〇分前には傘をさしてウェストミンスター橋通り（ブリッジ・ロード）を歩いていた。

ジャックは公式にはアメリカ大使館員だったが、実際には大使館に足を踏み入れることはほとんどなかった。彼のほんとうの仕事場は、ウェストミンスター橋通り（ブリッジ・ロード）一〇〇番地にあるＳＩＳ（秘密情報局＝ＭＩ６）本部ビル、センチュリー・ハウスにあった。

ジャック・ライアンは、ボスであるＣＩＡ情報部長のジェームズ・グリーア提督に、友好関係にあるＣＩＡとＳＩＳの連絡係として送りこまれたのだ。そして、サイモン・ハーディング率いるソ連作業班に配属され、そこでＭＩ６がＣＩＡと共有したいと考えるソヴィエト連邦に関するありとあらゆる情報にしっかり目を通すことができるようになった。

もちろんイギリスには情報源と情報収集方法をアメリカにさえ隠す権利があり、そのことはジャックも承知していたが、イギリスは情報の共有ということに関していささかけちくさいのではないかと彼は思わずにはいられなかった。ＣＩＡ本部（ラングレー）で自分と同じような立場にあるＳＩＳの分析官が、ＣＩＡから必要な情報を得ようとして同様の障害にぶちあたることがあるのだろうかと、ジャックは何度も考えたことがある。そして、自分が所属する情報機関の場合、たぶんもっと出し惜しみする、という結論に達した。それでも、職員を互いに出向させて情報の共有をはかろうとする協定は、どちらの国にとってもかなり利益があるように思えた。

午前一〇時ちょっと前、ライアンの机の上の電話が鳴った。ちょうどエストニアのパルティスキに配備されているソ連のキロ型潜水艦に関する報告書を夢中になって読んでいたところで、文書から目をそらさずに手だけふわっと伸ばして受話器をとった。

「はい、ライアンです」

「おはよう、ジャック」サー・バジル・チャールストンS－S長官その人だった。

ライアンは背筋をピンと伸ばし、いままで読んでいたドットマトリクス・プリンターで印字された報告書を机上のデスクマットの上においた。「おはようございます、バジル」

「きみのことをサイモンから二、三分、借りられないものかと思ってね。こっちに来てもらうというのは可能かな？」

「いまですか？　いいですとも。すぐ行きます」

「素晴らしい」

ライアンは幹部用エレベーターに乗って最上階までのぼり、角部屋の長官執務室まで歩いていった。執務室のなかに入ると、S－S長官はテムズ川を見わたせる窓のそばに立って、ひとりの男と話していた。その男は金髪で、ジャックと同じ年格好、高価そうなチャコールグレーの細い縦縞（ピンストライプ）のスーツを身につけていた。

「あっ、ハロー、ジャック。来てくれたね」サー・バジル・チャールストンは言った。

「紹介しよう。こちら、デイヴィッド・ペンライト」

二人は握手した。うしろになでつけられたペンライトの金髪はてかてかで、眼光鋭い青い目がきれいに剃られた顔のなかでいやに目立つ。

「サー・ジョン、お会いできて光栄です」

「いや、ちょっと、そうじゃなくて、ジャックと呼んでください」

チャールストンが言った。「ジャックは爵位を授与されたことがちょっとばかり照れくさいんだ」

「名誉爵位です」ライアンは急いで付け加えた。

デイヴィッド・ペンライトは笑みを浮かべた。「言いたいことはわかります。いいでしょう。ジャックでいきましょう」

三人はコーヒーテーブルのまわりの椅子に腰を下ろした。ポット、カップなど、紅茶セットが運ばれてきた。

チャールストンが言った。「デイヴィッドは現場で作戦活動をする人間でね、おおむねチューリッヒを本拠にしている。そうだったね、デイヴィッド?」

「はい、そうです」

「そりゃ、きついポストだ」ライアンはジョークを飛ばし、にやっと笑った。ほかの二人はにこりともしなかった。

《うわっ、やばい！》とジャックは思った。

コーヒーテーブル上のティーセットのそばにその日のタイムズ紙が置かれていた。ペンライトがそれを手にとった。「今朝は新聞に目を通す機会がありましたか？」

「インターナショナル・ヘラルド・トリビューンをとっています。いちおうのぞきました」

「昨日（きのう）の午後にスイスで起こった恐ろしい事件の記事も読みましたか？」

「ツークで起こった事件ですね？　ええ、実に恐ろしい。ひとりの男が殺され、負傷者がほかに何人かいるそうですね。盗（と）られるものが何もないので強盗事件ではないようだ、と新聞にはありました」

ペンライトは言った。「殺害された男の名前はトビーアス・ガプラー。彼が殺された場所は正確にはツークではなく、その近郊のロートクロイツという町です」

「ええ、そう。銀行家（バンカー）でしたよね？」

ペンライトは答えた。「そのとおり。彼が働いていたリッツマン・プリヴァートバンキエーズという銀行のことはよく知っていますか？」

ライアンは答えた。「いいえ。同族経営の小さな銀行はスイスには何十とあります。そういうプライヴェート・バンクはずいぶん昔からありますから、いまも繁盛（はんじょう）しているんでしょうね。しかし、なにしろいわゆるスイス銀行なので、どれほど成功しているか知るのは難しいです」

「なぜ難しいのかね」チャールストンが尋ねた。

「一九三四年に制定されたスイス銀行法で、銀行の守秘義務が法制化されているからです。スイス銀行は、そうせよとの同国の裁判所の命令がないかぎり、外国政府を含む第三者にいかなる情報も洩(も)らしてはいけない——洩らさなくてもいい——のです」

ペンライトは言った。「そして、裁判所がそんな命令を出すことはまずない」

「ええ、まさに」ライアンも同感だった。「スイスは情報を渡すということに関してはきわめて慎重です。スイス銀行は番号口座(ナンバード・アカウント)という秘密口座を利用して商売をしていまして、それが蜂(はち)を誘引する蜜(みつ)のように汚れた金(ダーティー・マネー)を引き寄せています」

ライアンはつづけた。「ただ、番号口座には多くの者が言っているほどの匿名性(とくめいせい)はありません。銀行は口座を開設する人間の身元をしっかり確認しておく必要があるからです。とはいうものの、口座そのものに名義人名がついているわけではありません。ですから取引は匿名でおこなうことができます。正確なコード番号さえ知っていれば、だれでもその口座への出入金ができます」

二人のイギリス人は、このまま話を進めるべきかどうか決めようとしているかのように、互いに顔を見合わせた。

しばしの沈黙のあと、サー・バジル・チャールストンはデイヴィッド・ペンライトにうなずいて見せた。

三〇代のイギリス人は言った。「実は、ある極悪な活動をする組織がＲＰＢ――リッツマン・プリヴァートバンキエーズ――に口座を持っていると信じるに足る相当な理由があるのです」

これにはライアンは少しも驚かなかった。「麻薬カルテル？　マフィア？」

「殺された男、トビーアス・ガプラーは、ＫＧＢの複数の番号口座を管理していた可能性が高いと、われわれは考えているのです」

これにはライアンも驚いた。「それは興味深い」

「ほう、そう思う？」ペンライトは返した。「もしかしたらＣＩＡもこの銀行のことは知っていて、同じ結論に達していたのではないかと、われわれは思っていたのですがね」

「ＣＩＡ（ラングレー）はスイスの個々の番号口座に関する情報は持っていないと、わたしはあるていどの確信を持って言うことができます。もちろん、そういうＫＧＢの口座が存在していることは知っていますよ。ロシアの情報機関も、〝鉄のカーテン〟のこちら側で工作員たちが滞りなく現金を得られるように、西側のどこかに秘密資金を隠しておく必要があります。でも、ＣＩＡはまだＫＧＢの口座をつきとめてはいません」

「確かですか？」ペンライトは念を押した。がっかりした様子だった。

「ええ、まず間違いありません。でも、ボスのジム・グリーアに電信連絡し、念のため確認しておきましょうか。もしそういう情報をつかんでいるのなら、KGBがその口座を使えないようにする方法を見つけたいですし、それよりもいいのは――」

ペンライトがあとを承けた。「そう、その口座を監視して、金を引き出している者を特定するほうが、もっといい」

「ですね」ジャックは言った。「そういうことができれば、KGBの工作活動に関する情報の宝庫を得るようなものですね」

チャールストンSIS長官が声をあげた。「われわれもそうするつもりだった。しかし、問題の口座のなかに興味をそそられるものがひとつあってね。面白いことに、預金額がかなりのものであるうえ、そのまま放置されていて、そこから金が引き出されるということがないんだ」

「たぶん未来の何らかの作戦のために準備されている資金なのでは？」ライアンは頭に浮かんだことをそのまま口にした。

サー・バジル・チャールストンは言った。「そうではないようにと祈りたいね」

「なぜそんなことをおっしゃるんですか？」

チャールストンはライアンのほうへ身を乗り出した。「なぜなら、現在その口座には二億ドルを超える残高があるからだよ。しかも、毎月かならずドルによる多額の入金がある」

ジャックの目が大きく広がった。「二億ドルですか？」

ペンライトが答えた。「そう。正確には二億四〇〇〇万ドル。そして、このままのペースで金が入りつづけると、あと一年でその二倍になってしまう」

「ひとつの口座だけで？　信じられない」

「まさにね」チャールストンは返した。

ライアンは言った。「明らかにそれは西側での諜報作戦のために準備されている資金ではありませんね。額があまりにも大きすぎます。うーん……KGBマネーだというのは確かなのですか？」

「確実にそうだという証拠はない。だが、われわれはそうだと信じている」

そう言われても、ほとんど何もわからない。SISとしては情報源を護るために曖昧な言いかたをせざるをえないのだろう、とジャックは推測した。しばし考えてから言った。

「この諜報情報の情報源についてはわたしに明かすつもりはないのなら、それはそれでわかりますが、その銀行の内部に協力者がいるとしか思えませんね。わたしにはそれ以外の可能性はまったく考えられません」

チャールストンSIS長官はまたしてもペンライトのほうに顔を向け、うなずいて見せた。それがCIA分析官との情報共有を若い局員に許可する仕種であることは明白だった。

ペンライトは言った。「われわれは銀行内部に情報源をひとつ持っています。それ以上のことは言えません」

「で、その情報源には問題の二億ドルがKGBマネーだと疑うに足る理由がある？」

「そんなところです」

「そして、その口座を管理していたガプラーが死んだ」

「残念ながら」デイヴィッド・ペンライトは応(こた)えた。

「KGBは何らかの理由でその口座管理者を信用できなくなったので、殺した。そうあなたがたは考えているわけですか？」

チャールストンが答えた。「それも動機を説明する仮説ではある。しかし、それには大きな穴がひとつあいている」

ジャックは言った。「ガプラー暗殺にはKGBらしいところがまったくない」

「そのとおり」ペンライトが説明した。「その点にわれわれは戸惑っています。目撃者の証言では、トビーアス・ガプラーが午後六時に二車線の通りをわたっていたとき、突然、客がいないはずのホテルの部屋から自動小銃(アサルト・ライフル)が突き出された。五〇フィートも離れていない彼に向けて弾倉(マガジン)が空になるまで、つまり三〇発の弾丸を撃ちこんだ。彼はその三〇発のうちの三発を被弾した。暗殺者の射撃の腕前はそれほどでもないということです」

ペンライトは言い添えた。「そのていどならサー・バジルの飼い猫にだってできる」

チャールストンは両眉を上げたが、部下の冗談にはいっさい反応せず、こう言った。

「ほかに通りかかった四人が負傷した」

「撃った者を見た人はひとりもいないのですか？」

ペンライトが答えた。「いません。一台のヴァンが地下の駐車場からタイヤを軋らせながら猛スピードで飛び出してきて、野次馬のグループを轢きそうになったそうですが、運転していた者をチラッと見た人さえいません」

ジャックは言った。「特殊な銃を仕込んだ傘を持って、うしろからターゲットに近づき、脚に〝毒の弾丸〟を撃ちこむ、というのとはちょっとちがいますね」彼は一九七八年に起こったゲオルギー・マルコフ暗殺事件を引き合いに出した。ブルガリアの反体制活動家だったマルコフは、いまライアン、ペンライト、チャールストンが座っているところからわずか数百ヤードしか離れていないところで暗殺されたのだ。

「ちがう」チャールストンは認めた。「それでも、われわれはとても心配している、ヘル・ガプラーは無差別殺人の犠牲者ではなかったのではないかとね。彼とロシアとの関係を知った別の国の情報機関に暗殺された可能性だってないわけではない。ヘル・ガプラーが別の顧客の信頼を裏切るようなことをして見つかり、そのクライアントに殺されたという線だってありえないわけではない。だから、できれば知りたいんだ――きみの所属する情報機関が、問題の銀行かこのリスト上に名前のある人物がしている極悪な行いに関する情報を何か持っていないかどうかを」

　ペンライトが半分に折られた何枚かの紙を差し出した。ライアンは受け取り、ひらいた。そこには文字どおり何百もの名前があった。

「だれです、この人たち？」

「ＲＰＢ――リッツマン・プリヴァートバンキエーズ――の行員と顧客です。おわかりとは思いますが、番号口座のなかにはダミー会社がなかに入って開設したものもありますので、開設者の身元をしっかり把握するという決まりがあるにもかかわらず、預金が実際にだれのものなのか銀行にもわからない場合があります。そういうふうに秘密を守る層がもうひとつ重ねられていることもあるのです」

　ライアンはＳ－Ｓの意図を理解した。「Ｃ－Ａのファイルをチェックして、ここにある名前に関する情報があったら教えてほしい、ということですね。そのなかにトビーアス・ガブラーを殺す動機があった人物を見つける手がかりになる情報があるかもしれない、というわけですね」

「そう。そしてそれに加えてですね――」ペンライトは付け足した。「法人口座情報をできるかぎり調べてほしいのです。銀行の守秘義務ということに関しては、アメリカはスイスほど厳しくありません。アメリカの銀行が保有する情報を調べれば、スイス銀行に口座をもつダミー会社と実在の人物とを結びつける何らかの類似データセットを見つけられるかもしれません」

　ライアンは言った。「銀行内の情報源が危険にさらされていないことを確認しておく必要があるわけですね」

「まさにそのとおり」チャールストンは認めた。

「わかりました。ただちにとりかかります。このリストを電信でC－I－A本部(ラングレー)に送るのは避けたいと思います。絶対に外部に洩らせない機密情報ですからね。これからすぐアメリカ大使館におもむき、外交郵袋(ゆうたい)に入れて本国へ送ります。答えが返ってくるのに二、三日はかかりますが」

　ペンライトが言った。「早ければ早いほどいい。わたしは現在、そのツークのわれらがインサイド・マンに接触しようとしています。彼は今度のことでうろたえるはずです。明日までに彼のほうから連絡がなければ、わたしが向こうへ行って接触する準備をはじめなければならないでしょう。心配することは何もないと、彼に伝えられるといいのですが」

　ジャックは立ち上がろうと腰を浮かしかけたが、途中でその動作をやめた。「サー・バジル、わたし同様あなたもわかっておられると思いますが、C－I－A(ラングレー)は自分たちもこの件に係わりたいと言い出すに決まっています。S－I－Sが独自に取り込んで使っているこの〝資産(アセット)〟ですが……両国で共同利用できるようにするおつもりはありますか？」

　サー・バジル・チャールストンはこの質問を予期していた。「われわれはこの情報源から得られた諜報情報をワシントンのわれらが友に伝える。そして、この作戦に関してCIAがわれわれに与えてくれるどんな助言にも喜んで耳をかたむける。しかしながら、現時点では、この情報源を両国で共同利用する用意はできていない」

「そのむねグリーアとムーア長官に伝えます」ジャックは言い、腰を上げた。「彼らはもっと係わりたいと思うでしょうが、SISのスパイが危険にさらされていないかどうかの確認がいま早急にやらねばならない最優先事項であることを理解してくれるにちがいありません。それは、言うまでもなくその情報源のためですが、SISのためでもあります。なぜ二億ドルものKGBマネーが西側の銀行に貯めおかれているのか、いまのところわたしにはさっぱりわかりませんが、われわれはそれを見張っていなければならず、そのためにはインサイド・マンがいまいる場所にいられるようにする必要があります」

サー・バジル・チャールストンも立ち上がり、ライアンと握手した。次いでデイヴィッド・ペンライトもアメリカ人と握手した。

チャールストンSIS長官は言った。「きみならこれが喫緊事であることを理解してくれると確信していたよ」

37

現在

ジャック・ライアン・ジュニアは昼下がりのスコールのような雨のなか、サー・バジル・チャールストンが住むベルグレイヴィアのタウンハウスに着いた。言うまでもないが、事前に電話しておいた。サー・バジルは八〇代で、電話ではうまく会話できないかもしれない、と父（ダッド）に注意されていたが、いきなり訪問するわけにはいかない。電話すると、八〇代とはとても思えない男の声が応（こた）えたので、ジャック・ジュニアはびっくりした。男はチャールストンの個人アシスタントのフィリップだと自己紹介した。つまりボディーガードだな、とジャックは思った。

その電話の二時間後、ジャック・ジュニアはやはり高齢と言わざるをえない家政婦にチャールストンの家のなかに招き入れられ、フィリップとも玄関ホールで会った。フィリップは五〇代に見えたが、ジャックは会ったとたん、彼が拳銃（けんじゅう）を携行していてそれを巧みに使いこなせることを見抜いた。

フィリップは紅茶を用意する家政婦を手伝うためにキッチンへ行き、ジャックは書斎でサー・バジル・チャールストンを待った。そして待つあいだ、部屋のなかをぶらつき、棚にならぶ本や写真や記念品をのぞきこんだ。

子供たちと孫たちの写真があった。同じ幼児の写真が数枚、目立つところに飾られている。曾孫（ひまご）にちがいない、とジャックは思った。

棚には、第一次世界大戦時のイギリスのヘルメットと革ゲートル、さらに第二次世界大戦時のヘルメットも飾られていた。ほかに、ガラス・ケースのなかに架けられた新品同様のナチス・ドイツの自動拳銃ルガー、さまざまな勲章や表彰状やイギリス政府からの書簡が、棚と壁を飾っていた。ジャックはサー・バジルがマーガレット・サッチャーといっしょに写っている写真を見つけ、目を見張った。自分の父親ジャック・ライアンとの写真もあって、これにも驚いた。いつごろのことかわかった。父（ダッド）が大統領の一期目にイギリスを訪問したときの写真だ。

棚のその写真の隣には、目を惹（ひ）くようにダッドの最初の著作『選択肢と決断』が置かれている。ジャック・ジュニアは本を手にとり、表紙を繰った。見返しにダッドのサインがあった。

ちょうどそのとき、サー・バジル・チャールストンが書斎に入ってきた。長身痩軀（そうく）のご老体で、午後にアメリカ合衆国大統領の息子を迎えるのにふさわしい服装をしていた。ブルーのブレザーに赤のアスコットタイ、そしてボタンホールにはカーネーション、という盛装だった。書斎に入ってきたときのチャールストンは、杖（つえ）をつき、腰がかなり曲がっているとわかるほど前かがみの姿勢をとっていたので、ジャックは最後に会ったときよりもずっと健康が衰えてしまったようだとの印象をまず持った。だが、この印象はすぐさま消散してしまった。このイギリスの元スパイマスターが満面に笑みを浮かべ、足早に部屋を突っ切ってきて、大声でこう言ったからだ。

「おおっ、こりゃ驚いた！　いやはや、すごいじゃないか！　すっかり大人になってしまって！　それとも、顎鬚（あごひげ）のせいでえらく大人っぽく見えるということなのかな！」

「またお目にかかれて嬉（うれ）しいです、サー・バジル」

家政婦が紅茶を運んできてくれた。こんな雨模様の午後はコーヒーを飲んで自分に活を入れたいところだったが、振る舞われた紅茶はとてもおいしいとジャックは認めざるをえなかった。

チャールストンとジャックは数分間を雑談に費やし、年老いたイギリス人が一方的に若いアメリカ人を質問攻めにした。たとえば、キャスター・アンド・ボイル・リスク分析社での仕事について、家族について尋ね、当然ながら、特別な女性はいるのかという質問も忘れなかった。ジャックは身を乗り出して話さなければならず、言ったことを繰り返す必要もしばしばあったが、チャールストンは耳が遠くなっていたにもかかわらず、会話を大いに楽しんでいた。

そしてチャールストンはついに切り出した。「さて、お父上の用件だが、どんなことかね?」

ジャックは答えた。「父は新生FSBの長官に任命されたロマン・タラノフにとても興味があるのです」

チャールストンは顔を曇らせてうなずいた。「KGBとの正面切った闘いに人生の大半を費やしてきたわたしのような者には、KGBの復活ほど身の毛がよだつことはない。実に残念なことだ」

「わかります」

「やつらはウクライナに侵攻する。間違いない」

「みんな、そう言っていますね」ライアンは指摘した。

「うん、たしかに。ただ、ほかの者たちが言っているのはクリミアへの侵攻だけだ。しかし、わたしはいま権力の座にあるロシア人たちがどういう類の人間であるか知っていて、彼らがどのように思考するのかもわかっている。彼らは二日でクリミアを占領し、実に簡単だったじゃないかと思う。欧米諸国がなんとも消極的な反応しかしないからだ。そこで彼らは侵攻しつづける、はるばるキエフまでね。エストニアの場合を考えてみたまえ。きみのお父上がNATOに圧力をかけてロシア軍をきっぱりと撥ね退けなければ、いまごろロシアはリトアニアまで奪い取っていたにちがいない」

この話題についてはチャールストンのほうがジャックよりもよく知っていた。ジャックは違法な買収やダミー会社の不正行為の調査にのめりこんでいたために、迫り来る戦争にぼんやりとしか気づいていなかったのだ。彼は世界情勢への目配りをおこたった自分を心のなかで叱責（しっせき）した。

チャールストンはつづけた。「しかし、タラノフについては何も知らないと言わざるをえない。現在ロシアを動かしている政府高官の大半は、たしかに、わたしが情報機関で働いていた当時ＫＧＢかＦＳＢの下級職員だったが、ロマン・タラノフはＳＩＳがまったく知らない人物だった、わたしがＳＩＳ本部（センチュリー・ハウス）にいた期間にはね」

ジャックは言った。「父が言うには、ＳＩＳのファイルのなかにタラノフに言及した古い文書がひとつだけあるそうです。タラノフと〈天頂（ズィーニス）〉を結びつける記述がそこにあるとのことです」

「タラノフと何だって？」チャールストンはよく聞き取れるように片手を耳のうしろにあてがった。

ジャックはほとんど叫んでいた。「〈天頂〉です」

「〈天頂〉？」チャールストンは驚いて身を引き、上体を椅子（いす）の背にあずけた。「おおっ、あの謎（なぞ）のＫＧＢヒットマンか？　八〇年代の？」

「はい、そうです。彼のファイルには、たったひとつのメモていどの文書しかなかったのです。ひとかけらの情報のみ。追跡調査も、裏付けとなる証拠も、まったくなし」

チャールストンは眉根に皺を寄せた。「その情報の追跡調査がまったくないというのは驚きだな。われわれのファイル・システムはしっかりした管理のもとに運営されていた。もちろん、当時は電子的な処理は一切されなかった。当時われわれの組織で働いていた文書係は実に優秀で、いまの若者には真似できない能力を発揮していたとわたしは思う」元SIS長官は手を振って自慢話を追いやった。「ともかく、タラノフと〈天頂〉とを結びつける言及があるとしても、それは何らかの誤りにちがいない。『〈天頂〉というKGB暗殺者の物語』はテロ組織のドイツ赤軍がでっちあげて利用した作り話だったということがわかっている。当時きみのお父上がその公式の結論に強烈な疑念をいだき、声高に異議を唱えたことを、わたしは覚えているが、結局われわれの調査では〈天頂〉という暗殺者が存在することを証明できなかった」

「ええと、もうひとつ父に言われたことがありまして、それは『余白に手書きのメモがある文書がひとつあり、そのメモについてもっと情報が得られないだろうか?』というものです」

「手書きのメモ? わたしが書いたメモ、ということかね? 今日きみが訪ねてきたのは、それのためなのか?」

「はい、そうです」

「で、どんなメモなんだね、それは？」

「たったの一語。〝地底（ベッドロック）〟」

サー・バジル・チャールストンは黙りこんだ。大型振り子時計（グランドファーザー・クロック）の時を刻む音が書斎のなかに虚（うつ）ろに響きわたった。

老齢の男の顔に不安の影がかかるのをジャックは見逃さなかった。突然、チャールストンは明るい住居と赤いアスコットタイのおかげもあって維持できていた明朗さを失ってしまった。

「きみはその文書を持参したと推測するが？」

ジャックは上着の内ポケットに手をやり、ホワイトハウスからEメールで送られてきたスイスの警察の報告書をとりだした。チャールストンはそれを受け取ると、ブルーのブレザーのサイドポケットから小さな眼鏡をとりだしてかけた。

そしてたっぷり一分かけて、一ページしかない報告書とその余白にあるメモの跡をじっと凝視し、それを目に近づけさえした。ドイツ語を読めるにちがいないとジャックは思った。消しゴムで消されていて読みづらいとはいえ、英語の単語のひとつを読むのにそれほど時間はかからないはずだからだ。沈黙のなかに座って待つジャックの耳に、廊下の木製の床をゆっくりと行ったり来たりするフィリップの足音が聞こえてきた。

チャールストンは顔を上げてジャックを見つめた。そして眼鏡をはずし、手にしていた書類を返した。「突如として三〇年前のことが昨日のことのようによみがえった」

「どういうことでしょう?」

彼はその問いに直接答えはしなかった。ただこう言った。「〈地底〉はある工作員のコードネームだった」

ジャックは首をかしげた。「しかし、メアリ・パット・フォーリ国家情報長官がイギリスの情報機関に問い合わせ、〈地底〉がコードネームとして用いられた記録はまったくないという返事をもらっています」

チャールストンはしばし考えこんだ。「まあ、そうだろうね。わたしだってもちろん、いまさら事を荒立てたいとは思わない」

「サー・バジル、お言葉ですが、これはとてつもなく重要なことなのだと父は言っています。現在アメリカがロシアとのあいだに抱える問題に、大きな影響を与えうることではなかろうかと父は考えているのです」

チャールストンは何も言わなかった。窓の外に目をやり、遠くをぼんやりながめているようだった。

「何か言えることはないのですか?」

チャールストンは長いあいだ窓外に目をやったままで、思案に暮れているようだった。

この家から出ていけ、という言葉がいましもこの老人の口から飛び出すのだとジャックは思いこみかけた。と、そのとき、サー・バジル・チャールストンはジャックのほうに向きなおり、前よりも柔和な声で言った。

「どんな情報組織でも、たとえそれが歴史も名誉もある善意の組織、正しい組織であっても……誤りが犯されることがある。立案段階ではうまくいくと思えたプロジェクト、非常時の苦肉の策も、いざ現実世界で実行に移されると、計画どおりにいかなくなることがよくあり、完璧とはとても言えないことをやってしまったと、あとになって悔やむことがある」

「ええ、もちろん」ジャックは先をうながした。「誤りはどんな組織にも生じます」

サー・バジル・チャールストンは口をすぼめて何やら考えているようだった。「そう、そのとおりなんだよ、きみ」不意にチャールストンの目が澄んで晴れわたったようになった。決断したのだ。これは打ち明けてくれる、とジャックは確信した。「メアリ・パットが問い合わせた先がMI6なら、彼らは調べても何も見つけられなかったはずだ。なにしろ、だいぶ前のことなんでね。しかし、メアリ・パットの問い合わせ先がMI6のパートナーである防諜・対内保安担当のMI5で、〈地底〉なんて聞いたこともないという答えが返ってきたとしたら……」チャールストンは不快そうな顔をした。「それは不正解ということになるだろうな」

「嘘、ということですか?」

「うーん……ことによると現在のMI5は当時の局の活動について知らないということなのかもしれない」

チャールストンはごまかそうとしているとジャックは思ったが、突っ込みはしなかった。

「すると〈地底〉はMI5だったのですか?」

「そういうことだ。彼は……」老人は注意深く言葉を探した。顔がほんのすこし晴れた。

「彼は現場の作戦を受け持つ男だった。名前はヴィクター・オックスリー」

「イギリス人ですか?」

「そう。オックスリーは第二二SAS連隊パゴダ中隊に所属する兵士だった。SASは実に素晴らしい精鋭部隊でね、きみの国のデルタフォースによく似た特殊空挺部隊だよ。なかでもパゴダ中隊は対テロ戦闘を専門とするエリート集団だ」

もちろんジャック・ライアン・ジュニアもそれくらいのことは知っていた。

「MI5は〝鉄のカーテン〟の向こう側で活動する者をひとり必要としていた。KGBをはじめとする外国の課報機関が送りこむスパイに関する手がかりを見つけ、そうした者どもがこちらまでやってくる前に、わが国への攻撃を未然に防止するためにね」

ジャックの頭は混乱した。「〝鉄のカーテン〟の向こうでの活動はむしろ、防諜・対内保安担当のMI5ではなく、あなたがかつて率いた対外課報担当のMI6の仕事ではないかと思われますが？」

　チャールストンはうなずいて、いちおうそれを認めた。「ふつうはそう考えるだろうね、たしかに」

「二つの組織には対抗意識があったということですか？」

「そのようなものはあった。MI5の捜査が敵国内での活動を必要とすることもときどきあった。そうした捜査の隙間をオックスリーが埋めたんだ。たとえば、祖国を裏切ったイギリス人が住むラトヴィアのリガまで行って、その裏切り者の写真を撮る。ロンドンの街にうまく溶けこむ方法を教えるブルガリア情報機関の訓練・演習に関する報告の追跡調査をするためにソフィアにおもむく。東ベルリンに潜入して、国家保安省のトップであるエーリッヒ・ミールケ国家保安相がランチ・ミーティングによく利用するバーの名前をつかみ、二重スパイのイギリスの政府高官がひそかに東ベルリン入りしてドイツ民主共和国の実力者に取り込まれようとしているときには、どこに目を光らせていればいいのかわかるようにしておく……」

　書斎の窓ガラスを打つ雨の音がすこし高まった。

「ときには、それ以上の任務を与えられることもあった。ときどき、防諜に係わる脅威――要するに、裏切り行為を働いて〝鉄のカーテン〟の背後に逃亡したイギリス国民――を見つけ、整理するよう命じられた」

ジャックはその言葉に衝撃を受けた。「整理する？」

チャールストンは瞬きもせずジャックをまっすぐ見つめた。「殺すんだ、言うまでもない」

「信じがたい話ですね」

「オックスリーは全盛期にはとても信じられないことをやってのけていたそうだ。MI5は彼を軍からリクルートし、自分たちの必要を満たせるように訓練した。外国語も達者だった——親の一方が生粋のロシア人だったので、ロシア語をネイティヴのように話せた。それに〝鉄のカーテン〟の向こうでの仕事に必要な技量と肝っ玉もあった。きわめて優秀な男だった。当時のどんなSIS工作員よりも上手に国境を越えることができた」

サー・バジル・チャールストンはつづけた。「イギリス情報機関の歴史については、きみもそれほど詳しくはないと思うが、かつてわが国の情報組織と外務省の最上層部に裏切り者が何人かいた」

「ケンブリッジ五人組ですね」ジャックは返した。ケンブリッジ・ファイヴは六〇年以上も前にイギリスで活動したソ連のスパイ網で、ケンブリッジ大学在学中に共産主義に傾倒したキム・フィルビー、ドナルド・マクリーン、ガイ・バージェス、アンソニー・ブラントらがそのメンバーだった。

「スパイは五人だけではないのではないかという不安があった。そこで、イギリスの情報組織の男女が背信する気を起こしにくくするように、〝鉄のカーテン〟の向こうのイギリスの〝資産（アセット）〟にやるべきことをやらせることになった。公務上の機密をＫＧＢにわたし、危なくなったらモスクワへ逃げてレーニン勲章を受章、アパートも無料であてがわれる、などということをそのままにしておくのはまずいとＭＩ５の上層部は判断し、そういう裏切り者がモスクワのゴーリキー公園の公衆便所（パブリック・ルー）で鉄環（ガロット）による絞殺（こうさつ）体となって見つかれば、イギリスの他の情報機関員にも好ましい効果があるにちがいない、と考えたのだ」

「うわっ、すごい！」ジャックは思わず声を洩（も）らした。古い文書の余白に鉛筆で書かれたメモの跡について、ご老体に説明してもらおうと、この豪華なタウンハウスに立ち寄ったとき、ジャックはこんな話まで聞けるとは思いもしなかった。

「ＭＩ５のわが同僚たちが細心の注意を払って彼を極秘裏に動かした。彼は通常の指揮系統の外で運営された。だから〈地底〉の存在を知っている者はごくわずかしかいなかった」チャールストンは顔をゆがめるようにして曖昧（あいまい）な笑みを浮かべた。「イギリス情報機関の醜態の後始末をするために五人組（ファイヴ）を追う暗殺者がいる、という噂（うわさ）が流れ、それが世界に広まったが、その噂にいくらかでも真実があるのかどうか知る者さえほとんどいなかった。〈地底〉の管理官は最適と思える方法で彼を操った。要するに〝網なし〟で――つまり、いざというときも支援を与えず、徹底的に自力で――行動させた」

ジャックはこの話にすっかり魅せられ、口を挟まずにはいられなかった。「その男は殺しのライセンスを持っていたのですか？」

「〈地底〉はライセンスなんて何も持っていなかった。彼は捕まったらＭＩ５に一切の関係を否定されて見捨てられるのだとわかっていた」

「〈天頂〉の仕業だとされた殺人の犠牲者と〈地底〉とに接点があったことをあなたは覚えておられた？」

チャールストンは首を振った。〈地底〉の話になるとサー・バジルはどうも口が重い。もしかしたらだまそうとしているのかもしれないとジャックは思い、その気配を探しはじめていた。だが、いくら注意して観察しても、ご老体は真実を語っているようにしか見えなかった。ためらいがちに話しているように思えるのは、単に長いあいだこのことについて考えなかったせいなのだろう。〈地底〉が係わったこと一切が自慢できるものではないということもあるのかもしれない。

チャールストンはようやく言葉を返した。「繰り返すが、〈天頂〉なんて存在しなかったのだ」

「でもあなたは、〈天頂〉がやったとされた殺人のひとつの現場で〈地底〉が拘束された、と書いているじゃないですか？」

「いや、きみ、わたしは書いていない」

ジャックは両眉を上げた。

「そもそもわたしがそのような断定をするのは不可能だったんだ。だって、当時わたしは〈地底〉のことなんて何も知らなかったのだからね。わたしに〈地底〉と書けたわけがない。それを書いた者がだれなのか、わたしは知らない。こうしたファイルは三〇年間も閲覧できる状態になっていたはずだ。だれかが、あるとき目を通し、このメモをしたのだろう。それに消そうとさえしている。成功したとは言えないがね。MI5のだれかが〈地底〉関係のデータをコンピューターに入れる作業をしたのではないかと、わたしは思うが、自信はない」サー・バジル・チャールストンはもういちどメモの跡を見つめた。「この年月日に〈地底〉がスイスにいたということに関して、わたしは何も知らない。わたしの知るかぎり、〈地底〉が〝鉄のカーテン〟の西側で仕事をしたことは一度もない」

「ヴィクター・オックスリーはわたしの父を知っていたのでしょうか？」

チャールストンは思わず噴き出し、ハッハッと短い笑い声を高らかにあげた。「ありえない。あろうはずがない。二人はまったく別の領域で活動していたからね。たとえ〈地底〉が何らかの理由でロンドンに滞在していたことがあったとしても――わたしの記憶ではそういうことはなかったが――彼がSIS本部（センチュリー・ハウス）できみのお父上と出遭うようなことはなかったはずだ。そう、オックスリーとウェストミンスター橋通り（ブリッジ・ロード）――SIS――とは何のコネクションもなかったはずだ」

「あなたは、当時〈地底〉のことは知らなかったと言われました。彼のことを知ったのはいつですか?」

「MI5が彼を見つけるのを手伝ってくれと言ってきたときだ。彼は〝鉄のカーテン〟の向こうに姿を消してしまった。それが起こったのは、いわゆる〝〈天頂〉事件〟の真っ最中だったとわたしは記憶している」

「で、彼は発見されたのですか?」

「知らない。少なくともMI6――SIS――は発見していない」

「すると、彼がいま生きているかどうかも知らない」

「そう、知らない。だが、死んだという情報も得ていない。廊下にいるわたしのボディーガード――きみも会っているはずのフィリップ――は、〈地底〉が生きていると仮定して仕事をしている」

「あなたのボディーガードはオックスリーにどう対処することになっているのですか?」

「フィリップはヴィクター・オックスリーをわたしに近づけないように命じられている」

チャールストンはまたしても窓外に目をやり、雨を見つめだした。「イギリスの情報機関を指揮していた者たちに恨みを抱いているかもしれない人間には用心しないといけない。繰り返すが、われわれは彼を捜した……しかし、見つけられなかった。MI6は本気で捜さなかったのではないか、と思っている者たちもいる」

ジャックも同じことを考えていた。彼らはこの行方不明者を本気になって捜したのだろうか？　しかし、いまテーブルの向こう側に座っている礼儀正しい年老いた都会人の粗探しをするなんて、だれにできるというのか？　ジャックは世界一強力な諜報機関のひとつを指揮していた当時のもっと若いチャールストンを頭に思い描こうとした。だが、そのイメージがなかなか浮かんでこない。

　ジャックは尋ねた。「彼が東側から戻ったかどうかを知る手立てはありませんか？　ＭＩ５に在籍した人々に関する記録をつけている者がいるとか？」

「正規のＭＩ５職員に関する記録はある。だが、さっきも言ったように、〈地底〉は通常のＭＩ５の活動の外で極秘裏に運営されていた」チャールストンはちょっと考えこんだ。「だが、彼はＳＡＳだった。あそこには友愛組織がある」紅茶をひとくち飲んだ。「ただ、彼が会合や宴会に出席しているとはとても思えないね。たとえ生きているとしても、とうの昔にそうした組織とは接触を断っているにちがいない」

「だれか彼と組んでいた者を覚えていませんか？　わたしが話を聞けるだれかを？」

　ずいぶん長い沈黙があった。だが、そのあとのチャールストンの答えは、今日の会話のなかでも最大の秘密を暴露するものだった。「残念ながら、その点ではあまり役には立てない」

　ジャック・ジュニアはチャールストンが選んだ言葉の奥にある意味を理解した。彼は〈地底〉と組んでいた者たちを知っているのだ。だが、ジャックを彼らに接触させることはできないか、したくない。

ジャックは言った。「まずはＳＡＳのほうに探りを入れ、彼の現在の居場所を知っている者がいないか調べてみます」

チャールストンはブレザーについていた糸くずをつまんだ。「きみのお父上は〈地底〉について何か情報を聞き出せないだろうかと考えて、きみをわたしの家に送りこんだ。家族の一員を送ってよこすというのは、嬉しい気配りだ。しかしながら、お父上には、きみ自身に古臭い過去の亡霊を捜しまわらせるつもりなんてこれっぽっちもないのだと、わたしは信じて疑わない」

ジャックは訊いた。「では、どうしろと？」

サー・バジル・チャールストンは微笑み、子を心配している父親のような表情を浮かべた。「お父上にわたしが言ったことを伝えなさい。あとはお父上がロンドン警視庁に問い合わせるよう部下に命じる。きみ自身は何もしてはいけない」

「ヴィクター・オックスリーはいささか危険な人間だということですか？」

「オックスリーがまだ生きていて、きみが彼を見つけたとしたら、うん、たしかにそういうふうに言えると思う。〈地底〉のような男たちは権力や権威を嫌う。そうしたものに敬意を抱かない。捜しまわって彼を見つけたら、紅茶でも飲みながら昔の作戦についていろいろ訊けるときみが思っているんだったら……望みどおりに事が運ぶことは絶対にない」

「いまお話しのことは遠い昔の彼のことでしょう、サー・バジル。きっといまは彼もそういうことを乗り越えています」

「オックスリーのような男は変わらない。ほんとうだ、わたしを信じなさい。まだ生きているとしたら、いまも彼は憎しみでいっぱいのままだ」チャールストンは溜息（ためいき）をつき、ほんのすこしだが肩を落とした。「それも当然のことではあるのだが」

チャールストンの最後の言葉がどういう意味なのかジャックにはわからなかったが、ここは深追いして問い質（ただ）さないほうがいいということくらいわかっていた。ともかく、サー・バジルは自分に話せることをすべて話してくれたのだ。

38

三〇年前

ＳＩＳ本部（センチュリー・ハウス）での一日の仕事を終え、ＣＩＡ連絡官ジャック・ライアンは退局前の机の整理をしていた。片づけを終え、座ったまま回転椅子（いす）をクルッとまわして床からブリーフケースをとり上げ、顔を上げると、すぐそばにデイヴィッド・ペンライトが立っていた。

「ハロー、ジャック」

ライアンは、ぎょっとして上体をうしろに引いた。「あっ、ペンライト。いつのまに？　まるでわからなかった」

ペンライトはにやりと笑った。「わるい癖だ。一種の職業病だね」

「まさに。昨日CIA本部に送ったRPB——リッツマン・プリヴァートバンキエーズ——のリストについての返事はまだない。明日には何らかの返事があると思う」

「実は、その件で寄ったのではない。帰宅する前にちょっと一杯やる時間はないかなと思ってね」

ジャックにはそんな時間はなかった。いっしょに帰ろうと、キャシーと駅で待ち合わせしていたからだ。今夜は子供たちの就寝時間前に帰って、二人の子と楽しい価値ある時間を過ごしたかった。通勤時間が長いのでぐずぐずしてはいられなかった。毎晩運行する午後六時一〇分発の列車に乗れないと、たぶんサリーとジャック・ジュニアが眠る前に帰宅することはできない。

だが、同僚と一杯やるのも仕事のうちだ。そもそもジム・グリーアにここに送りこまれたのはイギリス人たちと情報交換するためである。MI6の工作官のひとり——それも現在スイスで実行中のもののような将来重要になる可能性の高い作戦に係わっている工作官——を知る機会を逃す手はやはりないな、とジャックは思った。

ライアンは応えた。「いいね。妻に電話を入れておきます」

ペンライトはほんのすこし頭を下げた。「感謝、感謝。わたしがおごるからね」片手を上げてライアンの抗議を制した。「心配しなくていい。わが王国のおごりだ。わたしは多額の資金が入っている口座を預かっているのさ」ペンライトはウインクした。「では、ロビーで待っているから」

ライアンは当然SIS本部内にあるパブに行くのだと思った。そのパブはこのビルの他の部分と同様パッとしないところだったが、そんなことより重要なことがあった。それは、わざわざ街中のパブに繰り出すよりも、ここのパブで飲んだほうがはるかに安全である、ということだ。むろん、そのセンチュリー・ハウス・パブで飲んでいても、言うことにも、それをだれに言うかにも注意しなければならないが、まわりは仲間であるSISの男女職員ばかりなのだから、街のパブにいるときよりもずっと自由に話せる。

ところが、ライアンがロビーまで下りていくとペンライトは、タクシーに乗って自分がメンバーになっている会員制クラブに行くから、オフィスに戻ってコートとブリーフケースをとってくるように、と言いわたした。

二〇分後、ライアンとペンライトは、セント・ジェームズ・スクエアにある紳士クラブのロビーで接客係にコートとブリーフケースを手わたした。二人は案内されるままに、荘重な建物の玄関ホールを抜けて、古風な書斎風の部屋に入っていった。そしてその椅子に身を落ち着けると、身なりがどこまでも清潔で礼儀正しいことこのうえない給仕がブランデーと葉巻を運んできた。まわりには数人の会員とそのゲストしかいなかった。ライアンの目には、彼らはみな銀行家(バンカー)か政治家に映った。そうした男だけのグループから、奇妙な遠慮した笑いや、ときには無遠慮な高笑いさえあがることもあったが、クラブ内はおおよそしんと静まりかえっていて厳(いか)めしい雰囲気がただよっているように思えた。

堅苦しくて息が詰まり、ライアンの好みには合わない場所だったが、それでも、ロンドンの有力者たちに混じって革張りのウィングバック・チェアに身をあずけ、葉巻をふかすのは、エキサイティングな体験だとジャックは認めざるをえなかった。

たしかにジャックは名誉爵位(しゃくい)を女王陛下よりたまわり、妻子とともにアメリカのどんな家族よりも長くバッキンガム宮殿にいたことになるかもしれないが、こういう会員制クラブでのひとときを類(たぐい)まれな体験だと認識できないほどイギリス上流階級の生活に慣れきっていたわけではなかった。

二人は最初のブランデーを半分ほど飲んだところだった。これまでのところデイヴィッド・ペンライトは名門イートン校での生活やコッツウォルズの実家のことしか話していない。このイギリスのスパイはいまいる会員制クラブにちょっと似ているな、とジャックは思った。やや堅苦しく、すこし気取ってはいるが、礼儀正しく、疑いなく魅力的。

だが、ついにペンライトは雑談をやめ、リッツマン・プリヴァートバンキエーズに関する仕事の話をはじめた。

ペンライトは言った。「明日ツークへ発つことを、きみに知らせておきたかったんだ。状況を調べ、RPB内の協力者と話すつもりだが、たぶんそれに二日はかかると思う。宿泊するホテルの部屋番号を教えるから、例のリストにある名前に関する返事がアメリカの機関からとどいたら、わたしに電話してほしいんだ」

「オーケー」ライアンは応えた。「でも、一般の電話では盗聴される心配がある」

「たしかに。だから、簡単な通信手順を決めておく必要がある。もしワシントンのきみの友人たちが名前に関して何かを見つけたら、『〝チューリッヒ支店〟に出向くように』とだけ言ってくれ」

「そうしたら、チューリッヒの領事館におもむき、そこからわたしに電話をかけなおす？」

デイヴィッド・ペンライトはにやっと笑い、〝きみってちょっと甘いね〟という表情をつくって見せた。「ちがう、ライアン。ツークにだって盗聴される心配がない安全な場所があるんだ。うちの組織の隠れ家に行き、そこからかけなおす」

「オーケー」ライアンは言った。「あなたがたS－SがC－Aからの返事にどんな情報を見つけようとしているのかはわたしにはわからないが、あのトビーアス・ガプラーがKGBに協力していたという事実こそが、彼の死を招いた理由としては最もありそうなものだということは、忘れてはいけないと思う」

ペンライトはしばらく黙って葉巻をふかしていた。「われわれがあの銀行にどこまで侵入できているかをきみに教えることはできないが――なにしろボスのバジルがそういうことに関してはちょっとばかり神経質なものでね――これだけはきみに言える。KGBは何も知らない。S－Sに口座を知られていることにKGBは気づいていない。わたしはそれを一秒たりとも疑ったことがない。ガプラーは敵――KGB――が口封じのために殺したのではない」

「それなら、なぜ彼は殺されたのか？　あなたの考えは？」

「それだよ。だからわたしはきみと話したかったんだ」ペンライトは身を乗り出し、ライアンも同じようにした。「バジルはきみにあらゆる情報を教える気にはまだなっていない」

ジャックは片手を上げて制した。「だったら、何も言わないで」

「おいおい、やめてくれ」ペンライトは言った。「これは駆け引きというものだ。単にそれだけのこと。きみもわたしも知ってのとおり、きみは上司たちにRPBの行員および顧客の情報を求めた。当然、彼らはそういう情報があるか調べ、もしあったら、作戦参加を条件にそれを提供することに同意する。そこまで行くのに何日かかかる。バジルはS－Sの最高指揮官で、作戦を護(まも)り、それを最終的に成功させることを目標とする。ところが、わたしは現場の人間で、言わば〝塹壕(ざんごう)で戦う〟兵士であり、そんなゲームをしている時間はない」

ジャックは不安になった。自分にはこうしたことでサー・バジル・チャールストンＳＩＳ長官を裏切るつもりはないのに、目の前のこの男は明らかにそうしようとしているのだ。《しゃべるなと言っても、この男はしゃべる。それに、両手で耳をふさいでここから走り出ていくわけにもいかない》《うーん、仕方ない》ジャックは思った。

ジャックは黙ってブランデーを口にふくみ、暖炉の火をじっとのぞきこんだ。

ペンライトはつづけた。「どうもね、トビーアス・ガブラーが管理していた口座に預けられている巨額の資金、正確には二億四〇〇〇万米ドルは、実はＫＧＢから盗まれた金（マネー）なのではないかと、わたしには思えるんだ」

ジャックは暖炉の火から目をそらした。いまイギリス人スパイが言ったことに関心がないふりなどできなかった。「盗まれた？　盗まれたって、どういうふうに？」

「そこがわたしにもわからないんだ。わたしが知っていることを話そう。先月、ＲＰＢを突然訪ねてきた者たちがいた。自称ハンガリー人の男たちで、予告なしに不意にあらわれ、銀行に口座を保有していることを証明するためにコード番号を提示した」

「番号口座（ナンバード・アカウント）」

「そう。それらはダミー会社が所有する口座で、預金額は少額だった。われわれはそれこそＫＧＢマネーではないかと考えている。取り立てて言うほどの金額ではなかったが、ＲＰＢは口座の保有者である男たちを行内に入れざるをえなかった」

「それで？」

「彼らは質問をたくさんしたが、そのどれもが自分たちの口座や残高に関するものではなかった。彼らは自分たちの金と同じルートで入ってきた金がほかにないか知ろうとした」

「ハンガリーから入ってきた金？」

「〝鉄のカーテン〟の向こう側にある国々の国営銀行からスイスに入ってきた金だ。彼らはまた、現金、無記名債券、金（ゴールド）といったような形でＲＰＢから出ていった金についても知りたがった」

「で、銀行はどのような対処を？」

「慇懃（いんぎん）にお引きとり願った」ペンライトはブランデーグラスを高く掲げた。「スイス銀行の秘密主義に神のお恵みがありますように」

「それでハンガリー人たちはおとなしく帰った？」

「いや。そいつらも必死だったんでね。われらが銀行内情報源（インサイド・マン）によると、彼らは怒れば怒るほど、それだけロシア人のように見えてきた。たぶんＫＧＢだ、まず間違いない。考えてもみろよ、そいつらはとてつもない危険を冒したんだ。なにしろ銀行に入ってきてソ連の国旗を振るのとほとんど変わらないことをしたんだからね。彼らは口座を解約して預金をよそに移すと言って脅した。東側にある自分たちの口座から金を少しずつ掠（かす）めとっていった者と結託していると言って銀行を責めた。文字どおり足を踏み鳴らして不満をあらわにした。そして、まずはやんわりと脅迫した。次いでかなりあからさまに脅迫した」

「それでも、あなたがたのそのインサイド・マンは一歩も退かなかった？」

「そう。で、彼らは帰っていったが、その銀行で働く別の者――例の二億四〇〇万ドルの口座の管理をしていたトビーアス・ガプラー――が、いま死体置き場の遺体安置台の上に横たわっている」

　ジャックは椅子に座ったまま、さらにもうすこし身を乗り出した。「ガプラーと二億四〇〇万ドルのことをすでに知っていたというのなら、いったいぜんたいなぜ、彼らは銀行に乗りこみ、しつこく訊いたりしたのか？」

「彼らの最大の関心事は金ではないのではないか。彼らは答えが欲しいのだと思う。自分たちから金を盗んだ者の首が欲しいのだ。銀行内部のわれわれの協力者は、今回のこうした展開に怯えきっている。無理もないと思う。だが彼をここで降ろすわけにはいかない。彼から情報が入ってこなくなり、ロシア人どもがすべての番号口座を解約し、そこにプールしていた金をよそに移してしまったら、もはやわれわれはKGBマネーの流れを知ることができなくなり、それを利用する機会をすべて失ってしまう」

　ペンライトは言い添えた。「預金額を二億四〇〇万ドルにまで積み立てた者たちは、何らかの理由があって、金の出し入れおよび移転が簡単にできる西側にその資金を置いておく必要があるようなのだ」

「その理由とは？」

「だからそれがわたしにはさっぱりわからないんだ、ジャック。きみなら見当がつくかもしれないと期待していたんだ」

デイヴィッド・ペンライトは腕時計に目をやった。「おっと、まずい、ディナーに遅れてしまう。それ、いわゆる先約でね。望んでいるほどにはロンドンに帰ってこられないんだよ、女がいるというのに。港々に女あり。ロンドンには二人だけどね」ペンライトは笑い声をあげた。「わかるね」立ち上がった。「すまない、ライアン、ここは会員が去るときはゲストもいっしょに去らないといけない決まりなんだ」

ジャックはペンライトの〝きみなら見当がつくかもしれない〟という言葉にとらわれたままだった。それでもブランデーをあわてて飲み干し――やはり残すのはもったいない――オイル・レザー張りの椅子から身を剝がした。

「ちょっと待って。なぜこんなことまで打ち明け、わたしを引きこんだのか、教えてほしい」

ペンライトは玄関ホールに向かって歩きはじめた。ジャックはあとを追った。「考えればわかるだろう。きみはかつてウォールストリートの神童だった、とバジルは言っている」

コートとブリーフケースが戻ってきた。

「ウォールストリートにいたわけではない。取引はボルティモア証券取引所でやってい た」

ペンライトはコートの袖に素早く腕を通した。「そんなのどこでもいい。ともかく、きみはメリル・リンチにいて、自分でも市場で勝負し、〝このクラブを買って会員の老人どもを全員通りへたたき出す〟ことができるほどの大金を商品取引で稼いだ、ということだ――わたしのネクタイはきみがいま着ているスーツよりも高価であるにもかかわらず、ね。きみはそうしたことに向いた頭脳を持っている。それに、この作戦では〝ラングレーのわれらが従兄弟たち〟に大いに助けてもらえるんじゃないかと、わたしは期待してもいる」

ペンライトはジャックにウインクして見せ、タクシーを捕まえるために通りへと出ていった。「というわけで、よろしく」

ジャックもコートを着ると、イギリスのスパイを追いかけて歩道に出ていこうとした。そしてジャックが外に出たとき、デイヴィッド・ペンライトはちょうどタクシーに乗るところだった。

ペンライトはドアを閉める前に顔を上げてライアンを見やった。「ともかく、本部から何か返事が来たら即、スイスにいるわたしに電話してもらいたい」

ジャックは足をとめて歩道に突っ立った。ペンライトを乗せた黒塗りのタクシーは、セント・ジェームズ・スクエアを一周する車の流れのなかに入りこんでいった。

39

現在

ジョン・クラークとドミンゴ・〝ディング〟・シャベスが運転する二台のトヨタ・ハイランダーは、しばらくドニエプル川にそって夜のなかを疾走したのち、南東へと進路を転じてクリミア半島をめざした。ドミニク・カルーソーも同乗し、ときどき運転を交代することになっていたので、三人はあるていど休息をとりつつ疲れ切ることなく目的地に到着できるはずだった。

前方に何が待ち受けているのか、彼らはほとんど知らなかった。知っていることといったら「CIAのSIGINT（通信・電波課報）作戦施設が危険にさらされており、機材等をキエフまで運んで国外へ出すのに、あと二台、問題のない安全な車が至急必要になった」ということだけだった。

翌朝、三人の〈ザ・キャンパス〉要員が〈灯台〉のフロントゲートの近くに到着したときにはもう、前の通りに群衆が集まっていた。あたりをうろつく者が二〇〇人ほどはいるとシャベスは目算した。英語で「CIA、失せろ（ゲット・アウト）」と書いたプラカードを持つ者もいたが、ただスローガンを唱えたり、何やら叫んだり、道に突っ立つだけの者がほとんどだった。

三人は通りに入ると、ゲートが見える少し離れたところにいったん車をとめた。クラークがキース・ビクスビーに電話し、CIAキエフ支局長は入口にまっすぐ向かうよう指示した。

すぐさま二台のハイランダーは指示されたとおりのことをし、クラクションを鳴らしながら猛スピードで突っ込んでいった。抗議者たちはあわてて道をあけた。猛然と走り抜けようとするSUVに水のペットボトルやプラカードを投げつける者もいたが、二台の車はどうにかフロントゲートに達した。その直前、内側にいた民間軍事会社の武装警備要員たちがゲートをあけ、ハイランダーがなかに飛びこんだ瞬間、ゲートはふたたび閉じられた。

二台のトヨタ・ハイランダーは円形駐車スペースに入った。そこにはすでに四台の車――ユーコン二台とランドローヴァー二台――がとまっていた。

〈ザ・キャンパス〉工作員たちが車をとめるやいなや、武装した男たち数人――挨拶（あいさつ）と風貌（ふうぼう）からアメリカ人と判明――が近づいてきた。カートを押してきた者もいれば、プラスチックケースを持ってきた者もいた。彼らは数秒後には荷物をハイランダーに積みこみはじめた。

クラーク、シャベス、ドミニクの三人は建物の玄関ホールでビクスビーに会った。クラークは自分よりも二〇歳ほども若いＣＩＡ支局長の顔に浮かぶ不安の表情に気づいた。ビクスビーは三人全員と握手した。「ジェントルメン、いまはまだ充分に感謝しきれませんが、ここから脱出したら、かならずそれなりの感謝の仕方をするよう努力します」

「いいんだ、気にしなくていい」シャベスが返した。「状況は？」

「これで車が六台になり、人員および装備をどうにか運び出せます」

ドミニクが言った。「問題は、外の群衆が出してくれるかですよね？」

そのとき、顎鬚（あごひげ）を生やした〈灯台（ライトハウス）〉駐留デルタフォースＡＦＯ（前進特殊作戦）部隊長、ミダスことバリー・ジャンコウスキー中佐が、玄関ホールに入ってきた。彼は言った。「催涙弾を撃ち、脱出を試みる。武装集団による道路上のバリケード等はないと判断している。この近隣地区の外に出られたら、敵に察知されずにこの都市（まち）からも出られるはずだ。むろん、時間がかかればかかるほど、それだけ脱出の難度は増していく」

ビクスビーが簡単な紹介をし、ミダスは到着したばかりの三人と握手をかわしたが、ちょっと不安げな表情をした。「この国で活動するＣＩＡ要員（ラングレー・ガイ）はみな知っていると思っていたが」

ビクスビーが説明した。「実は、この人たちは元連邦政府職員なんだ。問題ない。ともに行動できる」

ミダスはもういちど目で三人を吟味した。「悪気はないし、車を持ってきてくれたことには感謝するが、わたしはあんたらを知らない。わたしにはこの小さな〝ごみ溜め〟を安全にたもつ責任がある。あんたらは武器には一切ふれないように。よろしいかな？」

ビクスビーがデルタ・マンのほうを向いた。「ミダス、ＣＩＡ支局長のこのわたしが、この人たちのことは保証すると言ったんだ」

それでもミダスは一歩も退かなかった。「あなたが保証しなかったら、彼らはフロントゲートを抜けることもできなかった」そう言って、三人の男たちを指さした。「銃にはふれない（ノー・ガン）。いいね？」

間髪を容れずクラークが返した。「いいとも」そしてシャベスとドミニクのほうに目をやった。「それでは車への積みこみでも手伝うとするか」

と、そのとき、これまでかすかにしか聞こえてこなかったフロントゲート前からのスローガンが、突如として大きくなった。同じフレーズが何度も何度も繰り返されている。

クラークはしばし耳をそばだてて聞き取ろうとした。「何と言っているかわかるか？」

ミダスが答えた。「もう一、二時間ずっと聞かされている。『アメリカ野郎は帰れ（ヤンキーズ・ゴー・ホーム）』」

「なるほど、古いがステキなスローガンだ」クラークは言い、シャベス、ドミニクとともに廊下を歩いて、自分たちにも車まで運び出せるものがないか見にいった。

クラーク、シャベス、ドミニクが〈灯台〉に着いて四〇分が経過したとき、残っていた極秘装置もすべてトヨタ・ハイランダーに積みこまれ、ミダスはトランシーヴァーで『五分後に出発する、準備せよ』と全員に通報し、注意をうながした。

しかし、キエフから二台のSUVが到着してからの短時間に、CIA・SMC（特殊任務施設）前の群衆は二倍以上に膨れあがっていた。地元ラジオ局が、そこは〝CIAの隠れ家〟だと言って場所を公表してしまったため——ラジオ局と市警がどこからその情報を得たのかは不明——抗議者や野次馬が大挙して押し寄せるという事態になってしまったのだ。

集まった人々のなかには労働組合運動のプロたちもいた。プラカードに書かれたスローガンと、メガホン片手に歩きまわって人々に立つ位置を指示したりスローガンの音頭をとったりする男たちの姿から、ビクスビーはそういうプロたちの存在に気づいた。そして、もうひとつ別の集団にも彼は気づいていた。それはブルーのTシャツでわかる設立されてもうかなりになる親ロシア青年団の若者たち。ティーンエージャーのギャング団とほとんど変わらないやつらだ。FSBが秘密裏に支援して、いいように使い走りをさせている便利な馬鹿者ども。彼らはロシア全国で、そしてウクライナ東部で、指導部の要請のもと、デモや座り込みなどの大衆運動を組織し、実行するのだが、その指導部がFSB要員の直接の指揮下にあるのである。

クラーク、シャベス、ドミニクがここにたどり着いたとき、すでにゲート前の道はうろつきまわる人々で込み合っていたが、車で通り抜けるのは、難しくはあっても、まだ可能だった。ところがいまや、〈灯台〉の屋上にいる二人のデルタフォース隊員からの報告によると、道はほぼ通り抜けられない状態で、そこに収まりきらずに向かい側の公園にまでこぼれている抗議者がさらに二〇〇人はいる。そしてその公園は、少数の低木の茂みと小ぶりの樹木が植わっている見通しのきく一ブロックにコンクリートの小道が適当にあるというだけのものと言ってよい。

午前中ずっと、〈灯台〉の男たちは市警の警官にかたっぱしから電話をかけつづけ、この地域から出るさいの警護を依頼したが、いまのところまだ警官はひとりも来ていなかった。彼らは近くのウクライナ軍基地にも電話して救援を求めた――〈灯台〉のアメリカ人たちも表向きはNATOの〈平和のためのパートナーシップ〉の一環としてここに滞在していることになっているのだ。だが、返ってきた答えは『救援要請を上にあげる』というもので、いずれにせよ、その陸軍基地には現在、救助に割ける人員も装備もなかった。

デルタフォースAFO（前進特殊作戦）部隊隊長、〈灯台〉警備担当現場指揮官、ミダスことバリー・ジャンコウスキー中佐には、催涙弾も発射できるM79グレネード・ランチャーが二挺あったが、催涙弾を最初から使う気はなかった。たしかに催涙ガスを使えばフロントゲートのそばにいるやつらを排除できるのかもしれない。だが、それによってこの地域からの脱出がいっそう困難になるという〝負の反動〟が生まれるおそれもある。すでに怒りで熱くなっている抗議行動を過激な暴動へと変化させるという好ましくない結果が生じてしまう可能性が大いにあるのだ。

正午には、六台の車がすべてエンジンをかけて〈灯台〉の玄関ポーチの前の円形駐車スペースで待機し、六人の男がそれぞれ運転席に座って、いつでも出発できる準備をととのえていた。二台のトヨタ・ハイランダーの運転を任されたのはシャベスとドミニクで、その二台は車列のなかの三台目と四台目になることになっていた。その後ろにはデルタフォースのユーコン二台、前にはＣＩＡのランドローヴァー二台、という配置だった。

ミダスはトランシーヴァー片手に、六台の車のすぐうしろの玄関ポーチに立って、庭内路(ドライヴウェー)に目をやり、このＣＩＡ特殊任務施設のフロントゲートを見やった。しっかりロックされた鉄製のゲートの内側に、民間軍事会社の警備要員三人――みなウクライナ語をある程度しゃべれる――がいて、立錐(りっすい)の余地がないほど通りを埋め尽くした群衆を不安げに見まもっている。人々は怒りを爆発させて叫び、スローガンを唱え、激しく抗議しつづけていた。ミダスはゲートのそばの三人にもうしばらくその場にとどまるよう命じようとトランシーヴァーを口に近づけた。ほかの者たちは車に乗りこみはじめていた。が、そのとき、〈灯台〉の屋上でなおもあたりに目を光らせていた二人のデルタフォース隊員のひとりが無線で連絡してきた。

「ミダス、こちら屋上のマット。通りの三ブロックほど離れたところで複数のバスから人が降りています」

「バス?」

「そうです。大型バス四台。人が続々と降りてきます。一台につきおよそ五〇人、総勢二〇〇人、そいつらがゲートに向かってきます。大半が男、いや、たぶん男のみ。私服を着ているが、何らかの組織に所属する集団のように見えます」

「労働組合員のようか、それとも青年団の〝突撃隊〟のようか?」

「青年団ではありません。労働組合員のようでもありません。凶暴なごろつきども。スキンヘッド。革ジャンにデニム。そんなやつら」

「武器は?」

「ここからではわかりません。いや、待って。みなバックパックを背負っています――なかに何が入っているのかはわかりません」

「市警の警官の姿はないか?」

マットは答えた。「あります。公園の向こう側に四人、たぶん五人、複数のパトカー、それに暴動鎮圧用の装甲車両のように見えるものが一台。介入せずに傍観を決めこむつもりにちがいありません」

「了解した」ミダスは応え、次いでトランシーヴァーを持つ敷地内の全員に言った。「ようし、屋上の二人とM79を持つ二人をのぞいて、全員車に乗れ」

ミダスがこの命令を伝え終わった瞬間、何かが表の塀を越えて敷地内に飛びこみはじめた。それらが地面に落ちて割れ、砕けるさまを見てミダスは、飛んできたものがガラス瓶と煉瓦であることを知った。そのすべてが庭内路と前庭に落ちてSUVがとまる駐車スペースまではとどかなかったが、金属製のフロントゲートのすぐ内側にいる三人の警備要員は完全に射程内にあった。

マットが屋上から無線で呼びかけた。「ヘイ、ミダス！　投げこんでいるのはバスから降りてきた野郎たちです」

ガラス瓶がさらに何本も飛んできて、前庭に落ちて砕け散った。これは明らかに、新たに抗議者の群れに加わった集団による組織的な攻撃だ。

ミダスはふたたびトランシーヴァーを口に近づけた。「よし、わかった。オーケー、ゲートにいる三人、車まで戻れ。脱出する」

〈灯台〉の裏の塀は、深さ数フィートの水が流れるコンクリート製の水路に面していたので、そこから攻撃する抗議者はひとりもいなかったが、他の三方向の塀に接する通りには夥しい数の人々が立って、あらゆるごみを施設内に投げこんでいた。

民間の警備要員三人が、フロントゲートから駐車スペースめざして二五ヤードの庭内路(ドライヴウェー)を走り戻りはじめた。彼らはずっと、投げこまれる〝がらくた弾〟を浴びながら走った。ひとりが背中に板切れを受けて転倒したが、自力で起き上がり、走りつづけた。

　三人がフロントゲートから撤退しているあいだに、同じ会社の警備要員二人がガスマスクを装着して建物から駐車スペースに歩みでて、ユーコンのそばまで前進した。二人ともM79グレネード・ランチャーを手に持ち、40ミリ催涙弾を満載した弾帯を身につけていた。二人は並んでひざまずき、ランチャーに装弾し、現場指揮官の命令を待った。

「風の具合は？」ミダスが二人に叫んだ。

　ひとりが首をうしろへまわして肩越しにミダスを見やった。「風は良好。ガスは公園の向こうへと流されます」

「ようし、ひとり三発ずつ群衆に撃ちこめ」

　二人とも発砲した。弾筒がランチャーから勢いよく飛び出し、弧を描いてフロントゲートを飛び越え、外の大群衆のほぼ真ん中に着弾した。

　催涙弾への報復であるかのように〝がらくた弾〟がさらに塀を越えて飛んできた。その〝一斉砲撃〟はフロントゲートのかなり右のところから投擲(とうてき)されたもので、そのうちの二つは回転しながら空を切って飛んできて、明らかに火がついていた。

　それらは火炎瓶だった。最初はその二本だけだったが、すぐにゲートの反対側からも何本か〈灯台〉の前庭に向かって飛んできた。それらは壁を越えて猛然とすっ飛んできて、庭内路(ドライヴウェー)や駐車スペース前の小さな石庭に激突し、爆発して、燃える燃料とガラスの破片を飛び散らせた。

黒い煙が立ちのぼった。さらに火炎瓶がその黒煙のなかを突き抜けて飛んでくる。

ふたたびグレネード・ランチャーが催涙弾を発射した。今度の40ミリ弾筒は塀を越えると火炎瓶を投擲している者たちのほうへと飛んでいった。

「くそっ」ミダスは思わず声を洩(も)らした。敵の攻撃は、この自家製爆弾の使用で突然、殺意あるものにエスカレートしてしまった。抗議が暴動になったのだ。現在、施設内にいるのはミダスほか一九名。その大半は武装していて、攻撃者たちに多大の苦痛を与えられる技量を持っているが、現場指揮官であるデルタフォースの中佐には、事態をこれ以上悪化させないようにする責任があった。

フロントゲートから戻ったばかりの民間の警備要員三人が、すぐさま体を回転させて表のほうに向きなおり、AK−74自動小銃を上げ、その銃口をゲートのほうへ向けた。

ミダスはその三人に叫んだ。「撃ち方待て！」

三人は命じられたとおりにした。だが、相変わらずさまざまなものが雨あられと降りかかり、この施設から脱出できる見込みはどんどん薄くなっていく。引き金(トリガー)にかかる三人の指はピクピク動いているのではないか、とミダスは思った。

M79グレネード・ランチャーを撃っていた二人はそれぞれ、三発目の催涙弾を塀の向こうに送りこんだところで、四発目の装弾にとりかかった。が、そのとき、西のほうから何かが弾けたような乾いた大きな音が聞こえてきた。それは、建物の向こうの裏の塀からもかなり離れたところから聞こえてきたようだった。

まだ車に乗らず駐車スペースにいた男たちは、反射的に頭をスッと下げるか、身を護ろうと六台の車のうしろへ入ろうとした。その音を聞いた瞬間、全員が自動小銃の発砲音だと気づいたのだ。

ミダスが無線で屋上の部下を呼び出した。「マット、どうなってる？」

答えが返るまでに間があった。「ええと、ちょっと待って、ボス」またしても沈黙。二人の部下は安全なところまで移動中なのだろう。そうであるようにとミダスは祈った。数秒後、ふたたび部下の声が聞こえた。「西から複数の小火器による攻撃を受けています。敵の発砲地点は、こちらの位置をしっかり目視できる丘か建物のひとつでしょう。弾丸が屋上に当たっていますから。われわれは後退し、階段とエアコン装置のあいだに移動しました。ここなら弾丸を避けられると思います。ただ、この位置からでは三六〇度の視界を確保できないのではないかと思われます」

そのときにはもうキース・ビクスビーは二階に達し、玄関ホールのすぐ上のオフィスに入っていた。そして窓の外に目をやり、視線をバルコニーの先へ、さらに表の塀の向こうへと移動させた。群衆の密集度が一段と増し、その数は一〇〇〇人以上に膨れあがっていて、少量とはいえ催涙弾を真ん中に落とされたため、そこは混乱の巷と化していた。暴徒たちは催涙ガスから逃れようと、あらゆる方向へ走りまわっていたが、通りはなお夥しい数の人間でふさがれたままだった。

ＣＩＡキエフ支局長はトランシーヴァーを上げて口に近づけた。「ミダス、車での脱出はあきらめたほうがいい。銃撃もはじまり、道にはバスで乗りこんできた危険な連中も大勢いる。これでは、航空機による支援、救出が必要になる」

ミダスは落ち着いてトランシーヴァーに言った。「わたしもそう思う。ようし、全員、建物のなかに戻れ。ウクライナ空軍に航空救出を要請しなければならない」

クラーク、シャベス、ドミニクも他の者たちとともにＳＵＶから飛び出し、全員が建物へ駆け戻った。怒れる群衆が投げるがらくたが、ほとんど絶え間なく、裏側を除く三方向の壁を越えて飛んできて、敷地のあらゆるところに落下し、大きな音を立てている。そしてその音に、遠くから聞こえてくる自動小銃の発砲音がかぶさる。

全員が三階建ての建物のなかに戻るや、ミダスは施設防御のために階上のバルコニーに武装した男たちを送りこみ、各方向にそれぞれ二、三人ずつ配置した。そのあと階段を駆け上がって屋上まで行き、二人の部下が敵の射線から逃れるために利用していた遮蔽物を自分の目で確認した。

〈灯台〉には長距離狙撃に適した小銃が一挺だけあった。九倍光学照準器と二脚が付いた

AR－15セミオートマチック小銃である。これはデルタフォースの武器だったが、この建物内で最高の長距離狙撃手（スナイパー）は、六人からなる民間軍事会社・警備チームの長であるレックスだと判断された。彼は民間軍事会社に入る前、まず海兵隊で偵察隊の狙撃手を、次いでSEALs（シールズ）（米海軍特殊部隊）チーム10で同じく狙撃手をやっていたのだ。ミダスはレックスとスコープ付き小銃を屋上の狙撃に適した場所に配置し、さらにマットを観測手（スポッター）としてそこに残した。そうしてデルタフォースの中佐は一階まで戻り、催涙弾用のグレネード・ランチャーを持つ二人の男を玄関ドアのそばに張り付かせ、必要なときにはすぐに二人が玄関ポーチまで出ていって催涙弾をフロントゲートに撃ちこめるようにした。「ゲートを突破しようとする者がいたら、そいつを食らわせろ。上にいる者たちには、武器を持っているとわかるまでは群衆に発砲しないよう命じてある。だから、武器を持たない暴徒がフェンスをのぼったり壊したりして中に入ろうとしたら、それを阻止するのはきみたちの責務になる」

　ビクスビーが階段から姿をあらわした。衛星携帯電話を耳にあてていた。「いまCIA本部（ラングレー）と話している。政府（ワシントン）がすでに、ウクライナ空軍に航空救出を要請している」

　ミダスは言った。「そりゃありがたい」

　が、ミダスがそう言った瞬間、トランシーヴァーから雑音とともに緊迫した声が飛び出した。「ひとり被弾！　撃たれた！」フロントゲート側の二階のバルコニーに配置された警備要員二人のうちのひとりが、被弾してしまったのだ。

ミダスは全速力でビクスビーのそばを駆け抜け、階段へ向かった。負傷した警備要員の状態を自分の目で確かめておきたかった。

40

ジャック・ライアン大統領はホワイトハウスのシチュエーション・ルーム（国家安全保障・危機管理室）に駆けつけ、会議室に飛びこんだ。午前七時のことだった。服装はオープン・シャツにブレザー。しかもそのブレザーは、レジデンス（居住区）からここまで歩いてくる途中で補佐官のひとりに手わたされたものだった。三〇分ほど前、まだレジデンスにいたライアンは、「ウクライナでアメリカの兵士と情報機関員が困難な状況におちいり、バージェス国防長官がシチュエーション・ルームでの緊急会議を求めている」という連絡を受けたのだ。

会議室に閣僚や同クラスの高官がひとりもいないことを知り、ジャックはびっくりした。たしかに、ホワイトハウス担当の軍人やシチュエーション・ルームのスタッフはいたし、国家安全保障問題担当の上級スタッフも何人かいたが、コリーン・ハーストＮＳＡ（国家安全保障局）長官、メアリ・パット・フォーリ国家情報長官、ジェイ・キャンフィールド

ＣＩＡ長官、ボブ・バージェス国防長官はみな、モニター上に映っていて、それぞれの執務室からの参加だった。キエフにいる駐ウクライナ大使もモニター上に見え、スコット・アドラー国務長官もブリュッセルのアメリカ大使館の安全な通信室からのビデオ会議システムによる参加になった。

ジャックはテーブルの端の上座に腰を下ろすと、壁際（かべぎわ）に座る男女に手を振って指示した。

「おいおい、そんな座りかたは滑稽（こっけい）だ。わたしといっしょにテーブルにつきたまえ」

情報機関と軍の助言者たちは素早くテーブルの椅子（いす）に移った。そこは通常、大統領と閣僚級高官だけが座る席だった。結局、空いていた一二の席は埋まり、相変わらず壁際の椅子に座るのは二、三人の下級スタッフのみとなった。

ジャックは閣僚や高官を映しだすモニターの群れを見やり、左端に映るＣＩＡ長官を見つけた。「よし、ウクライナで何が起こっているというのかね？」

ヴァージニア州マクリーンにあるＣＩＡ本部の七階の執務室に座るジェイ・キャンフィールド長官は答えた。「大統領、わが局はクリミア半島セヴァストポリに、おもに通信・電波諜報（シギント）をおこなうＳＭＣ――特殊任務施設――を有しております。コードネームは〈灯台（ライトハウス）〉。そこもまた、わが局のウクライナにおける基幹施設の多くと同じように、今週起こったＳＢＵ――ウクライナ保安庁――のスパイ発覚で危険にさらされていることがわかり、われわれは閉鎖する作業にとりかかっております。そこには分解して運び去らなければならない極秘電子機器がたくさんありましたので、作業に時間がかかり、残念なことに、そのSMCの者たちが退去する前に〈灯台〉のことが敵の知るところとなり、いまや施設は攻撃を受けているようなのです」

「『ようなのです』とは？」

「二時間ほど前から抗議行動がはじまり、群衆の数がどんどん増え、その行動も過激になっていき、この半時間ほどのあいだについに暴動となり、現在〈灯台〉は近くの丘や建物から小火器による銃撃を受けています。施設のアメリカ人要員が負傷したという報告もありますが、いまのところまだ死者は出ていません」

「その施設にはどういう者たちがいるのかね？」

キャンフィールドCIA長官は答えた。「〈灯台〉に常駐しているのは、JSOC——統合特殊作戦コマンド——チーム、すなわちデルタフォース隊員四人、CIA技術官四人、それに民間の警備要員六人、それだけです。それに通常、ウクライナの保安機関と情報機関から人員支援を受けますが、いまはそうした者たちはいません。不運なことに、施設閉鎖の作業を手伝うためにキエフからおもむいたCIA支局長と公式偽装（オフィシャル・カヴァー）で護（まも）られている二名の工作担当官（ケース・オフィサー）も、攻撃がはじまったときにそこにいて、脱出できずにいます」

「支局長というのは先日きみから聞いたビクスビーという者だね？」

「キース・ビクスビー。はい、そうです、大統領」

「で、車での脱出はもはや不可能？」

「はい、大統領。施設内の者たちからの報告では、通りは閉鎖され、銃撃はほぼ止むことなく、市の警官たちは、何が起ころうと、ただ遠くから傍観しているだけです」

「なんという野郎たちだ。撃っているのは何者なんだ？」

　これにはバージェス国防長官が答えた。「その地域に非正規兵がいるという報告がありますが、撃っているのがそいつらであるという確認は現時点ではまだとれていません」

　ライアンは言った。「ウクライナ政府と話す必要がある」

　スコット・アドラー国務長官が声をあげた。「ウクライナの大統領はこの状況をすでに知っていて、空軍のヘリコプターをアメリカ人救出に向かわせるよう命じました。現在、ヘリが中間準備地域に向かいつつあります」

「よし」とジャックは言ったが、駐ウクライナ大使の顔に困ったような表情が浮かんでいるのに気づいた。「何か問題があるのかね、アーリーン？」

　アーリーン・ブラック大使は答えた。「大統領、あなた自らが電話で救出を依頼してくれないかと、ウクライナの大統領が打診してきています――いや、実際にはそうすることを要求しているのです」ブラックは肩をすくめた。「クヴチュークのことはご存じでしょう。彼は手柄を自慢したがる目立ちたがり屋なのです」

　会議室のなかにいた下級の助言者たちの何人かが不満のうなり声をあげた。

ライアンは首をまわして、ドアのそばに立っているシチュエーション・ルーム通信担当スタッフのひとりを肩越しに見やった。「クヴチュークに電話してくれ。わたしが直接、救出を依頼する。くだらん男の要求だが、いまは外交儀礼にこだわっている時間はない。国民の救出に必要というのなら、クヴチュークのご機嫌もとろう」

コードネームを〈灯台（ライトハウス）〉というCIA特殊任務施設への銃撃は激しさを増していて、すでに建物の四方の窓ガラスが銃弾で粉々に打ち砕かれてしまっていた。ということは、全方向から銃撃されているということになる。さらに屋上も銃弾を受けて痘痕（あばた）ができたようになってしまったので、高いところから発砲している者が少なくとも数人いることもわかった。だが、いまのところ、バルコニーと屋上に配置されたアメリカ人で、銃撃者を目でしっかりと捉（とら）えることができた者はひとりもいなかった。群衆のなかにも、近くの丘や建物のなかにも、銃撃者の姿を捉えることはまだ誰にもできていなかった。

塀越しに投げ入れられる火炎瓶のせいで、敷地のあちこちで小さな火事が起こるようになった。〈灯台〉の南側にいくつか並べられていた大きなごみ容器が炎に完全に包まれてしまい、庭内路（ドライヴウェー）の両側の芝生もくすぶりはじめていた。

二階にいたデルタフォース隊員のひとりが肩に被弾して鎖骨を折られ、民間警備要員もひとり、撥（は）ね返った弾丸を手の甲に受け、肉を裂かれ骨を砕かれた。二人とも〈灯台〉の

〝衛生治療室〟に運ばれたが、デルタフォース隊員のひとりのチェスト・リグにあった外傷キットによる応急手当しか受けられなかった。救急箱はすでにデルタフォースのユーコンの一台に積みこまれてしまっていたからだ。敷地の東側にとまるＳＵＶは銃撃にさらされていて、とてもそこまで救急箱をとりにいくことはできない。

スコープ付き小銃をわたされて屋上に配置された民間警備要員のリーダー、レックスは、九倍の光学照準器で遠い建物の屋根やバルコニーを丹念に調べていき、狙撃手を探した。それはゆっくりとしか進まない焦れったくなる作業だった。ほかの方向に目をやるには、いちいちエアコン装置の下を這い進んで位置を変える必要があったからである。マットが双眼鏡で観測手を務めていたが、彼もまた、観測している方向に狙撃手の姿を捉えることはできず、弾丸が飛んでくるのはいつも見ていない方向からだった。それで二人は、敵の狙撃手の銃撃はうまく連係、調整されているにちがいないと思うようになった。こちらの頭をつねに下げさせておくのがやつらの目的なのだろう。

三階のバルコニーにいたデルタフォース隊員のひとりが、胸の防弾チェスト・ハーネスのスチール製防護挿入板にまともに一発くらった。パートナーが彼をオフィスまで引きずりもどし、戦友の体をチェックして無傷であることを確認してから、ミダスに報告した。

この報告を受けたとき、ミダスはビクスビーとともに二階の通信室にいた。デルタフォースの中佐はＣＩＡマンのほうを見た。「ずいぶん正確な射撃だ。少数の訓練を受けていない民間のアホ野郎が撃ってきているとは思えん」

ビクスビーはうなずいた。「地元警察の特殊部隊(スワット)、ウクライナ軍脱走兵、FSBに訓練された非正規兵といった線も考えられる」さらに言い添えた。「いや、情勢を不安定化させる任務を帯びて、ロシアから国境を越えて潜入した特殊任務部隊(スペツナズ)の可能性だってある。まず間違いないことがひとつある。それは、撃ってきているやつらが誰であろうと、そいつらはどうやらこの施設の制圧をめざしているようだということだ」

そのとき、ジョン・クラーク、ドミンゴ・シャベス、ドミニク・カルーソーの三人がドア口に姿をあらわした。クラークが訊(き)いた。「CIA本部(ラングレー)は何て言っている?」

ミダスが答えた。「ヘリをこちらに向かわせている、とのこと。ウクライナ空軍のMi‐8輸送ヘリ二機が救出にくる。ETAは二〇分後」ETAは到着予定時刻。

ドミニクが言った。「ここから去る前に、車のなかから持ってきてほしいものはないか?」

ミダスは首を振った。「ヘリが離陸したらすぐ、C‐4を投げて、すべてを破壊する。航空支援を得られるまでは誰ひとり外に出したくない」C‐4は軍用プラスチック爆薬。

二、三分後、クラーク、シャベス、ドミニクは小さな玄関ホールに立って、ときどき塀を越えて飛んでくる火炎瓶をながめていた。火炎瓶は敷地内の地面に落ちると、爆発し、猛烈な炎をあげる。発砲音がなおも付近のあちこちから聞こえてきて、弾丸は相変わらずあらゆる方向から飛んでくるようだった。フロントゲートを防御しようとする者はもはやひとりもいなかった。いまや民間警備要員もみな、ＣＩＡマン、デルタフォースＡＦＯ（前進特殊作戦）部隊員とともに二階か三階のバルコニーにいる。

私服の暴徒の群れ――そのほぼ全員が若い男のように見える――が錠のかかった鉄のゲートを猛然と押していたが、いまのところまだ施設内に押し入ろうとする者はひとりもいなかった。

クラークのポケットのなかの携帯電話が鳴った。彼は階段の吹き抜けのなかに入って、なんとか話せるほど騒音を避けられる場所を見つけてから応えた。

「はい、クラーク」

「やあ、ミスターＣ、サムです」ドリスコルだった。

「どうした？」

「きのう怪しい車に取り付けたＧＰＳ発信装置ですが、ギャヴィンがずっと追跡していまして、そのうちの二つが今朝の午前四時にキエフの外に出ました。最初、どこへ向かうのか見当もつかなかったのですが、ギャヴィンはもう目的地はわかったと言っています」

「どこだ？」

「セヴァストポリです。あと一時間ほどでそこに着きます」

「なるほど、面白い。おれは今回の攻撃には〈七巨人〉のならず者どもが係わっているのではないかと思っていたんだ。これでその疑いが一段と濃厚になった」

「われわれもそちらに駆けつけましょうか？　いますぐ空港へ行って、航空機をチャーターすれば、かなり早くそちらに着けます」

クラークは返した。「いや。そちらはいまやっていることを続行してくれ。おれたちはいま身動きできない状態だが、航空救出のヘリが現在こちらに向かっている。そのヘリがどこに連れていってくれるのかはまだわからない。だが、着陸したら、キエフに戻るのに支援が必要かどうかそちらに知らせる」

「了解（ラジャー・ザット）です。では、くれぐれも気を付けて」


救出のときが迫り、〈灯台（ライトハウス）〉内の銃を持つ男たちはまわりの建物や丘にひそむターゲットを探し出すことに残りの時間を費やした。一方、丸腰の〈ザ・キャンパス〉工作員三人は、自分たちがいささか能無しになったような気分を味わいつつ、ボサッと突っ立って危険から救出してくれるヘリを待つしかなかった。しかし、またしても「ひとり被弾」の声がトランシーヴァーから飛び出し、彼らも何もせずにいるわけにはいかなくなった。シャベスとドミニクは階段を三階まで一気に駆け上がり、被弾したＣＩＡ技術官を見つけた。彼は建物の奥の廊下にいたのに、バルコニーの窓ガラスを突き抜けた流れ弾がなんと、部屋の壁をも貫通し、最終的に彼の胸にもぐりこんでしまったのだ。その中年の技術官は、民間警備要員に発見されたときにはもう、目を大きく見開いて無反応の状態だった。シャベスとドミニクは彼にふたたび呼吸をさせようと数分間頑張ったが、弾丸に心臓をずたずたに切り裂かれてしまっていて、もはやなす術（すべ）がなかった。彼らは他の二人のＣＩＡ技術官が死体を一階まで引きずり下ろすのを手伝った——難しい消耗する作業で、ゆっくりとしか進まなかった。一階まで下ろされた遺体は、死体袋（ボディーバッグ）に収められ、着陸したヘリに素早く積みこめるように玄関ドアのそばに置かれた。

北から近づいてくるＭｉ－８輸送ヘリ二機の太めの灰色の機体が視認できたのは、午後三時ちょっと過ぎのことだった。屋上にいた男たちにそのむね通報されたミダスは、ただちにデルタフォース隊員、民間警備要員、ＣＩＡ要員をバルコニーの守備位置から退去させ、一階の玄関ホールに集合するよう、その者たちに命じた。負傷した二人は他の者たちに助けられて階段をおり、死亡した技術官の遺体のそばで待つよう指示された。

ミダスはヘリとの直接交信をはじめ、弾丸が散発的に飛んでくるので気を付けるようにとパイロットたちに注意した。ウクライナ空軍のＭｉ－８二機は、サイドドアをひらいたまま、搭載した機銃を振って脅威を探しつつ、飛来した。だが、その接近のようすを見まもっていたミダスには、現在の危険な状況を考慮すると、充分に注意しているようには見えなかった。二機は互いに接近して飛行し、公園の暴徒たちの真上まで来ると、一回だけゆっくりと円を描いて脅威を探した。そして一機が〈灯台〉のほうへと降下しはじめた。

ヘリのパイロットたちは、自分たちが施設の上に浮かんでいるあいだは、ただそれだけで、だれも発砲したくなくなると思いこんでいるのではないか、とミダスは思った。だから彼は無線でパイロットたちに、きみたちはいま危険なＬＺ（着陸ゾーン）に下りようとしているのであり、そのように行動しなければならない、と警告した。

だが、頭上のヘリコプターの戦術――飛行――に変化はなかった。

〈灯台〉の建物の前の円形駐車スペースにとまる車と施設の塀とのあいだには、一度に一機のヘリが安全に着陸できるスペースしかなかったので、ウクライナ空軍のＭｉ－８の一機が降下しはじめると、もう一機は上空にとどまって旋回しつつ掩護した。

しばらくのあいだ銃撃はまったくなかった。灰色のヘリが着陸態勢に入ると、群衆の叫び声さえ弱まったように思えた。ＣＩＡ特殊任務施設のなかでは、ミダスが玄関ドアをひらき、ビクスビーといっしょに玄関ポーチまで歩み出て、ヘリを誘導しようとした。

だが、Ｍｉ－８がミダスとビクスビーの眼前で高度四〇〇フィート未満にまで降下したとき、〈灯台〉の東側の塀の上に光り輝く点がひとつ浮かび上がった。それはＣＩＡ施設前の公園の向こう側にあるアパートの建物のあいだから猛然と空に駆け上がっていった。激しく揺れながら青空へと上昇し、ヘリコプターのほうへと向かってくる。

Ｍｉ－８機上のだれかがそれを視認したか、パイロットが何らかの警報装置からの警告を受けたのだろう、ヘリは急激に右へバンクした。Ｍｉ－８が上昇するロケット弾の射線の外に出ようと機体を激しく回転させたとき、その勢いでサイドドアの射撃手が機内へと飛ばされるのを、ビクスビーもミダスも目撃した。

ロケット弾はヘリの尾部回転翼（テール・ローター）をかすめ、そのままＭｉ－８にとっては無害な飛行物体となって空へと上昇しつづけた。

だが、二発目はそうはいかなかった。青空に浮かび上がった二発目の光の輝点も東からあらわれた。玄関ポーチにいた二人は発射地点を見ることはできなかったが、ロケット弾は自信満々にヘリに向かって上昇して、機体に激突した。当たった場所はひらいたサイドドアのすぐうしろだった。

最初の爆発はたいしたことはなかったが、ほぼ即座に起こった第二の爆発は大きなもので、Ｍｉ－８の両側面を吹き飛ばし、主回転翼（メイン・ローター）を細かく切り裂いた。遠心力で四方八方に飛び散った回転翼羽根（ローター・ブレード）の金属は、半マイル以上も離れたところにまで達した。残骸（ざんがい）は燃えながら地面へと三〇〇フィート落下して、公園の真ん中に凄（すさ）まじい勢いで墜落し、暴徒の群れのなかにまともに突っ込んだ。

火柱がＣＩＡ施設の塀の上にまで噴き上がり、黒煙がそれよりも高くもくもくと空へと立ちのぼっていった。

残ったもう一機のMi－8ヘリは、機銃も他の兵器も一発たりとも撃たなかった。それは高度一〇〇〇フィートのあたりを旋回していたが、僚機が撃墜された数秒後には、機首を北へ転じて猛スピードで飛び去ってしまった。

〈灯台〉のなかに叫び声と驚愕（きょうがく）の声と悪態が満ちたが、ビクスビーもミダスもしばらく何も言わなかった。数秒後、CIAキエフ支局長が言った。「本部（ラングレー）に電話する」そして彼は建物のなかに戻った。

41

ジャック・ライアン大統領は、ウクライナ空軍のヘリが撃墜されたことを、それが起こったわずか三分後に知った。むろん、シチュエーション・ルーム（国家安全保障・危機管理室）にいた他の男や女と同時に知ったのだ。会議室のなかも、ライアンの目の前の壁に設置されたモニターのなかも、意見交換し協議する男女でいっぱいになった。あわてて代替策をひねりだそうと懸命になっている者たちの顔に浮かぶ苦痛と苛立（いらだ）ちの表情にライアンは気づいた。そうした男女――軍の士官、外交官、情報機関員――のなかには、かつて自らも任務で同じように危険にさらされた経験がある者もいる。だから、これは深刻な敗北にはちがいなかったが、アメリカ合衆国は持てる力と影響力をすべて行使して〈灯台（ライトハウス）〉

にいる者たちを避難させなければならないと自分がここで改めて強調する必要はない、とジャックにはわかっていた。

ジャック・ライアンはビデオ会議システムで参加していた駐ウクライナ大使の中座を許した。彼女にウクライナ当局に電話させ、同国の地上部隊を〈灯台〉に向かわせるよう圧力をかけさせるためだった。ライアンは、数分前にウクライナの大統領と話したとき、軍から「救出作戦に適した地上部隊はすべて、ロシアとの国境に移動させてしまったと、連絡があった」と言われてしまった。だからジャックは、ウクライナの装甲部隊が窮地に追いこまれたCIA施設の人々を救出しにきてくれるという期待はあまり抱いていなかった。それでも、いかなる選択肢も排除したくなかった。それゆえ、それを実現させるできるかぎりの努力をせよ、と駐ウクライナ大使に指示したのだ。

壁のディスプレイのひとつに、ウクライナの国土とそこに駐留する少数のアメリカ軍部隊の位置を示すデジタル・マップが映し出されていて、会議室のだれもがその地図に目を釘(くぎ)づけにして選択肢について話し合っていた。シチュエーション・ルームにいた者たちのあいだの議論はたちまち白熱したが、ライアンは自分がいまやるべき作業に集中することにした。

ジャック・ライアン大統領はいくつもの肩書きを持っていたが、いまはまさに国家最高指揮権(ナショナル・コマンド・オーソリティー)を有する国家最高司令官であり、難しい判断を最終的に下さなければならない立場にあった。そしてそれをするには、言うまでもなく、その種の専門的な判断力が不可欠となるばかりでなく、可能なかぎり迅速かつ効率よく最高の情報を受ける必要が絶対にあった。ジャックはもはや、軍の士官でも情報機関員でもなく、大統領なのであり、焦眉の問題を解決できるようにものごとをうまくとりまとめるのが自分の仕事なのである。

またしても熱くなった者たちが激しい言い合いをはじめた。今回ぶつかったのは、ホワイトハウス担当・国家安全保障会議次長と統合参謀本部顧問の海軍士官だった。ライアンは片手を上げて言い争いをやめさせた。そして目を上げ、奥の壁に設置されているモニターを見つめた。「まずはバージェスとキャンフィールドの話を聞きたい。そのＣＩＡ施設が危険にさらされた場合に対応する何らかの準備ができているはずだ。〈灯台〉が攻撃を受けたときに要員を脱出させる非常事態対策があるはずだ。それがどういうものか聞かせてもらおう」

バージェス国防長官がまず応えた。「現在、ウクライナ国内にはデルタフォース部隊、レンジャー部隊、陸軍特殊部隊がおりますが、ロシアの侵攻に備えて国中に散り散りになっている状態でして、とても緊急対応部隊として即応できる態勢にありません。ただ、ビラ・ツェルクヴァのウクライナ陸軍基地にアメリカ陸軍のＵＨ－60ブラックホークが二機あります。地図を見ればおわかりになると思いますが、ビラ・ツェルクヴァはセヴァストポリの北になります。二、三時間で飛べる距離です。大至急ＱＲＦ――緊急対応部隊――を組織し、それをブラックホークで送りこむということは可能ですが、問題の地区ではＲＰＧロケット弾の攻撃を受けますので、〈灯台〉への回転翼航空機の着陸はきわめて危険です。ヘリに加えて、敵の攻撃を阻止できる何らかの防衛手段がないかぎり、あるいはそういう防御が可能になるまでは、その作戦の実行は危険すぎると思われます」

キャンフィールドＣＩＡ長官の頭のなかにある〝良い作戦案〟は国防長官のそれよりもさらに少なかった。「大統領、ウクライナは友好国ですので、わが国の要員を至急脱出させるという今回の非常事態対応計画は、ウクライナ軍がＱＲＦを提供するということが中心になるかと思います」

「そうなんだが」ライアンは目の前のデスクマットを指で小刻みにたたきながら考えた。「それはあまりうまくはいかなかった」

テーブルの端に座っていた国防総省（ペンタゴン）ホワイトハウス担当顧問ダイアル海兵隊大佐が、肘（ひじ）を曲げたまま軽く手を挙げた。

ライアンは挙手に気づいた。「何だね、大佐？」

「大統領、ポーランドのウッチにＮＡＴＯ部隊と訓練中の海兵隊の派遣部隊がいまして、そこにＶ－22オスプレイが二機あります。彼らは正確にはＱＲＦではありませんが、海兵隊です。三〇分で二四名の小銃兵（ライフルマン）を乗せたオスプレイ二機を離陸させ、現場へ向かわせることができます。セヴァストポリまでの飛行時間はおよそ九〇分」

ライアンは尋ねた。「オスプレイをどう防御するのかね？　後部ランプに機関銃が一挺（ちょう）ついているのを思い出したが、そのＳＭＣのまわりに存在するとされる脅威に対して、それだけではとても充分とは言えないと思うが？」ＳＭＣは特殊任務施設（スペシャル・ミッション・コンパウンド）。

ダイアルは答えた。「おっしゃるとおりです。オスプレイは今回のような危険（ホット）なＬＺに着陸するのに最適な航空機（プラットフォーム）ではありません」ＬＺは着陸（ランディング）ゾーン。「ですが、その海兵隊のＶ－22二機は特別仕様でして、ＩＤＷＳ――暫定防御兵器システム（インターリム・ディフェンシヴ・ウェポン）――を搭載しているのです。それは機体腹部収納式の砲搭機関銃（タレット・ガン）で、ＦＬＩＲ――赤外線前方監視装置（フォワード・ルッキング・インフラレッド）――およびテレビ・カメラと連動します。操作は機内の射撃手がおこないます」

「それで充分な火力を得られるのかね？」ライアンとしては、二組の乗員と二四人の海兵隊員を、空中に浮かぶ自らを護（まも）る手立てもないまま危険な地へ送りこむのだけは絶対に避けたかった。

ダイアルは言った。「大統領、それは三六〇度回転可能にして毎分三〇〇〇発という発射速度を誇る三銃身7・62ミリ口径機関銃（ミニガン）です。それに後部ランプの50口径重機関銃（フィフティー・キャル）が加わるわけで、着陸時および離陸時の戦闘でもわが方がずっと優位に立てるはずです。地上では、どのような状況下でも、ＵＳＭＣ小銃兵が二四名いれば、武装した暴徒五〇〇人に充分に対抗できます」ＵＳＭＣはアメリカ合衆国海兵隊。「たしかに兵士も航空機ももっと多いほうがいいでしょうが、一刻を争う緊急事態という点を考えますと、これが現在われわれにできる最良の方法かと思います」

「ボブ」ライアンはバージェス国防長官のほうを見た。「そうするようにしてくれ。もしオスプレイが現場に到着する前にウクライナ軍が救出に成功したら、その二機を帰投させればいい。が、ともかく至急オスプレイを現場へ向かわせてくれ」

バージェスはうなずき、ペンタゴンの自分のスタッフのほうに顔を向けた。それだけでこの作戦が動きだした。

だが、ライアン大統領はこれだけでは満足しなかった。「レディーズ・アンド・ジェントルメン、現場での救出作戦そのものはいまから二時間後に開始される。だが、われわれの仕事はまだ終わっていない。さまざまな報告を考え合わせると、問題の施設は二時間もたないように思える。〈灯台〉が制圧されるのをふせぐために、これから六〇分のあいだにわれわれに何ができるのか、それを知りたい」

バージェス国防長官が溜息をつき、両手を上げて見せた。「率直に申し上げて、大統領、ウクライナ軍部隊の助けを得るということ以外に、われわれにできることなど、思い浮かびません」

ライアンはダイアル大佐を見やった。大佐にも妙案はなく、黙っていた。

だが、ダイアルを補佐するホワイトハウス付き士官のひとり、若いアフリカ系アメリカ人の空軍少佐には、思いついたことがひとつあった。彼はライアンの左側の席についていたダイアル大佐のうしろの壁際に座っていた。大佐が何も答えられずにいたとき、少佐はチラッと大統領のほうに顔を向けた。だが、彼は何も言わなかった。そして顔を前に戻すと、自分の両手をじっと見下ろした。少佐には何やら提案したいことがあるようだ、とライアンは思った。

ライアンは身を乗り出し、少佐の軍服の上についている名札を見つめ、名前を読んだ。

「アドヨ少佐？　何か付け加えることがあるのかね？」

「すみません、大統領」

ライアンはかすかなアフリカ訛りに気づいた。

「謝ることはない。早くテーブルまで出てきて、話したまえ」

アドヨ少佐は大統領に言われたとおり、椅子をダイアル大佐の隣へ移動させた。彼は緊張していて不安そうだった。ライアンはそれに気づき、緊張を解こうとした。

「リラックス、アドヨ。きみはいま明らかに、この部屋のだれよりも発言する意欲がある。さあ、きみの意見を聞かせてくれ」

「ええとですね、大統領……現在、トルコのインジルリクにあるわが国のＡＦＢに第二二戦闘飛行隊に所属するＦ‐16部隊がおります」ＡＦＢは空軍基地。「トルコは黒海の南岸にあり、ウクライナのまさに対岸です。わたしもインジルリクＡＦＢに配属されたことがあります。セヴァストポリがあるクリミア半島の南端まで直線距離で二五〇マイルもありません」

国防長官はモニターを通して若き少佐をほとんど怒鳴りつけた。「われわれは友好国の都市住民に爆弾を落とすような真似は――」

ライアン大統領は片手を上げて制した。バージェス国防長官は即座にしゃべるのをやめた。

「つづけて、少佐」

「地上の人々を攻撃できないことはわたしだってわかっています。でも、いまF‐16の一個編隊が燃料を充分に積んだままインジルリクAFBの滑走路上にいるか付近を飛行中だとしたら、三〇分後か四〇分後にはその戦闘機にCIA施設上を超音速に近いスピードで低空飛行させることもできるのではないでしょうか」アドヨ少佐は両の掌をテーブル上にぴたっとつけたままだった。「ですから……完全な解決策ではありません。しかし、ともかくしばらくのあいだだけは、敵の頭を下げさせておくことができるかもしれません」ふたたび間をおいた。「これはごくふつうの原則です。わたしがイラクでA‐10近接航空支援専用機を操縦していたとき、ひっきりなしにやっていました。地上の友軍を近接航空支援しなければならないのに非戦闘員が近くにいるために空爆できない場合、次善の方法をとる必要があります。高速で低空飛行し、敵に爆音をたっぷり聞かせるのです。大きな音をたて、騒ぎたてて敵を怯(おび)えさせるのです」

ライアン大統領はバージェス国防長官が映るモニターを見つめた。「ボブ？　いいじゃないか、そうしないか？　これはやる価値がある」

だが、バージェスは気に入らなかった。「それで群衆を追い散らしたり武装した攻撃者たちを引き下がらせたりできるかどうかはわかりません」

「しかし、それで何を失うというのかね？　〈灯台〉の外にいる群衆のなかにF-16を撃墜できる者なんているだろうか？」

アドヨは思わずそっと洩(も)らしてしまった。「いるわけがねえ(ノー・ファッキング・ウェイ)」言ってしまってから、ハッと息を飲んだ。国防長官に向けられた問いに自分が答えてしまったことに気づいたからだ。いや、それよりも、アメリカ合衆国大統領の前で汚い言葉を使ってしまったことのほうがもっと問題だと思った。

ライアン大統領はダイアル大佐に視線を移した。「アドヨ少佐はいるわけがねえ(ノー・ファッキング・ウェイ)と言っているが、きみはどう思う、大佐？」

「そうですね、敵が持っているのは小火器という点だけは確実にわかっています。マッハ1に近いスピードで頭上を通過する戦闘機は、小銃やRPGでは撃ち墜(お)とせません。それだけは断言できます」

ライアンはこの作戦がもたらす外交上の問題についてしばし考えた。「よし、やろう」

そう命じるや、顔を上げてスコット・アドラー国務長官を見やった。国務長官がこんなことを好きになれるはずがないとわかっていたからだ。

アドラーのほうが先に口をひらいた。「大統領、非武装または軽武装の輸送ヘリを緊急救出のために送りこむのはともかくとして、いまお話しになっているのは戦闘爆撃機に黒海艦隊の上を飛ばせるということです。ロシアは怒り狂うでしょうね」

ライアンは応えた。

「わかるが、それにうまく対処するのがわれわれの仕事だ。まずウクライナに知らせてくれ。それから、一〇分以内にきみが直接、電話でロシアの外務大臣に説明するように。外相をつかまえられなかったら、だれでもいい、つかまえられる者に事情を説明してくれ。わが国の戦闘機がウクライナ政府の承認・支持を得てセヴァストポリ上空を飛行する、と言うんだ。さらにこう言ってくれ。クリミアが自治共和国であることも、そこがロシアとの国境のすぐそばであることも、これが挑発的と受け取られても仕方のない行動であることも、われわれは承知している。しかし、危険にさらされているアメリカの現場要員の安全確保が、現在のわれわれの唯一の関心事である。彼らは〈平和のためのパートナーシップ〉というプログラムの一環としてそこに滞在しているにすぎない――その点は強調しないといけない。

貴国の承諾を得たいが、われわれとしては消極的承認でもよい、とも言ってくれ」

ジャックは片手を上げて、言葉を返そうとするアドラー長官を制した。

「いや、だから、実のところ、はっきりこう言っていい。事後にロシアがテレビで猛烈に非難しようと、ＮＡＴＯや国連に公式に訴えようと、構わない。そんなことを気にして引き下がるつもりはまったくない。かならず実行する、それも約三〇分後に実行する。ロシアのいかなる干渉も、事態をエスカレートさせ、どちらの国も望まない結果を生じさせるだけだ」

アメリカの最高位の外交官であるアドラー国務長官は、あらゆる悪影響をしっかりと考え抜くことが仕事だった。「ロシア政府（クレムリン）は見返りを要求するでしょうね」

ライアンも多少の駆け引きくらいするつもりだった。「いいとも。軍艦とかそういったものを黒海の外へ移動させてもいい。だが、それはわが国の現場要員の安全が確保できてからだ。ロシアの外務大臣が、あるいはヴォローディン大統領その人が、わたしと電話で話したいと言ってきたら、いつでも応じる。わたしはここにいる」

「わかりました」アドラーは応えた。だがライアンは国務長官の不満を感じとることができた。そもそも、ＮＡＴＯの〈平和のためのパートナーシップ〉の一環という偽装のもとにＣＩＡ施設が運営されているということが、アドラーには面白かろうはずがない。ＣＩＡの極秘施設に外交使節団という地位が与えられているのである。たしかにそうしたことは世界中でおこなわれている。しかし、当然ながら外交官は、ＣＩＡ施設が外交使節団という仮面をかぶって活動しているということが心底気に入らない。それで正真正銘の正規の外交施設も危険にさらされるからである。

セヴァストポリのこの建物は実はCIAの前線基地だったのだ、という噂がいったん流れてしまえば、世界中のまったく無害のアメリカ国務省の在外施設も、地元住民の強烈な疑いと詮索の対象になるということは、ライアンにもわかっていた。

だが、それが問題になるのは未来のことだ。いまはアドラー国務長官も、ロシア黒海艦隊にアメリカの航空機を攻撃させないようにするための外交マジックとやらをやって見せなければならないということを知っていて、会議を中座した。

42

アメリカ空軍のF－16ファイティング・ファルコン戦闘機の一個編隊が、編隊長機の左後方に一機、右後方に二機というフィンガー・フォーと呼ばれるフォーメーションをとって、トルコ中央部上空を飛行していた。その四機のジェット戦闘機のまわりには、F－16四機編隊がさらに三個飛んでいたが、それら一二機にはアメリカ空軍のマークはなく、尾翼はトルコ空軍の鮮やかな赤白の旗マークで飾られていた。アメリカ空軍機四機、トルコ空軍機一二機、合計一六機は、全体で飛行隊フォーメーションをとって、ふわふわした綿のように見える白い雲の広がりの上を飛行していた。

アメリカのF－16はアメリカ空軍第四八〇戦闘飛行隊――ニックネームはウォーホークス――に所属するもので、現在の基地はドイツのシュパングダーレムにあったが、今週はNATOによるトルコ空軍との訓練に参加して、ここトルコで過ごしていた。

アメリカの編隊長は、ニューヨーク出身の三〇歳、ハリス・〝グランジー〟・コール空軍大尉で、自機も含めた一六機はほぼ完璧なフォーメーションを組んで飛行しているように見えたが、大尉はこの五分間、雲海の上で全機をうまくまとめるのにそれなりの苦労をしていた。問題はおもに、トルコの三人の編隊長が発する訛りの強い英語を理解しようとたえず奮闘しなければならないということから生じていた。しかし、全パイロットに同じ考えを持たせることを確実にするために、何種類かのごくふつうのメッセージをトルコ人たちに繰り返させなければならなかったとはいえ、コール大尉はトルコ人パイロットたちにいちおう合格点を与えた。というのも、コール自身、トルコ語なんて「ビル・ビラ・ルトゥフェン」（ビールを一杯ください）以外、一語たりとも知らなかったからだ。もしも今日の訓練の指揮をトルコ語でやらなければならなかったとしたら、これほどの近接フォーメーションをとる一六機の戦闘機はみな、すでに互いに空中衝突をしていたにちがいない。

コール大尉がこの隊形をたもったまま高度三万五〇〇〇フィートまで上昇するようトルコの編隊長たちに命じる通信を開始したちょうどそのとき、彼はインジルリクAFB（空軍基地）に無線で呼び出され、「編隊をトルコのF－16から離脱させ、黒海へと北進させて、さらなる指示を待て」という命令を受けた。

それ以上の説明はなかったが、これが演習ではなく〝現実世界での作戦行動〟であることだけは告げられた。

最近、ロシアの黒海艦隊が数十の戦艦を出港させて遠海での演習を開始したため、黒海上に慌ただしい動きがあることはコールも知っていたが、自分が指揮する四機の戦闘爆撃機が迫り来る危機に対してどのような貢献ができるのだろうかと、首をひねらざるをえなかった。

大尉率いるウォリア編隊がトルコ空軍の戦闘機集団から離れて北進しはじめたわずか数分後、コールは「最高速でウクライナ領空に侵入してセヴァストポリ市上空へ向かえ」という命令を受けた。

ウクライナはこの領空への飛行を許可しているのかと、当然ながらコールは問うたが、答えはすぐには返ってこなかった。

彼はその許可を早く得る必要があることを知っていた。だから、切羽詰まった状況であることを訴えるために、自分をこの任務に送り出した通信指令官に言った。「早く知らせてほしい。ETA、二一分後」ETAは到着予定時刻。

簡潔な返答があった。「わかった。作業中」

「あっ、それから……われわれがやっていることをロシアに知らせておかないといけないのでは？　黒海艦隊はまさにセヴァストポリを本拠としているわけで、そこには艦隊を護るロシアの防空システムがある。聞こえるか？」

「よく聞こえる。それについても作業中だ。すぐにナサンソン将軍が直接話し、さらなる情報を与える」

コールはこの奇妙な事のなりゆきにすでに驚いていたが、第五二戦闘航空団の戦闘機運用部門である第五二作戦グループの司令官が直々に自分のヘッドセットを通して、任務について説明するということを聞いて、うなじの毛が逆立つ感覚をおぼえた。

何かが持ち上がったのだ、大きなことが。が、ともかくコールは、ロシア軍に撃墜されずにすむように、セヴァストポリ上空を飛行する許可をなんとしても得ておきたかった。それに、だれかがすでに、この任務の遂行に係わる空域に空中給油機を急派しているようにと祈らずにはいられなかった。なぜなら、セヴァストポリまで飛行し、折り返し帰るのではなく、そこで何かをしてから帰投するということになると、コール率いる編隊はどうしても給油しなければならないからだ。

ウォリア編隊が任務に関する詳細を教えられたのは、黒海上空に完全に入ってしまってからだった。約束どおり、ナサンソン将軍その人が無線を通して直接コール大尉に話しかけた。将軍は早口で率直な話しかたをし、セヴァストポリの地上の状況を伝えたあと

〈灯台（ライトハウス）〉のGPS座標（緯度・経度）を教え、その上空を燃料が許すかぎりできるだけ長いあいだ飛ぶよう命じた。そして、トルコの領空に戻れば、そこにKC－135ストラトタンカー空中給油機が待っているから、インジルリク空軍基地に帰投するのに必要な燃料を補給するように、と指示した。

コールは、ナサンソン将軍の指示を聞いているあいだに、素早くコンピューターに燃料残量を計算させた。その結果、ウォリア編隊の四機はみな、セヴァストポリ市上空を四回通過する燃料しかないことがわかった。将軍の状況の説明ぶりから、この件に係わるすべての者たちが四機の戦闘機に期待していることがわかった。それは、何度か戦闘機を暴徒の頭上をかすめるように飛ばせ、地上で攻撃を受けているアメリカ人たちに海兵隊のV－22オスプレイの航空救出を待つのに必要となる一時間から一時間半をなんとか稼がせたい、ということだった。

ウクライナからは領空通過の許可をすでに得られ、現在ロシアからも承諾を得ようとしている、とナサンソン将軍はコール大尉に言った。コールはロシアがセヴァストポリ港を護るために市全域の上空をカヴァーできる防空システムを有していることを知っていたので、東側から市に接近しようと即座に決断した。つまり、セヴァストポリ港とは反対の側から市に入って、港内に碇泊（ていはく）中のロシア艦船の真上を飛び越さずにすむようにしようと考えたのだ。

　コール大尉は編隊僚機に無線で状況を説明する前に、ほんの短時間、自分の頭のなかでこの問題についてブレインストーミングし、敵に与える〝衝撃と畏怖(いふ)〟を最大限にする方法を探った。素早く考えをまとめて、ひとつのプランを組み立てると、三機の僚機に無線で指示した。

「ウォリア0(オー)－1(ワン)よりウォリア編隊へ。状況を説明する。これから黒海艦隊のすぐ近くで航空ショーを上演する」

　コールはまずこう説明した。アメリカの施設――無線交信は暗号化されていたにもかかわらず、ナサンソン将軍はＣＩＡという言葉をいちども使わなかった――が正体不明の武装集団の攻撃を受けており、暴徒が構内に侵入する恐れがある。そしてコールは部下のパイロットたちにこう言った。アメリカの現場要員にすでに死傷者が出ており、われわれは地上の暴徒たちに強烈な衝撃を与えるため、低空かつ激烈な飛行をする必要がある。

　二番機(ウイングマン)のジェームズ・〝スクラップル〟・ルブラン大尉が訊(き)いた。「ヴァルカン発砲の許可は下りるのか？」

　四機は今日のところは翼下に空対地兵器を搭載していなかったが、胴体に固定武装としてM61〝ヴァルカン〟20ミリ・ガトリング砲を一門ずつ装備していた。そしてそれぞれの砲が、弾の内部に火薬が詰められた榴弾(りゅうだん)をいつでも発射できる状態にあり、しかも発射速度は毎分六〇〇〇発という猛烈なものだった。

だが、コールは今日の作戦行動でガトリング砲を使用する可能性を完全に否定した。

「下り（ネガティヴ）ない。あまりにも狭い地域に非戦闘員がいすぎて、ヴァルカンは使えない」

次にウォリア3のパブロが訊いた。「では、飛びまわって怖そうに見せるだけでいい？」

コールは答えた。「怖そうに見せるんじゃない。敵をほんとうに震えあがらせるんだ」

そして、大急ぎで立てた計画の残りの部分を、自分が率いる編隊のパイロットたちに説明した。

〈灯台（ライトハウス）〉の真ん前にある見通しのきく公園へのヘリコプターの墜落が、フロントゲート近くにいた群衆をもあるていど追い散らしてしまったようだった。シャベス、ミダス、ビクスビーは玄関ドアの内側に立って、外のようすをうかがった。円形駐車スペースを見やり、庭内路（ドライヴウェー）にそって視線を移動させ、フロントゲートの金属製のバーのあいだから敷地の外を見やった。ついさっきまでそこに立って瓶や煉瓦（れんが）や火炎瓶を敷地内に投げ入れていた夥（おびただ）しい数の若者たちの姿はなかった。この三〇分間ではじめてのことだった。

V‐22オスプレイ二機がこちらへ向かっているということは、〈灯台〉で身動きとれずにいる者たちにもすでに知らされていた。オスプレイは、ローター〈プロペラ〉を上に向けることで垂直離着陸でき、それを前方に向けることでヘリよりも高速で飛行できるというティルトローター方式の固定翼機ヘリコプター混成（ハイブリッド）機で、図体（ずうたい）がなにしろ大きい。それを〈灯台〉の敷地内に着陸させるには、いま前庭にあるものをすべて移動させなければならない。それでやっと、オスプレイ一機をどうにか着陸させられる四〇ヤード四方のスペースをつくることができる。そのことは〈灯台〉内の男たちにもわかっていた。

ミダスは、群衆があるていど追い散らされたいまのうちに、数人の男を外に出して車を移動させ、離着陸時にオスプレイのローターがつくる強い下降気流(ダウンウォッシュ)でまわりに吹き飛ばされかねない破片を取り除かせることにした。クラーク、シャベス、ドミニクがこの役を買って出た。なにしろ武器を持つことを許されず、〈灯台〉の二、三階に配置されていなかったからである。〈ザ・キャンパス〉の三人に、キース・ビクスビー、彼の部下のひとり、そしてミダス本人も加わり、彼らはそれぞれキーの束を持って車に向かって走っていった。

トヨタ・ハイランダー二台とランドローヴァーの一台はすぐに動かすことができ、建物の端の砂利スペースに問題なく移動させることができた。もう一台のランドローヴァーはエンジンがかからなかったが、ドミニクがそばの芝生の火を消火器で消したあと、ギアを入れて、ＣＩＡマンたちといっしょに押し、その荷を満載したＳＵＶを〈灯台〉の塀のそばまで人力で移動させ、オスプレイの離着陸の邪魔にならないようにした。

デルタフォースのユーコンは二台とも、銃撃でかなり損傷していて、タイヤもパンクしてぺしゃんこになってしまっていた。そこで、一台のハイランダーを使って、二台のユーコンを邪魔にならないところまで押しやることになった。ドミニクがハイランダーの運転席に座り、シャベスが誘導した。

彼らが円形駐車スペースと庭内路（ドライヴウェー）で車をどかす作業をしていたとき、屋上からの狙撃（そげき）を担当していた民間軍事会社・警備チーム長のレックスは、腹ばいになって東のほうを向いていた。彼は狙撃銃の光学照準器（スコープ）で懸命になって敵の狙撃手（スナイパー）を探し、そばにいて観測手（スポッター）を務めていたデルタフォース隊員のマットも双眼鏡で同じことをしていた。マットが二、三ブロック離れたスヴォーロフ通りの四階建ての建物の屋上に人の動きを捉（とら）え、レックスにＡＲ－15セミオートマチック小銃のスコープをそこへ向けるよう指示した。

レックスはスコープを通して、建物の屋上をはい進む二人の男を捉えた。二人ともＡＫ－47自動小銃を持っている。彼らは動きをとめ、〈灯台（ライトハウス）〉の庭内路（ドライヴウェー）にいるアメリカ人たちに銃口を向けた。レックスは浅く息を吸い、途中まで肺に入りこんだ空気を吐きだした。ＡＲ－15の引き金（トリガー）に指をあて、右側の男を撃った。いま手のなかにあるセミオートマチック狙撃銃は、パワーはそれほどあるわけではなかったが、素早い連射が可能だった。レックスは一秒後にふたたび発砲し、左側の男にも弾丸を命中させた。

遠い建物の屋上にいた敵の狙撃手は二人とも、苦痛で転げまわったが、すぐに視界から消えた。殺したのかどうかはわからなかったが、いまはもう二人とも戦えない状態になったはずだ、とレックスは思った。

ドミニク・カルーソーはハイランダーを運転して、ユーコンの一台を玄関ポーチ前のオープン・スペースから押し出すことに成功した。そしていま、ハイランダーを戻して、その鼻先を残った最後の車の後部バンパーにピタッとつけた。ミダス、ビクスビーほか四人は、火炎瓶による小さな火を消し、駐車スペースに散らばる破片を取り除くという、オスプレイが到着する前にやっておかなければならない清掃作業をしていた。彼らは石、煉瓦、金属片、ガラスの破片をつかむと、そのすべてを塀に向かって投げた。そうしておけば、大型のV－22オスプレイが着陸したとき、その巨大なツイン・ローターにそうしたものが吹き飛ばされるということはない。

だいたい二〇秒ごとに遠くから小銃の乾いた発砲音が聞こえてくる。小銃を持って屋上やバルコニーにいるアメリカ人たちもときどき、遠くのターゲットに向けて撃ち返している。

ともかく遠くから発砲音が聞こえたときは、庭内路(ドライヴウェー)にいる男たちも頭をひょいと下げるが、現在こちらに向かっているV－22オスプレイを〈灯台(ライトハウス)〉の敷地内に着陸させる準備をやめるわけにはいかず、そのまま近くから飛んでくる銃弾に身をさらしつづけるしかない。

清掃作業がやっと半分ほど終わったとき、新しい音が群衆の叫び声を圧して聞こえてきた。そのヒューという音が聞こえてきたとき、シャベスはハイランダーを運転するドミニクを誘導していた。彼はとっさにダイヴして駐車スペースのコンクリートにうつ伏せになった。CIA技術官二人も同じようにして身を護ろうとした。だが、キエフからやって来たCIA工作担当者（ケース・オフィサー）もビクスビーも、地面に伏せはしなかった。二人はただ顔を上げて音の源を探した。

　ビクスビーのそばにいたミダスが、CIAキエフ支局長にタックルし、二人いっしょに庭内路（ドライヴウェー）の冷たいアスファルトの上に勢いよく倒れこんだ。ミダスが自分の体を回転させてビクスビーにおおいかぶさったとき、二人の二五ヤードほどうしろで爆発が起こり、その衝撃があたりの空気を切り裂いた。金属片が甲高い笛のような音を発しながら超音速で二人の頭のすぐ上を通過した。

　間髪を容（い）れずにまた、空気を裂くヒューという音があたりに満ち、またしても爆発が起こった。今度は建物の南側だった。〈灯台〉の建物の窓ガラスが砕け散り、ガラスの破片が雨のように駐車スペースに降りそそいだ。

「82だ！」ミダスはビクスビーの耳に叫んだ。

「82って何？」

　ミダスは体を起こしてひざまずく姿勢をとった。「82ミリ迫撃砲だ！　建物のなかに戻るんだ！」彼はビクスビーを一気に引っぱり上げて立たせ、二人は他のCIA要員たちといっしょに走りはじめた。

　シャベスとドミニクも最後のユーコンの移動を終えて、建物の入口へ向かって走った。彼らが比較的安全な玄関ホールに飛びこんだ直後、砲弾がまた駐車スペースに落ちて炸裂した。弾殻の破片が玄関ホールの窓ガラスを粉々に打ち砕いた。

　ミダスは建物のなかに入るやいなや、トランシーヴァーに向かって叫んだ。「マット、すぐに屋上から下りろ、二人ともだ！　他の警備要員も全員、窓から離れ、施設の塀とその向こうの通りがよく見える位置へ移動しろ。武装したターゲットが見えたら発砲して構わん。火炎瓶、煉瓦、石、その他の危険物を持つやつらも武装ターゲットと考えろ。そいつらへの発砲も許可する。われわれは制圧されるかもしれんが、無抵抗のまま制圧されはしない」

「了解した。発砲する」警備要員のひとりがトランシーヴァーで応えた。そしてその数秒後には、建物のなかから発砲音が聞こえた。彼が通りにターゲットを見つけ、発砲したのだ。

　と、そのとき、またしても凄まじい爆発音がして建物全体が揺れ、ガラスが砕け散る音が階上から聞こえてきた。デルタフォースの現場指揮官には、迫撃砲弾が狙撃チームのいる屋上に命中したように思えた。

「マット？　二人とも大丈夫か？」

応答はない。

「マット？　聞こえるか？」

トランシーヴァーは沈黙したままだった。

43

マットもレックスも死んだ。

二人が身を隠していた場所を離れて階段に向かって駆けだしたちょうどそのとき、82ミリ迫撃砲弾が建物の屋上の角に激突し、マットとレックスは熱い弾殻の破片に体を切り裂かれ、即死した。

一分後、二人の遺体は、なお戦闘可能な二人のデルタフォース軍曹に発見された。彼らは遺体を安全な場所までなんとか引っぱっていくことができたが、その一瞬後、またしても砲弾が一発、〈灯台（ライトハウス）〉の屋上に命中し、爆発した。

クラーク、シャベス、ドミニクもミダスに手を貸し、遺体を一階まで下ろして死体袋（ボディーバッグ）に入れるのを手伝った。それは骨の折れる仕事で、それをしているあいだもずっと迫撃砲弾が〈灯台〉の敷地内に雨あられと降りかかりつづけた。

ボディーバッグに入れられた二人の遺体が玄関ドアまで引きずられていくと、すぐにミダスは〈ザ・キャンパス〉の面々のほうを向いた。

「前に言ったことは忘れてくれ。きみたちも銃を持つように、ＲＯＥはほかの者たちと同じ。武装ターゲットのみ、発砲を許可する。いいね？」ＲＯＥは交戦規則（ルールズ・オブ・エンゲイジメント）。

「わかった」全員が返し、武器をとりに階段をのぼっていった。彼らは最新のヘッケラー＆コッホ４１６カービンを使えるのが嬉（うれ）しかった。〈ザ・キャンパス〉の工作員たちは多種多様な小火器をあつかった経験があり、ほぼどんなものでも巧みに用いることができたが、このデルタフォースの定番武器を撃つのは、みな今日が初めてだった。

　一方、ミダスは二階へ行って、広いオフィス・スペースに入った。そこの表側の窓からは、フロントゲート、撃墜されたヘリコプターの残骸（ざんがい）が散らばる公園、その向こうの近隣地区を見わたすことができる。ミダスは小銃の光学照準器（スコープ）を使って遠いところを調べていった。運がよければ迫撃砲の位置をつきとめられるのではないかと思ったのだ。

　ビクスビーもそばにいて、衛星携帯電話でＣＩＡ本部（ラングレー）と話していた。「迫撃砲の攻撃を受けています。効果的なＲＰＧロケット弾や小火器の攻撃もあります。こちらにＫＩＡ、ＷＩＡが複数でています」ＫＩＡは戦死者（キルド・イン・アクション）、ＷＩＡは戦傷者（ウーンデッド・イン・アクション）。「攻撃してきているやつらは、どうも訓練を受けた非正規軍のようです。ひょっとしたらロシア軍かもしれません」

ドミンゴ・〝ディング〟・シャベスは〈灯台〉の二階のオフィスで片膝をつき、HK416（ヘッケラー&コッホ416カービン）に搭載されているホログラフィック・サイトを通してあたりのようすをうかがっていた。望遠機能のない照準器だが、サイトのレンズ上に赤い点がひとつ投影されていて、フロントゲート前の通りを走りまわる者たちをはっきり見ることができる。

数秒以内に群衆のなかに最初の武器を発見した。AK-47自動小銃。二人の男がそれを一挺ずつ脇にたらして、密集する怒れる暴徒たちを押し分けて進んでくる。

シャベスの右にはドミニク・カルーソーがいて、群衆の別のところを目で探っていた。「小銃を持っている野郎をひとり発見。ヘリの残骸の一五ヤード右。うじゃうじゃいる非戦闘員のなかに完全に入りこんでいる」ドミニクは苛立ちをあらわにして唸るように言った。「撃てない」

シャベスが言った。「銃を持っている野郎を二人発見。公園の北の通りにいる群衆のなかに紛れこんでいる。野郎たちは一般市民を利用してゲートまで行こうとしているんだ」

ドミニクが訊いた。「押し入ろうというんですね？」

シャベスは答えた。「そう、押し入るつもりだ。ゲートをのぼって越えるとか。何らかの方法で。間違いない。入りこむつもりだ」

「しかし、いったいどういうことなんでしょうかね、これ？」ドミニクは訊いた。

ちょうどクラークがビクスビーといっしょに部屋に入ってきた。二人は敵の狙撃手の射線に入らないように机のうしろにひざまずいた。クラークが言った。「こうではないかと思うことがある」

ビクスビーが先をうながした。「聞かせてください」

「ロシアが、この施設を制圧してクリミアにおけるＣＩＡの活動を封殺したがっている。そしてやつらは進攻を正当化するのにそれを利用しようとしている」

ビクスビーは言った。「ここがＣＩＡの施設だったということだけでは、進攻を正当化することはできません、あのヴォローディンでもね」

クラークは自分のＨＫ４１６のサイトをのぞいてあたりのようすをうかがった。「まあ、いまのところはな。だがタラノフが、ビリュコフやゴロフコの暗殺でやってのけたような〈偽旗作戦〉をもうひとつやらかせば、ヴォローディンは〝アメリカの侵入者〟たちにその罪をなすりつけることができる」クラークは言い添えた。「ただ、おれたちがここから脱出でき、装備もすべて破壊できれば、やつらもそう簡単には思惑どおりにＣＩＡに罪を着せることはできない」

ビクスビーは言った。「つまりあなたはこう言いたいのですね――やつらとしては、われわれとここの装備を証拠として利用できればいいわけで、われわれは生きていようが死んでいようがかまわない」

「まあ、そんなところだ」

スクールバスが一台、公園の向こう側に見えてきた。シャベスもドミニクも、HK416のサイトでそれを追った。スクールバスは公園内の道を走ってきて、燃えるヘリコプターの残骸を通り越し、こちらへ近づいてくる。しかもスピードを上げはじめた。運転手はフロントゲート前の通りで抗議の声をあげている男や女のことなど少しも気にしていないように見える。暴徒たちはぐんぐんスピードを上げて突進してくるバスを避けようと慌てて道をあけた。

二階のオフィスは静まりかえった。〈ザ・キャンパス〉の工作員たちもCIA支局長も近づいてくるバスを黙って見まもるだけだった。ようやくドミニクがわざとさりげない声で言った。「わあ、よかったあ、おれたちを助けにきてくれたんだ」むろん、ブラック・ユーモアを披露しただけ。これが救出の試みでないことはドミニクにもわかっていた。このバスの来訪は、敵の攻撃が次の段階に入ることを告げるものでしかない。

バスは〈灯台〉の鉄製のゲートに激突し、それを破壊して内側へと押しやり、石の塀の一部を引きはがしさえして、敷地のなかに突っ込んできた。そしてそのまま庭内路を突き進もうとしたが、シャベス、ドミニクをはじめ、三階建ての建物に陣取っていた者たちの小銃がいっせいに火を噴き、多数の弾丸がフロントガラスの運転席側に撃ちこまれた。バスは急激に右にそれ、塀の内側に凄まじい勢いで衝突した。

その直後、82ミリ迫撃砲弾が二発、〈灯台〉の屋上に命中し、建物内の明かりが消えた。

ミダスの声がオフィス内のトランシーヴァーから飛び出した。彼は三階のどこかにいるようだった。「塀の向こうへ催涙弾を撃ちこめ。ひとつ残らず撃ちこむんだ。小銃を持つ者は全員、敷地内に入るクソ野郎に弾丸をお見舞いしろ。入ってくる者はだれであろうと容赦するな」

空になった弾倉(マガジン)の交換をはじめたシャベスが、北側の塀のてっぺんまでのぼってきた男たちに気づいた。敷地内に突入したスクールバスが衝突したところのすぐ近く。

「ドム！　一〇時の方向！」

「よっしゃ」ドミニクは言い、塀から跳び下りようとしていた男たちをねらって発砲した。ひとりは即死、ひとりは負傷、残りのもうひとりは射線から逃れようと塀の向こう側に仰(あお)向(む)けに落ちた。

いまや南側の塀にも男たちがのぼり、敷地内への銃撃が激しくなった。ドミニクは南側の敵をねらえる位置に移動しようとバルコニーへと歩み出たが、ちょうどそのとき、外から飛んできた数発の弾丸が弾(はじ)けるような甲高い音を立てながら彼の頭をかすめた。

ドミニクは反射的にバルコニーの床に突っ伏した。が、背後から大きなうめき声が聞こえた。

シャベスとクラークがクルッと首を回転させ、肩越しにうしろを見やった。

背後のオフィスのドア口にいたのはキース・ビクスビーだった。彼の体がグラッと揺れてオフィスから廊下へ倒れこむのをシャベスとクラークは見た。ビクスビーはそのままうつ伏せに床に倒れた。

「ビクスビー！」

クラークはたえずバルコニーとドアを結ぶ敵の照準線の外に出るようにしながら、四つん這いになってビクスビーのところまで這い進んだ。そしてＣＩＡ支局長の体を回転させて仰向けにした。目をのぞくと、もう焦点は合っていない。側頭部に銃創があった。

クラークには瞬時にわかった。もはやなす術がない、と。

すぐに廊下に二人のＣＩＡマンがあらわれた。手に、警備要員の外傷キットを持っていた。

クラークは道をあけ、ふたたびオフィスに入って自分の小銃があるところまで戻った。そばにはシャベスとドミニクがうつ伏していた。

「支局長が死んだ」クラークは沈鬱な声を出した。

塀を乗り越えようとする男たちがなおもいる。最初のうち男たちは、ひとりずつ、あるいは二人ずつ、敷地内に入りこもうとした。〈ザ・キャンパス〉の面々には、そうした攻撃者たちは軍の兵士のようには見えなかった。こいつらは〈七巨人〉の力仕事専門の下っ端どもにちがいない、というクラークの思いはいよいよ強まった。こいつらは多少の訓練を受けて小銃を撃てるようになり、ＣＩＡ施設を占領するよう命じられたのだ。だが、〈灯台〉のアメリカ人たちにとって、ほんとうに危険な戦闘技術は、施設のまわりの建物や丘からの狙撃であり、遠くからの迫撃砲部隊による砲撃であった。そういう攻撃をしているのはロシア軍部隊、ことによるとＦＳＢ（ロシア連邦保安庁）特殊任務部隊で、〈灯台〉内部のアメリカ人が救出され装備品が運び出される前に施設を制圧するよう命じられているのだ。

もしも正確かつ執拗な狙撃と迫撃砲攻撃がなかったら、〈灯台〉のアメリカ人たちは、頭を下げつづける必要も、机や長椅子や壁のうしろにうずくまりつづける必要もなく、施設のまわり全域を広く見わたすことができただろうから、小銃を持って塀を乗り越えようとする素人集団など、あんがい簡単に阻止できていたはずである。だが、〈ザ・キャンパス〉工作員三人も、なお戦闘可能なデルタフォース隊員二人も、その他の小銃を持つ男たちも、狭い視界しか得られない建物内のそれぞれの位置から、侵入を試みる者たちに対処しなければならず、苦しい戦いを強いられていた。なにしろ、窓からずいぶん離れたところまで下がっていなければならないのである。だから、かなりの障害物に視界を遮られ、敵の銃撃の勢いが衰えたときに立ち上がって危険に身をさらすということをしないかぎり、塀を乗り越えようとしているターゲットを照準器で捉えるということさえめったにできなかった。

それでも、私服の攻撃者たちが塀を乗り越えはじめて数分もすると、庭内路（ドライヴウェー）、その両サイドの芝生、そして塀のてっぺんにも、死体が散らばった。

荷台がキャンヴァスでおおわれたトラックが二台あらわれ、〈灯台〉の前の道を猛然と走ってきて、低く立ちこめる催涙ガスのなかに突っ込んだ。そしてトラックがフロントゲートの真ん前で急ブレーキをかけるや、荷台のうしろから武装した男たちが次々に吐き出された。催涙ガスで方向がわからなくなって、あらぬほうへ走っていく男もいたが、大半の者たちは咳（せき）こみ、目から涙を流しながらも、なんとか正しい方向へ進み、〈灯台〉の敷地のなかへ突入してきた。

〈灯台〉の建物のなかの一〇挺の小銃がいっせいに発砲し、咆哮（ほうこう）した。セミオートで発射された弾丸が攻撃者の新たな集団の上に降りそそいだ。攻撃者たちもカラシニコフ自動小銃を建物に向かって撃ちながら庭内路（ドライヴウェー）を走りはじめた。

そのときにはもう別の四人が、北側の塀を乗り越えていた。その四人は何もない円形駐車スペースを走り抜け、玄関ポーチに達した。あとドアを抜けるだけで、玄関ホールに入れる。フロントゲートに激しい動きがあったため、彼らはだれにも見られなかった。四人はドアに突進したが、ポーチで催涙弾を撃ちつづけて玄関ホールに戻ったばかりの警備要員が二人いて、拳銃（けんじゅう）を引き抜き、ドアを突破しようとした四人に銃弾を浴びせた。

突入を試みた四人の攻撃者のうち二人が射殺され、残りの二人はポーチの端にあったコンクリート製のプランターのうしろに身を引いた。

玄関ポーチで銃撃戦が繰り広げられている最中、ＲＰＧロケット弾が一発、前と同じように猛然と公園を越えようとしていた。それは〈灯台〉に向かってまっすぐ飛んでくる。それに気づいた、二、三階で〈灯台〉を護るアメリカ人たちはみな、慌てて突っ伏し、床にぴったり全身を押しつけた。ロケット弾は三階の北東の角に突っ込み、角部屋のバルコニーに面するガラス・ドアに命中した。そこでは、二人のＣＩＡマンがしゃがみこみ、北側に目をやって侵入してくる者を探していた。ロケット弾はドアに激突した瞬間、爆発し、衝撃波とともにガラスと弾殻の破片を小さな部屋中に飛び散らせた。そこにいた二人とも即死し、その真下の部屋にいた民間軍事会社警備要員も崩れおちた天井で負傷した。

ミダスは階下の玄関ホールで戦う者たちに加勢しようと階段へ走った。クラークはロケット弾の爆発に巻きこまれた者たちを助けようと廊下を走った。

シャベスは階下の銃撃音を聞き、左上方で起こった爆発の轟音を全身で感じとった。ふたたび弾倉を交換しながら、こんな状況が嘘であるかのような落ち着いた声で言った。

「敵が多すぎるな。一分もしたら白兵戦になる」

ドミニクは庭内路を駆けてきた男に発砲し、額を撃ち抜いて男を地面に転がらせた。

そして、銃撃音に掻き消されないように大声で叫んだ。「ここにぐずぐずしていて迫撃砲にやられるよりは階段で迎え撃ちたい」

公園の向こう側、遠くに、またしても攻撃者を満載した一台のトラックが見えた。そしてそれは〈灯台〉のほうへと動きだし、通りに群れる暴徒のなかを突き抜けはじめた。

そのときハリス・〝グランジー〟・コール大尉（たいい）が操縦するF‐16ファイティング・ファルコン戦闘機は〈灯台（ライトハウス）〉の真東三マイルに達していた。彼の編隊長機は、四機が数百ヤード間隔で縦一列にならぶトレイル・フォーメーションの先頭だった。コールが命令を発すると、背後の三機はフォーメーションを崩して、ウォリア2は右へ、ウォリア3は左へ、そしてウォリア4は2のあとを追って右へ分かれた。コール大尉は前方のインクがにじんだように見える黒煙に機首をまっすぐ向けたまま、スロットル・レバーをフル・ミリタリー・パワーの先までぐいと前へ押しやって、アフターバーナーを点火した。

コールの計画はこうだった。各戦闘機が〈灯台〉の真上をほぼ時速七〇〇マイル（約一一三〇キロ）のスピードで通過する。ウォリア編隊の各機はそれぞれ、ややちがう方向から飛来し、一五秒ほどの間隔で次々に通過する。そうなるようなタイミングにすれば、途切れることのない轟音の壁をつくりだせる。さらに、各機は旋回して戻り、二回目の通過をし、それを三回目、四回目と繰り返す。

この計画通りに事を運べば、地上の攻撃者たちは何機の航空機が頭上を飛行しているのかも、どういう意図でジェット機がそうしているのかも、さっぱりわからなくなるはずだった。

それは、約四分間、暴徒と攻撃者に激しい混乱、動揺、恐怖、強烈な頭痛を与えられるように組み立てた計画だった。

戦闘機は地上からわずか三〇〇フィート（約九一メートル）のところをほぼマッハ１の豪速で通過することになっていた。それぞれの機の単発エンジンは轟音を響かせ、排気口から炎を噴き出し、かすかな煙の航跡を低空に描くはずだった。

コールは言った。「ようし、窓ガラスをたたき割りにいくぞ」

ほぼ音速というスピードでの通過では、〈灯台〉のなかやまわりで何が起こっているのかなど、わかるわけがない。通過地点はコンピューターにセットしていただけだった。コールはヘッドアップ・ディスプレイ上のチェックマークに機首をピタッと向けつづけ、警報システムと都市（まち）のまわりの丘にもしっかりと注意をそそぎ、土地の盛り上がった部分に激突せずにできるだけ低く飛べるようにした。

黒い薄煙が風防にぐんぐん近づいてくるのをコールは見た。三〇〇フィートまで昇ってもそれは完全には拡散せず、数秒のうちに彼が操縦するＦ－16は煙のなかに飛びこみ、瞬時に西の晴れわたった空へ突き抜けた。

戦闘がおこなわれている〈灯台〉の真上を通過できたのだとわかった。通過地点をきちんと通過できたことを計器が告げていたからである。コールはスロットル・レバーを引き戻して速度を落とし、自機にバンクさせた。その急旋回で過剰なG（加速度の単位で表される遠心力）がかかったため、自動的に耐Gスーツの脚部に圧縮空気が送りこまれ、下肢へ寄り集まろうとする酸素を豊富に含んだ血液は上体に押しとどめられた。

44

ジェット機が飛び去ると、〈灯台（ライトハウス）〉のなかでは、シャベスとドミニクが床から体を引き起こし、両膝（ひざ）をつく姿勢をとった。

その最初のジェット機が前方に見えたとき、敵か味方かわからなかったので、二人は床にピタッと身を伏せた。不快きわまりない凄（すさ）まじい爆音が襲いかかり、火を噴き出すエンジンがすでに割れている目の前の窓ガラスをガタガタ鳴らした。それは、閉ざされたオフィス内での発砲音でキーンと鳴っていた耳さえもつんざく圧倒的な轟音（ごうおん）だった。

ほんの一瞬だが、二人は通過するジェット機の姿をなんとか目で捉（とら）えることができた。ただそれは青空を背景とした黒いぼやけた物体にしか見えなかった。次いで二番目のジェット機が南から北へと途方もないスピードで頭上を飛び越えていった。三番目のジェット機が今度は北から南へと超高速で通過したが、そのときにはもう〈灯台〉の男たちは、これは敵の頭を下げさせておくためにやってきた味方の航空機なのだという正しい判断をしていて、シャベスとドミニクは外で起こっているこの大混乱を利用して行動することに決めた。

二人はＣＩＡ特殊任務施設内にすでに入りこんでいた敵に発砲した。ちょうど身を隠そうとダイヴするか、足をとめて銃口を空に向けるかした者たちだった。階上でも階下でも、まだ戦闘可能な状態にあるアメリカ人の多くが同じようにこの機会を利用して、大挙して押し寄せてきた武装攻撃者の数を減らそうとした。

四機目のジェット機が空にあらわれたとき、東へだいぶ離れた建物の屋根からＲＰＧロケット弾が二発、撃ち上げられた。

ターゲットが七秒で一マイルを飛行するものであっては、ロケット弾が命中する確率はゼロに等しかった。結局、発射されたロケット弾にできたことといえば、複数のＲＰＧ携行型ロケット弾ランチャーの位置を小銃で応戦する〈灯台〉のアメリカ人たちに教えたということだけだった。三階にいるデルタフォースの戦闘員たちが即座に、二つのランチャーをねらって小銃を発砲し、ロケット弾を発射していた者たちを物陰に追いやった。

ジェット機は頭上の空を猛然と切り裂きつづけた。同じ航空機を何度も繰り返し見ているのかどうかシャベスにはわからなかったが、稲妻さながらに一瞬のうちに通過する戦闘機がもたらす轟音、振動、そしてまさにその光景はとんでもないもので、パイロットたちが意図した効果はしっかりとあがっていた。〈灯台〉への攻撃は勢いを失って、ほとんど消え去り、半径数ブロック内の人々は一目散に逃げ、必死になって身を隠す場所を探した。

クラークが戻ってきて肩でシャベスとドミニクを軽く押した。「これでもぐずぐずそのへんにいるやつらは、だれかの命令で作戦行動している者たちだ。逃げずに一歩もうしろへ下がらないでいるやつを見つけろ。そいつはかならず武器を持っている」

「了解（ラジャー・ザット）」シャベスもドミニクも返し、二人は〈灯台〉の前のエリアに視線をそそぎ、ターゲットを探した。


「こりゃすごい航空ショーだ。見物料をいただきたいね」三度目の通過のさい、ハリス・〝グランジー〟・コール大尉は言った。

　ウォリア3（三番機）のパブロがヘッドセットを通して言った。「こちらにATG兵器がまったくないことを、地上のクソ野郎どもに気づかれないほど速く通過できているようにと、祈りたい」ATGは航空機からの地上攻撃を意味する空対地（エア・トゥ・グラウンド）。コールが応える前に、二番機のジェームズ・〝スクラップル〟・ルブラン大尉が割りこんだ。「地上で攻撃している野郎どもは、翼の下の空対空兵器を見たら、ナパーム弾だと思うさ」笑い声を交信ネットワーク上に響かせた。「恐怖のあまりクソをズボンのなかにもらすロシア野郎がたくさんいるぞ」

　今度はコールが応えた。「しかし、こうやって何もせずに通過するだけでは、恐怖の度合いは一回ごとに小さくなっていく」自機の位置を確認した。「ようし、もういちど震えあがらせるぞ」

数秒後、コールは四度目の通過を終えると、高度二〇〇〇フィートまで上昇しセヴァストポリ港の上を通らない曲がりくねる迂回ルートをとって、東へと戻りはじめた。

ドミニク・カルーソーは小銃の弾倉を交換しながら、ほんのすこしだけ時間をかけて〈灯台〉のまわりを素早く見まわした。そして言った。「ほら、走って逃げていく」

シャベスは小銃の照準器から目をはなし、裸眼でもあたりを観察した。暴徒たちが狂ったように先を争って逃げようとしている。あらゆる方向に駆けていく。火のついた火炎瓶を持っていた男たちはそれを落として走り、ヘリの墜落でけがをした野次馬に応急手当をほどこしていた女は、公園の敷石の道に負傷者を残して、一目散に走って逃げ、通りをわたり、路地に姿を消した。

〈灯台〉の塀の内側には、私服の男たちが十数人も死亡したか負傷して横たわり、そのなかには玄関ポーチのドアのそばまで達した者もいた。むろん、その男が建物にいちばん接近した男だ。身を護ろうとゲートの外へ退却してしまった攻撃者も一五人以上いた。

三分前にはフロントゲートの前にいた暴徒と攻撃者の優に七五％が、近くの建物のなかに逃げこむか、車に飛び乗って走り去るかして、そこから姿を消していた。

ＣＩＡ特殊任務施設の男たちは確信した——もしも飛来したＦ‐16の編隊がゲートの外の暴徒の大半を追い払ってくれなければ、いまごろ敵が三階建ての建物に突入していたにちがいない。そして、生き残っていた者たちも、短時間のうちに制圧されていたはずである。

だが、ジェット・エンジンの地をも揺るがすような轟音は、それが始まり高まったときと同じくらい急速に弱まっていき、あとには不気味な静けさだけが残った。

〈ザ・キャンパス〉の男たちがいる部屋にミダスが入ってきて、言った。「ふたたび戦闘になる。そのつもりで。いまの航空支援はこれで終わりだ。救出チームが来るまで、もう支援はない。戦いはまだ終わっていない」

クラークが返した。「間違いなく、ふたたび攻撃されるか。やつらも、もう大丈夫だと納得して、ばらばらになった部隊を再編成するのに一分ほどはかかるかもしれないが、戦闘機による攻撃は虚仮威し（こけおど）にすぎないとわかるから、戻ってきて、さらに激しく攻撃し、とどめを刺そうとするだろう」

「こうしたことをくぐり抜けてきたような口ぶりだね」

クラークは黙って肩をすくめた。

ミダスはトランシーヴァーでほかの者たちにも命じた。「みんな、再装弾をしっかりやっておけ。防御位置の改善ができる場合は、それを可能なかぎりやれ。救出チーム到着までまだ四五分ある。このクソ状況はまだ終わっていない」

セヴァストポリ市を離れて二分もしないうちに、ハリス・〝グランジー〟・コール大尉のF-16は黒海上空に出ていた。そしてそこでバンクして南へと針路をとり、急速に減少した燃料を浪費しないようにスピードを落とした。

ウォリア編隊の他の三機も、海に出るやいなや、そのむね連絡してきた。コールはすこしずつ緊張を解きはじめた。

だが、それも長くはつづかなかった。

コールがトルコ沿岸上空で待機するKC-135空中給油機へと向かう新針路をとった直後、ウォリア編隊担当の航空管制士官の声が無線機から飛び出した。「ウォリア0-1、知らせる。ロシアのフランカー、四機編隊、迎撃コース上にあって接近中」フランカーはSu-27戦闘機のNATOコードネーム。「針路0-5-0、エンジェルズ、5、上昇中」エンジェル（天使）は高度一〇〇〇フィートを意味する隠語。したがってエンジェルズ5は高度五〇〇〇フィート。

コールは思わず声を洩らした。「Su-27か、くそっ」

だが、すぐにまたインジルリク空軍基地の航空管制士官が無線で連絡してきた。「ウォリア0-1、知らせる。フランカーが意図を表明した。アメリカの編隊と合流し、黒海上空をいっしょに飛び、トルコ領空までエスコートしていくそうだ」

二番機のルブランがこの通信を聞いていて、言った。「やつら、自分たちの手柄にするつもりだな」

コールが応えた。「そういうこと。このくだらん芝居はきっと、ロシアのテレビで流されるぞ。ヤンキー戦闘機の大集団をこうやって追い払いました、という説明付きでな」

パブロがあとを承(う)けた。「まあ、こっちには空中戦をやるほどの燃料はないし。行儀よくいっしょに飛びたいというのなら、最悪の事態というわけでもないから、仕方ないですかね」

「うん、そう判断せざるをえないな」コールも認めた。

これからの三〇分は気の抜けない飛行になるぞと、コールは身を引き締めた。なにしろ燃料を心配しながら、力を見せつけて威嚇(いかく)しようとする怒れるロシア戦闘機編隊に付き添われなければならないのだ。彼は編隊のパイロットたちにフランカーのことは心配するなと言い、挑発的なことは絶対にするんじゃないぞと自分に言い聞かせた。制圧の危険にさらされたＣＩＡ施設の上を通過する興奮の時は去り、いまやゆっくりまっすぐ飛ぶだけの退屈な時となった。

セヴァストポリのＣＩＡ施設にいる者たちが少しでも時間を稼げたようにと、コールは祈るしかなかった。

戦闘機が去って一五分もすると、ふたたび迫撃砲による〈灯台（ライトハウス）〉への攻撃がはじまった。砲弾が撃ちこまれる間合いやリズムから、迫撃砲を撃っているチームが二つあると、〈灯台〉の男たちは判断していた。クラークはしっかり観察した結果、その二つのチームはＦ－16が超低空で通過しているあいだに支持架をたたんで砲もろとも避難し、いま再設置したばかりのようだ、と考えた。

ＣＩＡ施設で防戦にあたる男たちは、いまや気合いを入れてサバイバル・モードに切り換えていた。

ミダスは全員に一階の玄関ホールや他の部屋に移動するよう命じた。二、三階は狙撃手（そげきしゅ）の銃弾が飛んでくるうえに、迫撃砲弾やＲＰＧロケット弾の餌食（えじき）になる可能性もあり、危険すぎるのだ。無傷のままの者がわずか九人に減っていて、ミダスは一階の守りを固めたほうがいいと判断し、全方向に人員を配置し、玄関ドアはシャベスとドミニクにまかせた。ただ、一階にいれば、遠方からの銃撃や砲撃にやられる心配は少なくなるものの、二、三階にだれもいないとなると当然、近いところを目で確認する能力の大半が失われてしまうことになる。

迫撃砲弾は途切れることなく毎分二発の頻度で飛んできて爆発し、建物を破壊しつづけていたが、突如、その砲撃がやんだ。と、すぐに一台のトラックが猛スピードで施設の入口まで走ってきて、急カーブを切り、打ち壊されたフロントゲートのなかに飛びこんだ。そして庭内路(ドライヴウェー)を猛然と走ってきた。

シャベス、ドミニク、そしてミダスも、玄関ポーチのドア口にいて、三人とも小銃のセレクター・レバーを弾(はじ)いてフルオートの位置にした。

RPGロケット弾が二発、建物の高いところに突入して爆発したとき、三人は弾丸をめいっぱいトラックに撃ちこんだ。フロントガラスが打ち砕かれて吹っ飛び、運転手は即死し、燃料タンクが撃ち抜かれて火がついた。トラックは急激に庭内路(ドライヴウェー)からそれ、敷地の南側の芝地の上を転がり、塀に激突した。

トラックがとまると同時に、武装した男たちが燃える車体のうしろから跳び出してきた。シャベス、ドミニク、ミダスは男たちに発砲したが、トラックから噴き出した火の球に呑(の)みこまれて〈灯台〉に一発の弾丸も撃ちこめなかった攻撃者が数人いた。火だるまになった男たちはトラックの残骸(ざんがい)から走って逃げ、地面に転がって燃える服の火を消そうとしたが、うまく消すことはできなかった。

玄関ポーチにいた三人が空になった弾倉(マガジン)を交換していたとき、迫撃砲による攻撃が再開した。彼らは走って建物のなかへ避難した。

ミダスが言った。「すぐにやつらも気づくだろう、トラックがフロントゲートに達するまで迫撃砲弾を雨あられと撃ちこみつづければいいんだと。そうされたら、われわれは建物のなかでヘルメットを押さえてじっとしていなければならず、突入してくるやつらに目を光らせる余裕さえなくなる。それこそトラックに轢かれるまで、銃で狙うこともできなくなる」

ミダスの無線機がかすかな雑音を発した。彼はすぐさまそれを耳にあてた。

「もういちど繰り返してくれ」

「〈灯台〉、〈灯台〉。こちらステッドファスト4－1、いまそちらへ向かっている。ＥＴＡ、二分後。聞こえるか？」ＥＴＡは到着予定時刻。

ミダスは玄関ホールのタイル張りの低い天井をあおぎ、神に感謝した。

「ああ、聞こえるとも、海兵！」

シャベスとドミニクはハイタッチしたが、玄関ホールの窓のひとつに配置されていた者が、またしても施設の北の塀を乗り越えてくる野郎たちがいるぞと叫んだので、祝いの時はすぐに去った。

45

Ｖ－22オスプレイのパイロットたちは、自分たちのティルトローター方式航空機はヘリコプターよりも二倍も速く五倍も遠くまで飛べる、と言うのが好きだ。操縦は難しいが、彼らはその最先端の航空機を手放しで自慢する。

いまセヴァストポリに到着しようとしている二機のオスプレイは、コールサインをステッドファスト４－１、ステッドファスト４－２といい、両機とも第二海兵航空団ＶＭＭ－２６３ティルトローター飛行隊に所属する。その飛行隊はヘリコプター輸送飛行隊だった朝鮮戦争当時にサンダー・チキンズという派手なニックネームを頂戴し、その後の長い年月のあいだに運用する航空機がいろいろと変わっても、その愛称だけは変わらずに残った。そしてサンダー・チキンズは二〇〇六年にティルトローター飛行隊となり、以来イラクおよびアフガニスタン全域に散らばる戦闘地域への、また、そこからの兵員・装備の輸送任務を遂行してきた。

このクリミア半島への一刻を争う極限作戦では、ステッドファスト４－１は、パイロット二名、射撃手二名、ヘリを円滑に運用するためのさまざまな仕事をこなすクルー・チーフ一名のほか、一八名の海兵隊小銃兵を、ステッドファスト４－２のほうは、五名の乗員のほかに小銃兵を六名乗せていた。

オスプレイ二機の後部に搭乗していた小銃兵たちの平均年齢はたったの二一歳で、軍隊ではよくあるように今回もまた、海兵隊員たちはＣＩＡの秘密基地を撤退させにいくのだということを知らされていなかった。オスプレイの後部に積みこまれた海兵隊員たちが知らされていたのは、「流動的な戦闘地区に突入し、一種のアメリカ外交施設の敷地に着陸して、全方向から火器による攻撃を受けている一五人から二〇人のアメリカ人を救出する」ということくらいだった。

いや、もうひとつ、知らされていたことがあった。それは、現場へ向かう機上で伝えられたことで、「ターゲット現場（ロケーション）ではウェポンズ・フリー」ということだった。つまり現場では自分の判断で発砲してよい。敵の銃弾が確実に飛んでくる状況だと、すでに言われていたので、これは歓迎すべき交戦規則だった。

でっぷりした図体（ずうたい）のオスプレイ二機は、まず固定翼機モードで通過した。V-22オスプレイの主翼に設置されている大きなローターは、巨大なプロペラとなるように前方に向けられていた。ステッドファスト4-1および4-2は、高度一〇〇〇フィート、対地速度・時速三一五マイル以上で、セヴァストポリの街の上を猛然と飛び越えた。地上の攻撃者たちは首をまわして、巨大なプロペラを回転させ轟音（ごうおん）を響かせて飛行する航空機を見やるくらいのことしかできなかった。ほとんどの者は動きをとめ、ためらった。オスプレイを見るのは生まれて初めてだったし、自分がいま見ているのは敵の飛行機にちがいないとも思ったからだ。とはいえ、ついさっきやって来た敵の飛行機集団は飛びまわっただけで、ほかに何もせずに帰っていったのであり、奇妙な飛行機が新たに飛来しても、攻撃者の大半は恐れを抱きはしなかった。

オスプレイ機内の射撃手が、無線交信の相手の男に教えてもらったＧＰＳ座標（緯度・

経度）を利用しつつ、ＦＬＩＲ（赤外線前方監視装置）モニターでターゲットを探すと、それと連動して機体腹部の砲塔機関銃が回転した。

　このタレット・ガンはＩＤＷＳ（暫定防御兵器システム）と呼ばれているもので、最近オスプレイに追加された自衛用ハイテク兵器だ。これによってこの大型輸送機は三六〇度の全周対地射撃が可能になる。ＩＤＷＳが取り付けられる前は、Ｖ－22の防御というと、支援ヘリと、後部ランプをあけて射撃する50口径重機関銃一挺に頼らざるをえなかった。それでは戦闘作戦でのオスプレイの生存率は極端に低くなってしまう。

　後部ランプの射撃手が大きな重機関銃のうしろで片膝をつき、ヘッドセットを通して無線でタレット・ガンの射撃手とたえず連絡をとり、その二人ともがもう一機のオスプレイの二人の射撃手とたえまなく交信していた。そしてさらにその四人が、地上の外交施設にいるミダスと呼ばれる男とＶＨＦ（超短波）チャンネルでやりとりしていた。ミダスはこの六〇秒間、迫撃砲が撃ち上げられていると思われる地点についての情報を四人の射撃手たちにずっと与えつづけた。猛スピードで飛行するオスプレイがそのあたりの上空にさしかかると、四人の射撃手たちは全員、ターゲットとなる迫撃砲を懸命に探した。

　着陸する前に迫撃砲を排除しなければならないということは射撃手たちの頭にもしっかり入っていた。オスプレイは、着陸時には空に浮かぶ、ゆっくりとしか動けない、でっぷりと太った巨象のようなものでしかなく、地上に降り立てば、すぐには飛び立てないほぼ無防備の非力な巨鳥と化してしまう。ここ何時間か迫撃砲を撃ちつづけている者たちはすでに、オスプレイが着陸する場所に砲弾を正確に落とせるようになっているはずだから、危険度はいっそう高まる。だから、射撃手が迫撃砲を破壊したとパイロットに報告できるまでは、オスプレイは着陸することはできない。

ステッドファスト4-1のタレット・ガン担当射撃手は、足下のIDWSを操作するのに、テレビゲームのコンソールから取ってきたような手持ち（ハンドヘルド）コントローラーを使っていた。システムのFLIRカメラは機関銃の照準器（サイト）に隷属（れいぞく）しているので、射撃手がコントローラーで銃口を上下左右に向けると、カメラもそれに連動して小さなモニター上の映像も変化し、三銃身の機銃の照準点はたえずモニター映像の真ん中の十字線として表される。彼はそうやって、ミダスが迫撃砲設置場所のひとつではないかと判断したあたりを探った。と、ほぼ即座に、モニター上に二人からなる迫撃砲チームが映った。そこは公園中央のMi-8輸送ヘリ墜落現場の東側にある建物の屋上だった。

赤外線映像は黒表示（ブラック・ホット）モード（温度の高いものを黒く表示）だったので、男たちはグリーンの地に黒く浮き出ていた。二人のあいだに熱い砲身も見える。数秒もしないうちにモニター上に黒い閃光（せんこう）が広がった。82ミリ砲撃砲チームが外交施設をねらって砲弾を一発、撃ち上げたのだ。

その一瞬後、ステッドファスト4-1のタレット・ガン担当射撃手は機銃射撃ボタンを押した。

　足下の、オスプレイ機体腹部のハッチからたれさがる大きなガトリング銃が、咆哮し、煙と火炎を勢いよく噴出しつつ、あっというまに五〇発の弾丸を発射した。熱く焼けた薬莢がまるで蛇口からほとばしり出る水のように機関銃の側面から排出された。

　建物の屋上で迫撃砲を撃っていた二人の男は、銃弾にたたきのめされて吹き飛び、クレオソート処理されたタイル材の上に転がり、死体は原形をとどめないほどに切り裂かれてしまった。

　このステッドファスト４−１のＩＤＷＳによる迫撃砲の破壊が進行しているあいだに、ステッドファスト４−２の後部ランプでは、50口径重機関銃担当の射撃手が、外交施設の西側にある通りにＲＰＧ携帯型ロケット弾ランチャーを持つ男をひとり発見し、すぐさま発砲を開始して、男が立つあたりの通りと、そのそばの建物の側面に機銃掃射を浴びせた。土と埃と建物の壁の破片が大量に舞い上がり、あたり一帯をおおいつくして何も見えなくなったが、宙を舞うものが地面に落ちて見通しがきくようになると、通りにロケット弾ランチャーが転がっているのが見えた。そのそばには男がうつ伏せに倒れていたが、両脚ともほかの部分から数フィート離れたところにあった。

　二機のオスプレイは、敵がいると思われる全域をカヴァーできる競馬場パターンをそれぞれ逆方向に描いて飛び、四人の射撃手は各自ターゲットを見つけては、それを排除していった。後部ランプに設置された50口径重機関銃が凄(すさ)まじい射撃音を発して火を噴くと、宙の薬莢が雨樋(あまどい)のような長いゴムのチューブのなかへと落ちて、そのたれさがるチューブがランプの端でのたうち、はためいた。そしてチューブから飛び出した薬莢は、ランプの端から転がり落ちて、地上へと落下していった。

オスプレイ二機がレーストラック・パターンを二度繰り返したところで、地上で火器を使って攻撃していた敵の大半が逃げて身を隠してしまったが、もうひとつの迫撃砲設置場所はまだ見つかっていなかった。二機のパイロットは第二の迫撃砲を排除しないまま救出作戦を敢行すべきかどうか議論したが、結局、レーストラック・パターンをつづけて射撃手たちにもうすこし時間を与えることにした。

ステッドファスト4-2のタレット・ガン担当射撃手が、近隣地区上空を飛ぶ四度目のパターン周回のおり、第二の迫撃砲の位置を見つけた。迫撃砲は小さな駐車場にあった。そばにスチール製のごみ容器がひとつある。さらに木箱がいくつか積み上げられてもいる。だが、見たところ人影はひとつもない。ＩＤＷＳがそのあたり一帯に銃弾を浴びせた。迫撃砲の砲身も、ごみ容器も、そばに駐車していた数台の車もろとも、粉々に打ち砕かれてしまった。

ステッドファスト4-1のパイロットは次に〈灯台(ライトハウス)〉上空を通過するさい、スロットル・レバーを引いて速度を落とし、V-22をバンクさせて、ふたたび施設のほうへと戻した。プロペラ（ローター）が水平から垂直に向きを変えていくにつれ、対気速度が急激に落ち、Ｖ－22オスプレイ・ティルトローター航空機はヘリコプター・モードへと切り換わっていった。ステッドファスト４－２が掩護のため上空にとどまり、４－１が高度を下げて〈灯台〉の上でホヴァリングした。機上のクルー・チーフが後部ランプから身を乗り出して下のようすをうかがった。彼のそばには50口径重機関銃担当の射撃手がいて、たえず銃身を左右に振って、どのような脅威にも即座に反応できるようにしていた。クルー・チーフはヘッドセットを通してパイロットを呼び出し、この太っちょの巨鳥を着陸させる最適の場所へと誘導した。

その間、もう一機のオスプレイは上空で小さな円形パターンを描きつづけ、そのタレット・ガン担当射撃手はすべてのドア口、屋根、バルコニーにいちいち目をやり、駐車場の車の群れをも見逃さず、脅威となるものを徹底的に探し、どんな危険をもいち早く見つけて、それを取り除こうと必死になっていた。上空で掩護にあたる自機も、いま着陸しようとしている僚機も、撃ち落とされないようにしないといけない。

ステッドファスト４－１が着陸した。だが、主翼の両端に付いている二つの大きなエンジンには目に見える変化はなかった。ローターの回転の勢いが衰える気配はまるでない。機体後部に搭乗していた海兵隊小銃兵一八人全員が、小銃を前に突き出してランプを駆け下りた。蹴り上げられた土埃で何も見えない状況での展開だった。半分は左へ、残りの半分は右へ出て、走り、施設のフロントゲートと塀に達した。ゲートに到達した者たちは公園のほうへ銃口を向け、塀に突き当たった者たちは車の残骸（ざんがい）などにのぼって、外の建物や通りへの照準線を確保した。

　新たに現場に投入された若き海兵隊員たちにとって、施設をとりかこむ近隣地区は世界終末後（アポカリプス）のゴーストタウンのように見えた。通りには死体が転がっていて、焼けた車がくすぶり、周囲一帯の建物の数百もの窓ガラスがめちゃくちゃに割れているし、盗難防止用のカーアラームがけたたましい警報音を発している。公園の中央に墜落したＭｉ－８の残骸はもはや灰の山に近かったが、いまだに黒煙をもうもうと噴き出していた。

　近くに敵の戦闘員がなおも潜んでいることは海兵隊員たちにもわかっていた。遠くから狙撃銃（そげきじゅう）の発砲音が聞こえると、敵の頭を上げさせたままにさせないように〈灯台〉内の小銃が応射した。

　上空で掩護にあたっていたオスプレイが、ホテルのバルコニーにいる狙撃手を発見し、パイロットが機体を回転させて、その方向に尻（しり）を向け、後部ランプの射撃手が射線を得られるようにした。射撃手は50口径重機関銃を数回、短連射して、狙撃手を射殺し、近くにいたほかの武装戦闘員たちに身を引かせた。

　海兵隊小銃兵たちがオスプレイのまわりに哨兵線（しょうへいせん）を張るなか、生き延びた〈灯台〉の男たちが次々に姿をあらわした。無傷の者たちはみな、小銃を持って警戒するか、負傷者に手を貸したり遺体を運んだりしていた。

ドミンゴ・シャベスとドミニク・カルーソーは死体袋に入れられたキース・ビクスビーCIAキエフ支局長の遺体を運び、ジョン・クラークは何時間か前に手の甲に流れ弾を受けた民間軍事会社警備要員を支えて歩いた。そしてその負傷者をオスプレイのクルー・チーフに引きわたすとクラークは、後部ランプのそばで足をとめ、しばしそこに立ちつくした。

ジョン・クラークはほぼ半世紀にわたってアメリカとNATOの軍や情報機関で現場要員として働いてきた男であり、プロペラ機からターボプロップ機、ジェット機まで、それこそありとあらゆる航空機に搭乗した経験があり、ヘリコプターにいたっては数えきれないほど乗ったことがある。

だが、オスプレイの後部ランプに近づいていったときクラークは、胃が締めつけられるような感覚をおぼえた。

ティルトローター方式の固定翼機ヘリコプター混成（ハイブリッド）というアイディアは理解できるが、上を向いているローター（プロペラ）を前方に向けてヘリから固定翼機へと変身させる瞬間というのが、どうもジョン・クラークには航空力学的に筋が通らないように思えてならないのだ。

それでもクラークは、後部ランプへの歩みをとめはしなかった。幅がトレーラーの二倍もある機体の飛行特性をすべてもつ得体の知れない航空機に乗れば、地上への墜落の可能性が大いに高まると思わずにはいられないとしても、それに乗らずに地上に居残っていたのでは、カラシニコフ自動小銃をもつロシア・マフィアに銃弾を浴びせられ、のこぎりで切り裂かれたかのように切断されるのが落ちであり、それゆえ嫌々ながらもなんとか一歩一歩前に足をやりオスプレイの機内に入っていった。

　最後に搭乗した〈灯台〉の生存者は、コールサインをミダスという三八歳になるバリー・ジャンコウスキー中佐だった。彼はもうひとりのデルタフォース隊員とともに、海兵隊小銃兵の三分の一が機内に入るまでに、建物のそばの車に爆薬を素早く仕掛けた。ミダスが掩護しているあいだに、遠隔起爆装置をもったデルタフォースの軍曹が先にステッドファスト4－1に乗りこみ、次いで中佐がランプを駆け上がり、機内に入ったところでクルッとうしろを向き、片膝ついてHK416カービンの銃口を前方に向けた。そばにいた50口径重機関銃担当射撃手が、落下防止用のロープをもった手を伸ばし、ロープ先端のフックをミダスの防弾チョッキのリングにとめた。と、透かさずクルー・チーフがインターコムでパイロットに伝えた。「全員搭乗（オール・アボード）、問題なし（クリア）！　離陸（ゴー）！」

　巨大なエンジンの咆哮が一段と大きくなった。オスプレイは自分を空に引っぱり上げるかのように中空に浮かんだ。

　ステッドファスト4－1はゆっくりと固定翼機モードに変身し、充分な高度に達すると、残りの海兵隊員たちを乗せるために着陸する4－2を掩護するために旋回を開始した。ステッドファスト4－2が残り三分の二の海兵隊員を乗せて離陸し、安全なところまで離れると、デルタフォースの軍曹が遠隔起爆装置のボタンを押した。その瞬間、六台のＳＵＶはひとつの大きな火の玉となって燃え上がり、噴き上がった炎はキノコ雲へと姿を変えた。サンダー・チキンズ所属の二機のオスプレイは、北へと針路を変えて猛スピードで飛び去った。

オスプレイが到着してから、ローター（プロペラ）音の最後の痕跡(こんせき)も消えて〈灯台〉があるていどの静けさに包まれるまでの時間、つまりこの救出作戦の開始から終了までに要した時間は、たったの五分三〇秒だった。

（下巻に続く）

初刊『米露開戦1・2』新潮文庫（2015年1月刊）。
本作品はフィクションです。

徳間文庫

米露開戦（上）

2023年10月15日 初刷

著者 トム・クランシー
マーク・グリーニー

訳者 田村源二

発行者 小宮英行

発行所 株式会社徳間書店

東京都品川区上大崎三―一―一
目黒セントラルスクエア 〒141―8202

電話 編集〇三(五四〇三)四三四九
販売〇四九(二九三)五五二一

振替 〇〇一四〇―〇―四四三九二

印刷 製本 大日本印刷株式会社

ISBN978-4-19-894896-2 (乱丁、落丁本はお取りかえいたします)

半村 良

半村良〝21世紀〟セレクション1

不可触領域／軍靴の響き

【陰謀と政治】編

日本ＳＦ界初の直木賞作家・半村良。戦慄のビジョンが令和に蘇る！　油田開発を巡りテロの標的となった日本が再軍備、「いつか来た道」を逆走する（『軍靴の響き』）。豊かな地方都市が濃霧に包まれた夜。山中の研究所で生物学者が謎の集団自殺。豹とナマケモノを用いた謎の実験は、巨大な政治的陰謀へ繋がっていた（『不可触領域』）。権力と嘘に翻弄されるディストピアの悪夢、ここに集成。

多島斗志之

多島斗志之裏ベスト1

クリスマス黙示録

人間心理への深い洞察とミステリ的企みが高レベルで融合する、多島斗志之の傑作を厳選した〝裏ベスト〟第一弾。日米経済摩擦が深刻な米国で邦人留学生が起こした轢殺（れきさつ）事件——被害少年の母で射撃の名手の女警官は、強制送還で日本へ逃げ帰ることを決め込んだ加害者に復讐を誓う。出国までの保護を押し付けられた日系女性ＦＢＩ捜査官タミは捨て身の復讐を阻止できるか？